Tracy Chevalier, 1962 in den USA geboren, hat bisher acht historische Romane geschrieben. *Das Mädchen mit dem Perlenohrring* wurde zum Weltbestseller und mit Scarlett Johansson und Colin Firth in den Hauptrollen verfilmt. Tracy Chevalier lebt mit ihrer Familie in London.

Außerdem von Tracy Chevalier bei Penguin lieferbar:
Der Ruf der Bäume

Tracy Chevalier

Zwei bemerkenswerte Frauen

Roman

Aus dem amerikanischen Englisch
von Anne Rademacher

PENGUIN VERLAG

Die englische Originalausgabe erschien 2009 unter dem Titel
Remarkable Creatures bei HarperCollins Publishers, London.

FSC www.fsc.org MIX Papier aus verantwortungsvollen Quellen FSC® C014496

Verlagsgruppe Random House FSC® N001967

PENGUIN VERLAG

1. Auflage 2018

Covergestaltung: bürosüd, München, nach einer Idee von HarperCollins
Covermotiv: Klaus-Peter Wolf/Fotosonline/Alamy; fossil ammonites/
Martin Dohrn/Science Society; Science & Society Picture
Library/Getty Images, Hulton Archive/Getty Images
Druck und Bindung: GGP Media GmbH, Pößneck
Printed in Germany
ISBN 978-3-328-10254-0
www.penguin-verlag.de

Dieses Buch ist auch als E-Book erhältlich.

Für meinen Sohn Jacob

I

Anders als alle Steine am Strand

Den Blitzschlag habe ich in meinem Leben immer wieder gespürt, in Wirklichkeit getroffen hat er mich aber nur einmal. Eigentlich sollte ich mich nicht daran erinnern können, ich war schließlich fast noch ein Baby, aber ich erinnere mich. Ich saß auf einem Feld. Pferde waren da und Reiter, die Kunststücke vorführten. Plötzlich zog ein Gewitter auf. Eine Frau, es war nicht Mam, nahm mich hoch und trug mich unter einen Baum. Als sie mich fest an sich drückte, schaute ich auf und sah ein Muster aus schwarzen Blättern vor weißem Himmel.

Und dann war da plötzlich Krach, als würden alle Bäume umstürzen, und ein sehr helles Licht, wie wenn man in die Sonne blickt. Etwas durchzuckte mich, sirrend und heiß, als hätte ich ein glühendes Kohlenstück angelangt. Ich roch verbranntes Fleisch und spürte, dass da Schmerz sein musste, aber mir tat nichts weh. Mir war nur, als hätte man mein Inneres nach außen gestülpt.

Dann begannen sie an mir herumzuzerren. Ich hörte Geschrei, konnte aber selbst keinen Ton von mir geben. Man trug mich irgendwo hin, und Wärme umhüllte mich, nicht von einer Decke, sondern feuchte Wärme. Es war Wasser, und Wasser kannte ich, denn unser Haus stand nah am Meer, ich konnte es vom Fenster aus sehen. Ich schlug die Augen wieder auf, und mir ist, als hätte ich sie seither nie mehr geschlossen.

Der Blitz tötete die Frau, die mich hielt, und die beiden Mädchen daneben; doch ich hab ihn überlebt. Es heißt, vor dem Gewitter wär ich ein stilles, ständig kränkelndes Kind gewesen, aber danach hätte ich mich zu einem gesunden und quicklebendigen Mädchen entwickelt. Ob das stimmt, kann ich nicht sagen, doch ich spüre die Erinnerung an diesen Blitzschlag immer noch. Wenn mich etwas besonders bewegt oder erregt, durchfährt er mich wie ein Schauder. Ich hab ihn gespürt, als Joe den ersten Krokodilkopf fand und ihn mir zeigte; und als ich dann selbst den Körper dazu entdeckte, hab ich ihn wieder gespürt. Der Blitz kam auch, als ich andere Riesenbestien auf dem Strand fand und als mir zum ersten Mal Colonel Birch begegnete. Oft spüre ich den Blitz und weiß nicht, warum er da ist. Manchmal verstehe ich ihn nicht, doch ich höre auf das, was er mir sagt, denn der Blitz ist in mir, und ich bin der Blitz. Er ist in mich gefahren, als ich ein Baby war, und hat mich seither nie mehr verlassen.

Jedes Mal, wenn ich ein Fossil finde, fühle ich das Echo des Blitzschlags in mir, dieses leise Sirren, das mir sagt: «Ja, Mary Anning, du bist anders als alle Steine am Strand.» Darum bin ich Fossilienjägerin geworden: Ich will den Blitzschlag spüren und dieses Anderssein. Jeden Tag will ich es spüren.

II

Schmutzig, mysteriös und nicht sehr damenhaft

Mary Anning führt mit den Augen. Gleich bei unserer ersten Begegnung fiel mir das auf, obwohl sie damals noch ein Mädchen war. Ihre knopfbraunen, hellwachen Augen scheinen, typisch für eine Fossilienjägerin, ständig nach etwas zu suchen, selbst dort, wo es wirklich nichts Interessantes zu finden gibt, auf der Straße etwa oder im Haus. Wegen dieser Angewohnheit wirkt sie sogar dann lebendig und voller Energie, wenn sie sich völlig ruhig verhält. Meine Schwestern behaupten, ich sei genauso, mein Blick schweife ständig suchend umher, statt stetig und fest zu sein. Nur, dass sie das nicht als Kompliment meinen, wie ich bei Mary.

Ich beobachte seit Langem, dass Menschen meist mit einer besonderen Eigenheit des Gesichts oder des Körpers führen. Bei meinem Bruder John zum Beispiel sind es die Augenbrauen. Zum einen natürlich, weil sie ihm in markanten Büscheln über den Augen stehen, aber auch, weil sie der Teil seines Gesichts sind, der am häufigsten in Bewegung ist. Bei John scheinen die Augenbrauen den Gedanken zu folgen, unter denen sich die Stirn in Falten legt und wieder glättet. Nach Louise ist er das zweitälteste der Philpotkinder, und da er der einzige Sohn blieb, musste er nach dem Tod unserer Eltern die Verantwortung für vier Schwestern übernehmen, eine Pflicht, die einem leicht in die Augenbrauen steigen kann. Ein sehr ernsthafter Junge ist John allerdings schon immer gewesen.

Meine jüngste Schwester Margaret führt mit den Händen. Sie sind zwar klein, haben aber überproportional lange und elegante Finger, so dass sie besser Klavier spielt als wir anderen. Beim Tanzen fällt sie durch betont graziöse Handbewegungen auf, und im Schlaf wirft sie die Arme hoch über den Kopf, selbst wenn es im Zimmer kalt ist.

Frances, die einzige Philpotschwester, die geheiratet hat, führt mit dem Busen – was vermutlich alles erklärt. Wir Philpots sind keine Schönheiten, unsere Figuren sind hager und unsere Gesichtszüge herb. Auch reichte das Familienvermögen nur, um eine Tochter problemlos zu verheiraten. Frances machte das Rennen und verließ das Haus am Red Lion Square, um die Frau eines Kaufmanns in Essex zu werden.

Schon immer habe ich Menschen bewundert, die wie Mary Anning mit den Augen führen, denn sie scheinen die Welt und deren Treiben bewusster wahrzunehmen. Aus diesem Grund vertrage ich mich auch mit meiner ältesten Schwester Louise am besten. Louise hat wie alle Philpots graue Augen und ist eher schweigsam, aber wenn sie einen fest anblickt, nimmt man sie ohne Worte ernst.

Auch ich wollte immer mit den Augen führen, doch es war mir nicht vergönnt. Ich habe ein markantes Kinn, und wenn ich die Zähne zusammenbeiße – was aus Kummer über diese Welt leider öfter geschieht, als es sollte –, verspannt es sich und wirkt scharf wie eine Klinge. Auf einem Ball hörte ich einmal einen potentiellen Bewerber um meine Hand sagen, er traue sich nicht, mich zum Tanzen aufzufordern, weil er Angst habe, sich an meinem Gesicht zu schneiden. Von dieser Bemerkung habe ich mich nie wieder richtig erholt, und sie erklärt wohl, warum ich unverheiratet geblieben bin und selten tanze.

Nur zu gern hätte ich das Kinn gegen die Augen eingetauscht, doch ist mir aufgefallen, dass sich das Merkmal, mit dem ein Mensch führt, genauso wenig ändern lässt wie sein Charakter. Mein ausgeprägtes Kinn ist so versteinert wie die Fossilien, die ich sammele; es wird mir wohl ewig bleiben und, wie ich befürchte, die Menschen abschrecken.

Mary Anning lernte ich in Lyme Regis kennen, der Kleinstadt, in der sie ihr ganzes Leben verbrachte. Niemals hätte ich gedacht, dass ich in so einem Ort landen könnte. Wir Philpots sind natürlich in London aufgewachsen, genauer gesagt am Red Lion Square. Von Lyme hatte ich zwar gehört, weil die modernen Seebäder, die damals überall aus dem Boden schossen, ein beliebtes Gesprächsthema waren, selbst besucht hatte ich es nie. Im Sommer bereisten wir Philpots meist Städte in Sussex wie Brighton oder Hastings. Als unsere Mutter noch lebte, bestand sie darauf, dass wir frische Luft atmeten und im Meer badeten. Sie hing den Lehren des Doktor Richard Russell an, der eine Dissertation über die wohltuenden Auswirkungen des Meerwassers geschrieben hatte, in dem man seiner Meinung nicht nur baden, sondern das man auch trinken sollte. Auch wenn ich mich weigerte, es zu trinken, ging ich gelegentlich zum Schwimmen. Am Meer fühlte ich mich heimisch, nur dass ich einmal wirklich am Meer wohnen würde, hätte ich nicht vermutet.

Doch zwei Jahre nach dem Tod unserer Eltern verkündete mein Bruder eines Abends beim Dinner, dass er sich mit der Tochter eines befreundeten Anwaltskollegen unseres Vaters verlobt habe. Wir küssten John und gratulierten ihm, Margaret spielte einen Festwalzer auf dem Klavier. Nachts im Bett aber weinte ich, wie meine Schwestern vermutlich auch, denn wir wussten, dass dies das Ende unseres trauten Lebens in London sein würde. Hatte unser Bruder erst geheiratet, würden weder Platz noch Geld reichen, um uns alle am Red Lion Square wohnen zu lassen. Die neue Mrs Philpot würde natürlich die Herrin in ihrem Haus sein wollen und es mit Kindern füllen. Drei Schwestern waren einfach zu viel des Guten, insbesondere, wenn abzusehen war, dass sie unverheiratet blieben. Louise und mir war bereits klar, dass wir keinen Mann mehr finden würden. Wir hatten kaum Geld und hätten mögliche Ehemänner allein durch unser Aussehen oder ein gewinnendes Wesen überzeugen müssen, wozu aber weder das eine noch das andere taugte. Louise hatte zwar schöne Augen, die ihrem Gesicht Leben und Anmut gaben, war aber sehr hoch gewachsen – so hoch, dass die meisten Männer zu ihr aufschauen mussten –, und hatte zu allem Überfluss auch noch große Hände und Füße. Erschwerend hinzu kam ihre ausgeprägte Schweigsamkeit, mit der sie mögliche Bewerber verunsicherte, weil sie sich von ihr kritisch beäugt fühlten – was vermutlich sogar stimmte. Ich selbst war klein, hager und unscheinbar, konnte nicht flirten und versuchte stattdessen, über ernste Dinge zu reden, was die Männer erst recht abschreckte.

Wir waren wie Schafe, die von einer abgeweideten Wiese auf die nächste getrieben werden mussten, und John fiel die Rolle des Schäfers zu.

Am Morgen nach seiner Ankündigung legte er ein Buch auf den Frühstückstisch, das er von einem Freund ausgeliehen hatte. «Ich dachte, ihr wollt in den Sommerferien vielleicht einmal etwas Neues sehen und nicht schon wieder Onkel und Tante in Brighton besuchen», schlug er vor. «Wie wäre es mit einer kleinen Reise entlang der Südküste? Weil der Krieg mit Frankreich Reisen zum Kontinent unmöglich macht, sprießen in letzter Zeit überall Seebäder aus dem Boden. Eastbourne oder Worthing zum Beispiel. Oder ihr fahrt noch etwas weiter bis Lymington, vielleicht auch bis an die Küste Dorsets, nach Weymouth oder Lyme Regis.» John ließ diese Namen fallen, als hake er auf einer Liste in seinem Kopf einen nach dem anderen ab. So funktionierte sein ordentlich strukturiertes Anwaltsgehirn eben. Offenbar hatte er bereits eine genaue Vorstellung davon, wo er uns hinschicken könnte, wollte uns aber nicht zu sehr drängen. «Schaut einmal rein, was euch gefallen könnte.» John klopfte auf das Buch. Obwohl er es mit keinem Wort erwähnte, wussten wir alle, dass es um mehr ging als nur um ein Reiseziel. Wir sollten uns nach einem neuen Zuhause umschauen, in dem wir zwar einen etwas bescheideneren Haushalt führen würden, aber wenigstens nicht, wie es in London der Fall wäre, in Armut leben mussten.

Sobald John sich in seine Kanzlei verabschiedet hatte, nahm ich das Buch zur Hand. «Führer zu Trink- und Badekuren für das Jahr 1804», las ich Louise und Margaret vor. Beim Durchblättern entdeckte ich, dass die englischen Städte alphabetisch aufgelistet waren. Das vornehme Bath hatte mit neunundvierzig Seiten natürlich den längsten Eintrag bekommen, ergänzt durch eine große Landkarte und eine ausklappbare Panorama-Ansicht der Stadt, deren elegante Fassaden sich harmonisch in die Hügel der Umgebung fügten. Über unser geliebtes Brighton gab es einen begeistert klingenden Bericht von dreiundzwanzig Seiten. Ich schlug die Städte nach, die unser Bruder erwähnt hatte. Einige waren gerade einmal bessere Fischerdörfer und gaben nicht mehr als zwei Seiten voller halbherziger Platituden her. John hatte die Orte seiner Wahl mit einem Punkt am Seitenrand markiert. Vermutlich hatte er alle Einträge des Buchs gelesen und sich für diejenigen entschieden, die seinen Vorstellungen am nächsten kamen. Er hatte ganze Arbeit geleistet.

«Und warum nicht Brighton», fragte Margaret.

Ich las gerade den Eintrag über Lyme Regis und lächelte ironisch: «Hier ist die Antwort.» Ich reichte ihr den Führer. «Schau, was John angestrichen hat.»

«‹Lyme wird vor allem von Angehörigen der mittleren Gesellschaftsschicht aufgesucht›, las Margaret laut vor. ‹Feriengäste entscheiden sich für diesen Ort, weil sie dort nicht nur Linderung für viele Krankheiten finden, sondern in Zeiten versiegender Einkünfte auch ihr angeschlagenes Vermögen schonen können.›» Sie ließ das Buch in den Schoß sinken. «Das heißt also, Brighton ist zu teuer für die Philpot-Schwestern.»

«Du könntest hier bei John und seiner Frau bleiben», schlug ich in einem plötzlichen Anflug von Großzügigkeit vor. «Mit einer von uns kommen sie sicher zurecht. Wir müssen uns nicht gleich alle an die Küste verbannen lassen.»

«So ein Unsinn, Elizabeth, wir lassen uns nicht auseinanderreißen», erklärte Margaret mit einer Loyalität, für die ich sie umarmen musste.

In jenem Sommer reisten wir, wie von John vorgeschlagen, die Küste entlang. Mit von der Partie waren unsere Tante, unser Onkel, unsere zukünftige Schwägerin, deren Mutter und, wann immer er sich freimachen konnte, John. Unsere Begleiter ließen ständig Kommentare fallen: «Was für herrliche Gärten! Wie ich die Menschen beneide, die das ganze Jahr hier leben und sich in ihnen ergehen können!», hieß es da, oder «Diese Leihbibliothek ist so hervorragend bestückt, man könnte meinen, man wäre in London» oder «Ist die Luft hier nicht wunderbar mild und frisch? Ich wünschte, ich könnte sie das ganze Jahr atmen.» Die Anmaßung, mit der die anderen sich so selbstverständlich in unsere Zukunft einmischten, war verletzend, zumal sich dabei besonders unsere Schwägerin hervortat, die das Haus der Philpots übernehmen würde und sich nicht ernsthaft vorstellen musste, in Worthing oder Hastings zu leben. Ihre Kommentare wurden schließlich so ärgerlich, dass Louise sich immer öfter von gemeinschaftlichen Ausflügen entschuldigte und ich zunehmend gereizter reagierte. Allein Margaret machte es Spaß, diese neuen Städte zu erkunden, und sei es nur, um sich über die matschigen Straßen von Lymington oder das bescheidene Provinztheater in Eastbourne lustig zu machen. Am besten gefiel es ihr in Weymouth. Da König George diese Stadt sehr mochte, war sie populärer als die anderen, und es trafen täglich mehrere Kutschen aus London und Bath ein, die einen niemals versiegenden Zustrom vornehmer Gäste ausspuckten.

Ich selbst war während unserer Reise meistens schlecht gelaunt. Die Vorstellung, gegen den eigenen Willen in einen bestimmten Ort übersiedeln zu müssen, kann einem diesen als Urlaubsziel verleiden. Im Vergleich zu London musste natürlich jede andere Stadt den Kürzeren ziehen. Selbst Brighton und Hastings, Seebäder, die ich früher gern besucht hatte, schien es plötzlich an Esprit und Eleganz zu mangeln.

Bis wir Lyme Regis erreichten, waren von unserer Gesellschaft nur noch Louise, Margaret und ich übrig geblieben: John musste zurück in die Kanzlei und hatte seine Verlobte samt deren Mutter mitgenommen; unser Onkel hatte einen Gichtanfall bekommen, so dass er humpelnd mit unserer Tante die Rückreise nach Brighton antrat. Begleitet wurden wir jetzt von den Durhams, einer Familie, die wir in Weymouth kennengelernt hatten. Wir nahmen zusammen eine Kutsche, und sie halfen uns, eine Unterkunft in der Broad Street zu finden, der Hauptstraße von Lyme Regis.

Von allen Orten, die wir in jenem Sommer besucht hatten, war Lyme in meinen Augen der ansprechendste. Mittlerweile war es

September geworden, ein Monat, in dem es überall schön ist, weil die milde Luft und das goldene Licht selbst den trostlosesten Ferienort aufhellen. Wir genossen das gute Wetter – und dass wir von unserer Familie und deren Erwartungen befreit waren. Endlich konnte ich mir eine eigene Meinung darüber bilden, wo ich gerne leben würde.

Lyme Regis ist eine Stadt, die sich ihrer geographischen Umgebung eher angepasst hat, als sich die Landschaft zu unterwerfen. Die steilen Pässe, über die man den Ort erreicht, sind für Kutschen unpassierbar, weshalb die meisten Reisenden beim Wirtshaus *Queen's Arms* in Charmouth oder an der Straßenkreuzung von Uplyme aussteigen und sich von kleineren Wägen weiter befördern lassen. Eine schmale Straße führt bis an den Meeresstrand hinab, macht dort eine scharfe Biegung von der Küste weg und steigt gleich wieder hügelauf, als habe sie nur einen kurzen Blick auf die Wellen werfen wollen, um dann schnell zu fliehen. Unten an der Küste, wo der kleine Fluss Lym ins Meer mündet, hat sich das quadratische Stadtzentrum gebildet. Dort befindet sich das größte Wirtshaus des Ortes, das *Three Cups*, dem das Zollamt und der Ballsaal gegenüber liegen, der bei aller Bescheidenheit immerhin mit drei Kristallkronleuchtern und einem schönen Erkerfenster zum Strand hin aufwarten kann. Von diesem Zentrum aus erstrecken sich entlang der Küste und des Flusses die Wohnhäuser, während sich alle Geschäfte und die Stände des Shambles-Marktes an der Broad Street befinden. Im Unterschied zu Bath, Cheltenham oder Brighton wurde Lyme nicht geplant, sondern wucherte mal in diese, mal in jene Richtung, als habe es vergeblich versucht, den Hügeln und der See zu entkommen.

Aber Lyme hat noch eine zweite Seite, denn es sieht so aus, als grenzten unten am Meer zwei verschiedene Gemeinden aneinander, verbunden durch einen schmalen Strand, an dem sich in Erwartung der Besucherströme die Badekarren drängen. Dieses andere Lyme am westlichen Ende des Strandes scheint die See nicht zu fliehen, sondern sie zu suchen und zu umarmen. Dominiert wird dieser Stadtteil vom «Cobb», einer langen grauen Steinmauer, die wie ein gekrümmter Finger ins Meer hineinragt. Hinter dieser Mauer finden die Fischerboote und Handelsschiffe, die von überall her kommen, einen geschützten und ruhigen Ankerplatz. Der Cobb ist mehrere Meter hoch und so breit, dass man zu dritt Arm in Arm über ihn schlendern kann, wie es viele Feriengäste tun, um von dort den schönen Ausblick auf die Stadt und die dramatische Küstenlinie mit ihren sanften Hügeln und den grünen, grauen und braunen Klippen zu genießen.

Bath und Brighton sind trotz ihres Umlands schön, da sie das Auge mit ihren glatten Steinfassaden und dem gleichmäßigen Stadtbild erfreuen. Lyme jedoch ist wegen seines Umlands schön und trotz seiner langweiligen Architektur. Bei mir war es Liebe auf den ersten Blick.

Auch meinen Schwestern gefiel es in Lyme, allerdings aus unterschiedlichen Gründen. Bei Margaret war die Sache einfach: Sie wurde die Ballkönigin von Lyme. Mit ihren achtzehn Jahren war sie kess und lebendig und so attraktiv, wie eine Philpot es nur sein konnte. Sie hatte hübsche braune Locken und lange, elegant geschwungene Arme, die sie gern zur Geltung brachte, indem sie sie hoch über den Kopf riss. Ihr Gesicht war zwar etwas länglich und ihr Mund zu klein, auch traten die Halssehnen zu stark hervor, doch mit achtzehn Jahren spielte das noch keine Rolle. Erst später würde man darauf schauen. Wenigstens hatte sie nicht mein messerscharfes Kinn geerbt oder war unvorteilhaft hoch gewachsen wie Louise. In Lyme jedenfalls konnte ihr in jenem Sommer kaum jemand das Wasser reichen, und sie erfreute sich weit mehr männlicher Aufmerksamkeit als in Weymouth oder Brighton, wo die Konkurrenz größer gewesen war. Margaret lebte glücklich von einem Ball zum nächsten und vertrieb sich die Zwischenzeit mit Kartenspielen und beim Nachmittagstee im Ballsaal. Sie badete im Meer oder flanierte mit ihren neuen Bekannten den Cobb auf und ab.

Louise machte sich nichts aus Bällen und konnte auch dem Kartenspiel wenig abgewinnen, dafür hatte sie gleich in den ersten Tagen auf den Klippen westlich der Stadt ein Gebiet mit überraschend wilder Vegetation und stillen, von Efeu und Moos überwucherten Pfaden entdeckt, die sich an abgestürzten Felsbrocken vorbeischlängelten.

Bei einem Morgenspaziergang über den Monmouth Strand, der westlich des Cobbs beginnt, fand auch ich meine Lyme-Beschäftigung. Wir begleiteten die Durhams, unsere Freunde aus Weymouth, die nach dem so genannten «Schlangenfriedhof» suchten, einem langen Felsband, das sich weit über den Strand erstreckt, aber nur bei Ebbe freigelegt wird. Der Weg war weiter, als wir gedacht hatten, und über den steinigen Strand ging es nur mühsam voran. Ich hielt den Blick ständig auf den Boden gerichtet, um nicht zu stolpern, und als ich meinen Fuß zwischen zwei Steine setzte, fiel mir ein außergewöhnlicher, mit einem Streifenmuster geschmückter Kiesel auf. Ich bückte mich und hob ihn auf – es war das erste von vielen tausend Malen, die ich das in Zukunft noch tun sollte. Der Stein hatte die Form einer Spirale, auf der sich in gleichmäßigen Abständen Rippen wölbten. Er erinnerte mich an eine Schlange, die sich um ihre Schwanzspitze herum eingerollt hat, und ich fand das regelmäßige Muster so hübsch, dass ich den Stein behalten wollte. Zwar hatte ich keine Ahnung, was ich da in der Hand hielt, doch ich wusste, dass es sich nicht um einen einfachen Kiesel handeln konnte. Ich zeigte meinen Fund erst Louise und Margaret und dann den Durhams. «Ah, das ist ein Schlangenstein», erklärte Mr Durham.

Fast hätte ich meinen Fund fallen lassen, obwohl mir mein Verstand sagte, dass diese Schlange nicht mehr lebte. Aber ein ganz normaler Stein war es eben auch nicht. Dann ging mir ein Licht auf: «Das ist ein … ein Fossil, nicht wahr?» Ich sprach das Wort zögernd aus, denn ich war mir nicht sicher, ob die Durhams den Begriff kannten. Natürlich hatte ich schon über Fossilien gelesen und auch einige in einer Vitrine im Britischen Museum gesehen, aber dass sie einfach so am Strand herumlagen, hatte ich nicht gewusst.

«Ich denke schon», erwiderte Mr Durham. «Solche Steine werden hier oft gefunden. Einige Einheimische verkaufen sie als Kuriositäten und nennen sie deshalb ‹Kuris›.»

«Wo ist der Kopf?», fragte Margaret. «Es sieht aus, als sei er abgehackt worden.»

«Vielleicht ist er auch abgebrochen», gab Miss Durham zu bedenken. «Wo haben Sie den Schlangenstein gefunden, Miss Philpot?»

Ich deutete auf die Stelle. Wir suchten gemeinsam, sahen aber nirgendwo einen Schlangenkopf herumliegen. Die anderen verloren bald das Interesse und gingen weiter, ich aber suchte noch eine Weile allein, bevor ich mich wieder der Gruppe anschloss. Im Gehen öffnete ich gelegentlich die Hand, um meinen Fund anzuschauen, von dem ich bald erfahren sollte, dass es sich um meinen ersten Ammoniten handelte. Ich fand es seltsam, den Körper einer mir unbekannten Kreatur in der Hand zu halten, aber es war auch schön. Die feste Form zu umfassen hatte etwas Beruhigendes, als würde ich mich auf einen Wanderstab oder ein Geländer stützen.

Am Ende des Monmouth Strandes, kurz vorm Seven Rocks

Point, hinter dem sich der weitere Verlauf der Küste dem Blick entzieht, fanden wir den Schlangenfriedhof. Es war eine glatte Kalksteinfläche, die von spiralförmigen Abdrucken übersät war. Die weißen Linien im grauen Stein stammten von Hunderten solcher Kreaturen, wie ich eine in der Hand hielt, nur dass diese riesig waren. Jede einzelne von ihnen hatte die Größe eines Speisetellers. Es war ein so ungewöhnlicher, auch bedrückender Anblick, dass wir schweigend dastanden und schauten.

«Sind das Boa Constrictors, oder was?», fragte Margaret schließlich. «Die sind ja riesig!»

«Aber in England gibt es keine Boa Constrictors», meinte Miss Durham. «Wie sollten sie hierher gekommen sein?»

«Vielleicht haben sie vor ein paar hundert Jahren hier gelebt», überlegte Mrs Durham.

«Oder sogar vor tausend oder fünftausend Jahren», warf Mr Durham ein. «Gut möglich, dass es schon so lange her ist. Vielleicht sind sie später in andere Teile der Welt abgewandert.»

Für mich sahen die Abdrucke nicht wie Schlangen aus, allerdings auch nicht wie irgendein anderes Tier, das ich kannte. Ich balancierte über die Felsplatte, wobei ich meine Schritte vorsichtig setzte, um auf keine der Kreaturen zu treten. Natürlich war mir klar, dass sie schon lange tot waren und es sich auch nicht um Körper, sondern eher um deren Abdrucke im Stein handelte. Man konnte sich kaum vorstellen, dass sie einmal gelebt hatten. Ich fand, dass sie unvergänglich aussahen, als wären sie schon immer im Stein eingeschlossen.

Wenn wir in Lyme leben würden, überlegte ich, könnte ich jederzeit hierher kommen und mir diese Versteinerungen anschauen. Und ich könnte kleinere Schlangensteine und andere Fossilien am Strand suchen. Das war doch etwas. Für mich war es genug.

Unser Bruder war sehr erfreut über unsere Wahl. Lyme war kostengünstig, außerdem hatte sich William Pitt der Jüngere als junger Mann in der Stadt aufgehalten, um sich von einer Krankheit zu erholen. Für John war es beruhigend, dass ein britischer Premierminister hohe Stücke auf den Ort hielt, an den er seine Schwestern verbannte.

Im nächsten Frühjahr zogen wir um. John hatte uns einen Cottage am oberen Ende der Silver Street gekauft, der hoch über den Stränden und den Läden der Broad Street lag, deren Verlängerung die Silver Street war. Bald darauf verkauften John und seine neue Frau unser altes Haus am Red Lion Square und schafften sich mit Hilfe der Mitgift unserer Schwägerin ein neues in der nahegelegenen Montague Street an, die direkt am Britischen Museum lag. Wir hatten nicht damit gerechnet, dass unsere Entscheidung uns gleich vollständig von unserer Vergangenheit abschnitt, doch so war es. Jetzt hatten wir nur noch die Gegenwart und eine Zukunft in Lyme.

Auf den ersten Blick war der Morley Cottage ein Schock für uns. Die Zimmer waren klein, die Decken niedrig und die Fußböden uneben. Alles war ganz anders als in unserem Londoner Zuhause. Das kleine, aus Feldstein gebaute Haus hatte ein Schieferdach. Im Erdgeschoss gab es einen Salon, ein Esszimmer und eine Küche, darüber befanden sich zwei Schlafzimmer und noch eine Kammer unterm Dachvorsprung für unser Dienstmädchen Bessy. Louise und ich teilten uns ein Zimmer und überließen das andere Margaret, denn sie beklagte sich immer, wenn wir abends noch lange lasen; Louise in ihren Botanikbüchern und ich in meinen Werken zur Naturgeschichte. Für das Klavier unserer Mutter, ihr Sofa oder den Mahagoni-Esstisch reichte der Platz im Cottage nicht, wir mussten sie in London zurücklassen. Stattdessen kauften wir im nahe gelegenen Axminster kleinere und schlichtere Möbelstücke und in Exeter ein winziges Klavier. Diese rein äußerlichen Einschränkungen spiegelten unseren Niedergang von einer wohlhabenden Familie mit mehreren Dienstboten und vielen Besuchern zu einem stark verkleinerten Haushalt mit nur einem Dienstmädchen, das kochen und putzen musste. Und das in einer Stadt, deren Familien fast alle unter unserem gesellschaftlichen Niveau waren.

Allerdings gewöhnten wir uns an unser neues Zuhause. Es dauerte gar nicht lange, da erschien uns unser altes Haus in London als viel zu groß. Mit seinen hohen Decken und den riesigen Fenstern war es schwer zu heizen gewesen, und seine Ausmaße überstiegen bei Weitem, was ein Mensch zum Wohnen brauchte. Was half all die Pracht, wenn man ihr als Bewohner keine eigene Größe entgegensetzen konnte? Der Morley Cottage hingegen war ein Damenhaus, hatte Damengröße und entsprach weiblichen Ansprüchen. Da nie ein Mann mit uns dort wohnte, ist dies natürlich eine rein theoretische Behauptung, doch ich bin mir ziemlich sicher, dass sich ein männliches Wesen aus unserer Gesellschaftsschicht dort niemals wohl gefühlt hätte. John jedenfalls kämpfte bei seinen Besuchen mit allen möglichen Problemen. Ständig schlug er sich den Kopf an den Deckenbalken an, er stolperte über unebene Türschwellen, musste sich bücken, wenn er durch die niedrigen Fenster schauen wollte, und schwankte unsicher auf der steilen Treppe. Im Morley Cottage war alles eine Nummer kleiner geworden, nur der Herd in unserer Küche war größer als sein Gegenstück in Bloomsbury.

Wir gewöhnten uns auch daran, in einem kleineren gesellschaftlichen Kreis zu verkehren. Lyme liegt recht abgelegen, die nächste größere Stadt ist das fünfundzwanzig Meilen entfernte Exeter. Vermutlich erklärt das auch, warum die Einwohner von Lyme sich zwar an die gängigen gesellschaftlichen Konventionen halten, aber trotzdem ihren eigenen Kopf haben und unberechenbar sind. Sie können engstirnig, gleichzeitig aber auch tolerant sein. Kein Wunder also, dass es in dieser kleinen Stadt gleich mehrere von der anglikanischen Kirche abweichende Glaubensgemeinschaften gibt. Die Hauptkirche des Orts, Sankt Michael, gehört natürlich nach wie vor zur Church of England, aber es kommen noch diverse andere Gotteshäuser hinzu, in denen sich die Gläubigen versammeln, die Zweifel an der traditionellen Lehrmeinung der Kirche haben: Methodisten, Baptisten, Quäker und Kongregationalisten.

Ich knüpfte in Lyme zwar neue Kontakte, doch insgesamt gefiel mir der widerborstige Geist der Stadt als Ganzes besser, als es einzelne ihrer Bewohner taten – zumindest bis zu dem Tag, an dem ich Mary Anning kennen lernte. Wir Philpots galten in der Stadt noch jahrelang als Londoner Gewächse, die man misstrauisch, wenn auch mit einer gewissen Nachsicht beäugte. Reich waren wir zwar nicht, denn mit einhundertfünzig Pfund im Jahr können drei unverheiratete Frauen keine großen Sprünge machen, aber immer noch wohlhabender als die meisten Menschen in Lyme. Zudem sicherte uns unsere Herkunft aus einer gebildeten Londoner Anwaltsfamilie ein gewisses Maß an Respekt. Darüber, dass keine von uns dreien einen Mann hatte, schienen sich die Leute allerdings gerne lustig zu machen; wenigstens taten sie es hinter unserem Rücken und lachten uns nicht direkt ins Gesicht.

Auch wenn der Morley Cottage nichts Besonderes war, bot er eine atemberaubende Aussicht auf die Bucht von Lyme und die östliche Hügelkette entlang der Küste, aus der als höchster Punkt das Golden Cap herausragte. An klaren Tagen reichte der Blick bis zur Isle of Portland, die wie ein Krokodil, von dem man nur den langen flachen Kopf über Wasser sieht, vor der Küste lag. Oft stand ich schon frühmorgens auf und setzte mich mit meinem Tee ans Fenster, um die Sonne aufgehen und dem Golden Cap seinen Namen geben zu sehen. Der Anblick linderte den Schmerz, mit dem ich immer noch dem lebendig pulsierenden London nachtrauerte, das ich gegen dieses abgelegene, schäbige Seebad an der Südwestküste Englands hatte eintauschen müssen. Wenn die Sonne die Hügel mit ihrem Glanz überzog, hatte ich das Gefühl, unsere Isolation hier nicht nur akzeptieren, sondern ihr auch etwas abgewinnen zu können. War der Himmel jedoch von tief hängenden Sturmwolken bedeckt oder einfach nur gleichförmig grau, nahm die Verzweiflung wieder zu.

Schon bald nach unserer Ankunft im Morley Cottage erkor ich Fossilien zu meiner neuen Leidenschaft. Irgendeinen Zeitvertreib brauchte ich schließlich: Ich war fünfundzwanzig, würde wahrscheinlich niemals heiraten und suchte nach einer Liebhaberei, die meine Tage ausfüllen konnte. Das Leben einer Dame kann unendlich öde und langweilig sein.

Meine Schwestern hatten ihre Territorien bereits abgesteckt. Louise sah man den ganzen Tag auf Händen und Knien in unserem Garten in der Silver Street, wo sie die Hortensien rodete, die ihr als Blumen zu vulgär erschienen. Margaret ging im Ballsaal ihrer Liebe zum Kartenspiel und zum Tanz nach. So oft sie konnte, überredete sie Louise und mich, sie zu begleiten, allerdings fand sie bald jüngere Freundinnen. Nichts schreckt potentielle Bewerber mehr ab als altjüngferliche Schwestern, die am Rand der Tanzfläche stehen und hinter vorgehaltenen Handschuhen dumme Bemerkungen machen. Margaret war gerade neunzehn geworden, und so sehr sie auch über die provinziellen Bälle und Kleider in Lyme lästern mochte, setzte sie doch schönste Hoffnungen darein, im Ballsaal eine gute Partie zu machen.

Ich selbst war nach dem frühen Fund eines Goldammoniten, der am Strand zwischen Lyme und Charmouth in der Sonne geglitzert hatte, hoffnungslos dem verführerischen Kitzel der Schatzsuche verfallen und immer häufiger am Strand anzutreffen. Damals interessierten sich nur wenige Frauen ernsthaft für Fossilien, denn diese Liebhaberei galt als nicht besonders damenhaft, sondern als schmutzig und mysteriös. Doch das machte mir nichts. Schließlich gab es niemanden, den ich mit meiner Weiblichkeit beeindrucken wollte.

Es stimmt schon, dass Fossilien ein ungewöhnliches Steckenpferd sind. Als Überreste einstiger Lebewesen finden sie nicht bei jedem Anklang. Denkt man zu lange darüber nach, was man da in Händen hält, nämlich einen Körper, der schon lange tot ist, mag einem das seltsam vorkommen. Noch dazu stammen Fossilien nicht aus unserer Welt, sondern aus einer Vergangenheit, die wir uns heute nur noch schwer vorstellen können. Einerseits macht genau das sie für mich so anziehend, gleichzeitig ist es aber auch der Grund, warum ich lieber Fischfossilien sammele, die mit ihren beeindruckenden Mustern aus Flossen und Schuppen noch eher den Fischen ähneln, die wir jeden Freitag essen, und die damit mehr mit unserer Gegenwart zu tun haben.

Den Fossilien verdanke ich auch meine erste Begegnung mit Mary Anning und ihrer Familie. Kaum hatte ich eine Handvoll Versteinerungen gesammelt, glaubte ich einen Ausstellungskasten zu brauchen, in dem ich sie ordentlich sortiert präsentieren konnte. Von uns Philpot-Schwestern war ich schon immer diejenige gewesen, die gern organisierte und ordnete. Ich arrangierte Louises Blumen in Vasen und stellte das Porzellan, das Margaret aus London mitgebracht hatte, in Vitrinen aus. Dieses Bedürfnis nach Ordnung führte mich in Richard Annings Kellerwerkstatt in der Unterstadt. Sie lag am Cockmoile Square, wobei Square – Platz – ein recht großspuriges Wort für die kleine, gerade einmal wohnzimmergroße freie Stelle zwischen den Häusern war. Obwohl er sich gleich hinter dem Hauptplatz der Stadt befand, über den die feinen Leute flanierten, waren die Häuser am Cockmoile Square recht schäbig. Dort lebten und arbeiteten die Handwerker, außerdem befand sich an einer Ecke des Platzes noch das winzige Gefängnis der Stadt, das man an den Schlagknüppeln vor der Tür erkannte.

Selbst wenn man mir Richard Anning nicht als bewährten Möbeltischler empfohlen hätte, wäre ich früher oder später vor seiner Werkstatt gelandet, und sei es nur, um meine Fossilien mit denen zu vergleichen, die dort von der kleinen Mary Anning auf einem Tisch zum Verkauf angeboten wurden. Mary war ein hochgewachsenes, schlankes Mädchen mit den rauen Händen eines Kindes, das nie mit Puppen gespielt, sondern schon immer gearbeitet hatte. Zwei forsche braune Augen machten ihr eher gewöhnliches, flaches Gesicht interessant. Als ich mich näherte, wühlte sie gerade in einem Korb mit Fossilien, fischte Ammoniten heraus und warf sie in verschiedene Schüsseln, als handele es sich um ein Spiel. Selbst in ihrem jungen Alter konnte sie die verschiedenen Ammonitenarten an den Lobenlinien, die sich um den spiralförmigen Körper zogen, unterscheiden. Jetzt blickte sie vom Sortieren auf und sah mich voller Neugierde und Begeisterung an. «Wollen Sie Kuris kaufen, Ma'am? Wir haben hier ein paar schöne Exemplare. Schauen Sie mal, diese hübsche Seelilie kostet nur eine Krone.» Sie hielt einen wundervollen Crinoid hoch, dessen lange Wedel sich tatsächlich wie eine Lilie entfalteten. Ich mag keine Lilien, denn ihr Geruch ist mir zu aufdringlich süß; generell ziehe ich herbere Düfte vor. Meine Bettwäsche lasse ich von Bessy auf den Rosmarinsträuchern im Garten des Morley Cottage trocknen, während sie die meiner Schwestern über den Lavendel legt. «Gefällt sie Ihnen, Ma'am – Miss?» Mary war hartnäckig.

Ich zuckte zusammen. War es so offensichtlich, dass ich nicht verheiratet war? Natürlich war es das. Erstens fehlte in meiner Begleitung der Ehemann, der auf mich aufpasste und mir meine Wünsche erfüllte. Doch es gab noch etwas anderes, das mir an verheirateten Frauen aufgefallen war: Eine in sich ruhende Selbstgefälligkeit, die daher rührte, dass sie sich keine Sorgen um ihre Zukunft machen mussten. Verheiratete Frauen glichen einem Pudding, der in seiner Form fest geworden war, während ledige Frauen ungeformt und unberechenbar waren.

Ich klopfte auf meinen Korb. «Vielen Dank, aber ich habe meine eigenen Fossilien. Ich will zu deinem Vater, ist er da?» Mary nickte in Richtung der Stufen, die zu einer offenen Tür hinab führten. Mit eingezogenem Kopf ging ich in einen dunklen, schmutzigen Raum, der von Holz und Steinen überquoll. Sägespäne und sandiger Steinstaub bedeckten den Boden. Es roch so stark nach Lack, dass ich am liebsten auf der Stelle kehrtgemacht hätte. Doch dazu war es zu spät, denn Richard Anning hatte mich bereits erblickt und nagelte mich mit seiner spitzen, wohlgeformten Nase auf der Stelle fest, als hätte er einen Pfeil durch mich geschossen. Ich habe noch nie Menschen gemocht, die mit der Nase führen: Alle Aufmerksamkeit richtet sich auf das Zentrum ihres Gesichts, und diese Konzentrierung ruft bei mir eine Art Lähmung hervor.

Er war ein schlanker Mann, mittelgroß, mit dunklem, dichtem Haar und einem markanten Kinn. Seine Augen waren von der Art Dunkelblau, hinter dem sich etwas zu verbergen scheint. Angesichts seiner groben, herablassenden Art und der manchmal ungehobelten Manieren sollte mir seine Attraktivität ein ständiges Ärgernis bleiben. Leider hatte er sein gutes Aussehen nicht der Tochter vererbt, die mehr damit hätte anfangen können.

Er arbeitete gerade an einem kleinen Schrank mit Glastüren

und hielt einen Lackierpinsel in der Hand. Vom ersten Moment an hegte ich eine heftige Abneigung gegen ihn, denn während ich ihm beschrieb, was ich wollte, hielt er es noch nicht einmal für nötig, den Pinsel wegzulegen, auch meine Sammlung würdigte er keines Blickes. «Eine Guinee», war alles, was Richard Anning zu sagen hatte.

Es war eine unverschämte Summe für einen Ausstellungskasten. Glaubte er etwa, er könne die Jungfer aus London über den Tisch ziehen? Oder hielt er mich vielleicht für reich? Einen Moment lang starrte ich in sein attraktives Gesicht und überlegte, ob ich auf meinen Bruder warten sollte, damit er bei seinem nächsten Besuch mit Richard Anning verhandelte. Aber das konnte noch Monate dauern, außerdem wollte ich nicht wegen jeder Kleinigkeit meinen Bruder belästigen. Ich würde mich in Lyme durchsetzen müssen, damit sich die Handwerker nicht länger über mich lustig machten.

Ein Blick in die Werkstatt genügte, um zu wissen, dass Richard Anning den Auftrag brauchen konnte. Ich beschloss, dies zu meinem Vorteil zu nutzen. «Es ist wirklich bedauerlich, dass Sie mir einen dermaßen überhöhten Preis nennen», sagte ich, wickelte meine Fossilien in ein Musselintuch und legte sie zurück in den Korb. «Natürlich hätte ich Ihren Namen deutlich sichtbar an dem Kasten angebracht. Jeder, der sich meine Sammlung anschaut, hätte ihn gesehen. In diesem Fall aber muss ich mich an jemanden wenden, dessen Preise realistischer sind.»

«*Die* wollen Sie ausstellen?» Richard Anning machte eine Kopfbewegung zu meinem Korb hin. Seine Ungläubigkeit entschied die Sache endgültig: Eher würde ich mir jemanden in Axminster, wenn nötig sogar in Exeter suchen, als diesem Mann einen Auftrag zu erteilen. Ich wollte nichts mehr mit ihm zu tun haben. Nie wieder.

«Guten Tag, Sir», sagte ich schnippisch und machte auf dem Absatz kehrt. Ich wollte die Treppe hinaufrauschen, doch Mary verdarb mir meinen dramatischen Abgang. Sie stand mitten in der Tür und versperrte mir den Weg. «Was für Kuris haben Sie denn?», fragte sie. Ihre Augen ruhten auf meinem Korb.

«Wohl kaum etwas, das dich interessieren dürfte», zischte ich, drückte mich an ihr vorbei und lief auf den Platz hinaus. Ich ärgerte mich über mich selbst, weil mich der Tonfall von Richard Anning so verletzt hatte. Was kümmerte mich die Meinung eines Möbeltischlers? Für einen Neuling auf dem Gebiet der Fossilien fand ich meine kleine Sammlung wirklich recht ansehnlich. Ich hatte bereits einen intakten Ammoniten gefunden und mehrere in Einzelteilen, außerdem einen pfeilförmigen Belemniten, dessen dünne Spitze nicht wie bei den meisten Exemplaren abgebrochen, sondern völlig unversehrt war. Doch noch während ich wütend am Tisch der Annings vorbeistürmte, erkannte ich, dass ihre Fossilien schöner und vielfältiger als meine eigenen waren. Alle Fundstücke waren intakt, gereinigt und sortiert. Und es waren wirklich viele. Auf Marys Tisch lagen Exemplare ausgestellt, von denen ich noch nicht einmal gewusst hatte, dass sie Fossilien waren: eine zweischalige Muschelart, ein herzförmiger Stein mit einem Muster auf der Oberfläche und eine Kreatur mit fünf langen winkenden Armen.

Mary hatte meine unhöfliche Bemerkung ignoriert und war mir nach draußen gefolgt. «Ha'm Sie auch Vertebis?»

Ich hörte ein Rascheln am Tisch und das klackende Geräusch von aneinanderschlagenden Steinen. «Die kommen aus dem Krokodilrücken», sagte Mary. «Manche behaupten, dass es Zähne sind, aber Pa und ich wissen es besser. Sehen Sie?»

Ich drehte mich um und sah den Stein an, den sie mir hinhielt. Er war etwa so groß wie ein Zweipennystück, nur dicker, zwar rund, aber an den Seiten leicht eckig abgeflacht. Die Oberfläche war konkav und in der Mitte eingezogen, als hätte ihn jemand in weichem Zustand mit zwei Fingern zusammen gedrückt. Mir fiel das Skelett einer Eidechse ein, das ich im Britischen Museum gesehen hatte.

«Du meinst wahrscheinlich Vertebra», korrigierte ich sie und nahm den Stein in die Hand. «Das sind Wirbel. Aber Krokodile gibt es in England nicht.»

Mary zuckte mit den Schultern. «Vielleicht ha'm wir nur noch nie welche gesehen, weil sie jetzt woanders hin sind. Nach Schottland zum Beispiel.»

Ich musste lächeln.

Als ich ihr den Stein zurückreichte, blickte sich Mary suchend nach ihrem Vater um. «Behalten Sie ihn», flüsterte sie.

«Danke. Wie heißt du denn?»

«Mary.»

«Das ist sehr nett von dir, Mary Anning. Ich werde ihn in Ehren halten.»

Und ich hielt ihn in Ehren. Marys Wirbel war das erste Fossil, das in meinen Schaukasten kam.

Wenn ich heute an unsere erste Begegnung denke, muss ich schmunzeln. Damals hätte ich mir niemals vorstellen können, dass mir Mary eines Tages der wichtigste Mensch auf Erden sein würde, mit Ausnahme meiner Schwestern natürlich. Es war undenkbar, dass eine fünfundzwanzigjährige Dame aus der gehobenen Mittelschicht freundschaftlichen Umgang mit einem jungen Mädchen aus der Arbeiterklasse pflegte. Doch schon damals hatte Mary etwas, das mich auf der Stelle für sie einnahm. Natürlich teilten wir das Interesse für Fossilien, aber das allein war es nicht. Obwohl sie noch ein kleines Mädchen war, führte Mary Anning bereits mit den Augen, und das hätte ich gern selbst gekonnt.

Wenige Tage später hatte Mary herausgefunden, wo wir wohnten, was in Lyme Regis mit seinen wenigen Straßen kein großes Kunststück war, und kam uns besuchen. Louise und ich saßen gerade in der Küche und entstielten die frisch gepflückten Holunderblüten, aus denen wir Sirup herstellen wollten, als sie plötzlich in der Hintertür stand. Margaret übte einen Tanzschritt und wirbelte um den Tisch herum, gleichzeitig versuchte sie uns zu überreden, aus den Blüten doch lieber Champagner anzusetzen. Ihre Hilfe bot sie uns jedoch nicht an, was mich für ihren Vorschlag vielleicht etwas empfänglicher gemacht hätte. Wegen ihres Geklappers und Geplappers bemerkten wir anfangs gar nicht, dass Mary im Türrahmen lehnte. Bessy, die wir Zucker kaufen geschickt hatten und die jetzt schlecht gelaunt in die Küche zurückgepoltert kam, erblickte sie zuerst.

«Wer ist das denn? Weg mit dir, Mädchen!», rief sie und blies ihre dicken Backen auf.

Bessy war mit uns aus London gekommen und jammerte ständig darüber, wie sehr sie sich verschlechtert hatte: der steile Weg von der Stadt zum Morley Cottage hinauf, die schneidende Seebrise, die sich ihr auf die Brust legte, der unverständliche Dialekt der Einheimischen, denen sie auf dem Markt begegnete, und die Krabben aus der Bucht von Lyme, auf die sie mit einem Hautausschlag reagierte. Hatte sie in Bloomsbury wie ein stilles und williges Mädchen gewirkt, brachte Lyme eine Sturheit in ihr zum Vorschein, die man ihr jetzt an den Backen ablesen konnte. Hinter ihrem Rücken machten wir Schwestern uns gern über ihr Gejammer lustig, manchmal brachte sie uns allerdings fast so weit, dass wir ihr kündigen wollten – vorausgesetzt, sie drohte nicht gerade selbst damit.

Doch auf Mary machte Bessys Ruppigkeit keinen Eindruck, denn sie wich nicht von der Türschwelle. «Was machen Sie da?»

«Holunderblütensirup», erwiderte ich.

«Holunderblütenchampagner», korrigierte mich Margaret und unterstrich ihre Aussage mit einer affektierten Handbewegung.

«Hab ich noch nie getrunken», sagte Mary. Sie beäugte die duftigen Holunderblüten und sog deren Muskatduft ein, der die ganze Küche erfüllte.

«Im Juni gibt es hier solche Mengen von Holunder, man muss ihn einfach verwerten», sagte Margaret. «Tut ihr Landbewohner das etwa nicht?»

Die herablassenden Worte meiner Schwester ließen mich zusammenzucken, doch Mary wirkte nicht beleidigt. Stattdessen folgten ihre Augen Margaret, die sich nun im Walzerschritt durchs Zimmer drehte, kokett mal über die eine, dann über die andere Schulter blickte und die Hände im Takt ihrer gesummten Melodie bewegte.

Um Himmels willen, dachte ich, das Mädchen wird doch nicht die Albernste von uns bewundern? «Was gibt's, Mary?», fragte ich. Es klang recht kurz angebunden, was ich nicht beabsichtigt hatte.

Mary Anning drehte sich zu mir um, aber ihr Blick wanderte trotzdem immer wieder zu Margaret zurück. «Pa hat mich geschickt. Ich soll sagen, dass er Ihnen den Ausstellungskasten für ein Pfund macht.»

«Ach, plötzlich doch?» Einen von Richard Anning angefertigten Ausstellungskasten wollte ich eigentlich nicht mehr. «Sag ihm, ich denke darüber nach.»

«Wer ist denn deine Besucherin, Elizabeth?», fragte Louise, die Hände immer noch in den Holunderblüten.

«Das ist Mary Anning, die Tochter des Möbeltischlers.»

Als sie den Namen hörte, hielt Bessy, die gerade Mehl und Butter für Scones auf den Tisch stellen wollte, in der Bewegung inne und starrte Mary mit offenem Mund an. «Du bist das Blitzmädchen?»

Mary senkte den Blick und nickte.

Jetzt schauten wir sie alle an. Selbst Margaret hatte ihren Walzer unterbrochen. Wir hatten von einem Mädchen gehört, das vom Blitz getroffen worden war, denn die Leute sprachen auch Jahre später noch davon. Es war eines dieser Wunder, von denen Kleinstädte lange zehrten. Ertrunkene Kinder, die plötzlich Wasser spuckten wie ein Walfisch und wieder zum Leben erwachten; Männer, die von den Klippen stürzten und völlig unversehrt zurückkamen; Jungen, die von Kutschen überfahren wurden und nur mit einem Kratzer auf der Backe wieder aufstanden – das waren die ehrfürchtig bestaunten Wunder des Alltags, die sich mit der Zeit zu Legenden entwickelten und eine Gemeinschaft zusammenhielten. Bei meiner ersten Begegnung mit Mary war ich gar nicht auf den Gedanken gekommen, es könne sich bei ihr um das Blitzmädchen handeln.

«Kannst du dich noch daran erinnern, wie das war, als du getroffen wurdest?», fragte Margaret.

Mary zuckte mit den Schultern. Unser plötzliches Interesse war ihr offensichtlich unangenehm.

Louise, die es wie Mary nicht leiden konnte, im Mittelpunkt des Interesses zu stehen, versuchte das Thema zu wechseln. «Ich heiße übrigens auch Mary. Man hat mich auf die Namen meiner beiden Großmütter getauft. Nur dass ich Großmutter Mary nicht so gerne mochte wie Großmutter Louise.» Sie hielt kurz inne. «Möchtest du uns helfen?»

«Was soll ich machen?» Mary trat an den Tisch.

«Zuerst wäschst du dir die Hände», befahl ich. «Louise, schau nur ihre Nägel an!» Marys Fingernägel hatten einen grauen Lehmrand, und ihre Fingerkuppen waren runzlig vom Kalkstein,

ein Zustand, der mir bald von meinen eigenen Fingern vertraut sein sollte.

Bessy starrte Mary immer noch an. «Bessy, solange wir hier in der Küche sitzen, kannst du im Wohnzimmer saubermachen», wies ich sie an.

Sie brummte unwillig und nahm ihren Wischmopp. «Ich würde kein Mädchen in meine Küche lassen, das der Blitz getroffen hat.»

«Allmählich wirst du so abergläubisch wie die Einheimischen hier, auf die du so gerne herabschaust», tadelte ich sie.

Bessy blies wieder die Backen auf und schlug mit dem Mopp gegen den Türpfosten. Louise und ich zwinkerten uns lächelnd zu, und Margaret begann erneut summend um den Tisch zu tanzen.

«Margaret, bitte tu uns den Gefallen und tanze woanders!», rief ich. «Geh und tanze mit Bessys Mopp.»

Margaret lachte und wirbelte zur Enttäuschung unserer kleinen Besucherin in Pirouetten zur Tür hinaus und durch den Flur davon. Louise zeigte Mary nun, wie man die Stiele von den Blütendolden abknipste und darauf achtete, den Blütenstaub nicht in der ganzen Küche zu verteilen, sondern in den Topf zu schütteln. Sobald sie verstanden hatte, wie es ging, arbeitete Mary zügig und hielt erst inne, als Margaret mit einem hellgrünen Turban auf dem Kopf wieder hereinkam. «Eine Feder oder zwei?», fragte sie und hielt sich erst eine, dann eine zweite Straußenfeder an das Band über ihrer Stirn.

Mary sah Margaret mit großen Augen an, zu jener Zeit kannte man solche Kopfbedeckungen in Lyme noch nicht. Rückblickend kann ich behaupten, dass Margaret den Frauen von Lyme die Mode gebracht hat, denn binnen weniger Jahre wurden Turbane auf der Broad Street zu einem gängigen Anblick. Ich finde, es gibt Hüte, die besser zu Empire-Kleidern passen als Turbane, und sicher wird manch einer hinter vorgehaltener Hand über Margaret gelacht haben. Aber ist Mode nicht dazu da, zu unterhalten?

«Vielen Dank für deine Hilfe», sagte Louise, als die Holunderblüten in einer Mischung aus heißem Wasser, Zucker und Zitronen zogen. «Wenn der Sirup fertig ist, bekommst du eine Flasche davon.»

Mary Anning nickte und drehte sich zu mir um. «Darf ich mir Ihre Kuris anschauen, Miss? Neulich haben Sie die mir nicht gezeigt.»

Ich zögerte, schämte ich mich doch plötzlich ein wenig, ihr meine Fundstücke zu zeigen. Für ein junges Mädchen war Mary erstaunlich selbstbeherrscht. Vermutlich lag es daran, dass sie schon von klein auf arbeiten musste, obwohl man natürlich versucht war, es dem Blitzschlag zuzuschreiben. Ich unterdrückte meinen Widerwillen und führte Mary ins Esszimmer. Die meisten Menschen kommentieren beim Betreten dieses Zimmers als Erstes den wunderbaren Blick aufs Golden Cap, den man vom Fenster aus hat, aber Mary schaute nicht einmal hin, sondern steuerte zielstrebig auf die Anrichte zu, auf der ich, sehr zu Bessys Missfallen, meine Fundstücke aufgereiht hatte. «Was ist das denn?» Sie deutete auf die Papieretiketten neben den einzelnen Fossilien.

«Etiketten. Auf ihnen steht, wann und wo und in welcher Gesteinsschicht ich das Fossil gefunden habe, außerdem eine Vermutung, um was es sich handeln könnte. So machen sie es im Britischen Museum auch.»

«Waren Sie da schon?» Mit gerunzelter Stirn studierte Mary jedes einzelne Etikett.

«Ja, wir sind ganz in der Nähe aufgewachsen. Notierst du nicht, wo du deine Sachen findest?»

Mary zuckte die Schultern. «Ich kann nicht lesen und schreiben.»

«Wirst du später die Schule besuchen?»

Wieder zuckte sie die Schultern. «Vielleicht die Sonntagsschule. Da kann man auch Lesen und Schreiben lernen.»

«In der Michaelskirche?»

«Nein, wir gehören nicht zur Kirche von England, wir sind Kongregationalisten. Unsere Kirche steht in der Coombe Street.» Mary hob den Ammoniten hoch, auf den ich besonders stolz war. Er war völlig intakt, hatte weder Risse noch Absplitterungen und eine feine, gleichmäßige Rippenzeichnung auf der Spirale. «Für den Ammo können sie einen Schilling kriegen, wenn sie ihn ordentlich reinigen», meinte sie.

«Oh, ich werde ihn nicht verkaufen. Er ist für meine Sammlung.»

Mary schaute mich verblüfft an. Da ging mir auf, dass die Annings nicht sammelten, um ihre Fundstücke zu behalten. Für sie bedeuteten gute Fundstücke gutes Geld.

Mary legte den Ammoniten wieder hin und nahm sich einen braunen Stein mit spiralförmigen Markierungen, der ungefähr so lang war wie ihr Finger, aber dicker. «Das ist ein seltsames Exemplar», sagte ich. «Ich bin mir nicht sicher, worum es sich handelt. Vielleicht ist es einfach nur ein Stein, aber irgendwie … irgendwie sieht er anders aus. Ich musste ihn einfach mitnehmen.»

«Das ist ein Bezoar.»

«Ein Bezoar?» Ich runzelte die Stirn. «Was ist das?»

«Eine Haarkugel, wie man sie in den Mägen von Ziegen findet, Miss. Hat Pa gesagt.» Sie legte den Stein wieder weg und nahm als Nächstes eine zweischalige Muschel in die Hand, eine Gryphaea. Die Einheimischen verglichen sie mit den Zehennägeln des Teufels. «Diese Gryphie haben sie aber noch nicht gereinigt, was Miss?»

«Den Dreck habe ich abgebürstet.»

«Haben Sie das mit einer Klinge gemacht?»

Ich blickte ratlos. «Mit was für einer Klinge?»

«Ach, ein Briefmesser tut es schon, obwohl ein Rasiermesser natürlich besser ist. Man kratzt von innen, um den Schlick und all das Zeug rauszubekommen, dann sieht man auch ihre Form besser. Ich kann es Ihnen zeigen.»

Ich holte kurz Luft. Die Vorstellung, von einem Kind etwas gezeigt zu bekommen, fand ich blamabel. Aber andererseits … «Na gut, Mary Anning. Komm morgen mit deinen Messern vorbei und zeig mir, wie es geht. Ich zahle dir einen Penny für jedes Fossil, das du reinigst.»

Die Aussicht auf Bezahlung ließ Mary strahlen. «Vielen Dank, Miss Philpot.»

«Jetzt aber fort mit dir. Sag Bessy auf dem Weg nach draußen, sie soll dir eine Scheibe von ihrem Früchtekuchen mitgeben.»

«Sie erinnert sich an den Blitz», sagte Louise, als Mary weg war. «Ich habe es in ihren Augen gesehen.»

«Wie ist das möglich? Sie war fast noch ein Baby!»

«Wenn man vom Blitz getroffen wird, vergisst man das wahrscheinlich sein Leben lang nicht.»

Am nächsten Tag willigte Richard Anning ein, mir für fünfzehn Schilling einen Ausstellungskasten zu zimmern. Es war die erste einer ganzen Reihe von Vitrinen, die ich mir mit der Zeit zulegen sollte, aus der Hand von Richard Anning kamen jedoch nur noch vier, dann verstarb er. Es gab Kästen von besserer Qualität und Machart, in denen die Schubladen einfach herausglitten, ohne zu klemmen, und die Fugen nicht nach einer Trockenperiode neu geklebt werden mussten. Doch da ich wusste, dass er die Sorgfalt, die seinen Schränken fehlte, in den Fossilienunterricht seiner Tochter steckte, akzeptierte ich die Mängel seiner Handwerksarbeit.

Schon bald war Mary nicht mehr aus unserem Leben wegzudenken. Sie reinigte meine Fossilien, und als sie entdeckte, dass ich Fischfossilien am liebsten mochte, verkaufte sie mir die Exemplare, die sie mit ihrem Vater gefunden hatte. Manchmal begleitete sie mich an den Strand, wenn ich selbst suchen ging. Ich gab es zwar nicht zu, doch ich fühlte mich in ihrer Begleitung sicherer, da ich immer Angst hatte, von der Flut abgeschnitten zu werden. Mary fürchtete die Gezeiten nicht; sie hatte ein sicheres Gespür für ihr Kommen und Gehen, das sich bei mir niemals einstellte. Wahrscheinlich muss man dazu so nah am Meer aufwachsen, dass man vom Fenster aus hineinspringen könnte. Während ich vor jedem Strandspaziergang die Gezeitentabelle in unserem Jahresalmanach konsultierte, war Mary immer genau über den Meeresstand informiert und konnte mir sagen, ob die Flut kam oder ging, ob Nipp- oder Springflut herrschte und wie viel Strand zu welchem Zeitpunkt zugänglich war. Allein ging ich nur bei Ebbe an den Strand; dann wusste ich, dass ein paar sichere Stunden vor mir lagen. Allerdings vergaß ich trotzdem oft die Zeit, was bei der Fossilienjagd leicht geschehen kann, und wenn ich schließlich kehrtmachte, um heimzugehen, sah ich, wie das Meer mir schon wieder entgegenkroch. Mary hingegen hatte die Meeresbewegungen immer im Kopf.

Auch aus anderen Gründen schätzte ich Marys Gesellschaft. Ich lernte viel von ihr, zum Beispiel, dass die See gleichgroße Steine in einzelne Streifen am Strand sortiert, in denen man wiederum unterschiedliche Fossilien findet. Sie zeigte mir die vertikalen Risse in den Klippen, die Warnzeichen für Erdrutsche waren, und wo Pfade auf die Klippen hinauf führten, über die wir uns in Sicherheit bringen konnten, wenn die Flut uns den Rückweg abschnitt.

Außerdem war es praktisch, eine Begleitung zu haben. In mancherlei Hinsicht war Lyme liberaler als London. Ich konnte zum Beispiel allein in die Stadt gehen, ohne mich, wie es in London der Fall gewesen wäre, von meinen Schwestern oder Bessy begleiten lassen zu müssen. Der Strand war jedoch oft menschenleer. Nur gelegentlich begegneten mir ein paar Fischer, die nach ihren Krabbenfallen schauten, Schrott- und Treibholzsammler, hinter denen ich aber Schmuggler vermutete, oder Reisende, die bei Ebbe von Charmouth nach Lyme oder umgekehrt unterwegs waren. Für eine Dame schickte es sich nicht, allein an den Strand zu gehen, noch nicht einmal nach den recht freizügigen Maßstäben Lymes. Später, als ich älter und in der Stadt bekannter war, mich außerdem nicht mehr kümmerte, was andere über mich dachten, ging ich oft und gern allein zum Strand, doch in jenen ersten Tagen zog ich Gesellschaft vor. Manchmal konnte ich Margaret oder Louise zum Mitkommen überreden, sie fanden sogar ab und zu Fossilien. Auch wenn Margaret sich nicht gerne die Hände schmutzig machte, freute sie sich, wenn sie Brocken von Eisenpyrit entdeckte, weil dieses Katzengold so schön glitzerte. Louise fand Steine im Vergleich zu den von ihr bevorzugten Pflanzen leblos, allerdings kletterte sie manchmal in die Klippen, um bestimmte Seegrashalme mit ihrer Lupe zu untersuchen.

Besonders oft gingen wir an den etwa eine Meile langen Strand zwischen Lyme und Charmouth. Geht man am Haus der Annings vorbei in Richtung Osten zum Ende des Gun Cliffs, gelangt man an eine Stelle, wo die Küstenlinie eine scharfe Linkskurve macht, so dass der Strand dahinter von der Stadt aus nicht mehr zu sehen ist. Dort ziehen sich über mehrere hundert Meter die Church Cliffs die Küste entlang. Sie bestehen aus so genanntem Blauen Lias, von Schieferschichten durchsetzte Kalksteinbänke, die durch ihr bläulich graues Streifenmuster auffallen. Hinter den Church Cliffs macht der Strand eine sanfte Rechtsbiegung und läuft dann in gerader Linie weiter auf Charmouth zu. Hinter dieser Rechtsbiegung hängt der Black Ven über dem Strand, ein riesiger Erdrutsch aus Mergel, der von den Klippen zum Meer hin abfällt. Sowohl die Church Cliffs als auch der Black Ven bergen viele Fossilien, die sich mit der Zeit aus den Klippen lösen und auf den darunter liegenden Strand fallen. An diesem Ort fand Mary viele ihrer besten Stücke. Und es war der Ort, an dem sich unsere größten Tragödien abspielten.

Als unser zweiter Sommer in Lyme begann, hatte Margaret sich bereits bestens eingelebt. Sie war jung, hatte von der Seeluft einen frischen Teint, und sie war immer noch neu, was sie zu einem Liebling der Amüsiergesellschaft machte. Bald hatte sie feste Spielpartner fürs Whist gefunden, mit anderen Bekannten ging sie regelmäßig zum Baden, und dann gab es noch Familien, mit denen sie über den Cobb flanierte. Während der Saison fand jeden Dienstagabend ein Tanzvergnügen im Ballsaal statt, und Margaret, die keines von ihnen ausließ, wurde wegen ihrer Leichtfüßigkeit zu einer begehrten Tanzpartnerin. Manchmal begleiteten Louise und ich sie, doch sie fand bald interessantere Freunde, denen sie sich anschließen konnte: Familien aus London, Bristol oder Exeter, die einen Teil des Sommers in Lyme verbrachten, außerdem noch ein paar handverlesene Einheimische. Louise und ich waren froh, nicht jedes Mal mitkommen zu müssen. Seit jener «schneidenden» Bemerkung über mein Kinn vor ein paar Jahren tanzte ich nicht mehr gerne, saß lieber am Tisch und schaute zu oder blieb gleich zu Hause und las.

Wenn drei Schwestern zusammen mit hundertfünfzig Pfund im Jahr auskommen müssen, bleibt nicht viel Geld für Bücher übrig. In Lymes Leihbibliothek gab es vor allem Romane, doch zu den gängigen Gelegenheiten wie Weihnachten oder meinen Geburtstagen wünschte ich mir ausschließlich Bücher über Naturkunde. Für ein Buch verzichtete ich gerne jederzeit auf einen neuen Schal; außerdem hatte ich Freunde in London, die mir Bücher liehen.

Meine Schwestern vermissten London nicht mehr. Margaret war lieber umschwärmter Mittelpunkt in einer Kleinstadt, als sich in der Londoner Gesellschaft unter Tausenden behaupten zu müssen. Auch Louise wirkte zufrieden, denn die Ruhe sagte ihr zu. Sie liebte den Garten des Morley Cottage mit seiner Aussicht über die Bucht von Lyme und dem hundertjährigen Tulpenbaum in einer der Ecken. Unser Garten in Lyme war viel größer als der am Red Lion Square, wo wir natürlich Gärtner gehabt hatten. Hier jedoch machte Louise fast alles allein, und es gefiel ihr so. Das Klima war eine Herausforderung für sie, denn der salzige Wind verlangte robustere Pflanzen als der milde Londoner Regen. Hier gediehen Veronica, Fetthenne und Wacholder, Salbei, Grasnelken und Stranddisteln. Louise legte Rosenbeete an, die schöner waren als alle, die ich in Bloomsbury gesehen hatte.

Von uns dreien war ich diejenige, die London am meisten nachtrauerte. Mir fehlten die neuen Ideen, die dort ständig im Umlauf waren. In London hatten wir zu einem großen Zirkel von Anwaltsfamilien gehört. Die gesellschaftlichen Anlässe waren nicht nur unterhaltsam, sondern auch intellektuell stimulierend. Oft hatte ich mit meinem Bruder und seinen Freunden beim Dinner gesessen und ihren Diskussionen gelauscht: Wie stand es mit Napoleons Aussichten? Hätte Pitt wirklich noch einmal Premierminister werden müssen? Was sollte man gegen den

Sklavenhandel unternehmen? Gelegentlich steuerte ich sogar selbst eine Anmerkung zum Gespräch bei.

In Lyme gab es solche Gespräche nicht. Ich hatte zwar meine Fossilien, um mir die Zeit zu vertreiben, über sie reden konnte ich jedoch mit kaum jemandem. Wenn ich ein Buch von Hutton, Cuvier, Werner, Lamarck oder anderen Naturwissenschaftlern gelesen hatte, fehlten mir Freunde in der Nähe, die ich hätte fragen können, was sie von den radikalen Ideen dieser Männer hielten. Lyme war zwar von bemerkenswerten Naturphänomenen umgeben, nur interessierte sich fast niemand aus der Mittelklasse der Stadt dafür. Man zog es vor, sich über das Wetter und die Gezeiten zu unterhalten, über den Fischfang und den Feldbau, die Sommergäste und die Saison. Eigentlich hätte ich erwartet, dass die Leute sich Gedanken über Napoleon und den Krieg mit Frankreich machten, und sei es nur wegen der Auswirkungen auf die kleine Schiffsbauindustrie in Lyme. Aber die einheimischen Familien diskutierten lieber über notwendige Reparaturen an der ramponierten Strandmauer, über das kürzlich eröffnete Badehaus, das aufgrund seines Erfolges sicher bald von anderen Städten kopiert würde, oder erörterten allen Ernstes, ob die städtische Mühle das Mehl fein genug mahle. Manchmal ließen sich die Sommergäste, die wir im Ballsaal, in der Kirche oder bei Tee-Einladungen trafen, in ein Gespräch über wichtigere Dinge verwickeln, aber viele von ihnen verreisten ja gerade, um eine Weile den ernsteren Themen zu entfliehen, weshalb sie den Tratsch und Klatsch der Einheimischen durchaus genossen.

Besonders enttäuschend war, dass ich die vielen Fragen, die mir durch meine mysteriösen Fossilienfunde im Kopf herumgingen, nicht aussprechen konnte. Die Ammoniten zum Beispiel, die auffälligsten und eindrucksvollsten Fossilien, die man in Lyme fand: Was genau waren sie? Dass es sich um Schlangen handelte, wie die meisten felsenfest glaubten, bezweifelte ich. Warum sollten sie sich so rund zusammenrollen? Ich hatte noch nie von Schlangen gehört, die so etwas taten. Und wo waren ihre Köpfe? Jeden Ammoniten, den ich fand, studierte ich sorgfältig, entdeckte aber nie die Spur eines Kopfes. War es nicht ausgesprochen seltsam, dass ich so viele Versteinerungen von ihnen am Strand fand, aber nie ein lebendes Exemplar zu Gesicht bekam?

Andere Menschen schienen sich solche Fragen nicht zu stellen. Ständig hoffte ich, dass mich eines Tages jemand bei einer Tee-Einladung in unserem Salon ansprechen würde: «Wissen Sie, Miss Philpot, Ammoniten erinnern mich irgendwie an Schlangen. Glauben Sie, dass es sich um eine Schlangenart handelt, die wir nicht kennen?» Stattdessen unterhielt man sich über die matschige Straße, die von Charmouth herführte, über die geeignete Garderobe für den nächsten Ball oder den Wanderzirkus, den man in Bridport zu besuchen gedachte. Kam das Gespräch überhaupt jemals auf Fossilien, dann nur, um sich über mein Interesse zu wundern: «Was finden Sie nur an diesen toten Steinen?», fragte mich einmal eine neue Freundin Margarets aus dem Ballsaal.

«Fossilien sind mehr als nur tote Steine», versuchte ich zu erklären. «Es sind Körper, die zu Stein geworden sind, Körper von Kreaturen, die vor langer Zeit gelebt haben. Wenn man so eine Versteinerung findet, ist es das erste Mal seit Tausenden von Jahren, dass sie jemand sieht.»

«Wie eklig!», rief die junge Frau und drehte sich weg, um Margarets Klavierspiel zu lauschen. Unsere Gäste hielten sich meist an Margaret, da sie Louise zu still und mich zu sonderbar fanden. Margaret hingegen war immer amüsant.

Lediglich Mary Anning teilte meine Begeisterung und Neugierde, aber für ernste Gespräche und Fragen war sie noch zu jung. In jenen ersten Jahren kam es mir manchmal so vor, als warte ich nur darauf, dass sie endlich älter wurde und mir die ersehnte Gefährtin sein konnte. Genau so sollte es kommen.

Anfangs glaubte ich, in Henry Hoste Henley, dem Lord von Colway Manor und Parlamentsabgeordneten von Lyme Regis, einen Gesprächspartner für das Thema Fossilien gefunden zu haben. Er lebte in einem großen Gutshaus vor den Toren der Stadt, etwa eine Meile vom Morley Cottage entfernt am Ende einer langen Allee. Lord Henley hatte eine weit verzweigte Familie; neben seiner Frau und den vielen Kindern gab es noch die Henleys im mehrere Meilen landeinwärts gelegenen Chard, so dass es auf Colway Manor immer von Gästen wimmelte. Auch wir wurden gelegentlich eingeladen – zum Dinner, zu ihrem Weihnachtsball oder zum Beginn der Jagdsaison, wenn die Gäste Lord Henley dabei zuschauen konnten, wie er den Jägern vorm Losreiten Port und Whiskey ausschenkte.

Die Henleys waren die beste Familie, die Lyme zu bieten hatte. Gesellschaftlich standen sie auf einer Stufe mit dem niederen Adel, nur klebte Lord Henley immer noch Schmutz an den Stiefeln und unter den Fingernägeln. Dafür besaß er eine eigene Fossiliensammlung, und als er mitbekam, dass sie mich interessierte, wies er mir beim Dinner einen Platz an seiner Seite zu, damit wir uns unterhalten konnten. Trotz meiner anfänglichen Begeisterung war mir schon nach wenigen Minuten klar, dass Lord Henley nichts über Fossilien wusste, außer, dass man sie sammeln und sich damit einen Anschein von Weltgewandtheit und Intelligenz geben konnte. Er gehörte zu den Männern, die mit den Füßen führen statt mit dem Kopf. Ich versuchte ihn mit der Frage aus der Reserve zu locken, was denn seiner Meinung nach Ammoniten seien. Lord Henley schmunzelte und nahm einen großen Schluck aus seinem Weinglas. «Hat Ihnen das noch niemand gesagt, Miss Philpot? Es sind Würmer!» Er knallte sein Glas auf den Tisch, ein Signal für den Diener, ihm nachzuschenken.

Ich dachte über seine Antwort nach. «Aber warum sieht man sie nur zusammengerollt? Ich habe noch nie einen lebenden Wurm gesehen, der sich so zusammenrollt. Auch keine Schlange. Manche behaupten ja, es handele sich um Schlangen.»

Unterm Tisch scharrten Lord Henleys Füße ungeduldig über den Boden. «Ich gehe davon aus, dass Sie auch noch nicht viele Menschen gesehen haben, die ihre Hände über der Brust zusammenfalten, wenn sie auf dem Rücken liegen, oder Miss Philpot? Und trotzdem begraben wir sie genau so. Die Würmer rollen sich im Tod zusammen.»

Ich musste ein verächtliches Schnaufen unterdrücken, denn ich stellte mir gerade bildlich vor, wie eine Beerdigungsversammlung von Würmern einen toten Artgenossen zusammenrollte. Eine groteske These, doch Lord Henley schien fest an sie zu glauben. Trotzdem sah ich davon ab, weiter nachzubohren, denn Margaret schüttelte am unteren Ende des Tisches warnend den Kopf, und der Mann, der mir gegenübersaß, zog angesichts unseres unappetitlichen Gesprächsthemas indigniert die Augenbrauen hoch.

Heute weiß ich, dass Ammoniten Meereslebewesen waren und mit ihren Gehäusen und den tintenfischähnlichen Tentakeln dem Nautilus gleichen. Ich wünschte, ich hätte dies Lord Henley während jenes Dinners sagen können, als er so selbstgefällig über zusammengerollte Würmer dozierte; aber damals verfügte ich weder über das Wissen noch über das Selbstbewusstsein, ihn zu korrigieren.

Als er mir später seine Sammlung zeigte, verriet Lord Henley weitere Wissenslücken, da er die einzelnen Ammoniten nicht voneinander unterscheiden konnte. Ich deutete auf ein Exemplar mit sehr geraden und in regelmäßigen Abständen über die Spirale verteilten Lobenlinien und verglich es mit einem anderen, bei dem jede Linie zwei kleine Buckel hatte, die sich aus der Spirale hervorhoben. Er tätschelte mir die Hand: «Was für eine kluge junge Dame Sie sind», sagte er, schüttelte dabei aber gleichzeitig den Kopf, als wolle er sein Kompliment wieder zurücknehmen. In dem Moment war mir klar, dass wir beide niemals ernsthaft über Fossilien debattieren würden. Ich hatte Geduld und ein Auge für Details, zwei Eigenschaften, die man fürs Studium von Ammoniten braucht, während Lord Henley grober gestrickt war, woran er nicht gern erinnert wurde.

James Foot war ein Freund der Henleys. Vermutlich waren wir uns bereits auf dem Weihnachtsball auf Colway Manor begegnet, zu dem halb Westdorset eingeladen wurde, doch bewusst hörten Louise und ich seinen Namen erstmals beim Frühstück nach einem der Sommerbälle im Ballsaal.

«Ich bringe keinen Bissen hinunter», erklärte Margaret, kaum dass sie sich an den Tisch gesetzt hatte, und ließ den Teller mit Räucherfisch weitergehen. «Ich bin viel zu aufgeregt!»

Louise verdrehte die Augen, und ich schmunzelte in meine Teetasse. Derlei Äußerungen von Margaret waren uns nur zu vertraut, denn sie gab sie mehr oder weniger nach jedem Ball von sich. Obwohl wir uns insgeheim über sie lustig machten, ließen wir sie gern gewähren, denn schließlich gab es sonst wenig, worüber wir hätten lachen können.

«Und wie heißt er diesmal?», fragte ich.

«James Foot.»

«Wirklich? Foot wie Fuß? Sind seine Füße denn das, worauf du schon immer gewartet hast?»

Margaret schnitt mir eine Grimasse und nahm sich eine Scheibe Toast aus dem Ständer. «Er ist ein Gentleman», erklärte sie, während sie den Toast zwischen den Fingern zerbröselte. Bessy würde die Krümel später für die Vögel auf den Rasen werfen. «Und ein Freund von Lord Henley. Er besitzt einen Hof in der Nähe von Beaminster, außerdem ist er ein hervorragender Tänzer. Schon am letzten Dienstag hat er mich um den ersten Tanz gebeten!»

Ich beobachtete, wie sie mit dem Toast herumspielte. Obwohl ich solche Worte von ihr kannte, war diesmal etwas anders. Es war Margaret selbst. Sie wirkte einerseits entschlossener, andererseits aber auch verschlossener als sonst und hielt den Kopf gesenkt, als würde sie uns etwas verheimlichen. Sie schien in sich hineinzuhorchen, als wolle sie sich über die neuen Gefühle im Klaren werden, die sie selbst noch nicht ganz verstand. Und obwohl ihre Hände wie immer ständig in Bewegung waren, wirkten diese Bewegungen jetzt kontrollierter.

Sie ist reif für einen Ehemann, dachte ich. Ich blickte auf die Tischdecke aus zartgelbem Leinen, deren Ränder unsere Mutter noch eigenhändig bestickt hatte und die jetzt von Krümeln übersät war, und bat Gott in einem stillen Gebet, er möge Margaret dieselbe Gunst gewähren wie Frances. Als ich wieder aufschaute, blickte ich direkt in Louises Augen. Sie schienen den Ausdruck meiner eigenen Augen zu spiegeln, eine Mischung aus Trauer und Hoffnung. In meinem Blick musste allerdings die Trauer überwiegen, denn ich hatte schon so oft zu Gott gebetet, ohne jemals erhört worden zu sein, dass ich mich manchmal fragte, ob meine Gebete überhaupt bei ihm ankamen.

Margaret tanzte auch auf den folgenden Bällen mit James Foot und erstattete uns am nächsten Morgen beim Frühstück jedes Mal Bericht. Auch beim Dinner, beim Tee und beim Abendessen, bei unseren Spaziergängen und noch, während wir abends zu lesen versuchten, sprach sie fast nur über ihn. Schließlich begleiteten Louise und ich Margaret in den Ballsaal, damit wir ihn mit eigenen Augen sehen konnten.

Ich fand ihn attraktiver, als ich erwartet hätte, aber warum sollte es in Dorset nicht ebenso gut aussehende Männer wie in London geben? Er war hochgewachsen und schlank, eine vom akkurat geschnittenen, gewellten Haar bis zu den blassen schmalen Händen rundum gepflegte und elegante Erscheinung. Sein schöner, schokoladenbrauner Frack passte farblich genau zu seinen Augen und hob sich perfekt von Margarets zartgrünem Kleid ab. Vermutlich hatte sich Margaret aus genau dem Grund für das Kleid entschieden; außerdem hatte sie mich noch überredet, ihr ein neues dunkelgrünes Taillenband anzunähen und ihren Turban mit passend gefärbten Federn zu schmücken. Seit James Foot in Lyme aufgetaucht war, achtete sie noch mehr auf ihre Kleidung als ohnehin schon. Ständig kaufte sie neue Handschuhe und Bänder, bleichte ihre Stoffschuhe, um Schmutzränder zu entfernen, und schrieb unsere Schwägerin in London um Stoff aus der Stadt an. Louise und ich machten uns nicht viel aus Kleidung und trugen immer die gleichen gedeckten Farben – bei Louise waren es dunkelblau und grün, ich selbst bevorzugte mauve und grau. Margaret aber gestanden wir gern zu, in Pastelltönen und Blumenmustern zu schwelgen, und wenn das Geld nur für ein neues Kleid reichte, war klar, dass sie es bekam. Als ich sie jetzt in ihrem grünen Kleid und mit federngeschmücktem Haar mit James Foot tanzen sah, war ich froh darüber, denn sie sah hinreißend aus. Zufrieden setzte ich mich an einen Tisch und schaute ihnen zu.

Louise hingegen reagierte skeptischer auf ihn. Im Ballsaal sagte sie zwar nichts, aber als wir später am Abend zu Bett gingen – wir hatten Margaret allein auf dem Ball zurückgelassen, da

Freunde uns versprachen, sie nach Hause zu begleiten –, brach es aus ihr heraus: «Er ist sehr auf Äußerlichkeiten bedacht.»

Ich zog mir die Schlafhaube über mein stumpfes Haar und schlüpfte ins Bett. «Na und, sie doch auch.»

Obwohl es zu spät zum Lesen war, blies ich die Kerze noch nicht aus, sondern sah den Spinnweben zu, die im warmen Luftzug des Kaminfeuers unter der Decke wehten.

«Es ist nicht nur seine Kleidung, auch wenn diese sicher sein Wesen spiegelt», meinte Louise. «Er achtet zu sehr auf Konventionen.»

«Genau wie wir», entgegnete ich.

Louise blies ihre Kerze aus.

Ich wusste, worauf sie anspielte, denn ich hatte es sofort gespürt, als mir James Foot vorgestellt wurde. Er war höflich, galant – und konventionell. Deshalb hatte ich auch versucht, unser Gespräch so oberflächlich wie nur möglich zu halten. Während wir miteinander sprachen, streifte sein Blick den leicht ausgefransten Halsausschnitt meines violetten Kleides, und ich spürte, wie er die Information in einer Ecke seines Gehirns speicherte, um sie später von dort abrufen und sich ein Urteil bilden zu können: «Elizabeth Philpot pflegt ihre Kleidung nicht.» Ich stellte mir vor, wie er dies zu seiner eigenen Schwester sagen würde.

Margaret zuliebe gab ich mir Mühe, als uns James Foot eines Tages im Morley Cottage besuchen kam. Auch er war sehr zuvorkommend und bat Louise, ihm den Garten zu zeigen. Als er sah, dass dort keine Hortensien wuchsen, bot er an, ihr Ableger von seinem Anwesen zu schicken. Louise verschwieg ihm, dass sie Hortensien hasste. Als Nächstes wollte er unbedingt meine Fossiliensammlung sehen, wobei sich herausstellte, dass er immerhin mehr über Fossilien wusste als Henry Hoste Henley. Er empfahl mir, im weiter östlich bei Bridport gelegenen Eype nach Schlangensternen Ausschau zu halten, und fügte charmant hinzu, dass ich bei der Gelegenheit natürlich auch bei ihm vorbeischauen müsse, denn sein Anwesen läge ganz in der Nähe. Ich selbst hielt mich zurück und stellte keine Fragen über Fossilien, wie ich es sonst gern tat, sondern ließ ihn den weiteren Verlauf des sehr freundlichen Gesprächs bestimmen.

Kaum war er gegangen, fiel Margaret in einen solchen Glückstaumel, dass wir sie zu einem Bad im Meer überredeten, in der Hoffnung, der Kälteschock würde sie wieder zur Besinnung kommen lassen. Während Margaret im Wasser planschte, warteten Louise und ich am Strand. Man hatte den Badekarren, einen kleine Kabine auf Rädern, weit ins Meer hinausgeschoben, damit Margaret sich frei im Wasser bewegen konnte, ohne die Sitten zu verletzen. Nun wurde der Karren die Strandlinie entlanggezogen, während Margaret vor Blicken geschützt auf der anderen Seite neben ihm her schwamm. Ein- oder zweimal erhaschten wir einen Blick auf einen Arm oder eine von ihrem Fußschlag aufspritzende Wasserfontäne.

Obwohl ich nicht damit rechnete, zwischen den Schieferbrocken an diesem Strandabschnitt Fossilien zu finden, wanderte mein Blick über den Kies. «Ich finde, dieser Besuch war ein großer Erfolg», verkündete ich, merkte aber selbst, wie wenig überzeugt das klang.

«Er wird sie nicht heiraten», sagte Louise.

«Warum nicht? Sie ist nicht schlechter als andere und besser als viele.»

«Margaret bringt nicht viel Geld mit in die Ehe. Das mag ihm egal sein, aber wenn schon kein Geld da ist, muss wenigstens die Familie stimmen, in die er einheiratet.»

«Aber es hat doch heute alles gut geklappt. Wir haben über seine Lieblingsthemen geredet, waren liebenswürdig und umgänglich, aber nicht zu gescheit. Und er hat sich für uns interessiert. Denk nur, wie lange er mit dir im Garten war.»

«Wir haben nicht mit ihm geflirtet.»

«Natürlich nicht – das können wir Gott sei Dank Margaret überlassen!» Trotz meines Einwands verstand ich, worauf Louise hinauswollte. Von Schwestern erwartete man, dass sie mit dem Verehrer ihrer Schwester vor Witz und Koketterie sprühende Gespräche führten und damit einen Hauch von Vertrautheit andeuteten, der die spätere Verwandtschaft vorwegnahm. Wie immer ich mich James Foot gegenüber hätte verhalten müssen, ich war linkisch und steif gewesen und hatte den vertraut herzlichen Ton des zukünftigen Familienmitglieds eindeutig nicht getroffen. Wahrscheinlich graute es ihm schon vor der nächsten Gelegenheit, bei der er sich wieder mit mir unterhalten musste, und mir erging es nicht anders. Es war ermüdend, einen ganzen Nachmittag lang auf die eigenen Worte achten zu müssen, nur um einem Gentleman zu gefallen. Nach einem knappen Jahr in Lyme hatte ich die Freiheiten schätzen gelernt, die einer unverheirateten Frau ohne männliche Verwandte in ihrer Begleitung in dieser Stadt offen standen. Dieser Lebensstil erschien mir bereits vertrauter als die letzten fünfundzwanzig von Konventionen geprägten Jahre in London.

Margaret ahnte von all dem nichts. Gerade war sie für einen kurzen Moment im Wasser zu sehen, sie schwamm auf dem Rücken, und ihre Hände bewegten sich anmutig wie Seetang neben ihr. Wahrscheinlich starrte sie in den rot werdenden Himmel des Spätnachmittags und dachte dabei an James Foot. Es gab mir einen Stich.

Margaret zuliebe hätte ich mein Benehmen vielleicht in den Griff bekommen und mich an die Gesellschaft von James Foot gewöhnt, ohne sie gleich als Qual zu empfinden. Ich nahm mir vor, die wohlwollende Schwester zu spielen; doch wenige Wochen später hatte ich am Strand eine Begegnung mit ihm, die mich all meine guten Vorsätze vergessen ließ.

Richard Anning hatte seiner Tochter gerade einen besonderen Hammer geschenkt, dessen Holzteile mit Metall überzogen waren. Mary wollte mir unbedingt zeigen, wie sich mit diesem Werkzeug Knollen aufspalten ließen. So wurden die rhombenförmigen Steine genannt, in denen oft kristallisierte Ammoniten und manchmal sogar Fischfossilien zum Vorschein kamen. Ich verriet ihr nicht, dass ich nie zuvor einen Hammer in der Hand gehalten hatte, doch wahrscheinlich durchschaute sie mich, sobald sie meine ersten zaghaften Schwünge damit sah. Sie sagte nichts und korrigierte mich einfach nur, bis es besser ging, womit sie sich als überraschend geduldige junge Lehrerin erwies.

Obwohl es ein schöner Septembertag war, blies ein kühler Wind und erinnerte daran, dass der Herbst den Sommer bereits verdrängt hatte. Auf den Knien hämmerte ich mit kleinen Schlägen am Rand einer Knolle entlang, die ich stützend auf einen flachen Stein drückte. Mary beugte sich über mich und gab mir Ratschläge. «Genau so, Miss Elizabeth. Nicht zu fest, sonst bricht er falsch auf. Jetzt müssen Sie noch das Stück am Ende abschlagen, dann können Sie ihn aufstützen und ruhig halten. Oh! Haben Sie sich weh getan, Ma'am?»

Der Hammer war mir aus der Hand geglitten und hatte die Spitze meines Zeigefingers getroffen. Ich steckte den Finger in den Mund und saugte daran, um den Schmerz zu lindern.

Im gleichen Moment hörte ich hinter mir das Knirschen von Kies und beging den Fehler, mich, den Finger immer noch im Mund, nach dem Geräusch umzudrehen. James Foot stand nur wenige Schritte von mir entfernt und schaute auf mich hinab. Die höfliche Maske konnte den eigenartigen Ausdruck von Abscheu in seinem Gesicht kaum verbergen. Mit einem ploppenden Geräusch zog ich den Finger aus dem Mund und errötete vor Scham.

James Foot bot mir seine Hand an, um mir auf die Füße zu helfen. Während ich mich aufrappelte, wich Mary zurück, da sie instinktiv wusste, wie viel respektvoller Abstand zwischen uns angemessen war, auch wenn sie mich als Führerin und Anstandsdame begleitete.

«Ich war gerade dabei, diesen Stein zu öffnen, um zu sehen, ob er einen Ammoniten enthält», erklärte ich.

James Foot schaute jedoch nicht auf die Knolle, sondern auf meine Handschuhe. Um meine Hände vor Kälte, Lehm und dem Austrocknen zu schützen, trug ich oft Handschuhe, wie man es von einer Dame im Freien nicht anders erwartete. In meiner Anfangszeit als Fossiliensammlerin hatte ich bereits mehrere Paare ruiniert, da der Blaue Lias und das Meerwasser hartnäckige Flecken hinterließen. Mittlerweile hatte ich mir ein Paar aus elfenbeinfarbenem Ziegenleder zugelegt, das ich nur am Strand trug und dessen Finger ich auf Knöchelhöhe abgeschnitten hatte, damit ich besser hantieren konnte. Die Handschuhe waren schmutzig, und das Leder war von der Nässe hart und speckig geworden; sie sahen ungewöhnlich und hässlich aus, aber sie waren praktisch. Außerdem hatte ich stets ein weiteres, ansehnlicheres Paar dabei, das ich mir überziehen konnte, sobald sich Menschen näherten, aber leider hatte mir James Foot dazu keine Zeit gelassen.

Er selbst war wie immer elegant gekleidet und trug einen zweireihigen weinroten Schoßrock mit polierten Silberknöpfen, braunem Samtkragen und farblich dazu passenden braunen Handschuhen. Seine Reitstiefel glänzten, als würde der Dreck sich nicht in ihre Nähe wagen.

In dem Moment gestand ich mir ein, dass ich James Foot mit seinen sauberen Stiefeln, den farblich aufeinander abgestimmten Krägen und Handschuhen und dem kritischen Blick nicht mochte. Wie sollte ich jemals einem Mann vertrauen, dessen hervorstechendstes Merkmal seine Kleidung war? Ich mochte ihn nicht, und vermutlich mochte er mich ebenso wenig, obwohl er natürlich viel zu höflich war, um dies zu zeigen.

Ich versteckte meine Hände hinterm Rücken, damit er nicht weiter auf die Handschuhe schauen musste, die sein Auge beleidigten. «Wo ist Ihr Pferd, Sir?» Etwas Besseres fiel mir nicht ein.

«In Charmouth. Ein Junge führt es zurück nach Colway Manor. Bei dem schönen Wetter wollte ich das letzte Stück Weg zu Fuß am Strand zurücklegen.»

Mary machte mir hinter James Foots Rücken Zeichen, und als ich auf sie aufmerksam wurde, rieb sie sich übertrieben heftig die Wange. Ich schaute sie verblüfft an.

«Was haben Sie denn heute gefunden?», fragte James Foot. Ich zögerte. Um ihm meine Beute zu zeigen, hätte ich ihm wieder meine behandschuhten Hände unter die Nase halten müssen. «Mary, hol den Korb und zeige Mr Foot, was wir gefunden haben. Mary kennt sich gut mit Fossilien aus», fügte ich hinzu, nachdem sie den Korb zu James Foot gebracht und einen herzförmigen grauen Stein mit dem Abdruck von fünf feinen Blütenblättern herausgeholt hatte.

«Das ist ein Seeigel, Sir», sagte sie. «Und dies ist ein Teufelszehennagel.» Sie hielt eine klauenförmige zweischalige Muschel hoch. «Aber das Beste ist dies hier, der größte Beli, den ich jemals gesehen habe.» Mary hielt ihm einen wunderbar erhaltenen, mindestens zehn Zentimeter langen und zweieinhalb Zentimeter dicken Belemniten mit perfekt zulaufender Spitze hin.

James Foot sah ihn an und wurde knallrot. Ich konnte mir

nicht denken, warum, bis Mary zu kichern begann und sagte: «Er sieht aus wie bei meinem Bruder der …»

«Das reicht, Mary», konnte ich sie gerade noch rechtzeitig unterbrechen. «Bitte leg ihn weg.» Ich war ebenfalls rot geworden und wollte irgendetwas sagen, aber eine Entschuldigung hätte alles nur noch schlimmer gemacht. James Foot dachte bestimmt, ich hätte ihn absichtlich in Verlegenheit bringen wollen. «Werden Sie heute Abend im Ballsaal sein?», fragte ich, und versuchte krampfhaft, nicht mehr an den Belemniten zu denken.

«Ich denke schon, es sei denn, Lord Henley hat andere Pläne für mich.»

Normalerweise hatte James Foot sehr klare Vorstellungen davon, was er tun wollte und was nicht, aber jetzt hielt er es offenbar für nötig, sich eine Tür offen zu halten. Ich glaubte zu wissen, warum, wollte aber sichergehen. «Ich werde Margaret sagen, sie soll nach Ihnen Ausschau halten.»

Obwohl James Foot sich nicht bewegte, hatte ich den Eindruck, er würde sich von meiner Ankündigung räumlich distanzieren. «Wenn es mir möglich ist, werde ich kommen. Bitte empfehlen Sie mich Ihren Schwestern.» Er verneigte sich und entfernte sich dann über den Strand in Richtung Lyme.

Ich blickte ihm nach und beobachtete, wie er um ein Felsenbecken herumging. «Er wird sie niemals heiraten.»

«Ma'am?» Mary Anning wirkte verdutzt. Außerdem nannte sie mich plötzlich «Ma'am». Verheiratet oder nicht, aus dem Alter einer «Miss» war ich heraus. Damen wurden nur so lange «Miss» genannt, wie noch eine Aussicht darauf bestand, dass sie heirateten.

«Es ist alles in Ordnung, Mary.» Ich wandte mich zu ihr um. «Was wolltest du vorhin? Du bist herumgesprungen und hast dir die Wange gerieben, als hätte dich etwas gestochen.»

«Sie haben Schmutz auf der Backe, Miss Elizabeth. Ich dachte, Sie wischen das besser weg, damit der feine Herr sie nicht weiter so anstarrt.»

Meine Hand fuhr an meine Wange. «O je, das auch noch?» Ich zog ein Taschentuch hervor und spuckte darauf, dann begann ich zu lachen, damit ich nicht weinen musste.

James Foot kam an diesem Abend nicht in den Ballsaal. Margaret war enttäuscht, dachte sich aber weiter nichts. Erst als am nächsten Tag die Nachricht von ihm eintraf, er müsse in Familienangelegenheiten nach Suffolk und würde ein paar Wochen lang nicht da sein, war sie ernsthaft beunruhigt, zumal er diese Nachricht nicht einmal persönlich überbrachte. «Was für eine Familie?», wollte Margaret von dem unglückseligen Boten wissen, einem der zahllosen Cousins von Lord Henley. «Von Familienangehörigen in Suffolk hat er mir nie etwas erzählt!»

Sie weinte, brütete dumpf vor sich hin und erfand Vorwände, um die Henleys zu besuchen, die ihr aber nicht weiterhelfen konnten oder wollten. Ich bezweifelte, dass James Foot ihnen verraten hatte, warum er Margaret fallen ließ, zumindest würde er meine schmutzigen Handschuhe und den Belemniten nicht erwähnt haben. Dazu war er viel zu sehr Gentleman. Doch wahrscheinlich war den Henleys auch so klar, dass wir keine Familie waren, in die man einheiratete.

Margaret besuchte weiter den Ballsaal und ging zu den Kartenspielabenden, aber sie hatte ihr Strahlen verloren. Wenn ich sie begleitete, spürte ich, dass sie von den obersten Sprossen der Gesellschaftsleiter, die sie erklommen hatte, wieder hinabgerutscht war. Wird sie einmal von einem Gentleman brüskiert, leidet der Ruf einer jungen Dame auf subtile Weise. Margaret wurde nicht mehr zu jedem Tanz aufgefordert, die Komplimente über ihr Kleid, ihr Haar und ihren Teint kamen seltener. Als die Saison sich dem Ende zuneigte, wirkte sie müde und matt. Um sie aufzuheitern, fuhren Louise und ich mit ihr ein paar Wochen nach London, doch Margaret wusste selbst nur zu gut, dass sich etwas verändert hatte. Ihr war ihre beste Heiratschance entgangen, und sie wusste nicht einmal, warum.

Ich habe ihr nie von der Strandbegegnung mit James Foot erzählt. Vielleicht hätte es Margaret ein wenig getröstet, dass meine exzentrische Art ihn in seiner Entscheidung, nicht mehr um sie zu werben, beeinflusst hatte. Natürlich hätte ich meine Fossilien aufgeben und mir neue Handschuhe kaufen können, doch sicher hätte auch Margaret gespürt, dass es damit nicht getan war. Ein Mann sucht sich seine Frau nach komplizierten Kalkulationen aus, mit denen er die Erwählte und ihre Familie einschätzt, da brauchte es schon mehr als eine ungewöhnliche Schwester, um die Rechnung nicht aufgehen zu lassen. James Foot hatte beschlossen, dass es den Philpots nicht nur an Geld, sondern vor allem an gesellschaftlichem Status mangelte – damit war Margaret für ihn abgeschrieben. Meine schockierend schmutzigen Handschuhe und das anzüglich geformte Fossil hatten ihn in seinem bereits vorher gefassten Entschluss nur bestätigt.

Auch wenn mir Margarets Kummer zu Herzen ging, bedauerte ich den Rückzug James Foots nicht. Vermutlich hätte er mich Zeit seines Lebens angeschaut, als wären meine Handschuhe schmutzig. Und wenn er schon mich so kritisch sah, wie dann erst meine Schwester? Möglicherweise hätte er alles Leben aus ihr herausgesaugt. Ich hätte es nicht ertragen, meine Schwester mit so einem Mann verheiratet zu sehen.

Jahre später lief mir James Foot auf Colway Manor über den Weg. Wenn wir dort zum Essen oder zu Festen eingeladen waren, bekam Margaret immer Kopfschmerzen, und aus Loyalität gingen Louise und ich nicht ohne sie hin. Doch einmal musste ich für die Annings in einer Fossilienangelegenheit mit Lord Henley sprechen, und als ich mich verabschiedete, trafen James Foot und seine Frau gerade ein. Sie war klein, blass und unscheinbar wie ein Stiefmütterchen; niemals hätte sie auf einem Ball einen Turban getragen. In diesem Moment war ich dankbar, dass Margaret dieses Schicksal erspart geblieben war. Es war gut so.

Der Sommer mit James Foot war der Höhepunkt von Margarets Möglichkeiten gewesen. In der nächsten Saison wurde sie wie ein hübsches Kleid behandelt, das schon etwas zu lang im Schrank gehangen hatte, so dass dessen Ausschnitt jetzt zu hoch oder zu tief war, die Farbe ein wenig verblasst und der Schnitt nicht mehr schmeichelhaft. Wir waren überrascht, dass so etwas in Lyme genauso schnell passieren konnte wie in London, und standen all dem ohnmächtig gegenüber. Margaret pflegte ihre Freundschaften weiter und schloss unter den Sommergästen neue. Doch sie kam abends nicht mehr vor Begeisterung glühend nach Hause, um durch die Küche zu tanzen. Mit der Zeit wurden die Turbane, auf die sie nach wie vor nicht verzichten wollte, braver und gingen eher als Philpotschrulle durch. Es war ihr nicht gelungen, wie Frances in eine Ehe zu flüchten, und so musste sie sich neben Louise und mir im Jungfernstand einrichten.

Es gibt schlimmere Schicksale.

III

Wie die Suche nach einem vierblättrigen Kleeblatt

Ich weiß nicht, ob es jemals eine Zeit gab, in der ich nicht draußen am Strand war. Mam hat immer gesagt, bei meiner Geburt wär das Fenster offen gestanden, darum hätte ich als Erstes das Meer gesehen, als sie mich hochhielten. Gleich hinter unserem Haus am Cockmoile Square fing das Gun Cliff an und dahinter das Meer, und sobald ich laufen konnte, war ich draußen auf den Klippen. Mein Bruder Joe musste auf mich aufpassen, damit ich nicht ins Wasser fiel und ertrank, dabei war er nur ein paar Jahre älter als ich. Je nach Jahreszeit waren noch viele andere Menschen draußen; sie spazierten über den Cobb, beobachteten Schiffe oder ließen sich in den Badekarren, die für mich wie Klohäuschen aussahen, aufs Wasser hinausschieben. Manche gingen sogar noch im November baden. Joe und ich haben immer über diese Schwimmer gelacht, wenn sie nass und elendig bibbernd wie getunkte Katzen aus dem Wasser stiegen und dann noch so taten, als wär das gut für sie.

Ich selbst hab mich im Lauf der Jahre auch immer wieder mit der See angelegt. Obwohl mir der Wechsel der Gezeiten in Fleisch und Blut übergegangen ist, bin ich bei der Suche nach Kuris manchmal vom auflaufenden Wasser abgeschnitten worden. Dann musste ich durch die Brandung waten oder die Klippen hochklettern, um nach Hause zu kommen. Doch freiwillig, wie die Londoner Damen, die in Lyme etwas für ihre Gesundheit tun wollten, bin ich nie ins Meer gegangen. Mir war der feste Boden unter den Füßen lieber, ich mochte Steine, und nicht das Wasser. Natürlich bin ich dem Meer dankbar, weil es mir Fisch zum Essen gibt und Fossilien aus den Klippen wäscht oder vom Meeresboden hochwirbelt. Ohne das Meer würden die Knochen für immer in ihren Steinsärgen begraben sein, und wir hätten kein Geld, um Brot und Miete zu zahlen.

Ich habe schon immer nach Kuris gesucht, so lange ich mich erinnern kann. Pa hat mich mitgenommen und mir gezeigt, wo man sie findet. Und er hat mir gesagt, wie sie heißen – Vertebis, Teufelszehennägel, Heilige-Hilda-Schlangen, Bezoars, Donnerkeile und Seelilien. Schon bald konnte ich allein sammeln gehen. Selbst wenn man zu zweit sucht, läuft man nicht auf Schritt und Tritt nebeneinander her. Man kann nicht mit den Augen eines anderen sehen, man muss schon selbst schauen. Zwei Menschen können in ein und demselben Stein unterschiedliche Dinge erkennen; der eine ein Stück Feuerstein, der andere einen Seeigel. Wenn ich als Kind mit Pa unterwegs war, hat er oft noch an Stellen, an denen ich schon jeden Stein umgedreht hatte, Vertebis gefunden. «Sieh mal», hat er dann gesagt und einen Stein hochgehoben, der direkt vor meinen Füßen lag. «Du musst schon genauer hinschauen, mein Mädchen!» Er hat mich ausgelacht, aber das machte mir nichts, schließlich war er mein Vater, deshalb musste er mehr finden als ich und mir beibringen, wie man es macht. Ich wollte gar nicht besser sein als er.

Für mich ist die Suche nach Kuris wie wenn man ein vierblättriges Kleeblatt sucht: Es geht nicht darum, wie genau man hinschaut, sondern, ob einem Unterschiede auffallen. Wenn mein Blick über ein Stück Kleewiese wandert, sehe ich 3, 3, 3, 3, 4, 3, 3.

Das vierblättrige Kleeblatt springt mich einfach an. Und mit den Kuris ist es genauso. Ich laufe über den Strand, schaue hier und schaue da, ohne viel nachzudenken, und schon springen sie mich an: die langen Linien eines Belis, die Spiralen mit den streifenartigen Markierungen eines Ammos oder die Knochenabdrucke im glatten Schieferstein. Es sind die Muster, die sich aus dem allgemeinen Durcheinander abheben.

Jeder jagt anders nach Kuris. Miss Elizabeth guckt so lange auf die Wand eines Kliffs, auf die Felsbänder und einzeln herumliegenden Steinbrocken, dass ich denke, der Kopf wird ihr zerspringen. Auch wenn sie auf diese Weise etwas findet, kostet es sie fürchterlich viel Mühe. Sie hat nicht so einen guten Blick wie ich.

Mein Bruder Joe wiederum hatte eine ganz andere Methode und wollte meine nicht übernehmen, wenn wir gemeinsam auf Suche gingen. Obwohl er eigentlich nur drei Jahre älter ist als ich, kam es mir, als wir klein waren, so vor, als wär er viel älter. Joe benahm sich wie ein kleiner Erwachsener, er war langsam, ernst und bedächtig. Unsere Aufgabe war es, die Kuris zu finden und sie unserem Vater heimzubringen, aber wenn Pa zu viel mit seinen Schränken zu tun hatte, haben wir die Kuris manchmal auch gereinigt. Joe hasste es, bei Wind rauszumüssen, aber Kuris hat er trotzdem gefunden. Obwohl er es gar nicht wollte, war er ein guter Sammler. Eben weil er den Blick hatte. Seine Methode war, sich einen Strandabschnitt vorzunehmen, ihn in Quadrate aufzuteilen und jedes einzelne systematisch abzusuchen, indem er es mit gleichmäßigen, langsamen Schritten abging. Er fand zwar mehr als ich, aber ich hab die ungewöhnlichen Sachen entdeckt, mit denen niemand rechnete: Krokodilrippen und -zähne, Bezoars und Seeigel.

Pa brauchte für seine Suchmethode eine lange Stange, mit der er in den Steinen herumstocherte, damit er sich nicht dauernd bücken musste. Das hatte er sich bei Mr Crookshanks abgeschaut, dem Bekannten, von dem er die ersten Sachen über Kuris lernte. Als ich drei war, hat sich Mr Crookshanks vom Gun Cliff hinter unserem Haus gestürzt. Pa sagte, er hatte so viele Schulden, dass ihn selbst die Kuris nicht mehr vor dem Armenhaus gerettet hätten. Aber gelernt hat Pa aus den Fehlern von Mr Crookshanks nichts. Die ganze Zeit hat er nach der Riesenbestie gesucht, mit deren Fund er alle unsere Schulden bezahlen wollte. Im Lauf der Jahre haben wir einzelne Teile gefunden, Zähne, Wirbelknochen und Versteinerungen, die wie Rippen aussahen, außerdem komische kleine Würfel, die mich an Maiskörner erinnerten, und andere Knochen, die wir nicht zuordnen konnten. Sie schienen alle von einem riesigen Tier wie einem Krokodil zu stammen. Als ich einmal Kuris für sie reinigte, hat mir Miss Elizabeth ein Krokodil gezeigt. Sie hatte ein Buch mit vielen Zeichnungen von allen möglichen Tieren und ihren Skeletten. Ein Franzose namens Cuvier hatte es geschrieben.

Pa ist nicht so oft suchen gegangen wie wir, weil er ja auch noch die Schreinerei hatte, aber wenn es irgendwie ging, ist er mit uns rausgekommen. Die Kuris waren ihm lieber als das Tischlern, und das hat Mam immer fürchterlich geärgert. Nie wusste sie, wann wieder Geld reinkommen würde, außerdem hat die Fossiliensuche ihn vom Cockmoile Square und seiner Familie weggeführt. Vermutlich hatte Ma den Verdacht, dass er lieber allein draußen am Strand war als in einem Haus voller greinender Kinder. Von denen hatte sie mehr als genug, denn außer Joe und mir sind alle Geschwister Schreikinder gewesen. Mam ist nur zum Strand gegangen, wenn sie Pa Vorwürfe machen wollte, weil er sogar sonntags beim Suchen war, statt in die Kirche zu gehen. Sie schämte sich dann für ihn. Obwohl sie ihn nicht aufhalten konnte, hat er immerhin versprochen, Joe und mich sonntags nicht mehr mitzunehmen.

Außer uns gab es nur noch einen anderen Menschen, der Kuris verkaufte, das war ein alter Stallbursche namens William Lock, der im *Queen's Arms* in Charmouth arbeitete, wo die Kutschen zwischen London und Exeter ihre Pferde wechselten. William Lock hatte herausgefunden, dass er den Reisenden Fossilien verkaufen konnte, während sie sich die Beine vertraten und sich draußen ein wenig umschauten. Weil Fossilien als Kuriositäten galten, was wir zu «Kuris» abkürzten, hatte William Lock bald den Namen Captain Kurio weg. Obwohl er schon seit vielen Jahren Fossilien sammelte und verkaufte, länger sogar noch als Pa, hatte er nie einen Hammer dabei, sondern hob einfach nur auf, was sich ohne weiteres mitnehmen ließ. Manchmal grub er auch Steine mit dem Spaten aus, den er immer bei sich trug. Er war ein gemeiner alter Mann, der mich immer irgendwie komisch anschaute. Ich hielt mich von ihm fern.

Auch wenn uns Captain Kurio hin und wieder über den Weg lief, waren wir, bis Miss Elizabeth nach Lyme kam, die einzigen Fossiliensucher am Strand. Meistens bin ich mit Joe oder Pa gegangen, aber manchmal bin ich auch mit Fanny Miller zum Strand runter. Sie war genauso alt wie ich und lebte ein Stück weiter flussaufwärts hinter der Tuchfabrik von Lyme. Wir nannten diesen Stadtteil Jericho. Ihr Vater war Holzfäller, von ihm kaufte Pa sein Holz, und ihre Mam hat in der Fabrik gearbeitet. Die Millers waren wie wir Kongregationalisten, unser Gotteshaus stand in der Coombe Street. In Lyme lebten sehr viele Dissenter, aber es gab natürlich auch eine richtige Staatskirche, Sankt Michael, die uns dauernd zurückgewinnen wollte. Doch wir Annings sind da nicht hingegangen, wir waren stolz darauf, anders zu denken als die traditionelle Kirche von England, auch wenn ich selbst die Unterschiede zwischen beiden nicht kannte.

Fanny war ein hübsches Mädchen; sie war klein, zierlich und blond, aber am meisten beneidete ich sie um ihre blauen Augen. Wenn es uns sonntags während der Messe zu langweilig wurde, vertrieben wir uns die Zeit immer mit Fingerspielen. Manchmal rannten wir am Fluss entlang den Booten hinterher, die wir aus Stöcken und Laubblättern gebastelt hatten, oder gingen Brunnenkresse pflücken. Obwohl Fanny lieber am Fluss spielte, ist sie manchmal auch mit mir an den Strand zwischen Lyme und Charmouth gekommen, aber bis zum Black Ven hat sie sich niemals hinausgewagt. Sie fand, dass die Steilwand dort böse aussah und ihr womöglich Steine auf den Kopf fallen würden. Am Strand haben wir Dörfer aus Kieselsteinen gebaut oder die winzigen Bohrmuschellöcher in den Felskanten aufgefüllt. Gleichzeitig hielt ich natürlich immer Ausschau nach Kuris, ich war nie draußen, um einfach nur zu spielen.

Fanny hatte den Blick, wollte ihn aber auf keinen Fall benutzen. Sie liebte schöne Dinge wie milchige Quarzklumpen, gestreifte Kiesel oder kleine Knubbel von Katzengold, die sie ihre Edelsteine nannte. Solche Sachen fand sie dauernd, aber einen guten Ammo oder Beli hat sie nicht angerührt, obwohl sie genau wusste, dass ich danach suchte. Fanny hatte vor ihnen Angst. «Ich mag sie nicht», hat sie mal mit einem Schaudern gesagt, konnte mir aber nicht erklären, warum. «Sie sind hässlich», mehr fiel ihr nicht ein. Wenn ich weiter nachbohrte, kam höchstens noch: «Mam sagt, sie kommen von den Feen.» Ein Seeigel war für sie ein Feenbrot, und wenn man so einen Seeigel ins Regal neben die Milch legte, wurde sie nicht sauer. Ich erzählte ihr, was Pa mir beigebracht hatte: Ammos wären Schlangen, die ihre Köpfe verloren hatten, Belis wären Donnerkeile, die Gott selbst auf die

Erde geworfen hatte, und Gryphies die Zehennägel des Teufels persönlich. Da bekam sie gleich noch mehr Angst. Ich wusste aber, dass es nur Geschichten waren. Wenn der Teufel wirklich so viele Zehennägel verlor, hätte er ja tausend Füße haben müssen. Und wenn der Blitz so viele Belis formte, müsste es den ganzen Tag lang gewittern. Aber Fanny konnte so einfach nicht denken und hielt deshalb an ihren Ängsten fest. Ich kannte viele Menschen, die genauso dachten. Sie hatten Angst vor dem, was sie nicht verstanden.

Trotzdem mochte ich Fanny, außerdem war sie damals meine einzige richtige Freundin. Unsere Familie war in Lyme nicht besonders beliebt, denn die Leute fanden Pas Interesse für Fossilien eigenartig. Selbst Mam ging es so, obwohl sie Pa immer verteidigte, wenn sie hörte, dass auf dem Markt oder vor der Kirche über ihn geredet wurde.

Doch Fanny blieb nicht meine Freundin, so viel Edelsteine ich ihr auch vom Strand mitbrachte, denn die Millers misstrauten nicht nur den Fossilien, sie trauten auch mir nicht über den Weg. Noch schlimmer wurde es, als ich den Philpots zu helfen begann, über die sich die Leute in der Stadt lustig machten. Es hieß, die Damen aus London seien so verschroben, dass sie noch nicht einmal in Lyme einen Mann fanden. Wenn ich mit Miss Elizabeth an den Strand ging, kam Fanny nie mit. Mit der Zeit hatte sie immer mehr zu meckern: Entweder machte sie dumme Kommentare über Miss Elizabeths hageres Gesicht und Miss Margarets alberne Turbane, oder sie wies mich auf die Löcher in meinen Stiefeln und den Dreck unter meinen Fingernägeln hin. Allmählich fragte ich mich, ob sie wirklich eine Freundin war.

Dann kam der Tag, an dem wir gemeinsam über den Strand gingen und Fanny wieder einmal so mürrisch war, dass ich sie bestrafen wollte. Bewusst ließ ich uns von der Flut den Rückweg abschneiden. Als sie den letzten Sandstreifen vor der Klippe unter einer schäumenden Welle verschwinden sah, begann Fanny zu weinen. «Was machen wir nur?», schrie sie und hörte gar nicht mehr auf zu schluchzen.

Ich verspürte keinerlei Drang, sie zu trösten, und sah sie einfach nur teilnahmslos an. «Wir haben zwei Möglichkeiten: Entweder wir waten durchs Wasser, oder wir steigen den Klippenpfad hoch», sagte ich. «Du hast die Wahl.» Ich selbst hatte wenig Lust, eine Viertelmeile weit immer an den Klippen entlang durchs Wasser zu waten, bis wir zu dem Punkt kamen, wo die Stadt begann und das Gelände anstieg. Das Wasser war eiskalt und der Seegang rau, außerdem konnte ich nicht schwimmen, aber das sagte ich Fanny nicht.

Fannys Blick wanderte ängstlich vom aufgewühlten Meer zur steilen Klippe und wieder zurück. «Ich kann mich nicht entscheiden», kreischte sie, «ich kann's einfach nicht.»

Erst ließ ich sie noch eine Weile heulen, dann führte ich sie zu dem steilen holprigen Pfad, auf dem ich sie zog und hochhievte, bis wir weiter oben zu dem Küstenweg zwischen Charmouth und Lyme kamen. Nachdem sie sich beruhigt hatte, würdigte Fanny mich keines Blickes mehr, und sobald die Stadt in Sicht kam, rannte sie davon. Ich versuchte nicht, sie einzuholen. Noch nie zuvor war ich einem anderen Menschen gegenüber so grausam gewesen, jetzt hasste ich mich selbst dafür. An diesem Tag spürte ich zum ersten Mal, dass ich nicht richtig zu den Menschen in Lyme gehörte, ein Gefühl, das ich in Zukunft noch oft haben sollte. Wenn wir uns in der Kirche, auf der Broad Street oder am Fluss begegneten, waren Fanny Millers große blaue Augen fortan kalt wie das Eis auf einer Pfütze, und mit ihren Freundinnen tuschelte sie hinter vorgehaltener Hand über mich. Ich fühlte mich noch mehr als Außenseiterin.

Als ich elf Jahre alt war, wurde unser Leben richtig schwer, denn wir verloren Pa. Manche sagen, er sei selbst schuld gewesen, denn eines Nachts ist er auf dem Heimweg nach Lyme auf dem Klippenpfad schlimm abgestürzt. Er hat geschworen, dass er nichts getrunken hatte, aber natürlich konnten wir es alle riechen. Den Sturz überlebte er, was schon ein unglaubliches Glück war, doch nachher ist er monatelang bettlägerig gewesen und hat nicht in der Tischlerei arbeiten können. Die Kuris, die Joe und ich fanden, brachten nur wenig Geld ein, so dass unsere Schulden uns allmählich über den Kopf zu wachsen begannen. Mam sagte, er wär von dem Sturz noch so geschwächt gewesen, dass er gegen die Krankheit, die er wenige Monate später bekam, nicht mehr ankämpfen konnte.

Pas Tod machte mich traurig, doch ich hatte keine Zeit, länger über diesen Verlust nachzudenken, denn er hatte uns einen Berg Schulden hinterlassen. Wir hatten keinen Schilling mehr in der Tasche: Joe, ich, Mam und das Baby, das sie einen Monat nach Pas Beerdigung zur Welt brachte. Zur Beerdigung mussten Joe und ich Mam zwischen uns nehmen und mehr oder weniger in die Kirche in der Coombe Street schleppen. Sicher haben wir drei keinen schönen Anblick abgegeben, wie wir da zu der Beerdigung wankten, die wir nicht einmal bezahlen konnten. In der Stadt hatten sie für uns gesammelt, und die meisten kamen, um zu sehen, was wir für ihr Geld bekommen hatten.

Nach der Beerdigung haben wir Mam wieder ins Bett gebracht, und ich bin wie jeden Tag zum Strand runtergegangen. Allerdings musste ich vorher erst warten, bis sie eingeschlafen war, denn es hätte sie beunruhigt, mich draußen zu wissen. Dass Pa von den Klippen stürzte, während er eigentlich in seiner Werkstatt hätte arbeiten sollen, war für sie ein Zeichen Gottes, dass wir nicht so viel Zeit mit den Kuris verbringen durften.

Ich lief in Richtung Charmouth und behielt die Flut im Auge, die zwar gerade hereinkam, aber noch zu weit weg war, um mir gefährlich zu werden. Hinter den Church Cliffs kam ich zu der schmalen Stelle, wo der Strand eine Kurve macht und dann breiter wird. Dort ist der Black Ven, der mit seinen verschiedenen grauen, braunen und grünen Fels- und Grasstreifen wie eine Tigerkatze aussieht. Anders als die Steilwand der Church Cliffs fällt er ganz allmählich zum Meer hin ab. Im Schlamm des Blauen Lias, der dort auf den Strand trifft, verbergen sich Schätze für diejenigen, die bereit sind, nach ihnen zu graben.

Wie in all den Jahren mit Pa suchte ich den Lehm ab. Es war ein Trost, hier draußen bei den Klippen zu sein und nach Fossilien zu jagen. Ich konnte vergessen, dass Pa nicht mehr da war, und mir einbilden, er würde hinter mir stehen, wenn ich mich umdrehte, und vornübergebeugt mit seiner Stange im lockeren Steinsaum am Fuß der Klippe stochern. Er suchte auf seine Weise, und ich auf meine. Doch so oft ich mich auch nach ihm umguckte, er war nicht da, an dem Tag nicht und auch nicht an den Tagen danach.

Im Blauen Lias fand ich nur ein paar Beli-Splitter, die wegen der abgebrochenen Spitzen völlig wertlos waren, aber ich nahm sie trotzdem mit. Die Sommergäste kaufen nur längliche Belis mit unverschrten Spitzen, aber wenn ich einmal etwas gefunden habe, kann ich es nur schwer wieder fallen lassen.

Zwischen den Steinen fand ich dafür einen völlig unbeschädigten Ammo. Er schmiegte sich perfekt in meine Handfläche; ich schloss die Finger um ihn und drückte ihn fest. Wie immer, wenn ich etwas Besonderes gefunden hatte, wollte ich ihn jemandem zeigen, um mich zu vergewissern, dass es wirklich wahr war. Aber Pa, der gewusst hätte, wie schwer es ist, einen so perfekten Ammo zu finden, Pa war nicht mehr da. Noch immer am Boden hockend, schloss ich die Augen, um die Tränen zurückzudrängen. Ich wollte diesen Ammo für immer in meiner Hand halten, ihn drücken und dabei an Pa denken.

«Hallo, Mary.» Elizabeth Philpot stand vor mir und zeichnete sich dunkel vorm grauen Himmel ab. «Ich habe nicht damit gerechnet, dich heute hier draußen anzutreffen.»

Ich konnte ihren Gesichtsausdruck nicht erkennen und fragte mich, was sie wohl von mir dachte, dass ich hier draußen am Strand war, statt daheim meine Mutter zu trösten.

«Was hast du gefunden?»

Ich richtete mich auf und hielt ihr den Ammo hin. Miss Elizabeth nahm ihn. «Oh, ein wunderschönes Exemplar. Ein *Liparoceras*, oder?» Miss Elizabeth hat immer gern diese komischen Namen benutzt, die sie Linnésche Namen nannte. Manchmal hatte ich das Gefühl, sie wollte damit angeben. «Hast du gesehen, die Spitzknoten auf den Rippen sind alle intakt. Wo hast du ihn gefunden?»

Ich deutete auf die Felsen vor unseren Füßen.

«Vergiss nicht, die Fundstelle zu notieren, die Gesteinsschicht und das Datum. Es ist wichtig, das festzuhalten.» Seit ich in der Sonntagsschule unserer Kirche lesen und schreiben gelernt hatte, drängte Miss Elizabeth mich ständig, Etiketten zu schreiben. Sie schaute auf den Strand hinab. «Was meinst du, wird uns die Flut bald den Weg abschneiden?»

«Wir haben noch ein paar Minuten, Ma'am. Ich werde bald zurückgehen.»

Miss Elizabeth nickte. Sie merkte, dass ich lieber allein heimgehen wollte als mit ihr, war aber nicht beleidigt. Jäger sind eben manchmal gern allein unterwegs. «Ach, Mary», sagte sie, als sie sich zum Gehen wandte. «Meinen Schwestern und mir tut das mit deinem Vater so leid. Ich werde morgen vorbeikommen.

Bessy hat einen Kuchen gemacht und Louise ein Stärkungsmittel für deine Mutter. Und Margaret hat einen Schal gestrickt.»

«Das ist nett», murmelte ich. Eigentlich wollte ich sie fragen, was wir mit Schals und Stärkungsmitteln anfangen sollten, wo es uns am Nötigsten fehlte, an Kohle, Brot oder Geld, aber die Philpots waren immer gut zu mir gewesen, darum beklagte ich mich nicht.

Eine Windbö blies unter den Rand von Miss Elizabeths Haube, so dass er sich umstülpte. Sie drückte ihn zurück, zog ihren Schal fester zusammen und runzelte die Stirn. «Wo ist dein Mantel, Mädchen? Es ist zu kalt, um ohne unterwegs zu sein.»

Ich zuckte die Schultern. «Mir ist nicht kalt.» In Wahrheit fror ich jämmerlich, aber ich hatte es erst jetzt gemerkt, wo sie mich fragte. Meinen Mantel hatte ich vergessen, doch der war mir ohnehin zu kurz und eng und hinderte mich, meine Arme frei zu bewegen. An jenem Tag waren mir Mäntel egal.

Ich wartete, bis Miss Elizabeth um die Strandbiegung verschwunden war, dann machte ich mich selbst auf den Heimweg. Den Ammo hielt ich immer noch fest in der Hand. Miss Elizabeths gerader Rücken, dessen Umriss ich weit vor mir sah, leistete mir Gesellschaft und wirkte irgendwie tröstlich. Erst als ich Lyme erreichte, begegneten mir andere Menschen. Es waren ein paar Londoner, die zum Saisonende in der Stadt weilten und hinter unserem Haus über das Gun Cliff spazierten. Als ich an ihnen vorbeilaufen wollte, rief eine Dame: «Hast du etwas gefunden?»

Ohne nachzudenken öffnete ich die Finger. Sie schnappte nach Luft und nahm mir den Ammo aus der Hand, um ihn den anderen zu zeigen. Alle blieben stehen, um ihn zu bewundern. «Ich gebe dir eine halbe Krone dafür, mein Mädchen.» Die Dame reichte den Ammo an einen der Herren weiter und öffnete ihre Geldbörse. Ich wollte sagen, dass er nicht zu verkaufen war, weil er mir helfen sollte, mich an Pa zu erinnern, aber sie hatte mir die Münze schon in die Hand gelegt und sich weggedreht. «Damit können wir eine Woche lang Brot kaufen», dachte ich und starrte die Münze an. «Das Geld wird uns vor dem Armenhaus retten.» Pa hätte es so gewollt.

Die Münze fest umklammert, rannte ich nach Hause. Sie war der Beweis, dass wir weiterhin von den Kuris leben konnten.

Mam beklagte sich nicht mehr, wenn wir suchen gingen. Sie hatte auch gar keine Zeit dazu: Kaum hatte sie sich halbwegs vom Schock über Pas Tod erholt, kam das Baby zur Welt. Sie nannte es Richard, nach Pa, und wie schon die letzten Babys war auch er ein Schreibaby. Ständig kränkelte er, und Mam ebenfalls. Sie fror und war müde, weil das Baby schlecht schlief und nie genug trank.

Eines Tages wenige Monate nach dem Tod unseres Vaters trieb das Geschrei des Babys Joe hinaus in die bittere Kälte, die er so hasste. Auch unsere Schulden drückten ihn, wir brauchten dringend Fossilien. Trotz der Kälte hätte ich ihn gern begleitet, doch ich war ans Haus gefesselt, weil ich das Baby auf und ab tragen musste, damit es zu schreien aufhörte. Richard war ein jämmerliches kleines Ding, es war schwer, ihn gern zu haben. Das Einzige, was ihn zum Schweigen brachte, war, wenn ich ihn ganz fest an mich drückte, ihn wiegte und dazu das Lied sang: «Lass mich nicht als Jungfer sterben.»

Ich sang gerade zum sechsten Mal die letzten Zeilen – «Ob du alt bist oder jung, ob dumm oder gescheit / Lass mich nicht als Jungfer sterben, nimm mich aus Mitleid» –, als Joe heimkam und so laut gegen die Tür schlug, dass ich erschreckt zusammenfuhr. Er brachte einen Schwall kalter Luft mit herein, und das Baby begann wieder zu schreien. «Sieh, was du angerichtet hast!», schrie ich. «Gerade hatte er sich beruhigt, und dann kommst du und weckst ihn wieder auf.»

Joe machte die Tür hinter sich zu und drehte sich zu mir um. Da sah ich, dass er ganz aufgeregt war. Normalerweise kann meinen Bruder nichts aus der Ruhe bringen – sein Gesicht ist wie aus Stein gemeißelt, und er verzieht kaum jemals eine Miene. Doch jetzt leuchteten seine braunen Augen, als würde die Sonne durch sie scheinen, seine Backen waren rot und sein Mund stand offen. Er riss sich die Mütze vom Kopf und strubbelte sich durch die Haare, bis sie nach allen Seiten abstanden.

«Was ist los, Joe?», fragte ich. «Ach, still, Baby, psst!» Ich hielt mir das Baby über die Schulter. «Was ist?»

«Ich hab was gefunden.»

«Was? Zeig's mir.» Ich wollte sehen, was er dabeihatte.

«Du musst mit rauskommen. Es ist in der Klippe, und es ist riesig.»

«Wo?»

«Am Ende der Church Cliffs.»

«Und was ist es?»

«Weiß nicht. Etwas … etwas anderes. Ein langer Kiefer und jede Menge Zähne.» Joe wirkte fast verängstigt.

«Dann ist es ein Krokodil», erklärte ich. «Was soll es sonst sein.»

«Komm mit und guck's dir an.»

«Ich kann nicht, was soll ich mit dem Baby machen?»

«Nimm ihn mit.»

«Geht nicht, es ist zu kalt.»

«Und wenn wir ihn so lange bei den Nachbarn lassen?»

Ich schüttelte den Kopf. «Die haben schon so viel für uns getan, wir können sie nicht schon wieder um Hilfe bitten, erst recht nicht wegen so was.» Unsere Nachbarn am Cockmoile Square hatten was gegen unsere Kuris. Zwar beneideten sie uns um das bisschen Geld, das wir mit ihnen verdienten, doch gleichzeitig begriffen sie nicht, wieso überhaupt jemand bereit war, auch nur einen Penny für so ein Stück Stein auszugeben. Ich wusste, dass wir sie nur im äußersten Notfall um Hilfe bitten durften.

«Halt ihn mal kurz.» Ich reichte Joe das Baby und ging ins Nebenzimmer, um nach Mam zu schauen. Sie schlief tief und fest und sah ausnahmsweise einmal so friedlich aus, dass ich es nicht übers Herz brachte, das schreiende Baby neben sie zu legen. Also wickelten wir ihn in so viele Tücher, wie um das kleine Ding herumgingen, und nahmen ihn mit.

Weil ich das Baby auf dem Arm hatte, konnte ich meine Hände nicht nutzen, um mein Gleichgewicht zu halten, deshalb stocherten wir langsamer als sonst den Strand entlang. Joe beschrieb mir unterwegs, wie er in dem neuen Erdrutsch, der während des letzten Gewitters abgegangen war, nach Kuris gesucht hatte. Auf die Klippenwände selbst hatte er eigentlich gar nicht bewusst geschaut, aber als er sich einmal aufrichtete, nachdem er eine Weile in ein paar lose liegenden Steinen am Boden herumgestochert hatte, stach ihm plötzlich in einem Felsband in der Klippe eine Zahnreihe ins Auge.

«Hier ist es.» Joe blieb an einer Stelle stehen, an der er vier Steine aufgehäuft hatte, drei Steine als Basis und einen in der Mitte obendrauf, das Kennzeichen, mit dem wir Annings unsere Fundstellen markieren, wenn wir sie verlassen müssen. Ich legte das Baby ab, das jetzt kaum noch einen Mucks von sich gab, weil es so fror, und schaute konzentriert auf das Felsband, auf das Joe deutete. Vor lauter Aufregung merkte ich gar nicht, wie kalt es war.

Die Zähne entdeckte ich sofort. Sie befanden sich knapp unter Augenhöhe der Kreatur und standen nicht in gleichmäßigen

Reihen, sondern kreuz und quer durcheinander zwischen den beiden langen dunklen Teilen, die einmal Maul und Kiefer gewesen sein mussten. Nach vorne hin liefen diese Knochen zu einer spitzen länglichen Schnauze zusammen. Andächtig schauend fuhr ich mit den Fingern darüber. Plötzlich spürte ich, wie der Blitz mich durchzuckte. Dies war die Riesenbestie, nach der Pa all die Jahre gesucht hatte. Schade, jetzt konnte er sie nicht mehr sehen.

Doch es sollte noch ein stärkerer Blitzschlag kommen. Joe legte einen Finger auf eine größere Wölbung direkt oberhalb des Kieferscharniers. Sie schien kreisrund zu sein, auch wenn ein Teil von ihr unterm Fels lag, und sah aus wie ein Brötchen auf einem Unterteller. Die runde Form erinnerte an einen Ammo, doch es gab keine durch Rippen unterteilte Spirale, es konnte eher ein Ring von Knochenplatten um eine große leere Augenhöhle sein. Ich starrte auf diese Augenhöhle und hatte das Gefühl, dass sie zurückstarrte.

«Meinst du, das ist das Auge?», fragte ich.

«Ich glaub schon.»

Ich erschauderte. Es war die Art Schauder, die einen überfällt, obwohl man gar nicht friert. Gab es wirklich so große Krokodilsaugen? Das Krokodil auf dem Bild von Miss Elizabeth hatte kleine Schweinsäuglein gehabt und nicht solche riesigen Eulenaugen. Mir wurde ganz mulmig, je länger ich auf dieses Auge schaute. Es musste eine Welt voller Wunder geben, von der ich nichts wusste: Krokodile mit riesigen Augen, Schlangen ohne Köpfe und Donnerschläge, die Gott auf die Erde schleuderte, wo sie zu Stein wurden. So ähnlich, so seltsam hohl und leer, fühlte ich mich manchmal, wenn ich nachts in den Sternenhimmel blickte, oder bei den wenigen Gelegenheiten, bei denen ich von einem Boot aus ins tiefe Wasser schauen konnte. Ich mochte dieses Gefühl nicht, unsere Welt kam mir dann immer ganz fremd vor. Viel zu fremd für mich, um sie jemals verstehen zu können. In solchen Situationen ging ich am liebsten in unsere Kirche, wo ich sitzen blieb, bis ich mich wieder sicher in Gottes Hand wusste, der sich schon um all diese Rätsel kümmern würde. Dann verging die Angst.

«Wie lang ist es wohl?» Durch Fragen versuchte ich die Riesenbestie zu begreifen.

«Weiß nicht – allein der Schädel ist schon einen guten Meter lang.» Joe fuhr mit seiner Hand weiter über den Felsen rechts von Kiefer und Auge. «Den Körper sieht man ja nicht.»

Ein paar lose Schieferstücke lösten sich aus der Klippe und landeten neben uns auf dem Boden. Wir schauten hoch und traten zurück, aber es kam nichts mehr nach.

Ich warf einen Blick zum Baby hinüber, das in seinen Decken wie eine Raupe in ihrem Kokon aussah. Es hatte zu wimmern aufgehört und blinzelte in den grauen Himmel. Ob es den Wolken nachschaute, die vorüberzogen?

Weiter unten, am Strand von Charmouth, zogen zwei Männer ein Ruderboot ins Wasser und fuhren zu ihren Hummerfangkörben hinaus. Schnell traten Joe und ich von der Klippe zurück, wie zwei hungrige Kinder, die vor einem Kuchenteller erwischt wurden. Die Männer waren viel zu weit entfernt, um zu sehen, wo genau wir standen oder was wir taten, trotzdem wollten wir vorsichtig sein. Außer uns gab es zwar kaum andere Sammler, aber ein Fund wie das Krokodil hätte sicher Interesse bei den Leuten geweckt. Jetzt, wo ich es gesehen hatte, schien es mit seinen wild durcheinander stehenden Zähnen und dem Untertassenauge so auffällig aus der Klippenwand hervorzustechen, dass es sicher auch bald andere entdecken würden.

«Wir müssen das Krokodil ausgraben», sagte ich.

«So was Großes haben wir noch nie ausgegraben», gab Joe zu bedenken. «Können wir einen meterlangen Stein überhaupt hochheben?»

Er hatte Recht. Mit meinem Hammer hatte ich zwar schon Ammos aus den Steinen am Strand und aus der Klippe geklopft, aber meistens überließen wir es lieber Wind und Regen, die Klippen abzutragen und die Kuris für uns freizulegen.

«Wir brauchen Hilfe», sagte ich, auch wenn ich das nicht gerne zugab. Seit Pas Tod hatten wir bereits so viel Hilfe aus der Stadt bekommen, dass wir ohne Bezahlung eigentlich um nichts mehr bitten konnten. Schon gar nicht, wenn es um Kuris ging. Fanny Miller war nicht die Einzige, die Fossilien hasste. «Fragen wir Miss Elizabeth um Rat.»

Joe runzelte die Stirn. Wie Mam und Pa wusste er nicht so recht, was er von Elizabeth Philpot halten sollte. Er begriff nicht, was eine feine Dame wie sie mit Kuris anfangen wollte, und noch weniger verstand er, was sie an mir fand. Joe hatte ganz andere Gefühle, wenn er Kuris fand, als Miss Elizabeth und ich. Wenn wir etwas fanden, waren wir immer ganz aufgeregt, als würden wir eine neue Welt entdecken. Aber bei Joe ließ selbst jetzt, wo wir etwas so Unglaubliches wie das Krokodil entdeckt hatten, die Begeisterung schon wieder nach, und er sah nur die Probleme. Ich wollte nicht nur zu Miss Elizabeth, weil sie uns helfen konnte, sondern vor allem, weil sie genauso fasziniert und begeistert sein würde wie ich.

Joe und ich blieben noch lange draußen. Während ich mit meinem Hammer am Krokodil herumklopfte, besprachen wir, was wir tun sollten. Schließlich war es so spät, dass die Flut uns den Weg nach Lyme abgeschnitten hatte und wir für den Heimweg die Klippen hochklettern mussten, was mit einem Baby auf dem Arm nicht leicht war. Der arme kleine Kerl. Im Sommer darauf ist er gestorben. Ich habe mich immer gefragt, ob es ihn zu sehr geschwächt hatte, dass ich ihn bei der Kälte mit hinaus an den Strand nahm. Allerdings waren schon so viele von Mam's Babys gestorben, dass uns sein Tod nicht mehr richtig überraschte. Trotzdem wäre ich an dem Tag besser mit ihm im Haus geblieben. Das Krokodil hätte ich mir auch noch einen Tag später anschauen können. Aber so ist das mit der Fossilienjagd: Irgendwann ist man völlig besessen davon. Sie ist wie ein schlimmer Hunger, alles dreht sich nur noch darum, ob man etwas findet. Und selbst wenn man etwas findet, fängt man schon in der nächsten Minute wieder neu zu suchen an, weil vielleicht etwas noch Besseres auf einen wartet.

Etwas Besseres als das, was Joe an jenem Tag fand, hatte ich jedoch noch nie gesehen. Es hatte den Blitz durch mich geschickt, wie wenn ich aus einem langen Schlaf gerissen würde. Ich war glücklich, das Krokodil zu sehen, nur wünschte ich mir, dass ich es selbst gefunden hätte. Alle waren überrascht, dass Joe etwas so Ungewöhnliches entdeckt hatte, denn es lag ihm eigentlich nicht, nach neuen Sachen Ausschau zu halten. Das war meine Stärke. Ich versuchte, nicht eifersüchtig zu sein, doch es fiel mir schwer. Aber die Leute vergaßen ohnehin schon bald, dass Joe das Krokodil gefunden hatte, und es wurde mein Krokodil. Ich wehrte mich nicht dagegen, und Joe schien es egal zu sein. Er war froh, dass er wieder in den Schatten treten und einfach nur Joe Anning sein konnte, statt die Rolle eines Sammlers zu spielen, der Riesenbestien fand. Es war ohnehin hart für ihn, einer Familie anzugehören, über die so viel geredet und geurteilt wurde. Ich glaube, am liebsten hätte er einfach aufgehört, ein Anning zu sein, aber da das nicht ging, behielt er seine Gedanken für sich.

Am nächsten Morgen nahmen wir Miss Elizabeth mit zum Schädel. Es war einer jener kalten klaren Tage, an denen die Klippen gestochen scharf aussehen. Allerdings hielt das gute Wetter nicht lange, die Wintersonne stand nur kurz überm Horizont der Bucht von Lyme. Trotz der Kälte mussten wir Miss Elizabeth nicht lange überreden, sie kam auf der Stelle mit, obwohl ihre Dienerin Bessy unwillig brummte und Miss Margaret zwitscherte, es würden doch bald Gäste eintreffen. Jetzt, wo ich etwas älter war, fand ich Miss Margaret ein wenig dumm und zog ihr die ruhige Louise oder die strenge und etwas schnippische Miss Elizabeth vor. Und Miss Elizabeth waren die Gäste egal, sie wollte die Riesenbestie sehen.

Als wir das Ende der Church Cliffs erreichten, blieb mir vor Schreck fast die Luft weg, so deutlich waren die seltsamen Umrisse in der Klippenwand zu erkennen. Miss Elizabeth war ganz still. Sie zog sich ihre guten Handschuhe aus, streifte die Arbeitshandschuhe mit den abgeschnittenen Fingern über und tastete an der langen spitzen Schnauze und dem Zahnwirrwarr entlang. Hinten am Kieferscharnier kratzte sie ein Stückchen Fels ab.

«Sieh mal», sagte sie, «der Mundwinkel geht leicht nach oben, als würde es lächeln. Erinnerst du dich noch an die Zeichnung von dem Krokodil in Cuviers Buch, die ich dir gezeigt habe?»

«Ja, Ma'am, aber schauen Sie nur das Auge an!» Mit meinem Hammer klopfte ich vorsichtig um die Augenhöhle herum und legte mehr von den Knochenplatten frei, die wie riesige Fischschuppen übereinander lagen und in deren Mitte sich eine freie Stelle befand, an der einmal der Augapfel gewesen sein musste.

Miss Elizabeth sah es sich genau an. «Seid ihr sicher, dass es das Auge ist?» Es schien sie zu verwirren.

«Wüsste nicht, was es sonst sein soll», sagte Joe.

«Das Auge in der Zeichnung von Cuvier sah aber anders aus.»

«Vielleicht hatte dieses Tier ein krankes Auge», überlegte ich. «Oder der Franzose hat es falsch gezeichnet.»

«Die Arbeit des besten zoologischen Anatomen der Welt in Frage zu stellen, kann wirklich nur ein Mädchen wie du wagen», schnaubte Miss Elizabeth.

Ich runzelte die Stirn. Ich mochte diesen Cuvier nicht.

Zum Glück ritt Miss Elizabeth nicht länger auf meiner Dummheit oder dem Auge des Krokodils herum. Viel wichtiger waren ihr ganz praktische Fragen. «Wie wollt ihr es aus der Klippe herausbekommen? Es ist bestimmt weit über einen Meter lang.»

«Wir werden graben müssen wie noch nie zuvor, nicht wahr, Joe?»

Joe zuckte die Schultern.

«Aber ein Meter Stein, ist das nicht zu schwer für euch? Ihr braucht Männer, die euch helfen. Starke Männer.» Miss Elizabeth dachte einen Moment lang nach. «Was ist mit den Männern, die am Strand den Spazierweg zum Cobb anlegen? Sie wissen, wie man Stein schneidet, und sie sind stark. Vielleicht könnten sie es für euch machen.»

«Ja, vielleicht schon, Ma'am», sagte ich. «Aber wir haben kein Geld, um sie zu bezahlen.»

«Ich werde euch das Geld vorstrecken, ihr könnt es zurückzahlen, wenn ihr das Fossil verkauft habt.»

Ich strahlte. «Oh, wäre das möglich, Miss Elizabeth? Wir wären Ihnen unendlich dankbar, nicht wahr, Joe?»

Aber Joe hörte gar nicht zu. «Mary, Miss Philpot, schnell weg von hier!», zischte er. «Da kommt Captain Kurio!»

Ich schaute mich um. In der Kurve, hinter der sich Lyme versteckte, erschien der einzige Fossiliensammler, der auf die Idee kommen könnte, sich an unser Krokodil zu machen. Normalerweise respektierten Sammler die Funde anderer, aber Captain Kurio war völlig egal, wer etwas zuerst gesehen hatte. Einmal hatte er einen riesigen Ammo aus einer Klippe am Monmouth Strand mitgenommen, bei dem Joe und ich gerade mit den Ausgrabungsarbeiten begonnen hatten. Als wir ihm sagten, dass er uns gehöre, lachte er uns nur frech ins Gesicht. «Dann hättet ihr ihn nicht liegen lassen dürfen. Wer zuletzt gräbt, kriegt ihn, also ich», sagte er. Selbst als Pa ihn zur Rede stellte, schwor er, er hätte ihn bereits vor uns gesehen und für sich markiert, und es sei eine Frechheit von Joe und mir gewesen, seinen Ammo ausgraben zu wollen.

Captain Kurio durfte das Krokodil auf keinen Fall zu Gesicht bekommen, denn dann würden wir es rund um die Uhr bewachen müssen. Ich trat von dem Schädel zurück, nahm einen Stein auf, der wie eine Knolle aussah, und schlenderte in Richtung Brandungskante, wo man auf den flachen Steinen gut hämmern konnte. Joe lief in Richtung Charmouth und blieb ein paar hundert Meter von mir entfernt stehen, um in einem kleinen Haufen mit Katzengold zu stochern, wie wenn er nach einem goldenen Ammo suchen würde. Goldschlangen, so nannten wir sie. Miss Elizabeth ging ebenfalls ein paar Schritte weiter und begann den Boden abzusuchen. Schließlich bückte sie sich, um etwas aufzuheben. Unter dem Rand meiner Haube hervor beobachtete ich, wie sich Captain Kurio mit seinem Spaten über der Schulter dem Krokodil in der Klippenwand näherte. Nachdem ich das Auge weiter freigelegt hatte, schrie der Schädel förmlich danach, gesehen zu werden. Zumindest kam es mir so vor. Captain Kurios Blick wanderte über die Klippenwand, und als er genau dort stehen blieb, wo wir gestanden hatten, rührte Joe sich nicht mehr von der Stelle. Auch ich hörte auf zu hämmern.

Captain Kurio bückte sich und hob etwas auf. Als er sich

wieder aufrichtete, war sein Gesicht keinen Meter vom Auge der Bestie entfernt. Mein Herz klopfte wie wild. Dann hielt Captain Kurio einen Handschuh hoch. «Miss Philpot, gehört der Ihnen? Für Mary ist er zu elegant.»

«Vermutlich ist es meiner, Mr Lock», erwiderte Miss Elizabeth. Sie nannte ihn nie Captain Kurio, sondern immer bei seinem richtigen Namen. Auch zu Joe sagte sie Joseph und zu Ammos Ammoniten statt Schlangensteine. Auch Belis waren für sie Belemniten und nicht Donnerkeile. Sie war eben sehr formell. «Bitte bringen Sie ihn mir.»

Er ging zu ihr hin und reichte ihr den Handschuh. Jetzt, wo Captain Kurio nicht mehr direkt vor dem Krok stand, konnte ich wieder atmen. «Haben Sie was gefunden?», fragte er Miss Elizabeth, nachdem diese sich bei ihm bedankt hatte.

«Nur eine Gryphaea. Für Sie ein Teufelszehennagel.»

«Zeigen Sie her.» Captain Kurio ging neben ihr in die Hocke. So werden die Leute, wenn sie Fossilien sammeln – sie halten sich an keine Regeln mehr. Nirgendwo anders als auf dem Strand könnte es sich ein Stallbursche herausnehmen, so mit einer Dame zu reden.

Ich eilte herbei, um sie zu retten. «Was machen Sie denn hier, Captain Kurio?»

Er grinste. «Das Gleiche wie du, Mary. Ich suche nach Kuris, um mir ein paar Pennys zu verdienen. Aber ich weiß schon, ihr habt sie nötiger als ich, so bettelarm, wie euer Vater euch zurückgelassen hat. Hier.» Er warf mir etwas zu. Es war eine Goldschlange.

«Wollen Sie mal sehen, was ich von Ihren Kuris halte, Captain Kurio?» Ich drehte mich um und warf sie so weit weg wie ich konnte. Obwohl Ebbe war, schaffte ich es, bis ins Wasser zu treffen.

«Hey, was soll das?» Captain Kurio funkelte mich böse an. Niemand mag es, wenn so mit den eigenen Funden umgegangen wird. Es ist, als würde man Geld ins Meer werfen. «Was für ein widerwärtiges Mädchen du geworden bist», fuhr er fort. «Sicher war es der Blitz. Er hat dich durcheinandergeschüttelt und so gemacht. Hättest du damals nur einen Donnerkeil bei dir gehabt, dann wärst du nicht getroffen worden. Jetzt bist du so garstig, dass du bestimmt als griesgrämige alte Jungfer enden wirst, die kein Mann mehr anschaut.»

Ich hatte schon den Mund geöffnet, um ihm eine Antwort entgegen zu schleudern, aber Miss Elizabeth kam mir zuvor. «Ich denke, es ist an der Zeit, dass Sie weitergehen, Mr Lock», sagte sie.

Captain Kurios flackernder Blick wanderte von mir zu ihr. «Nächstes Mal mache ich mir nicht die Mühe, Ihren Handschuh aufzuheben, Ma'am», schnaubte er. Mittlerweile war auch Joe zurückgekommen, deshalb sagte Captain Kurio nichts mehr, sondern schwang sich den Spaten über die Schulter und lief in Richtung Charmouth davon, wobei er sich hin und wieder nach uns umblickte.

«Mary, das war sehr unhöflich von dir», schalt mich Miss Elizabeth. «Ich schäme mich für dich.»

«Er war noch viel unhöflicher zu mir. Und zu Ihnen!»

«Trotzdem solltest du älteren Leuten mehr Respekt entgegen bringen, sonst werden sie nur Schlechtes über dich denken.»

«Tut mir leid, Miss Philpot.» Aber es tat mir kein bisschen leid.

«Ihr beiden bleibt hier, bis die Flut kommt», kommandierte Miss Elizabeth. «Haltet euch in Sichtweite des Fundes auf, damit wir sicher wissen, ob William Lock nicht zurückkommt und ihn entdeckt. Ich werde zum Cobb gehen und den Männern den Auftrag geben, morgen das Krokodil auszugraben – wenn es denn ein Krokodil ist. Aber was könnte es sonst sein?»

Ich zuckte die Schultern. Ihre Frage verursachte wieder das mulmige Gefühl bei mir, aber warum, wusste ich nicht.

«Auf jeden Fall ein von Gott geschaffenes Lebewesen», bemerkte Joe.

«Manchmal frage ich mich …»

«Was, Ma'am?»

Miss Elizabeth sah Joe und mich an. In dem Moment schien ihr aufzufallen, dass sie mit uns sprach, und sie war sofort wieder normal. Sie schüttelte den Kopf. «Nichts. Es ist einfach ein etwas ungewöhnlich aussehendes Krokodil.» Sie warf einen letzten Blick auf den Schädel und machte sich auf den Weg.

Am nächsten Nachmittag kamen die Zwillingsbrüder Davy und Billy Day zum Graben. Ausgerechnet zu dem Zeitpunkt musste Niedrigwasser sein, was ungünstig war, denn wenn nachmittags Ebbe herrschte, strömten mehr Menschen an den Strand als morgens oder abends. Lieber hätten wir in aller Einsamkeit gearbeitet, zumindest bis wir wussten, was genau wir da gefunden hatten.

Die Days waren Steinbrucharbeiter, die Straßen bauten und Ausbesserungsarbeiten am Cobb ausführten. Sie hatten Brustkörbe wie Schränke, dicke Arme und kurze stämmige Beine. Beim Gehen warfen sie sich in die Brust und kniffen die Pobacken zusammen. Sie redeten nicht viel und zeigten auch keinerlei Überraschung, als sie vor dem Krokodil standen, das sie mit seinem Untertassenauge aus der Klippenwand anstarrte. Für sie war es einfach nur ein ganz normales Stück Arbeit, ein Steinblock, wie sie ihn zum Pflastern oder Mauern brauchten, die Riesenbestie darin interessierte sie nicht.

Die Days fuhren mit den Händen über die Steinfläche im Umkreis des Schädels und suchten nach natürlichen Spalten, in die sie ihre Keile treiben konnten. Ich verhielt mich still, denn im Steinbrechen hatten sie mehr Erfahrung als ich. Im Lauf der Jahre sollte ich noch viel von ihnen lernen, denn mit der Zeit wurden die Funde, die ich aus der Klippenwand oder den bei Ebbe freiliegenden Felsbändern holte, immer größer. Die Days klopften noch viele Riesentiere für mich aus dem Stein, die ich allein nicht freibekommen hätte.

Es wurde schon früh dunkel, und die Flut kroch heran. Die Days hatten nur einen halben Tag lang frei, trotzdem ließen sie sich Zeit bei der Arbeit. Vor jedem einzelnen Schlag überprüften sie die Felsoberfläche. Wenn sie sich endlich auf eine Stelle geeinigt hatten, in die sie den Eisenkeil treiben wollten, diskutierten sie noch über den richtigen Winkel und die Kraft des Schlages, bis sie endlich den Hammer ansetzten. Manche Schläge waren so verhalten, dass sie gar nichts zu bewirken schienen, dann wieder schlugen Billy oder Davy – ich konnte sie nicht auseinanderhalten – mit solcher Gewalt zu, dass ganze Steinbrocken aus der Klippe sprangen.

Während sie arbeiteten, kamen immer mehr Menschen herbeigelaufen, die am Strand unterwegs gewesen waren. Einige Kinder schienen unser Kommen sogar schon erwartet zu haben. Zu ihnen gehörte auch Fanny Miller, die mich keines Blickes würdigte, sondern im Hintergrund bei ihren Freundinnen stand. In Lyme bleibt nichts lang geheim, die Stadt ist einfach zu klein und der Bedarf an Unterhaltung zu groß. Wenn es was Neues zu sehen gibt, hält es die Leute selbst bei kältestem Winterwetter nicht in ihren Häusern. Die Kinder rannten über den Strand, ließen Steine übers Wasser springen oder krabbelten im Matsch und Sand herum. Einige Erwachsene suchten selbst Fossilien, obwohl nur die wenigsten Ahnung davon hatten, andere standen einfach plaudernd beisammen. Ein paar Männer gaben Davy und

Billy kluge Ratschläge, wie sie den Stein angehen sollten. Nicht alle blieben die vier Stunden, die es dauerte, bis der Schädel freigelegt war, denn als die Sonne hinter den Klippen verschwand, wurde es noch kälter. Einige jedoch blieben bis zum Schluss.

Zu diesen Unerschütterlichen gehörte auch Captain Kurio, der von Charmouth aus den Strand entlanggekommen war. Als die Days den Schädel endlich in drei Teilen freigelegt hatten – die Schnauze, das Auge und den Teil des Kopfes, der sich hinter der Augenhöhle befand – legten sie ihn auf eine Trage, die aus einem zwischen zwei Stangen gespannten Stoffstück bestand. Neugierig beugte sich Captain Kurio mit den anderen über das Riesentier. Besonders interessierten ihn die Wirbel am hinteren Teil des Schädels, die darauf hinwiesen, dass sich in der Klippe noch ein Körper befinden musste. Jetzt war es zu dunkel, um noch in das Loch zu sehen, das der Schädel hinterlassen hatte. Wir würden im Hellen wiederkommen müssen, um nach dem Körper zu suchen.

Es war mir nicht recht, dass Captain Kurio an der Fundstelle herumschnüffelte, aber ich wagte nicht, noch einmal so frech zu sein, denn er machte mir Angst. «Es gefällt mir gar nicht, dass er hier rumsteht», flüsterte ich Miss Elizabeth zu. «Ich traue ihm nicht über den Weg. Können Sie den Days nicht sagen, sie sollen die Sachen jetzt heimbringen, Ma'am?»

Billy und Davy saßen auf einem Felsbrocken, ließen einen Krug zwischen sich hin- und hergehen und teilten einen Laib Brot. Obwohl es schon dämmerte und der Reif sich über Sand und Felsen zu legen begann, sah es nicht so aus, als würden sie sich demnächst von der Stelle rühren. «Sie haben eine Pause verdient», sagte Miss Elizabeth. «Die Flut wird sie ohnehin bald aufscheuchen.»

Endlich wischten sich die Brüder den Mund ab und erhoben sich. Als sie die Trage zwischen sich nahmen, verschwand Captain Kurio in Richtung Charmouth in der Dunkelheit, während wir hinter den Daybrüdern her in die entgegengesetzte Richtung zurück nach Lyme aufbrachen. Wir müssen wie eine Beerdigungsgesellschaft ausgesehen haben, mit den Days als Sargträgern. Tatsächlich überquerten wir auf unserem Weg in die Stadt den Friedhof von Sankt Michael und liefen dann über den Buttermarkt zum Cockmoile Square. Die Leute, denen wir begegneten, blieben stehen, um sich die Steinplatten auf unserer Trage anzusehen, und man hörte sie immer wieder «ein Krokodil» murmeln.

Am nächsten Tag lief ich, sobald der Wasserstand es erlaubte, zurück zu den Church Cliffs, aber Captain Kurio war schon da. Um mir zuvorzukommen, hatte er es auf sich genommen, durch das eiskalte Wasser zu waten. Allein konnte ich es nicht mit ihm aufnehmen, und Joseph hatte für diesen Tag Arbeit in der Mühle von Lyme bekommen, da einer der Müllerburschen krank war. Wir konnten es uns nicht leisten, diese Verdienstmöglichkeit auszuschlagen, denn sie würde uns wenigstens einen Tag lang satt machen. Also versteckte ich mich und beobachtete, wie Captain Kurio in dem Loch herumstocherte, das der Schädel in der Felswand hinterlassen hatte. Ich verfluchte ihn und hoffte, ein Steinbrocken würde ihm auf den Kopf fallen.

Und da kam mir eine ganz gemeine Idee. Zu meiner Schande muss ich gestehen, dass ich sie in die Tat umsetzte. Niemals habe ich einer Menschenseele anvertraut, zu welcher Boshaftigkeit ich an jenem Tag fähig war. Ich rannte über den Strand zurück und stieg dann den Pfad auf die Church Cliffs hoch, wo ich vorsichtig an die Stelle kroch, die sich genau oberhalb von dem Krokodilloch befand. «Zum Teufel mit Ihnen, Captain Kurio», flüsterte ich und rollte einen faustgroßen Felsbrocken über die Kante. Ich hörte ihn aufschreien und lächelte, während ich bäuchlings auf dem Boden lag, damit er mich nicht sehen konnte. Ich wollte ihn zwar nicht verletzen, aber verscheuchen.

Sicher war er jetzt von der Klippenwand weggetreten, um abzuwarten, ob noch mehr herabkommen würde. Ich nahm einen größeren Stein und schob ihn zusammen mit einer Handvoll Dreck und kleinen Steinchen über die Kante, damit es wie eine kleine Geröllawine aussah. Diesmal hörte ich nichts, blieb aber trotzdem in Deckung. Ich war mir sicher, dass es mir schlecht ergehen würde, wenn er entdeckte, was ich hier oben machte.

Dann ging mir auf, dass er hochkommen könnte, um nachzuschauen. Es war zwar nichts Ungewöhnliches, dass hier draußen Geröllawinen abgingen, doch Captain Kurio war ein misstrauischer Mensch. Ich kroch von der Klippenkante weg und rannte den Pfad hinab. Gerade noch rechtzeitig konnte ich mich hinter ein paar hohe Gräser ducken, als er schon mit wütendem Gesichtsausdruck vorbeimarschierte. Irgendwie muss er sich gedacht haben, dass die Steine nicht von allein abgegangen waren. Ich versteckte mich, bis er außer Sichtweite war, flitzte dann den Pfad zum Strand hinab und rannte an der Klippe entlang zum Krokodilloch. Mit etwas Glück blieb mir genug Zeit, um nachzuschauen, ob wir die Day-Brüder noch einmal zum Graben brauchten, bevor Captain Kurio zurückkam.

Bei hellem Tageslicht ließ sich das Loch, das Billy und Davy in den Fels geschlagen hatten, leichter auskundschaften. Wegen des Winkels, in dem der Schädel gelegen hatte, vermutete ich, dass der Körper, je nachdem, wie lang er war, tief in die Wand hineinreichte. Da der Kopf schon einen guten Meter lang war, konnte der Körper leicht über fünf Meter messen. Ich kroch halb in das Loch hinein und tastete die Stelle ab, an der sich meiner Erinnerung nach die Wirbel am Schädelende befunden hatten.

Ich spürte eine lange, bucklige Steinreihe und begann zu kratzen, um den Dreck und Lehm wegzubekommen.

Plötzlich tauchte hinter mir der wutschäumende Captain Kurio auf. «Du also! Dachte ich's mir doch, dass ich dich freche kleine Schlampe hier finde.»

Vor Schreck schrie ich laut auf und schoss aus dem Loch heraus. Ich drückte mich flach gegen die Felswand, solche Angst hatte ich, hier draußen mit ihm allein zu sein. «Lassen Sie mich in Ruhe, es ist mein Krokodil!», rief ich.

Captain Kurio packte meinen Arm und verdrehte ihn hinter meinem Rücken. Für einen alten Mann war er ziemlich stark. «Wolltest mich wohl umbringen, Mädchen? Dir werde ich eine Lektion erteilen.» Er griff nach dem Spaten hinter sich.

Wie seine Lektion ausgesehen hätte, habe ich nie erfahren, denn in dem Moment kam mir die Klippe zu Hilfe. Auch wenn sie sich in den folgenden Jahren noch oft genug als Feindin erweisen sollte – an diesem Tag schickte sie ganz in unserer Nähe einen ablenkenden Steinhagel hinab. Einige Steine in der Gerölllawine waren so groß wie die Exemplare, die ich vor kurzem über die Kante gerollt hatte. Captain Kurio, der mir gerade noch etwas antun wollte, verwandelte sich plötzlich in meinen Retter und riss mich von der Klippenwand weg. Schon im nächsten Moment schlug ein Stein genau an der Stelle ein, wo ich gestanden hatte. «Schnell!», rief er, und wir stolperten, uns aneinander festhaltend, davon, bis wir in sicherer Entfernung an der Wasserkante waren. Von dort blickten wir zurück und sahen, dass der komplette Klippenvorsprung, auf dem ich vor wenigen Minuten noch gelegen hatte, abgebrochen war. Der gerade noch feste Boden hatte sich zu einem in die Tiefe schießenden Geröllfluss verwandelt, dessen Tosen mich an den Donner erinnerte, den ich als Baby gehört hatte. Doch diesmal hielt der Lärm länger an, und mich durchschoss kein gleißend sirrender Blitz, sondern Dunkelheit. Es dauerte mindestens eine Minute, bis keine Steine und kein Schotter mehr aus der Klippenwand regneten. Captain Kurio und ich standen wie gelähmt da, sahen zu und warteten.

Als die Klippe sich endlich nicht mehr bewegte und Ruhe einkehrte, begann ich zu weinen. Beinahe wäre ich gestorben, doch das allein war es nicht: Das Loch, hinter dem sich der Körper des Krokodils befand, war jetzt vollständig von dem Erdrutsch verschüttet. Wir würden Jahre brauchen, wenn wir es ausgraben wollten. Captain Kurio zog eine kleine Feldflasche aus Zinn aus der Tasche, schraubte sie auf und gönnte sich einen Schluck. Dann reichte er sie an mich weiter. Ich wischte mir Augen und Nase mit meinem Ärmel ab und trank. Noch nie zuvor hatte ich starken Alkohol getrunken. Er brannte mir eine Spur durch den Hals und ließ mich husten, doch ich hörte auf zu weinen.

«Danke, Captain Kurio», sagte ich und reichte ihm die Flasche zurück.

«Anscheinend hat das Gehämmere gestern die Klippe instabil gemacht und zu einem Abbruch geführt. Es ist vorher schon ein bisschen herabgekommen, aber ich dachte …» Captain Kurio beendete den Satz nicht. «Wenn du da irgendwas rauskriegen willst, hast du verdammt viel Arbeit vor dir.» Er nickte in Richtung des Erdrutsches. «Mein Spaten steckt auch da drin. Sieht so aus, als müsste ich mir einen neuen besorgen.»

Es war fast schon lustig, wie schnell ihn die Aussicht auf schwere Arbeit von einem Vorhaben abbringen konnte. Jetzt war es wieder mein Krokodil, auch wenn es unter einem Geröllhaufen begraben lag.

IV

Was für eine Abscheulichkeit

Mir sind in meinem Leben viele Menschen begegnet, für die ich nichts als Verachtung empfinden konnte, aber niemals hat mich jemand so sehr erzürnt wie Henry Hoste Henley.

Einen Tag, nachdem die Days den Schädel ausgegraben hatten, kam Lord Henley zu Besuch. Er machte sich nicht die Mühe, den Stiefelabstreifer zu benutzen, sondern zog eine lange Dreckspur durch den Salon. Als Bessy seinen Besuch ankündigte, war Louise gerade ausgegangen, Margaret nähte, und ich schrieb unserem Bruder einen Brief, um ihm von den Ereignissen des Vortags zu berichten. Margaret schrie leise auf, nickte Lord Henley kurz zu und entschuldigte sich, um dann nach oben in ihr Zimmer zu hasten. Obwohl sie den Henleys oft im Gottesdienst in Sankt Michael begegnete, hatte sie nicht damit gerechnet, dass einer von ihnen eines Tages in den sicheren Bereich ihres Hauses eindringen könnte, in dem sie nicht ständig das tapfere und unbekümmerte Gesicht aufsetzen musste, das sie in der Öffentlichkeit zur Schau trug.

So überrascht, wie Lord Henley auf Margarets abruptes Verschwinden reagierte, war er eindeutig nicht darüber informiert, was zwischen ihr und seinem Freund James Foot vorgefallen war. Und wenn doch, ging er vielleicht davon aus, dass Margaret inzwischen über die Sache hinweggekommen sei, denn schließlich lag die ganze Geschichte bereits ein paar Jahre zurück. Möglich war auch, dass er die Angelegenheit längst vergessen hatte, er gehörte gewiss nicht zu den Männern, die sich viel Gedanken über Frauengeschichten machten.

Aber Margaret hatte nichts vergessen. Eine sitzen gelassene Frau vergisst niemals.

Genauso wenig schien Lord Henley aufgefallen zu sein, dass wir den Einladungen nach Colway Manor nicht mehr folgten, anderenfalls hätte er kaum einen Fuß in den Morley Cottage gesetzt. Mit besonders viel Fantasie war dieser Mann nicht gesegnet, weshalb er die Welt aus keiner anderen Perspektive als seiner eigenen betrachtete. Sein vorgebliches Interesse an Fossilien nahm man ihm deshalb nicht so recht ab, denn um deren Wert richtig ermessen zu können, bedurfte es einer Vorstellungskraft, die seine Möglichkeiten bei Weitem überstieg.

«Bitte entschuldigen Sie meine Schwester, Sir», sagte ich. «Kurz bevor Sie eintraten, hatte sie über ihren Husten geklagt. Sie möchte nicht, dass sich ein Besucher bei ihr ansteckt.»

Lord Henley nickte, sichtbar um Geduld bemüht. Er besuchte uns eindeutig nicht, um sich nach Margarets Wohlergehen zu erkundigen. Auf mein Beharren hin nahm er in einem Sessel vor dem Kamin Platz, rutschte aber auf dessen Kante umher, als wolle er jeden Moment wieder aufspringen. «Miss Philpot», hob er an, «ich habe gehört, dass Sie gestern am Strand etwas Außergewöhnliches entdeckt haben. Ein Krokodil, nicht wahr? Ich würde es mir sehr gerne einmal ansehen.» Er blickte sich um, als rechne er damit, dass es im Zimmer ausgestellt sei.

Mich überraschte nicht, dass er bereits vom Fund der Annings wusste. Zwar war es unter Lord Henleys Niveau, sich in die Gerüchteküche von Lyme hinabzubegeben, doch da er Land besaß, das an die Klippen grenzte, beschäftigte er oft Steinbrucharbeiter, die dort Baumaterial gewannen. Diesen Arbeitern verdankte er sogar seine besten Fossilien, denn weil sie mit zusätzlichem Lohn rechnen konnten, legten sie alles Verdächtige beiseite, das sie im Steinbruch fanden. Vermutlich hatten die Days Lord Henley erzählt, was sie für die Annings ausgegraben hatten.

«Ihre Informationen sind fast korrekt, Lord Henley», erwiderte ich. «Gefunden hat das Krokodil allerdings die kleine Mary Anning, ich selbst habe nur die Ausgrabungsarbeiten beaufsichtigt. Der Schädel befindet sich im Haus der Annings am Cockmoile Square.» Joseph hatte ich bereits aus der Geschichte gestrichen, was in den nächsten Generationen so bleiben sollte. Vielleicht lag es einfach an seiner zurückhaltenden Art, die ihn davon abhielt, andere zu korrigieren, wenn sie die Riesenbestie als Marys Entdeckung bezeichneten.

Lord Henley kannte die Annings, denn Richard Anning hatte ihm bereits ein paar Fossilien verkauft. Allerdings hatte sich Lord Henley niemals dazu herabgelassen, den Tischler in seiner Werkstatt aufzusuchen. Nun war er sichtlich enttäuscht, dass sich der Schädel nicht im Morley Cottage befand, einem Haus, in dem er eher verkehren konnte. «Sie sollen ihn zu mir bringen, damit ich ihn anschauen kann», befahl er und sprang vom Sessel auf, als sei ihm plötzlich bewusst geworden, dass er seine Zeit mit unbedeutenden Menschen vergeudete.

Auch ich erhob mich. «Er ist ziemlich schwer, Sir. Haben die Days Ihnen nicht gesagt, dass der Schädel über einen Meter lang ist? Selbst für sie war es eine Tortur, ihn von den Church Cliffs bis zum Cockmoile Square zu schleppen. Die Annings würden den Hügel von Colway Manor auf keinen Fall schaffen.»

«Über einen Meter? Fantastisch! Ich schicke gleich morgen früh eine Kutsche vorbei.»

«Ich glaube nicht …» Ich unterbrach mich. Woher wollte ich

wissen, was Mary und Joseph mit dem Schädel vorhatten? Vielleicht war es besser, erst einmal den Mund zu halten.

Lord Henley schien der Ansicht zu sein, ein Recht auf diesen Fund zu haben. Vielleicht traf das sogar zu, denn die Klippe, in der er gesteckt hatte, befand sich auf seinem Land. Trotzdem musste er die Finder für ihre Arbeit und die Sorgfalt, mit der sie das Fossil geborgen hatten, bezahlen. Außerdem war mir seine anmaßende Grundbesitzerattitüde zuwider. Was war das für ein Sammler, der andere dafür bezahlte, dass sie ihm Ausstellungsstücke suchten? Als ich das gierige Funkeln in seinen Augen sah, schwor ich mir, Mary und Joseph zu einem guten Preis für das Krokodil zu verhelfen, denn ich wusste, dass Lord Henley lieber mit mir verhandeln würde als mit den Annings. «Ich werde mit der Familie sprechen und sehen, was ich für Sie arrangieren kann, Lord Henley. Sie haben mein Wort.»

Als er gegangen war und Bessy den Dreck wegfegte, den er hinterlassen hatte, kam Margaret mit rotgeweinten Augen nach unten. Sie setzte sich ans Klavier und spielte eine melancholische Weise. Ich streichelte ihr über die Schulter und versuchte sie zu trösten. «Du wärest in diesen Kreisen nicht glücklich geworden.»

Margaret schüttelte meine Hand ab. «Woher willst du wissen, was mich glücklich gemacht hätte? Nur weil es dir nicht in den Kram passt zu heiraten, heißt das noch lange nicht, dass wir anderen genauso denken.»

«Ich habe nie behauptet, dass ich nicht heiraten will. Es hat sich einfach nicht ergeben. Ich gehöre nun mal nicht zu den Frauen, die Männer heiraten wollen, dazu bin ich zu unattraktiv und ernsthaft. Mittlerweile habe ich mich damit abgefunden, allein zu bleiben. Ich dachte, dir ginge es genauso.»

Margaret weinte wieder. Ich konnte es nicht ertragen, weil auch mir dann jedes Mal die Tränen kamen, was mir überhaupt nicht recht war. Deshalb ließ ich sie sitzen und flüchtete zu meinen Fossilien im Esszimmer. Sollte Louise sie doch trösten, wenn sie zurückkam.

Später am Tag nutzte ich Lord Henleys Besuch als Vorwand, um zum Cockmoile Square zu gehen. Ich wollte mit den Annings über sein Interesse an dem Schädel reden und mich außerdem erkundigen, ob Mary unten am Strand noch etwas gefunden hatte. Sie hatte mir erzählt, dass sie noch einmal zurückgehen wolle, um nach dem Körper des Krokodils Ausschau zu halten. Als ich ankam, ging ich zunächst in die Küche, um mit Marys Mutter zu sprechen. Molly Anning war eine große, ausgemergelte Frau, die immer eine Dienstmädchenhaube und eine schmuddelige weiße Schürze trug. Sie stand am Herd und rührte in einem Topf, aus dem es nach Ochsenschwanzsuppe roch. In einer Schublade in der Zimmerecke lag ein kläglich schreiendes Baby.

Ich legte ein Bündel ab. «Bessy hat zu viele Rosinenbrötchen gebacken, ich dachte, ich bringe Ihnen ein paar mit, Mrs Anning. Ich habe auch noch eine Ecke Käse und ein Stück Schweinepastete dabei.»

In der Küche war es kalt, denn das Feuer im Herd schwelte nur schwach. Vielleicht hätte ich auch Kohlen mitbringen sollen. Dass Bessy die Rosinenbrötchen nur auf meine Anordnung hin gebacken hatte, verriet ich nicht. Wenn die Annings noch so bedürftig waren, Bessy mochte sie nicht und war, wie wahrscheinlich die meisten guten Familien in Lyme, der Meinung, dass der Umgang mit ihnen unserem gesellschaftlichen Ansehen schadete.

Molly Anning murmelte ein Dankeschön, blickte aber nicht auf. Ich wusste, dass sie nicht viel von mir hielt, denn ich verkörperte alles, was Mary nicht werden sollte: unverheiratet und von Fossilien besessen. Ich konnte Mollys Sorgen nachvollziehen.

Auch meine Mutter hätte mir ein anderes Leben gewünscht, und sogar ich selbst hatte vor ein paar Jahren noch andere Träume. Doch jetzt lebte ich eben, wie ich lebte, und es war gar nicht so schlecht. In mancherlei Hinsicht hatte ich mehr Freiheiten als verheiratete Frauen.

Das Baby greinte weiter. Von den zehn Kindern, die Molly Anning zur Welt gebracht hatte, lebten nur noch drei, und dieses hier klang auch nicht so, als würde es noch viel älter werden. Ich schaute mich nach einem Kindermädchen oder einer Magd um, doch natürlich gab es niemanden. Gegen meinen inneren Widerstand ging ich zu dem Kind hinüber und tätschelte den fest in Tücher gewickelten Jungen ein wenig, worauf er noch lauter zu weinen begann. Mit Babys hatte ich noch nie etwas anfangen können.

«Lassen Sie ihn, Ma'am», rief Molly Anning. «Wenn man ihm Aufmerksamkeit schenkt, wird er noch schlimmer. Er beruhigt sich schon wieder.»

Ich trat von der Schublade weg und sah mich um, bemüht, mir mein Entsetzen über diese schäbige Küche nicht anmerken zu lassen. Normalerweise ist die Küche der gemütlichste Raum eines Hauses, aber bei den Annings mangelte es an der wohligen Wärme und den Verheißungen gut gefüllter Vorratsschränke, die sonst zum Bleiben einluden. Es gab einen ramponierten Tisch mit drei Stühlen und ein Regal mit ein paar angeschlagenen Tellern, aber Brot, Kuchen oder ein Krug mit Milch, Dinge, die bei uns immer offen und einladend herumstanden, gab es hier nirgendwo zu sehen. Plötzlich spürte ich eine ungewohnte Zuneigung für Bessy in mir aufwallen. Mochte sie auch mürrisch sein, sorgte sie doch dafür, dass es in unserer Küche mehr als genug zu essen gab, und dieser Überfluss wirkte sich angenehm auf die Atmosphäre im ganzen Morley Cottage aus. Das von Bessy auf diese Weise geschaffene Gefühl von Sicherheit half uns Philpot-

Schwestern über die Niederungen des Alltags hinweg. Fehlte es, musste dies ähnlich schlimm an einem nagen wie echter Hunger.

Arme Mary, dachte ich, musste sie doch nach einem langen Tag am kalten Strand in diese Küche zurückkommen.

«Ich wollte zu Mary und Joseph, Mrs Anning», sagte ich laut. «Sind sie daheim?»

«Joe arbeitet heute in der Mühle. Mary ist unten.»

«Haben Sie den Schädel gesehen, den die beiden gestern vom Strand mitgebracht haben?» Ich musste diese Frage einfach loswerden. «Er ist wirklich etwas Außergewöhnliches.»

«Hatte noch keine Zeit dazu.» Molly nahm einen Kohlkopf aus einem Korb und begann ihn mit energischen Bewegungen klein zu hacken. Sie führte mit den Händen, allerdings nicht wie Margaret mit gespreizt graziösen Gesten. Mollys Hände kannten nur Arbeit: ständig rührten, schlugen oder putzten sie.

«Aber Sie müssten doch nur nach unten gehen.» Ich wollte noch nicht aufgeben. «Es lohnt sich wirklich. Und lang dauert es auch nicht. Sie könnten jetzt schnell schauen, ich kümmere mich so lange um die Suppe und das Baby.»

Molly Anning schnaubte verächtlich. «Sie sich um das Baby kümmern? Das möchte ich sehen.» Ich errötete.

«Wenn das Krokodil erst einmal gereinigt ist, könnten Sie eine hübsche Summe dafür bekommen.» Bewusst erwähnte ich den einen Aspekt des Schädelfundes, der Mollys Interesse wecken würde.

Tatsächlich blickte Molly Anning jetzt auf, hatte aber keine Gelegenheit mehr zu einer Antwort, denn Mary kam die Treppe hochgepoltert.

«Wollen Sie das Krok besuchen, Miss Philpot?»

«Ja, und dich auch, Mary.»

«Dann kommen Sie mit runter, Ma'am.»

Seit wir in Lyme lebten, war ich vielleicht fünfmal in der Werkstatt gewesen, entweder, um Schaukästen bei Richard Anning zu bestellen, oder um Fundstücke abzuliefern, die Mary für mich reinigen sollte. Meistens aber kam Mary zu mir, wenn es etwas zu holen oder zu bringen gab. Solange der Raum die Tischlerwerkstatt von Richard Anning gewesen war, hatte er einem Schlachtfeld geglichen, in dem sich die beiden Elemente bekämpften, die sein Leben prägten: das Holz, mit dem er seinen Lebensunterhalt verdiente, und der Stein, dem sein naturkundliches Interesse galt. Noch immer waren an einer Wand des Raums glatt gehobelte Holzplatten gestapelt, daneben lagen dünnere Furnierbretter. Überall auf dem mit Sägespänen ausgestreuten Boden standen Eimer mit alten Lackresten und Werkzeugen herum. Auf dieser Seite des Raums war in den Monaten seit Richard Annings Tod kaum etwas angerührt worden, auch wenn die Annings sicher schon einen Teil des Holzes verkauft hatten, um sich über Wasser zu halten. Bald würden sie auch die restlichen Stapel und die Werkzeuge zu Geld machen.

Auf der anderen Seite des Raums reihten sich lange Regale. Sie waren mit Steinbrocken vollgestopft, in denen sich Fossilien verbergen mochten, die Marys Hammer aber noch nicht freigeklopft hatte. In einer für mich nicht durchschaubaren Ordnung standen in den Regalen und überall auf dem Fußboden außerdem unterschiedlich große Kisten herum, in denen sich ein Sammelsurium unvollständiger oder minderwertiger Fossilien befand: abgebrochene Belemniten- und Ammonitenteile, fossilierte Holzstücke, Steine mit Spuren von Fischflossen und viele andere Brocken, die sich niemals würden verkaufen lassen.

Sowohl die Holz- als auch die Steinseite des Raums war von einer einheitlichen Staubschicht überzogen. Im feuchten Zustand ergeben Kalk- und Schieferkrümel einen klebrigen Matsch und im trockenen einen in alle Ecken und Poren dringenden Staub, der fast so weich und fein wie Talkumpuder ist, unter den Füßen knirscht und einem die Haut austrocknet. Mir war dieser Staub nur zu vertraut, und Bessy kannte ihn ebenfalls. Immer, wenn ich Fundstücke von den Klippen mit heimbrachte, beklagte sie sich bitterlich, dass sie wieder hinter mir herputzen musste.

Mich schauderte, einerseits wegen der Kälte in diesem Keller, in dem kein Feuer brannte, andererseits wegen der fürchterlichen Unordnung, die hier herrschte. Ich hatte gelernt, mich beim Suchen zusammenzureißen und nicht jedes kleine Fossilienstück, das ich fand, mit nach Hause zu nehmen, sondern lieber nach größeren Exemplaren Ausschau zu halten. Sowohl Bessy als auch meine Schwestern hätten längst rebelliert, wenn sich eine kontinuierlich wachsende Sammlung unvollständiger Fossilien im ganzen Haus ausbreiten würde. Der Morley Cottage sollte unser Zufluchtsort vor der rauen Welt sein, wenn Fossilien im Haus zugelassen waren, dann nur im domestizierten Zustand. Gereinigt, katalogisiert und mit einem Etikett versehen hatten sie in Ausstellungskästen zu liegen, in denen man sie aus sicherem Abstand betrachten konnte, ohne dass sie die Ordnung unseres Alltags gefährdeten.

Das Durcheinander in der Werkstatt der Annings zeugte für mich aber nicht nur von schlechter Haushaltsführung, sondern vor allem von wirrem Denken und moralischer Verworfenheit. Ich wusste, dass Richard Anning ein politischer Rebell gewesen war. Noch Jahre nach seinem Tod erzählte man sich von dem Aufstand gegen die überteuerten Brotpreise, den er einmal angeführt hatte. Die Familie gehörte zu den Dissentern, den Andersgläubigen, die in Lyme recht verbreitet waren, da ihre geographische Abgelegenheit die Stadt vermutlich zu einem Zufluchtsort für unabhängige Christen gemacht hatte. Obwohl ich keine Vorbehalte gegenüber Dissentern hatte, war ich der Ansicht, dass Mary nach dem Tod ihres Vaters ein wenig mehr Ordnung gut tun würde – im Alltag und in ihren Gedanken.

In diesem Moment jedoch waren mir Schmutz und Verworrenheit egal, ich wollte nur sehen, was auf dem Tisch in der Mitte des Raums ausgebreitet lag. Im Flackern der Kerzen, die um ihn standen, wirkte der Fund wie eine heidnische Opfergabe, doch reichten die Kerzen nicht, um ihn richtig zu beleuchten. Ich nahm mir vor, Bessy bei ihrem nächsten Stadtgang ein paar Kerzen für die Annings mitzugeben.

Wegen der vielen Menschen am Strand hatte ich dort nicht ausreichend Gelegenheit gehabt, mir den Schädel genauer anzuschauen. Als ich ihn jetzt nicht von der Seite sah, sondern frontal, wirkte er auf mich wie das Modell einer zerklüfteten Berglandschaft, aus der zwei kleine Hügel aufragten wie Tumuli aus der Bronzezeit. Im flackernden Kerzenlicht wirkte das grinsende Krokodil wie ein Wesen aus einer anderen Welt, und es kam mir vor, als würde ich durch ein Fenster in eine weit zurückliegende Vergangenheit blicken, in der solch fremde Kreaturen gelebt hatten.

Lange Zeit stand ich schweigend und schauend da, schließlich ging ich langsam um den Tisch herum, um den Schädel, der noch immer in seinem Steinbett lag, aus allen Blickwinkeln zu betrachten. Es gab noch viel zu tun für Mary und ihre Klingen, Nadeln und Pinsel; vielleicht würde sie auch den Hammer noch einmal einsetzen müssen. «Pass auf, dass du beim Reinigen nichts kaputt machst, Mary», sagte ich, um mich zu vergewissern, dass dies hier einfach ein Stück Arbeit war und nicht die Szene aus einem der Gruselromane, die Margaret so gerne las.

Mary verzog beleidigt das Gesicht. «Natürlich nicht, Ma'am.» Doch ihr Selbstvertrauen war gespielt, denn ihre Stimme klang unsicher. «Aber das wird ganz schön lange dauern, und ich weiß noch nicht, wie ich es am besten machen soll. Wenn doch nur Pa noch da wäre und mir Rat geben könnte.» Die Größe dieser Aufgabe schien sie zu überfordern.

«Ich habe dir meinen Cuvier zur Orientierung mitgebracht, aber ich weiß nicht, ob er wirklich hilfreich ist.» Ich schlug das Buch auf der Seite mit der Zeichnung eines Krokodils auf, die ich mir schon vorher genau angeschaut hatte. Jetzt, wo ich mit dem Bild in der Hand neben dem Schädel stand, war mir klar, dass dies kein Krokodil sein konnte – zumindest gehörte es zu keiner der Arten, die uns bekannt waren. Das Maul eines Krokodils ist stumpf, sein Kiefer ungleichmäßig und gespickt von Zähnen in den unterschiedlichsten Größen, während das Auge klein wie eine Perle ist. Dieser Schädel jedoch hatte einen langen, glatten Kiefer und gleichförmige Zähne. Die Augenhöhlen erinnerten mich an die Ananasringe, die an jenem Abend bei Lord Henley zum Dinner serviert wurden, an dem ich entdeckte, dass er keinerlei Ahnung von Fossilien hatte. Die Henleys züchteten Ananas in ihrem Gewächshaus, für mich waren sie ein besonderer und seltener Leckerbissen, den mir selbst die Dummheit meines Gastgebers nicht verleiden konnte.

Wenn dieses Tier vor mir kein Krokodil war, was war es dann? Mary gegenüber erwähnte ich nichts von meinen Zweifeln und Fragen. Am Strand hatte ich angefangen, mit ihr darüber zu sprechen, mich aber schnell anders besonnen. Sie war noch zu jung für solch schwierige Themen. Meine Versuche, in Lyme Gespräche über Fossilien zu führen, waren meist kläglich gescheitert, weil sich kaum jemand in dieses unbekannte Gebiet vorwagen wollte. Meine Gesprächspartner zogen es vor, an ihrem Aberglauben festzuhalten und bei schwierigen Fragen auf den Willen Gottes zu verweisen, statt nach einer vernünftigen Erklärung zu suchen, die vielleicht alles in Frage stellte, woran sie glaubten. Aus diesem Grund würden sie das unbekannte Tier immer als Krokodil bezeichnen und sich davor hüten, die andere Möglichkeit auch nur in Betracht zu ziehen: dass es der Körper eines Lebewesens war, das es auf dieser Welt nicht mehr gab.

Diese Vorstellung war den meisten Menschen einfach zu radikal, und obwohl ich mich selbst für sehr aufgeschlossen hielt, schockierte sie auch mich, denn letzten Endes legte sie doch nahe, dass Gott sich nicht genau überlegt hatte, was Er mit all den Kreaturen seiner Schöpfung anfangen wollte. Wenn unser Schöpfer sich einfach zurücklehnen und Arten aussterben lassen konnte – was bedeutete das für uns? Würden auch wir eines Tages aussterben? Ich schaute den Schädel mit seinen großen ringförmigen Augen an und hatte das Gefühl, am Rand eines Abgrunds zu stehen. Es wäre nicht fair, Mary mit in diesen Abgrund zu ziehen.

Ich legte das Buch neben den Schädel. «Warst du heute Morgen schon draußen, um nach dem Rumpf zu schauen? Hast du etwas gefunden?»

Mary schüttelte den Kopf. «Captain Kurio hat dort herumgeschnüffelt, allerdings nicht lange: Es hat einen Erdrutsch gegeben!» Sie erschauderte, und mir fiel auf, dass ihre Hände zitterten. Sie nahm einen Hammer in die Hand, als wolle sie sich mit irgendetwas beschäftigen.

«Ist ihm etwas passiert?» Auch wenn ich William Lock nicht mochte, hätte ich seinen Tod nicht gewollt, insbesondere nicht durch die abstürzenden Steine eines Erdrutsches, vor denen wir Sammler alle Angst hatten.

Mary seufzte. «Nein, ihm ist nichts passiert, aber der Rumpf des Kroks ist jetzt unter einem Geröllhaufen begraben. Den finden wir nicht mehr so schnell.»

«Ach, wie schade.» Hinter der Floskel verbarg ich meine Enttäuschung. Wie gerne hätte ich den restlichen Körper der Kreatur gesehen. Vielleicht hätte er mir ein paar Fragen beantwortet.

Mary klopfte vorsichtig mit ihrem Hammer am Steinrand entlang, bis sich ein Splitter vom Kiefer löste. Ihr schien die Verzögerung nicht so viel auszumachen, möglicherweise, weil sie es gewohnt war, warten zu müssen. Selbst die grundlegendsten Dinge des Lebens wie Essen, Wärme und Licht waren für sie nicht ständig verfügbar.

«Mary, Lord Henley war bei mir und hat sich nach dem Schädel erkundigt», sagte ich. «Er würde ihn gerne anschauen, weil er ihn dir vielleicht abkaufen möchte.»

Sie blickte auf, und ihre Augen strahlten. «Er will mir Geld geben? Wie viel?»

«Ich denke, du könntest fünf Pfund verlangen. Wenn du willst, handele ich es für dich aus. Vermutlich erwartet er das ohnehin von mir. Aber …»

«Aber was, Miss Elizabeth?»

«Ich weiß, dass ihr das Geld dringend braucht, aber besser wäre meiner Meinung, wenn ihr wartet, bis ihr den Rumpf gefunden habt. Für ein komplettes Exemplar mit Körper und Kopf könntest du viel mehr bekommen als für die beiden Einzelteile. Der Schädel allein ist schon ungewöhnlich, aber zusammen mit dem Rumpf wäre er eine echte Sensation.» Noch während ich das sagte, wusste ich, dass Mary mit dieser Art Entscheidung überfordert war. Welches Kind kann schon über das Brot, das ihm sofort den Bauch füllt, hinausdenken und die Weizenfelder sehen, die es noch viele Jahre satt machen werden? Ich würde mich mit ihrer Mutter hinsetzen und die Sache besprechen müssen.

«Mary, Mr Blackmore will das Krok sehen!», rief Molly Anning in dem Moment die Treppe hinab.

«Sag ihm, er soll in einer halben Stunde wiederkommen!», rief Mary zurück. «Miss Philpot ist noch nicht fertig.» Sie wandte sich zu mir um. «Hier kommen schon den ganzen Tag Leute vorbei, um es zu sehen», sagte sie stolz.

Mollys Füße tauchten auf der Treppe auf. «Reverend Gleed von der Kirche wartet auch schon. Richte deiner Miss Dingsda aus, dass es auch noch andere Menschen gibt, die das Krok sehen wollen. Bei uns geht es ja zu wie in einem Laden, in dem gerade eine neue Lieferung Kleider eingetroffen ist.»

Das brachte mich auf eine Idee. Wenn die Annings noch auf den Körper der Kreatur warten wollten, gab es eine Möglichkeit, wie sie in der Zwischenzeit zu etwas Geld kommen konnten. Außerdem mussten sie den Schädel dann nicht nach Colway Manor bringen, nur damit Lord Henley ihn sich anschauen konnte.

Am nächsten Morgen trugen Mary, Joseph und zwei seiner stärksten Freunde den Schädel in den Ballsaal am Hauptplatz, der nur ein paar Schritte vom Haus der Annings entfernt lag. Zu Margarets unendlichem Verdruss wurden die Räumlichkeiten während des Winters kaum genutzt. Der Hauptsaal hatte ein großes Erkerfenster, das in Richtung Süden aufs Meer hinausschaute und genügend Licht hereinließ, um das Fundstück gut präsentieren zu können. Ein nicht abreißender Strom von Besuchern zahlte einen Penny, um es sich anzuschauen. Ich hatte einen Jungen mit einem Einladungsschreiben zu Lord Henley geschickt, und als er eintraf, wollte Mary auch ihm einen Penny abknüpfen, doch auf meinen warnenden Blick hin ließ sie es bleiben. Dafür fiel sie in trotziges Schweigen, so dass ich nun wieder Sorge hatte, sie könne Lord Henley von seinen Kaufplänen abbringen.

Doch ich hätte mir keine Sorgen machen müssen, denn was

Mary dachte, war Lord Henley herzlich egal, mehr noch, er schien sie kaum zu bemerken. Stattdessen machte er sich mit viel Trara daran, den Schädel mittels einer mitgebrachten Lupe zu untersuchen. Mary brannte so sehr darauf, selbst einmal durch diese Lupe zu schauen, dass sie ihr Schmollen vergaß und Lord Henley über die Schulter blickte. Sie traute sich nicht, ihn um die Lupe zu bitten, doch als er sie an mich weiterreichte, gab ich sie ihr. Auch mit seinen Fragen über den Fundort des Schädels und wie er ausgegraben worden sei, wandte sich Lord Henley an mich, und ich beantwortete sie an Marys Stelle.

Nur als er sich erkundigte, wo der dazugehörige Körper sei, kam Mary mir zuvor. «Wir wissen's nicht genau, Sir. Gestern gab's an der Stelle einen Erdrutsch, und wenn er dort war, ist er jetzt verschüttet. Ich halte weiter Ausschau nach ihm, wir brauchen nur einen richtigen Sturm, der ihn rauswäscht.»

Lord Henley starrte Mary an. Vermutlich fragte er sich, wie sie dazu kam, ihn anzusprechen, hatte er doch längst vergessen, dass sie mit der Sache zu tun hatte. Außerdem war sie kein besonders hübscher Anblick, weder für einen Gentleman noch für irgendjemanden sonst: Ihr dunkles Haar, das selten eine Bürste sah, war vom ständigen Aufenthalt an der Luft und der nachlässigen Pflege verfilzt, ihre eingerissenen Nägel hatten Schmutzränder und die Schuhe eine Lehmkruste. Im letzten Jahr war sie ein ordentliches Stück gewachsen, hatte aber deshalb kein neues Kleid bekommen, so dass der Saum ihres Rocks zu hoch saß und ihre Handgelenke und Hände weit aus den Ärmeln ragten. Wenigstens ihr Gesicht wirkte trotz der vom Wind geröteten Wangen und des Schmutzes intelligent und wissbegierig. Ich war ihren Anblick gewohnt, doch als ich sie nun mit den Augen Lord Henleys sah, errötete ich vor Scham für sie. Wenn dieses Mädchen die Verantwortung für das Fundstück trug, das er bereits als sein Eigentum reklamierte, musste sich Lord Henley natürlich Sorgen machen, ob es sich in den richtigen Händen befand.

«Ist es nicht ein großartiger Fund, Lord Henley?», mischte ich mich ein. «Man muss das Fossil nur noch reinigen und präparieren – was ich natürlich beaufsichtigen werde. Aber stellen Sie sich einmal vor, wie beeindruckend es aussehen wird, wenn dieser Schädel eines Tages mit dem dazugehörigen Körper vereint ist!»

«Wie lange werden Sie brauchen, um es zu reinigen?»

Ich schaute Mary an. «Mindestens einen Monat», vermutete ich. «Vielleicht auch länger. Bis jetzt hat noch nie jemand mit einer so großen Kreatur zu tun gehabt.»

Lord Henley stöhnte auf. Er beäugte den Schädel, als handele es sich um eine Rehkeule in Portsauce. Es war offensichtlich, dass er ihn am liebsten gleich mit nach Colway Manor genommen hätte, denn Lord Henley gehörte zu den Menschen, die lieber Entscheidungen treffen, als auf Ergebnisse zu warten. Doch selbst für ihn war ersichtlich, dass an dem Fossil noch gearbeitet werden musste – einerseits, um es im besten Licht zu präsentieren, aber auch, um es zu konservieren. Der Schädel hatte zwischen den Gesteinsschichten gelegen, wo gleichmäßige Feuchtigkeit herrschte und er vor Licht geschützt war. Einmal freigelegt, würde er sicher bald austrocknen, sich zusammenziehen und dabei Risse bekommen, weshalb Mary ihn mit dem Lack versiegeln musste, den ihr Vater für seine Schränke benutzt hatte. «Na gut», meinte Lord Henley schließlich. «Einen Monat, um ihn zu reinigen, und dann kriege ich ihn.»

«Wir geben den Schädel erst her, wenn wir auch den Rumpf haben», erklärte Mary.

Ich blickte sie tadelnd an und schüttelte den Kopf. Mein Plan war, Lord Henley ganz allmählich mit der Tatsache vertraut zu machen, dass er für Schädel und Körper zusammen zahlen sollte, und jetzt pfuschte mir Mary in meine heiklen Verhandlungen. Doch sie ignorierte mich.

«Wir behalten den Kopf im Cockmoile Square.»

Lord Henley starrte mich an. «Miss Philpot, wie kommt dieses Kind dazu, sich in unsere Unterhaltung über das Fossil einzumischen?»

Ich hüstelte in mein Taschentuch. «Nun ja, Sir, sie hat es gefunden – zusammen mit ihrem Bruder –, ich denke also, dass ihre Familie einen gewissen Anspruch darauf hat.»

«Und wo ist dann der Vater? In dem Fall sollte ich mit ihm reden und nicht mit ...» Lord Henley unterbrach sich, als wäre es unter seiner Würde, die Worte «Frau» oder «Mädchen» auszusprechen.

«Er ist vor ein paar Monaten verstorben.»

«Dann eben die Mutter. Holen Sie mir die Mutter.» Lord Henley sprach mit mir, als befehle er einem Knecht, ihm sein Pferd zu bringen.

Es war schwer, sich Molly Anning in Verhandlungen mit Lord Henley vorzustellen. Erst am Vortag hatte sie sich einverstanden erklärt, dass ich Lord Henley davon überzeugen sollte, auf das vollständige Fossil zu warten. Davon, dass sie selbst mit ihm verhandeln könne, war nie die Rede gewesen. Ich seufzte. «Lauf zu und hole deine Mutter, Mary.»

Betreten schweigend warteten wir darauf, dass Mary mit ihrer Mutter zurückkam, und flüchteten uns so lange in die Betrachtung des Schädels. Ich machte einen Vorstoß: «Für ein Krokodil sind die Augen recht groß, finden Sie nicht, Lord Henley?»

Lord Henleys Stiefel scharrten über den Boden. «Ganz einfach, Miss Philpot, es ist eine von Gottes frühen Schöpfungen, später hat er dann beschlossen, den Nachfolgern kleinere Augen zu geben.»

Ich zog die Augenbrauen hoch. «Wollen Sie damit andeuten, dass Gott es ausgemustert hat?»

«Ich will damit sagen, dass Gott ein besseres Modell wollte – das Krokodil, das wir heute kennen – und deshalb das alte ausgewechselt hat.»

Diese Sichtweise war mir völlig neu. Gerne hätte ich weiter nachgehakt, aber Lord Henley klang immer so von sich überzeugt, dass ich mich nicht zu fragen traute. In seiner Gegenwart kam ich mir stets fürchterlich dumm vor, obwohl ich doch wusste, dass er von uns beiden der Dümmere war.

So hatte ich nichts dagegen, dass wir von Molly Anning unterbrochen wurden. Zum Glück hatte sie ihr schreiendes Baby nicht dabei, sondern nur Mary und den Geruch von Kohl im Gefolge. «Ich bin Molly Anning, Sir», sagte sie und wischte sich die Hände an der Schürze ab. Vermutlich war sie noch nie im Ballsaal gewesen, denn sie blickte sich neugierig um. «Ich kümmer mich um unser Fossiliengeschäft. Was wollen Sie denn von mir?» Sie war genauso groß wie Lord Henley, und dass sie ihn auf Augenhöhe ansprach, schien ihn ein wenig einzuschüchtern. Selbst mich überraschte sie. Noch nie hatte ich jemanden von der Werkstatt als «Geschäft» sprechen hören, auch war mir neu, dass sie sich darum kümmerte. Doch nach dem Tod ihres Mannes hatte Molly Anning viele Aufgaben übernehmen müssen, ein Geschäft zu betreiben schien eine davon zu sein.

«Ich hätte gern dieses Fundstück, Mrs Anning. Vorausgesetzt, Ihre Tochter erlaubt es», fügte Lord Henley mit einer Spur von Sarkasmus hinzu. «Aber auf Sie wird sie sicher hören, oder?»

«Natürlich.» Molly Anning würdigte den Schädel kaum eines Blickes. «Was zahlen Sie denn?»

«Drei Pfund.»

«Das …», hob ich an.

«Ich glaube, es gibt genügend Gentlemen, die bereit sind, mehr zu zahlen», schnitt mir Molly Anning das Wort ab. «Aber wenn Sie wollen, nehmen wir das Geld als Anzahlung auf die ganze Kreatur. Den anderen Teil wird Mary noch finden.»

«Und wenn sie ihn nicht findet?»

«Keine Sorge, sie wird ihn finden. Meine Mary findet alles. Sie ist was Besonderes – das war sie schon immer, seit der Blitz in sie gefahren ist. War das nicht auf Ihrem Feld, Lord Henley, wo sie vom Blitz getroffen wurde?»

Mich verblüfften gleich mehrere Dinge: dass Molly Anning so selbstbewusst zu einem Landadeligen sprach; dass sie so schlau war, erst Lord Henley seinen Preis nennen zu lassen, was ihn aus dem Konzept brachte und ihr ein Gefühl für den Wert eines Objektes gab, das sie selbst nicht einschätzen konnte; und dass sie den Blitzschlag gerissen als etwas darstellte, für das er die Verantwortung trug. Ich hatte schon gehört, dass die Leute Molly Anning als ein Original bezeichneten, jetzt verstand ich, was sie damit meinten.

Lord Henley hatte es fast die Sprache verschlagen. Ich sprang ihm bei. «Natürlich werden die Annings Ihnen den Kopf für drei Pfund überlassen, falls der Körper in, sagen wir, zwei Jahren nicht gefunden wird.»

Lord Henley blickte von Molly Anning zu mir. «Einverstanden», erwiderte er schließlich und legte die Hand noch einmal auf seine Beute.

Seit ich den Schädel gesehen hatte, konnte ich kaum noch schlafen. Ich träumte von all den Tieraugen, in die ich schon einmal hineingeschaut hatte: Pferdeaugen, Katzenaugen, Möwenaugen und Hundeaugen. Im Traum waren diese Augen stumpf und leer, weil ihnen der göttliche Funke fehlte, und dieses Fehlen ließ mich aus dem Schlaf hochschrecken.

Am Sonntag blieb ich nach dem Gottesdienst noch in Sankt Michael. «Ich komme gleich nach», winkte ich Bessy und meinen Schwestern zu und wartete im hinteren Teil der Kirche, bis der Pfarrer sich von allen Gemeindemitgliedern verabschiedet hatte. Reverend Jones war ein unscheinbarer Mann mit kastenförmigem Kopf und kurzgeschnittenem Haar. Das Einzige an ihm, das sich bewegte, waren die dünnen, ständig zitternden und seltsam grimassierenden Lippen. Bis auf den Austausch von Höflichkeiten hatte ich bisher kaum ein Wort mit ihm gewechselt, denn schon im Gottesdienst war er mit seiner lustlos näselnden Stimme und den langweiligen Predigten wenig inspirierend. Aber er war ein Mann Gottes, deshalb wandte ich mich auf meiner Suche nach Rat hoffnungsvoll an ihn.

Endlich war außer uns nur noch ein Mädchen in der Kirche, das den Boden fegte. Reverend Jones ging durch die Bankreihen, hob Liedzettel auf und hielt nach liegen gebliebenen Handschuhen und Gebetbüchern Ausschau. Entweder sah er mich nicht, oder, wie es mir vorkam, er wollte mich nicht sehen. Für diesen Tag hatte er seine seelsorgerischen Pflichten erfüllt. Wahrscheinlich war er in Gedanken längst beim Mittagessen, das ihm bald serviert werden würde, und beim anschließenden Nickerchen am Kamin. Als ich mich räusperte, blickte er auf, und sein Mund verzog sich unwillkürlich zu einer kurzen Grimasse. «Miss Philpot, gehört Ihnen dieses Taschentuch?» In der Hoffnung, mich so leicht loszuwerden, hielt er ein weißes Stoffknäuel hoch.

«Nein, leider nicht, Reverend Jones.»

«Ach. Suchen Sie dann etwas anderes? Ein Portemonnaie? Einen Knopf? Eine Haarnadel?»

«Nein. Ich möchte gerne mit Ihnen sprechen.»

«Ich verstehe.» Reverend Jones schürzte die Lippen. «Mein Essen ist gleich fertig, und ich muss hier noch nach dem Rechten sehen. Sie haben doch nichts dagegen …?» Er lief weiter durch die Kirchenbänke und rückte Kissen zurecht. Ich folgte ihm. Die ganze Zeit begleitete uns das Besengekratze des fegenden Mädchens.

«Ich wollte Sie fragen, was Sie von Fossilien halten.» Beim Versuch, seine Aufmerksamkeit zu wecken, war meine Stimme in der leeren Kirche lauter geworden, als ich beabsichtigt hatte. Das Fegen hörte auf, doch Reverend Jones lief weiter durch das Kirchenschiff auf die Eichenkanzel zu, von der er sein eigenes Taschentuch holte und es einsteckte.

«Was ich von Fossilien halte, Miss Philpot? Ich mache mir keine Gedanken über Fossilien.»

«Aber Sie wissen doch, was Fossilien sind?»

«Skelette, die im Lauf der Zeit von Gesteinsschichten zusammengedrückt wurden, so dass sie selbst zu Stein geworden sind. Das weiß fast jeder gebildete Mensch.»

«Aber diese Skelette – stammen sie von Lebewesen, die es noch immer gibt?»

Reverend Jones eilte zum Altar, von dem er ein paar Kerzen und das Altartuch nahm. Ich kam mir ziemlich töricht vor, wie ich ihm auf Schritt und Tritt durch die Kirche folgte.

«Natürlich gibt es sie noch», sagte er. «So wie alle Lebewesen, die Gott geschaffen hat.» Er öffnete eine Tür links vom Altar; dahinter befand sich eine kleine Kammer, in der diverse Kirchenutensilien aufbewahrt wurden. Über seine Schulter hinweg erspähte ich auf einem Tisch einen Krug mit der Aufschrift «Weihwasser». Ich blieb im Türrahmen stehen, während Reverend Jones die Kerzen in einem Schrank einschloss. «Ich befürchte, ich verstehe Ihre Frage nicht, Miss Philpot.»

Ich öffnete meine Handtasche und schüttete ein paar kleine Fossilienteile in meine Hand, die irgendwie in die Tasche gelangt waren. In fast allen meinen Taschen und Handtaschen fanden sich Fossilien. Der Mund von Reverend Jones verzog sich angeekelt, als er auf meine Hand blickte, in der Ammoniten, Belemnitenspindeln, ein fossiliertes Holzstück und der Teil eines Crinoiden lagen. Seiner Reaktion nach hätte ich auch Pferdemist an den Schuhen in die Kirche getragen haben können. «Wozu in Gottes Namen tragen Sie dieses Zeug mit sich herum?»

Ich ignorierte seine Frage und hielt ihm einen Ammoniten hin. «Ich möchte wissen, wo sich die lebenden Vertreter dieser Art befinden, Reverend Jones, denn ich habe noch nie einen gesehen.» Während wir auf das Fossil blickten, hatte ich einen Moment lang das Gefühl, dass es mich in diese Spirale hineinzog, in der ich immer weiter in der Zeit zurückreiste, bis ich in der Vergangenheit ankam, die sich in ihrem Zentrum verbarg.

Die Reaktion von Reverend Jones auf den Ammoniten war prosaischer. «Vielleicht haben Sie noch nie ein Tier dieser Art gesehen, weil sie draußen im Meer leben und die Körper nur nach ihrem Tod angespült werden.» Er wandte sich von mir ab, zog die Tür zu und sperrte sie mit einer schwungvollen Schlüsseldrehung ab, eine Geste, die ihm Spaß zu machen schien.

Ich trat ihm in den Weg, damit er nicht zum Essen davonlief, so dass er nun weder vor noch zurück konnte. Dass er mir und meinen seltsamen Fragen ausgeliefert war, schien Reverend Jones noch mehr zu beunruhigen als der Ammonit, den ich ihm unter die Nase gehalten hatte. Er blickte sich hektisch um. «Fanny, bist du schon fertig?», rief er, doch es kam keine Antwort. Wahrscheinlich war Fanny nach draußen gegangen, um den aufgekehrten Dreck wegzubringen.

«Haben Sie von dem Krokodilschädel gehört, den die Annings in der Klippe gefunden haben? Sie stellen ihn im Ballsaal aus.»

Reverend Jones zwang sich, mich anzusehen, doch obwohl er mir in die Augen schaute, schienen seine kleinen Äuglein den Horizont zu suchen. «Ja, ich habe davon gehört.»

«Haben Sie ihn gesehen?»

«Ich verspüre nicht den Wunsch, ihn zu sehen.»

Das überraschte mich nicht. Reverend Jones interessierte sich nur für das, was demnächst auf seinem Teller liegen würde. «Der Fund sieht anders aus als jede lebende Kreatur», sagte ich.

«Miss Philpot ...»

«Jemand – es war sogar ein Mitglied unserer Kirchengemeinde – hat vermutet, es könnte sich um ein Tier handeln, das Gott nicht wollte und deshalb durch eine bessere Schöpfung ersetzte.»

Reverend Jones war fassungslos. «Wer hat das gesagt?»

«Das spielt keine Rolle. Ich frage mich nur, ob an dieser Theorie etwas Wahres ist.»

Reverend Jones rieb sich über die Ärmel seines Talars und verzog die Lippen. «Miss Philpot, Sie überraschen mich. Ich dachte, Sie und Ihre Schwestern seien bibelfest.»

«Das sind wir ...»

«Dann will ich Ihnen sagen, dass Sie in der Heiligen Schrift Antworten auf Ihre Fragen finden. Kommen Sie mit.» Er führte mich zur Kanzel zurück, auf der die Bibel lag, aus der er gelesen hatte.

Während er durch die Seiten blätterte, kam das Mädchen wieder herein. «Reverend Jones, Sir, ich bin mit Fegen fertig.»

«Danke, Fanny.» Reverend Jones schaute sie einen Moment lang an. «Es gibt noch etwas, das du für mich tun kannst, mein Kind», sagte er dann. «Komm hierher, zur Bibel. Ich möchte, dass du Miss Philpot etwas vorliest. Du bekommt auch noch einen Penny dafür.» Er wandte sich an mich. «Fanny Miller und ihre Familie sind erst vor ein paar Jahren von den Kongregationalisten zur Gemeinde Sankt Michael übergetreten, weil die Fossilienfunde der Annings sie so verstört haben. Die Kirche von England ist in diesem Punkt in ihrer Bibelauslegung klarer als die meisten Dissenter. Fanny, du hast hier doch viel innere Ruhe gefunden, nicht wahr?»

Fanny nickte. Sie hatte große, strahlend blaue Augen, über denen ebenmäßige dunkle Brauen standen, die einen Kontrast zu ihrem blonden Haar bildeten. Obwohl die Augen das Schönste an ihr waren, würde sie nie mit ihnen führen, sondern mit der Stirn, die sich jetzt beim Blick in die Bibel vor Konzentration in Falten legte.

Stammelnd und mit leiser Stimme las sie vor:

> «Und Gott sprach: ‹Es errege sich das Wasser mit webenden und lebendigen Tieren, und Gevögel fliege auf Erden unter der Feste des Himmels. Und Gott schuf große Walfische und allerlei Getier, das da lebt und webt, davon das Wasser sich erregte, ein jegliches nach seiner Art, und allerlei gefiedertes Gevögel, ein jegliches nach seiner Art. Und Gott sah, daß es gut war. Und Gott segnete sie und sprach: Seid fruchtbar und mehrt euch und erfüllt das Wasser im Meer; und das Gefieder mehre sich auf Erden. Da ward aus Abend und Morgen der fünfte Tag.›»

«Hervorragend, Fanny, hier kannst du aufhören.»

Ich dachte, dies würde ihm reichen. Er hatte mich seine Herablassung spüren lassen, indem er mir von einem ungebildeten Mädchen aus dem Buch Genesis vorlesen lies, doch Reverend Jones war noch nicht fertig. Jetzt las er selbst weiter: «Und Gott sprach: Die Erde bringe hervor lebendige Tiere, ein jegliches nach seiner Art: Vieh, Gewürm und Tiere auf Erden, ein jegliches nach seiner Art. Und es geschah also.»

Nach ein paar Zeilen hörte ich nicht mehr zu, denn ich kannte den Text ohnehin. Außerdem ertrug ich die quäkende Stimme des Pfarrers nicht mehr, der die ruhige Tiefe fehlte, die man von einem Mann in seiner Position erwartet hätte. Da war mir selbst Fannys ungeschulter Vortrag lieber gewesen. Während Reverend Jones las, schaute ich mir die Bibelseite an. Links von den biblischen Worten stand in roten Anmerkungen die auf Bibelstellen gestützte Zeitrechnung von Bischof Ussher, laut der Gott Himmel und Erde am Vorabend des 23. Oktober des Jahres 4004 vor Christi Geburt geschaffen hatte. Schon immer hatte mich diese Präzision verwundert.

«... Da ward aus Abend und Morgen der sechste Tag.»

Nach dem letzten Satz von Reverend Jones herrschte Schweigen.

«Sehen Sie, Miss Philpot, es ist wirklich ganz einfach», setzte Reverend Jones wieder an. Jetzt, wo er die Bibel in Händen hielt, wirkte er viel selbstsicherer. «Alles, was Sie um sich herum sehen, ist so, wie Gott es zu Anbeginn der Zeit geschaffen hat. Er hat kein Getier geschaffen, um sich seiner wieder zu entledigen. Schließlich würde das nahelegen, dass Gott einen Fehler gemacht hat, dabei ist Gott doch allwissend und unfehlbar, oder?»

«Ja, ich denke schon», räumte ich ein.

Der Mund von Reverend Jones verzog sich erneut. «Sie *denken* schon?»

«Natürlich ist er das», fügte ich schnell hinzu. «Bitte entschuldigen Sie, aber ich bin einfach etwas verwirrt. Sie haben gerade gesagt, dass alles um uns herum so ist, wie Gott es geschaffen hat, oder? Die Berge und die Meere, die Klippen und Hügel – die ganze Landschaft ist so wie seit Anbeginn der Zeit?»

«Natürlich.» Reverend Jones sah sich in seiner ruhigen und ordentlichen Kirche um. «Na, was meinst du, Fanny, sind wir hier fertig?»

«Ja, Reverend Jones.»

Aber ich war immer noch nicht fertig. «Dann ist auch jeder Stein, den wir sehen, so wie Gott ihn einmal geschaffen hat. Und in der Genesis heißt es, dass die Steine zuerst kamen, vor den Tieren.»

«Ja, ja.» Allmählich verlor Reverend Jones die Geduld; er schien an einem eingebildeten Strohhalm zu kauen.

«Wenn das so ist, wie konnten dann die Tierskelette in die Steine gelangen und zu Fossilien werden? Warum sind Körper in den Steinen, wenn Gott die Steine vor den Tieren geschaffen hat?»

Reverend Jones blickte mich an. Sein Mund erstarrte zu einem schmalen Strich, während die Stirn von Fanny Miller ein Feld voller Furchen war. In der Stille knarrte eine Kirchenbank.

«Als Er die Steine schuf, hat Gott die Fossilien eingefügt, um unseren Glauben auf die Probe zu stellen», erwiderte Reverend Jones schließlich. «Und Ihren Glauben stellt er eindeutig auf die Probe, Miss Philpot.»

Auf die Probe gestellt wird hier mein Glaube an *Sie*, dachte ich im Stillen.

«Also, jetzt bin ich wirklich schon spät dran fürs Essen», fuhr Reverend Jones fort. Er nahm die Bibel mit, eine Geste, die anzudeuten schien, ich könnte sie stehlen. Genauso gut hätte er sagen können: «Stellen Sie mir keine so schweren Fragen.»

Ich habe mit Reverend Jones nie wieder über Fossilien gesprochen.

Lord Henley musste fast die kompletten zwei Jahre abwarten, bis der Körper des Krokodils ans Licht kam. In der ersten Zeit sprach er mich jedes Mal an, wenn ich ihm in der Kirche, im Ballsaal oder auf der Straße begegnete: «Was macht der Körper? Haben Sie ihn schon ausgegraben?» Dann musste ich erklären, dass der Erdrutsch noch immer im Weg lag und sich nicht so ohne weiteres wegräumen ließ. Lord Henley schien das nicht zu verstehen, deshalb führten Mary, Joseph und ich ihn eines Tages an den Strand, damit er den Erdrutsch mit eigenen Augen sah. Er reagierte verblüfft – und wütend. «Niemand hat mir gesagt, dass er von so viel Geröll zugeschüttet ist», wetterte er und trat gegen einen Lehmklumpen. «Sie haben mich hinters Licht geführt, Miss Philpot, Sie und die Annings.»

«Nein, das stimmt nicht, Lord Henley», erwiderte ich. «Wir haben gesagt, dass es bis zu zwei Jahre dauern kann, bis der Körper wieder frei kommt. Bitte vergessen Sie das nicht. Und wenn es uns in dieser Frist nicht gelingt, ihn auszugraben, bekommen Sie den Schädel ohne ihn.»

Lord Henley wollte nichts mehr hören. Zornesrot stieg er auf sein graues Pferd, ohne das er sich keinen Schritt weit bewegte, und galoppierte über den Strand davon, dass das Wasser hoch aufspritzte.

Es war Molly Anning, die ihn schließlich zur Raison brachte. Als er sich bei ihr beschwerte, ließ sie ihn einfach in Ruhe schimpfen, bis ihm die Worte und der Atem ausgingen. «Wenn Sie Ihre drei Pfund wiederhaben wollen, bekommen Sie die auf der Stelle», sagte sie dann. «Es stehen schon genügend Leute Schlange, die den Schädel kaufen wollen, und zwar zu einem besseren Preis. Hier, nehmen Sie Ihr Geld.» Sie langte in ihre Schürzentasche, als befände sich dort etwas anderes als Luft, denn das Geld hatten die Annings längst ausgegeben. Lord Henley gab natürlich nach. Ich beneidete Molly um ihr Selbstbewusstsein diesem Mann gegenüber, was ich ihr aber nicht sagte, sie hätte nur spöttisch geantwortet: «Und ich beneide Sie um Ihre hundertfünfzig Pfund im Jahr.»

Irgendwann erlahmte Lord Henleys Interesse an dem Krokodil. Fossiliensammler brauchen Geduld, doch über die verfügten nur Mary, William Lock und ich. Nach jedem Sturm und nach jeder Springflut schauten wir an der Stelle des Erdrutsches nach. Mary tat alles, um als Erste dort zu sein, doch manchmal kam ihr William Lock zuvor. Zum Glück lag der Stallknecht an dem Tag, als Mary das Krokodil fand, mit Fieber im Bett.

Wir waren früh auf den Beinen, denn es hatte zwei Tage lang so schwer gestürmt, dass wir uns nicht nach draußen getraut hatten. Als ich am dritten Morgen wach wurde, war es ungewohnt still. Auf der Stelle sprang ich aus dem warmen Bett, zog mich hastig an, schnappte mir Mantel und Haube und eilte los.

Die Sonne stand als fahle Scheibe hinter Portland, und der Strand war bis auf die Umrisse einer vertrauten Person in der Ferne menschenleer. Als ich ans Ende der Church Cliffs kam, sah ich, dass der Erdrutsch verschwunden war. Der Sturm hatte den Strand sauber gefegt, als würde ein besonderer Gast erwartet. Mary war auf den Felsvorsprung vor dem Loch geklettert und hämmerte auf die Klippenwand ein. Als ich ihren Namen rief, drehte sie sich um. «Miss Philpot, es ist hier! Ich habe es gefunden!», rief sie und sprang von der Kante herunter. Wir lächelten uns an. Bevor der ganze Rummel losging, genossen wir diesen kurzen Moment der Einsamkeit in der Morgendämmerung und das durch nichts getrübte Gefühl, gemeinsam einen Schatz gefunden zu haben.

Die Day-Brüder brauchten drei Tage, an denen sie je nach Gezeitenstand arbeiteten, bis sie den Fund ausgegraben hatten.

Als sie die einzelnen Felsplatten aus der Klippe zogen und auf den Strand legten, kam es mir vor, als würde vor unseren Augen ein Mosaik zusammengesetzt. Genau wie bei der Freilegung des Schädels hatte sich eine Menschenmenge versammelt, um den Days zuzusehen und einen Blick auf das Krokodil zu erhaschen. Einige waren fasziniert und spekulierten erregt über seine Herkunft, während andere zwar das Spektakel genossen, den Fund aber mit finsterer Miene betrachteten. «Das war sicher ein Ungeheuer», murmelte ein Mann. «Wenn ihr nicht brav seid, kommt das Krok heute Abend, wenn ihr schlaft, und frisst euch», rief eine Mutter ihren Kindern hinterher. «Mein Gott, wie hässlich», sagte jemand anderes. «Lord Henley soll es bloß holen und in seinem Gutshaus wegsperren!»

Lord Henley kam tatsächlich vorbei, um den Fund zu begutachten, machte sich aber nicht einmal die Mühe, vom Pferd zu steigen. «Hervorragend», verkündete er, während sein Pferd von den Steinplatten weg zur Seite scheute. «Sobald es vollständig ist, schicke ich meine Kutsche.» Er schien vergessen zu haben, dass es noch mehrere Wochen dauern würde, bis der Fund gereinigt und präpariert war. Und bevor sich die Annings von ihm trennen würden, musste erst noch ein Preis ausgehandelt werden.

Ich war davon ausgegangen, dass ich in die Verhandlungen mit einbezogen würde, doch kaum befand sich der Fund in der Werkstatt, musste ich feststellen, dass Molly Anning schon alles erledigt hatte. Lord Henley hatte ihr dreiundzwanzig Pfund für das Fossil gezahlt. Schlau, wie sie war, hatte sie ihn außerdem noch überredet, auf das Recht an allen weiteren Fossilien, die sie auf seinem Grund und Boden fanden, zu verzichten. Obwohl ich davon ausgegangen war, dass sie nicht schreiben konnte, hatte sie die Vereinbarung sogar auf einem Zettel festgehalten, den er unterzeichnete. Besser hätte ich es auch nicht machen können.

Erst als der Fund gereinigt neben dem Schädel lag, konnten wir die Kreatur richtig begutachten: Es handelte sich um eine beeindruckende, über fünf Meter große Bestie aus Stein, die sich mit keinem Tier vergleichen ließ, das wir kannten. Ein Krokodil war es nicht, dagegen sprachen nicht nur die riesigen Augen, das lange glatte Maul und die gleichmäßigen Zähne, sondern auch die Paddelknochen, die dieses Riesentier anstelle von Beinen hatte. Der Rumpf bestand aus einer länglichen Walze von Rippen, die an einer starken Wirbelsäule hingen und hinten in einen langen Schwanz übergingen, der ungefähr im letzten Viertel einen Knick hatte. Ein wenig erinnerte mich das Wesen an einen Delphin oder eine Schildkröte, vielleicht auch an eine Echse, aber richtig zutreffend war keiner dieser Vergleiche.

Immer wieder musste ich daran denken, dass Lord Henley die Kreatur als eine von Gottes ausgemusterten Schöpfungen bezeichnet hatte. Dann fiel mir auch die Reaktion von Reverend Jones auf diese Behauptung ein. Was ich selbst von diesem Fund halten sollte, wusste ich nicht. Die meisten, die ihn anschauen kamen, bezeichneten ihn genau wie die Annings als Krokodil, was sicher die einfachste Erklärung war. Vielleicht handelte es sich ja um eine ungewöhnliche Art, die in einem weit entfernten Land lebte, zum Beispiel in Afrika. Doch ich wusste, dass es etwas anderes war. Und nachdem ich den Fund vollständig gesehen hatte, bezeichnete ich ihn nicht länger als Krokodil, sondern nannte ihn einfach Marys Riesentier.

Joseph Anning baute einen Holzrahmen, und als Mary die Knochen gereinigt und mit Schutzlack bestrichen hatte, zementierten sie die Kalksteinplatten mit den Fossilien im Rahmen ein. Zum Schluss strich Mary einen dünnen Kalkputz um die einzelnen Teile, damit die Knochen besser zur Geltung kamen und alles schön glatt und abgerundet aussah. Sie war mit ihrem Werk sehr zufrieden, aber dann verschwand es auf Colway Manor, und sie hörte nichts mehr von Lord Henley, der anscheinend längst das Interesse an dem Fossil verloren hatte. Er war wie ein Jäger, der keine Lust hat, den erlegten Hirsch zu essen, nur dass Lord Henley in diesem besonderen Fall natürlich kein Jäger war, sondern ein Sammler.

Sammler legen Listen von den Dingen an, die sie besitzen wollen, und haben Schaukästen voller Kuriositäten, die von anderen gefunden wurden. Manchmal gehen sie zwar an den Strand und laufen mit ernster Miene an den Klippen entlang, als schauten sie sich eine langweilige Gemäldesammlung an, doch sie können sich nicht konzentrieren, weil für sie alles gleich aussieht: Quarz wie Feuerstein, verkalkte Schieferstücke wie Knochen. Außer ein paar Ammoniten- oder Belemnitenresten finden sie nichts, bezeichnen sich aber trotzdem als Experten. Von den richtigen Sammlern erwerben sie dann, was sie zur Vervollständigung ihrer Listen brauchen. Dabei verstehen sie nicht, was sie da horten, und eigentlich interessiert es sie auch nicht. Sie wissen, dass Sammeln schick ist, und das reicht ihnen.

Richtige Jäger verbringen viele Stunden und Tage draußen, und zwar bei jedem Wetter. Unsere Gesichter sind von der Sonne verbrannt, unser Haar vom Wind zerzaust und unsere Augen blinzeln ständig. Wir haben eingerissene Nägel, schartige Fingerspitzen und raue Hände; an unseren von Meerwasserflecken übersäten Stiefeln klebt Dreck, und unsere Kleidung ist abends schmutzig. Auch wenn wir nichts finden und mit leeren Händen nach Hause gehen müssen, was oft genug vorkommt, verlieren wir nicht die Geduld, sondern suchen unermüdlich weiter. Manche von uns haben ganz besondere Interessen und sammeln ausschließlich intakte Schlangensterne, Belemniten mit Tintenbeuteln oder Fischfossilien, bei denen jede Schuppe an ihrem Platz sitzt, doch wir heben auch andere Dinge auf und sind offen für alles, was Klippen und Strand uns anbieten. Einige machen es wie Mary und verkaufen, was sie finden. Andere, wie ich, behalten alles. Wir versehen unsere Funde mit Etiketten, notieren, wann und wo wir sie entdeckt haben, und stellen sie in Kästen mit Glasdeckeln aus. Wir studieren und vergleichen Fossilien und ziehen unsere Schlüsse. Die Männer schreiben ihre Theorien auf und veröffentlichen sie in Zeitschriften, die ich dann lese, auch wenn ich selbst nichts beitragen darf.

Sobald er Marys Fossil sein Eigen nannte, hörte Lord Henley mit dem Sammeln auf. Vielleicht glaubte er, seiner Sammlung nichts Besseres mehr hinzufügen zu können, doch wer das Fossiliensammeln halbwegs ernsthaft betreibt, weiß, dass die Suche nie aufhört. Es wird immer wieder neue Exemplare zu entdecken und zu studieren geben, denn so wie jeder Mensch ist auch jedes Fossil einzigartig. Man kann nie genug von ihnen haben.

Leider war dies trotzdem nicht mein letzter Zusammenstoß mit Lord Henley gewesen. Eine Zeitlang beschränkte sich unser Kontakt darauf, dass wir uns auf der Straße oder in der Kirche über die Bänke hinweg zunickten, doch als wir das nächste Mal richtig miteinander zu tun bekamen, war dies äußerst unerfreulich.

Alles begann in London. Jedes Jahr im Frühling, wenn die Straßen frei waren und wir ohne größere Probleme reisen konnten, fuhren wir dorthin. Es war unsere Belohnung dafür, einen weiteren Winter in Lyme überstanden zu haben. Mir machten die Stürme und die Einsamkeit nicht viel aus, denn für Fossiliensucher waren es ideale Bedingungen, doch weil Louise nicht in ihrem Garten arbeiten konnte, wusste sie nichts mit sich anzufangen und wurde noch verschlossener. Noch schlimmer war es mit Margaret, die in sich zusammenfiel und melancholisch wurde. Man konnte es kaum mit ansehen. Sie war ein Sommermensch, brauchte Licht, Wärme und Abwechslung zum Leben und hasste die Kälte. Weil der Ballsaal nach Saisonende, wenn keine Feriengäste mehr unterhalten werden mussten, geschlossen wurde, empfand Margaret den Morley Cottage plötzlich als Gefängnis. In den Wintermonaten hatte sie einfach zu viel Zeit zum Nachdenken. Dann wurde ihr bewusst, wie die Jahre ins Land zogen und nicht nur ihre Aussichten dahingingen, sondern auch ihre Schönheit. Die frische Rundlichkeit der Jugend schwand immer mehr, sie wurde hager und faltig. Bis zum März war Margaret jedes Mal verblichen wie ein fadenscheiniges und zu lang getragenes Nachthemd.

London war ihr Lebenselixier. Wir alle hatten Nachholbedarf und genossen es, alte Freunde zu treffen, die neuste Mode kennen zu lernen, auf Gesellschaften zu gehen und gut zu essen. Es gab neue Romane für Margaret und für mich naturkundliche Zeitschriften. Wir freuten uns daran, ein Kind im Haus zu haben, denn unser kleiner Neffe Johnny lenkte uns auf angenehme Weise davon ab, dass wir bereits ins mittlere Lebensalter getreten waren. Wir brachen gegen Ende März auf und blieben zwischen einem Monat und sechs Wochen, je nachdem, wie sehr wir uns über unsere Schwägerin aufregen mussten oder diese sich über uns. Obwohl sie ihren Ärger nie offen zeigte, wurde die Frau unseres Bruders mit jeder Woche spröder und fand ständig neue Entschuldigungen, um in ihrem Schlafzimmer oder im Kinderzimmer bei Johnny zu bleiben. Vermutlich war sie der Ansicht, das Leben in Lyme schade unseren Manieren, während wir glaubten, dass sie viel zu viel Wert darauf legte, was andere Leute dachten. Mit unseren liberalen Ansichten aus Lyme mussten wir bei den eher konservativen Londonern allerdings anecken.

Wir gingen viel aus und besuchten Freunde, das Theater, die Gemäldesammlungen in der Royal Academy und natürlich das Britische Museum; es lag so nahe beim Haus unseres Bruders, dass man es vom Salonfenster im ersten Stock aus sehen konnte. Nichts tat ich lieber, als mich im Museum über die Schaukästen mit der Fossiliensammlung zu beugen, bis das Glas der Kästen von meinem Atem beschlug und die Wärter mahnend schauten. Ich stiftete dem Museum sogar ein sehr schönes, vollständiges Exemplar eines Dapedium, ein Fischfossil, an dem ich besonders hing. Als Dank erließ mir Charles Konig, der Kustos der Abteilung für Naturgeschichte, für den kompletten Monat meines London-Aufenthalts den Museumseintritt. Auf dem Schildchen stand als Finder einfach nur der Name Philpot, womit die Frage meines Geschlechts geschickt umgangen wurde.

In jenem Frühling hörten wir während unseres London-Aufenthalts begeisterte Berichte über das Museum von William Bullock in der neu erbauten Ägyptischen Halle in Piccadilly. Dort gab es eine umfassende Sammlung von Kunstwerken, Antiquitäten und Gebrauchsgegenständen aus der ganzen Welt zu sehen, außerdem hatte das Museum eine naturkundliche Abteilung. Das Gebäude war im ägyptischen Stil gehalten und hatte riesige Fenster und Türen mit abgeschrägten Seiten wie bei einem Grabmal. Papyrusrollen krönten die kannelierten Säulen des Portals, darüber standen in einer Nische die Statuen von Isis und Osiris und blickten über Piccadilly. Die Fassade des Gebäudes war in einem aufsehenerregenden Gelb gestrichen, auf einer Tafel weiter oben stand in riesigen Lettern «Museum» geschrieben. Zwischen den anderen, eher nüchternen Backsteinbauten wirkte das Museum auf mich etwas zu theatralisch, aber genau das war wohl beabsichtigt.

Vielleicht empfand ich diesen neuen Stil nur deshalb als schrill, weil ich mich so an die einfachen, weißgetünchten Häuser von Lyme gewöhnt hatte. Im Inneren war die Ägyptische Halle noch spektakulärer. Der ovale Eingangsbereich beherbergte afrikanische Masken und federngeschmückte Totems von den pazifischen Inseln, winzige perlengeschmückte Kriegerfiguren aus Ton sowie Steinwaffen und pelzgefütterte Umhänge aus nördlicheren Gefilden; dazu ein langes schmales Boot, Kajak genannt, in dem nur eine Person Platz hatte und in dessen handgeschnitzte Holzpaddel Muster eingebrannt waren.

Der nächste Saal war weit größer. Hier hing eine Sammlung wenig überzeugender Gemälde der, wie man uns sagte, «Alten Meister». Auf mich wirkten diese «Alten Meister» jedoch eher wie von desinteressierten Studenten der Royal Academy angefertigte Kopien. Interessanter waren die Schaukästen mit ausgestopften Vögeln, von der schlichten englischen Blaumeise bis zum exotischen Rotfußtölpel, den Captain Cook von den Malediven mitgebracht hatte. Margaret, Louise und ich sahen sie uns gern an, denn seit wir in Lyme lebten, nahmen wir Vögel viel bewusster wahr, als wir es in London getan hatten.

Den kleinen Johnny langweilten die Vögel bald, weshalb er mit seiner Mutter ins Pantherion ging, den größten Saal des Museums. Doch schon nach einem kurzen Moment kam er zurückgerannt. «Tante Margaret, komm schnell, du musst dir unbedingt den riesigen Elefanten anschauen!» Er nahm seine Tante bei der Hand und zog sie in den nächsten Saal, wir anderen folgten neugierig.

Der Elefant war tatsächlich riesig. Ich hatte noch nie zuvor einen gesehen, genauso wenig ein Nilpferd, einen Vogel Strauß, Zebras, Hyänen oder Kamele. Diese Tiere standen ausgestopft unter einer Glaskuppel in der Mitte des Saals in einem mit Palmen und Gras bepflanzten Gehege, das ihren natürlichen Lebensraum darstellen sollte. Es war wirklich ein ungewöhnlicher Anblick, und wir standen ehrfürchtig staunend da.

Nur Johnny, der noch zu jung war, um das Außergewöhnliche dessen, was wir sahen, richtig zu begreifen, verweilte nicht lange, sondern rannte weiter durch den Saal. Als ich gerade eine Boa Constrictor betrachtete, die sich über meinem Kopf um eine Palme schlängelte, kam Johnny zu mir gelaufen. «Tante Elizabeth, da ist dein Krokodil! Komm und sieh es dir an!» Er zog mich am Ärmel und zeigte auf ein Exponat am anderen Ende des Raums. Mein Neffe wusste von dem Tier in Lyme, das er wie alle anderen hartnäckig ein Krokodil nannte. Zu seinem Geburtstag hatte ich ihm zwei Aquarelle gemalt, eines von dem Fossil, das andere von dem Tier, wie ich es mir lebend vorstellte. Ich folgte Johnny auf der Stelle, denn ich brannte darauf, endlich ein echtes Krokodil zu sehen, um es mit dem Tier zu vergleichen, das Mary gefunden hatte.

Doch Johnny hatte sich nicht geirrt: Es war tatsächlich «mein» Krokodil. Verblüfft starrte ich das Exponat an. Marys Fund lag auf einer Kiesfläche an einem mit Schilfgräsern umpflanzten Wasserbecken. Als sie das Fossil aus dem Fels geborgen hatte, war es flachgedrückt gewesen, und die Knochen hatten durcheinander gelegen, doch Mary hatte gespürt, dass sie es so lassen musste, wie es war, und nicht versucht, es zu rekonstruieren. William Bullock war da offensichtlich skrupelloser gewesen, denn er hatte das komplette Exponat aus seinem Steinbett gelöst und die Knochen so arrangiert, dass die paddelartigen vorderen Gliedmaßen deutlich zu erkennen waren. Die Wirbel hatte er in gerader Linie hintereinandergesteckt und fehlende Rippen sogar aus Gips nachbilden lassen. Am schlimmsten aber war, dass er dem Exponat eine Weste über den Oberkörper gezogen hatte, aus deren Armlöchern die vorderen Gliedmaßen ragten. Vor einem der beiden markanten Augen saß ein überdimensionales Monokel, und vor der Schnauze hatte man eine verlockende Auswahl an Tieren arrangiert, von der sich Krokodile ernährten: Kaninchen, Frösche und Fische. Wenigstens war es ihnen nicht gelungen, die Schnauze aufzustemmen, um ihm ein Stück Beute hineinzustecken.

Steinkrokodil
Gefunden von Henry Hoste Henley
In der Wildnis von Dorsetshire

So stand es auf dem kleinen Schild. Ich war die ganze Zeit davon ausgegangen, dass sich das Fossil noch in einem der vielen Zimmer von Colway Manor befand, wo man es vielleicht an einer Wand befestigt oder auf einen Tisch gelegt hatte. Es war ein Schock für mich, es in einer Londoner Ausstellung wiederzusehen, noch dazu als Bestandteil eines spektakulären Tableaus, in dem es mir völlig fremd vorkam, und als Entdeckung von Lord Henley ausgezeichnet. Ich stand wie gelähmt da.

Als der Rest der Familie zu Johnny und mir stieß, sprach mir Louise aus der Seele: «Was für eine Abscheulichkeit!»

«Warum hat Lord Henley es gekauft? Nur, um es an diesen … diesen Zirkus weiterzugeben?» Ich blickte mich um und erschauderte.

«Vermutlich hat er ein gutes Geschäft gemacht», meinte mein Bruder.

«Wie konnte er das mit Marys Fund machen? Sieh nur, Louise, sie haben den Schwanz gerade gemacht, dabei hat sich Mary extra Mühe gegeben, ihn so zu präparieren, wie sie ihn gefunden hat.» Ich deutete auf den Schwanz, dem jetzt der Knick fehlte, den er ursprünglich im letzten Viertel hatte.

Was mich vielleicht am meisten daran ärgerte, Marys Tier

auf solch vulgäre Weise ausgestellt zu sehen, war die Tatsache, dass es dadurch selbst völlig trivial wirkte und kein erhebender Anblick mehr war. In Lyme hatte es die Menschen mit seiner Andersartigkeit beeindruckt, und sie hatten ihm in scheuer Achtung Respekt gezollt. In Bullocks Museum hingegen war es nur ein Exponat unter vielen und weckte als solches nicht einmal besonders viel Ehrfurcht oder Interesse. Durch seine Verkleidung wirkte das Fossil lächerlich, noch schlimmer fand ich, dass die Museumsbesucher nur einen kurzen Blick darauf warfen, um dann wieder zu Elefant oder Nilpferd zurückzueilen, die viel aufsehenerregender waren.

John sprach mit einem der Aufseher und brachte in Erfahrung, dass das Exponat seit dem letzten Herbst in der Ausstellung war; also hatte Lord Henley es schon nach ein paar Monaten weiterverkauft.

Meine Wut verleidete mir den Museumsbesuch. Johnny vergraulte ich mit meiner schlechten Laune, wie die anderen anscheinend auch, nur Louise lud mich anschließend noch auf einen Tee bei Fortnums ein, wo ich endlich richtig losschimpfen konnte, ohne den Rest der Familie damit zu belästigen. «Wie konnte er es nur verkaufen?», wiederholte ich und rührte mit meinem Löffelchen heftig im Tee. «Wie konnte er etwas so Ungewöhnliches und Bemerkenswertes, das so eng mit Lyme und Mary verknüpft ist, an sich reißen und es einem Mann verkaufen, der es wie eine Puppe verkleidet und als Witzfigur ausstellt! Wie konnte er es wagen?»

Louise legte ihre Hand über meine, um Schaden von Fortnums Tassen abzuwenden. Ich ließ das Löffelchen fallen und beugte mich zu ihr hinüber. «Weißt du was, Louise? Ich … ich glaube, es ist gar kein Krokodil. Es hat eine ganz andere Anatomie, aber niemand will das öffentlich sagen.»

Louises graue Augen blieben klar und ihr Blick fest. «Aber wenn es kein Krokodil ist, was ist es dann?»

«Ein Lebewesen, das heute nicht mehr existiert.» Ich wartete einen Moment lang ab, um zu sehen, ob Gott die Zimmerdecke auf mich herabstürzen ließ. Nichts geschah, nur der Ober kam, um unsere Tassen nachzufüllen.

«Wie ist das möglich?»

«Hast du schon einmal von der Katastrophentheorie gehört?»

«Du hast es einmal erwähnt, als du Cuvier gelesen hast, aber Margaret wollte es nicht hören, weil sie es so verstörend fand.»

Ich nickte. «Cuvier behauptet, manche Tierarten seien ausgestorben, weil sie in ihrer Umwelt nicht länger überleben konnten. Für die Menschen ist diese Vorstellung so verstörend, weil sie sich fragen, wo Gott dabei bleibt. Warum sollte Er Lebewesen schaffen, und sich dann untätig zurücklehnen und sie einfach aussterben lassen? Und dann gibt es Leute wie Lord Henley, die glauben, das Tier in dem Fossil sei ein Vorgänger des Krokodils, eine Art, die Gott erst gemacht und dann wieder verworfen habe. Manche glauben auch, Gott habe die Sintflut geschickt, um die Welt von Tieren zu befreien, die Er nicht mehr wollte. Aber alle diese Theorien gehen davon aus, dass Gott Fehler macht und sie korrigieren muss. Verstehst du? Diese Theorien müssen zwangsläufig anstößig sein. Viele Menschen, wie auch unser Reverend Jones, ziehen es vor, die Bibel wörtlich zu nehmen, in der es heißt, Gott habe die Welt und ihre Geschöpfe in sechs Tagen erschaffen. Sie sind davon überzeugt, dass unsere Welt heute noch genauso aussieht wie die Welt damals und alle Lebewesen noch irgendwo existieren. Die Berechnungen von Bischof Ussher, der das Alter der Welt mit sechstausend Jahren angibt, empfinden sie als beruhigend und nicht etwa als einschränkend oder ein wenig absurd.» Während ich an mein Gespräch mit Reverend Jones dachte, nahm ich mir eine Katzenzunge von dem Gebäckteller, der zwischen uns auf dem Tisch stand, und zerbrach sie in zwei Teile.

«Und was sagt er dann zu Marys Tier?»

«Er glaubt, dass solche Tiere vor der Küste Südamerikas herumschwimmen und wir sie nur noch nicht entdeckt haben.»

«Könnte das sein?»

Ich schüttelte den Kopf. «Sie wären längst von Seefahrern gesichtet worden. Seit Hunderten von Jahren umsegeln wir die Welt, und doch hat noch nie jemand ein solches Tier gesehen.»

«Und deshalb glaubst du, dass wir vorhin in Bullocks Museum das Fossil eines Tieres gesehen haben, das es nicht mehr gibt. Weil es ausgestorben ist, ob Gott es nun gewollt hat oder nicht.» Louise sprach langsam, als wolle sie diesen Sachverhalt für uns beide ganz klar formulieren.

«Ja.»

Louise kicherte und nahm sich ebenfalls ein Gebäckstück. «Das dürfte einige Mitglieder der Kirchengemeinde Sankt Michael tatsächlich überraschen. Reverend Jones wird dich noch bitten, auszutreten und zu den Dissentern zu gehen!»

Ich aß meine Katzenzunge. «Ich weiß nicht, ob die so anders sind. Sie mögen sich zwar von der Lehre der Kirche von England distanzieren, aber die Dissenter, die ich in Lyme kennen gelernt habe, interpretieren die Bibel genauso wörtlich wie Reverend Jones. Die Katastrophentheorie würden sie niemals akzeptieren.» Ich seufzte. «Eigentlich gehört Marys Tier in wissenschaftliche Hände, in die eines Anatomen wie Cuvier in Paris oder eines Geologen aus Oxford oder Cambridge. Sie könnten uns vielleicht überzeugende Antworten geben. Doch das wird nie geschehen, solange das Fossil als exotisches Dorset-Krok verkleidet in Bullocks Museum liegt!»

«Aber wenn es irgendwo auf Colway Manor versteckt läge,

wäre es noch schlimmer», entgegnete Louise. «Wenigstens können es hier mehr Leute sehen. Und wenn die richtigen Leute es zu Gesicht bekommen – deine fachkundigen Herren Geologen – werden sie seine Bedeutung erkennen und es vielleicht genauer untersuchen.»

Der Gedanke war mir noch gar nicht gekommen. Louise war schon immer die Vernünftigere von uns beiden gewesen. Es tat so gut, mit ihr zu reden, und ich fühlte mich danach ein wenig erleichtert, allerdings nicht genug, um meine Wut auf Lord Henley zu vergessen.

Als wir im nächsten Monat nach Lyme zurückkehrten, machte ich mich noch vor meinem ersten Besuch bei Mary Anning auf den Weg zu Lord Henley, um ihn zur Rede zu stellen. Ich kündigte meinen Besuch nicht an und erzählte auch meinen Schwestern nicht, wo ich hinging, sondern lief einfach über die Felder zwischen dem Morley Cottage und Colway Manor, ohne ein Auge für die Wildblumen und blühenden Hecken zu haben, die ich in London so sehr vermisst hatte. Lord Henley war nicht daheim, doch man schickte mich an eine der Grenzen seines Anwesens, wo er die Aushubarbeiten an einem Abflussgraben beaufsichtigte. Während unserer Abwesenheit in diesem Frühling hatte es viel geregnet, so dass meine Schuhe und der Saum meines Kleides durchnässt und schmutzig waren, als ich ihn erreichte.

Lord Henley saß auf seinem grauen Pferd und schaute den Männern bei der Arbeit zu. Es ärgerte mich schon, dass er nicht abstieg und auf einer Höhe zwischen ihnen stand. Allerdings hatte meine Wut jetzt einen Monat lang Zeit gehabt, richtig hochzukochen, er hätte also tun und lassen können, was er wollte, es wäre auf jeden Fall schlecht bei mir angekommen. Für mich stieg Lord Henley immerhin vom Pferd ab, verbeugte sich und hieß mich zurück in Lyme willkommen. «Wie war es in London?» Während er sprach, musterte Lord Henley meinen schmutzigen Rock, wobei er sich wahrscheinlich dachte, dass seine Frau sich niemals in so schmutzigen Kleidern in der Öffentlichkeit zeigen würde.

«Danke, es war sehr schön, Lord Henley. Allerdings habe ich in Bullocks Museum etwas gesehen, das mich erstaunt hat. Ich war davon ausgegangen, dass sich das Fossil, das Sie von den Annings erworben haben, noch auf Colway Manor befindet, aber ich musste feststellen, dass Sie es an Mr Bullock verkauft haben.»

Lord Henleys Gesicht leuchtete auf. «Oh, dann ist das Krokodil also wirklich in der Ausstellung. Wie sieht es aus? Ich hoffe, sie haben meinen Namen richtig geschrieben.»

«Ja, Ihr Name stand dort. Es hat mich jedoch überrascht, weder den Namen Mary Anning zu lesen noch den von Lyme Regis als Fundort.»

Lord Henley blickte verständnislos. «Warum hätte man Mary Anning nennen sollen? Ihr hat das Fossil doch nicht gehört.»

«Mary hat es gefunden, Sir. Haben Sie das vergessen?»

«Mary Anning ist eine Arbeiterin», schnaubte Lord Henley. «Sie hat das Krokodil auf meinem Land gefunden. Wie Sie vielleicht wissen, gehören die Church Cliffs zu meinem Anwesen. Glauben Sie etwa, diese Männer da …» – er machte eine Kopfbewegung in Richtung der im Matsch grabenden Arbeiter – «… glauben Sie etwa, denen gehört, was sie auf meinem Land finden, nur weil sie es umgraben? Natürlich nicht! Es gehört mir. Außerdem ist Mary Anning ein Mädchen und somit als weibliches Wesen gar nicht rechtsfähig. Ich muss sie repräsentieren, so wie ich viele Einwohner Lymes repräsentiere, die nicht für sich selbst sprechen können.»

Für Augenblicke schien die Luft zwischen uns zu knistern. Ich sah Lord Henleys Gesicht zu einem Schweinsgesicht anschwellen, so sehr verzerrte die Wut meine Sichtweise. «Wozu haben Sie so einen Aufwand betrieben, um an das Fossil zu kommen, wenn Sie es nur weiterverkaufen wollten?», fragte ich, nachdem ich meine Gefühle wieder unter Kontrolle hatte.

Das Pferd von Lord Henley wurde unruhig, und er tätschelte es am Hals. «In meiner Bibliothek ist es nur im Weg gewesen. Dort, wo es jetzt ist, ist es besser aufgehoben.»

«Wenn Ihnen das Fossil dermaßen gleichgültig ist, mag das wohl zutreffen. Trotzdem hätte ich Ihnen so viel Wankelmütigkeit nicht zugetraut, Lord Henley. Dafür sinken Sie in meiner Achtung. Guten Tag, Sir.» Ich wartete nicht ab, welche Reaktion meine unbeholfenen Worte bei ihm hervorriefen, sondern drehte mich auf dem Absatz um. Noch während ich über das Feld davon stolperte, hörte ich sein bellendes Lachen. Andere Männer hätten mir vielleicht etwas hinterher gerufen, aber er war eindeutig nur froh, mich schmuddelige, Dreck und Galle versprühende alte Jungfer loszuwerden.

Beim Gehen fluchte ich anfangs leise vor mich hin, aber da mich ohnehin niemand hören konnte, wurde ich immer lauter: «Zum Teufel mit dir, du verdammter alter Trottel.» Noch nie hatte ich solche Worte in den Mund genommen oder gar laut ausgesprochen, ich wagte normalerweise nicht einmal, sie zu denken, doch jetzt war ich so aufgebracht, dass ich mir einfach Luft machen musste. Ich war wütend auf Lord Henley, der die Wissenschaft mit Füßen trat, eines der Mysterien unserer Erde banalisierte und verballhornte und mir dann auch noch mein Geschlecht an den Kopf warf, als müsste ich mich dafür schämen. «Nicht für sich sprechen können» – also wirklich.

Doch am wütendsten war ich auf mich selbst. Jetzt lebte ich schon seit neun Jahren in Lyme und hatte meine Unabhängigkeit hier schätzen gelernt. Obwohl sie mir ermöglichte, kein Blatt vor den Mund zu nehmen, konnte ich es immer noch nicht mit den Lord Henleys dieser Welt aufnehmen. Ich hatte es nicht geschafft, in einer Sprache mit ihm zu sprechen, die er verstand, und ihm unmissverständlich meine Meinung zum Verkauf von Marys Fossil zu sagen. Stattdessen hatte er sich über mich lustig gemacht, bis ich schließlich das Gefühl hatte, ich sei diejenige, die etwas falsch gemacht hatte. «Trottel. Verdammter Trottel!», wiederholte ich.

«Oh!»

Ich blickte auf. Gerade überquerte ich eine kleine Brücke über den Fluss. Auf dem Pfad, der ins Stadtzentrum führte, sah ich Fanny Miller auf mich zukommen. Sie hatte mich eindeutig gehört, denn ihre Wangen waren dunkelrot und ihre Stirn lag in tiefen Falten. Nur ihre großen Mädchenaugen wirkten wie schlichte Tümpel ohne jede Tiefe.

Ich funkelte sie böse an, ohne mich zu entschuldigen. Fanny eilte an mir vorbei und blickte sich hin und wieder nach mir um, als habe sie Angst, ich könne ihr nachlaufen und noch weitere Flüche ausstoßen. So erschrocken sie auch sein mochte, brannte sie bestimmt schon darauf, ihrer Familie und ihren Freundinnen zu berichten, was die seltsame Miss Philpot gesagt hatte.

Obwohl mir davor graute, Mary von ihrem Fossil zu erzählen, gehörte ich nicht zu den Menschen, die das Überbringen von schlechten Nachrichten aufschieben, denn Warten macht alles nur schlimmer. Noch am selben Nachmittag ging ich zum Cockmoile Square. Molly Anning schickte mich in die Pinhay Bay westlich vom Monmouth Beach, wo Mary im Auftrag eines Feriengastes einen riesigen Ammoniten freilegte. «Sie wollen ihn als Schmuck für ihren Garten», fügte Molly mit einem Kichern hinzu. «Wie albern.»

Es gab mir einen Stich. Auch im Garten des Morley Cottage lag ein großer Ammonit von etwa einem halben Meter Durchmesser. Mary hatte mir geholfen, ihn auszugraben, und ich hatte ihn Louise zu Weihnachten geschenkt. Vermutlich wusste Molly Anning das nicht, denn sie war noch nie oben bei uns in der Silver Street gewesen. «Wozu soll ich mich ohne Grund den Hügel hochquälen?», hörte ich sie oft sagen.

Über das Geld, das der Ammonit einbrachte, würde sich Molly Anning jedoch freuen. Seit Mary das Riesentier an Lord Henley verkauft hatte, suchte sie nach dem nächsten vollständigen Fossil. Bislang hatte sie aber nur vielversprechende Einzelteile gefunden: Kieferknochen, aneinanderhängende Wirbel und einen Fächer aus kleinen Paddelknochen. Für die bekam man zwar auch Geld, aber längst nicht so viel wie für komplette und unversehrte Fossilien.

Ich fand Mary in der Nähe des Schlangenfriedhofs, der mich vor Jahren für Lyme eingenommen hatte und den ich mittlerweile Ammonitenfriedhof nannte. Mary hatte den Ammoniten bereits aus dem Felsband freigeklopft und steckte ihn gerade in einen Sack, um ihn darin über den Strand zu ziehen – selbst für ein Mädchen, das harte Arbeit gewohnt war, eine mühsame Angelegenheit.

Mary begrüßte mich freudestrahlend. Schon oft hatte sie mir gesagt, wie sehr sie mich vermisste, wenn ich meine Londonbesuche machte. Sofort erzählte sie mir, was sie während meiner Abwesenheit alles gefunden hatte, was davon sie verkaufen konnte und wer sonst noch am Strand gesammelt hatte. «Und wie war es in London, Miss Elizabeth?», fragte sie schließlich. «Haben Sie neue Kleider gekauft? Die neue Haube haben Sie ja schon auf.»

«Stimmt. Wie aufmerksam du bist, Mary. Aber jetzt muss ich dir von etwas erzählen, das ich in London gesehen habe.»

Ich holte tief Luft und beschrieb ihr, wie ich in Bullocks Museum das Fossil entdeckt hatte. Offen und ehrlich schilderte ich seinen Zustand und ließ weder Weste noch Monokel aus. «Lord Henley hätte es nicht an eine Person verkaufen dürfen, die so unverantwortlich damit umgeht, selbst wenn es jetzt noch so viele Menschen sehen», schloss ich. «Ich hoffe, dass du ihm in Zukunft nichts mehr verkaufen wirst.» Dass ich gerade bei Lord Henley gewesen war und mich lächerlich gemacht hatte, verschwieg ich.

Mary hörte genau zu. Erst als ich erwähnte, dass sie den Schwanz des Tiers begradigt hatten, wurden ihre braunen Augen größer, ansonsten war ihre Reaktion ganz anders, als ich erwartet hatte. Warum ärgerte sie sich nicht darüber, dass Lord Henley mit ihrem Fund ein Geschäft gemacht hatte? Die Aufmerksamkeit, die ihr Fossil im Museum bekam, schien sie im Moment viel mehr zu interessieren.

«Haben es viele Menschen angeschaut?», fragte sie.

«Ziemlich viele.» Dass andere Exponate beliebter waren, erwähnte ich nicht.

«Ganz, ganz viele? Mehr Menschen, als in Lyme wohnen?»

«Viel mehr. Das Fossil ist schon seit Monaten in der Ausstellung, deshalb gehe ich davon aus, dass es Tausende gesehen haben.»

«So viele Menschen, und alle schauen mein Krok an.» Mary lächelte und blickte mit strahlenden Augen aufs Meer hinaus, als sähe sie am Horizont die Museumsbesucher Schlange stehen und darauf warten, was sie als Nächstes finden würde.

V

Wir werden uns in Fossilien verwandeln und für immer am Strand bleiben

Das Krokodil hat alles verändert. Manchmal versuche ich mir mein Leben ohne die Riesenbestien vorzustellen, die sich in den Klippen und Felsbändern verstecken. Hätte ich nur Ammos und Belis, Lilien und Gryphies gefunden, wäre mein Leben so bedeutungslos wie diese Kuris geblieben. Mich hätten keine Blitze mehr durchzuckt, die mein Innerstes nach außen stülpten und mir beides gleichzeitig bereiteten – Freude und Schmerz.

Es war nicht nur das Geld, das ich für das Krok bekam, es war noch etwas anderes: Ich hab plötzlich gewusst, dass es etwas gibt, wonach ich suchen muss, und dass ich das besser kann als die meisten anderen Menschen. Das war die große Veränderung. Seit dem Tag hab ich nach vorn geschaut und dort mehr gesehen als nur irgendwelche durcheinander liegenden Steine. Ich hab ein Muster für mein Leben gesehen.

Als uns Lord Henley die dreiundzwanzig Pfund für das komplette Krokodil gab, hatte ich viele Wünsche: Ich wollte so viele Säcke Kartoffeln kaufen, dass sie übereinandergestapelt bis unter die Decke reichten, und mehrere Ellen Wollstoff, um Kleider für Mam und mich zu nähen. Ich wollte täglich süßen Kuchen essen und so viel Kohle verheizen, dass der Kohlenmann jede Woche kommen musste, um die Vorräte im Kohlenverschlag aufzufüllen.

Das waren meine Wünsche, und ich dachte, meine Familie hätte dieselben.

Nach dem Geschäft mit Lord Henley kam eines Tages Miss Elizabeth vorbei, um mit Mam zu sprechen. Sie hat sich mit ihr und Joe an den Küchentisch gesetzt, aber sie haben sich nicht über Wolle, Kohle oder süße Kuchen unterhalten, sondern über Arbeit. «Das Beste für die ganze Familie wäre meiner Meinung nach, wenn Joseph eine Lehre machen würde», hat Miss Elizabeth gesagt. «Jetzt können Sie sich das Lehrgeld leisten. Zögern Sie nicht lange. Für welches Handwerk er sich auch entscheidet, er wird damit ein geregelteres Einkommen haben als mit dem Verkauf von Fossilien.»

«Aber Joe und ich wollen doch noch mehr Kroks finden», unterbrach ich sie. «Damit können wir genug Geld verdienen. Es gibt noch viele andere reiche Leute wie Lord Henley, die jetzt, wo er eins hat, auch ein Krok wollen. Denken Sie nur an all die feinen Herren in London, die schon mit ihren Geldscheinen winken. Wir müssen nur noch was finden.» Zum Schluss hab ich sogar angefangen zu schreien, weil ich doch meinen großen Plan verteidigen musste, mit dem Suchen und Finden von Kroks reich zu werden. Und dazu brauchte ich Joe.

«Halt den Mund, Mädchen», sagte Mam, «und lass dich von Miss Philpot zur Vernunft bringen.»

«Mary», fing Miss Elizabeth an, «du weißt doch gar nicht, ob es noch mehr solche Fossilien …»

«Doch, ich weiß es, Ma'am. Denken Sie nur an all die kleinen Teile, die wir schon gefunden haben, an die Wirbel und Zähne, die Rippen- und Kieferstücke. Nur haben wir bislang nicht gewusst, wo sie herkommen. Jetzt wissen wir es! Seit wir den vollständigen Körper haben, wissen wir, wo die einzelnen Stücke hingehören und wie er aussehen muss. Ich hab eine Zeichnung von dem Fund gemacht, damit wir immer vergleichen können. Sicher gibt es in den Klippen und Felsbändern noch jede Menge Kroks!»

«Warum hast du dann bis jetzt noch nie eins gefunden, wenn es so viele gibt?»

Ich funkelte Miss Elizabeth böse an. Immer war sie gut zu mir gewesen. Ich durfte Kuris für sie reinigen, sie hat mir Essen, Kerzen und alte Kleider geschenkt und mich ermuntert, in die Sonntagsschule zu gehen, damit ich Lesen und Schreiben lerne. Sie hat mir ihre Funde gezeigt und sich auch für meine interessiert. Wenn sie die Day-Brüder nicht bezahlt hätte, hätten wir das Krok niemals aus der Klippe herausbekommen. Und sie hat Mam bei den Verhandlungen mit Lord Henley geholfen.

Warum musste sie mir dann jetzt, wo mein Jagen richtig aufregend wurde, in den Rücken fallen? Elizabeth Philpot konnte sagen, was sie wollte – ich wusste, dass die Riesenbestien da waren. «Bis jetzt haben wir nicht gewusst, wonach wir suchen», wiederholte ich. «Wir wussten nicht, wie groß das Tier ist und wie es aussieht. Aber jetzt, wo wir's wissen, können Joe und ich leicht noch mehr finden. Stimmt's, Joe?»

Joe ließ sich mit seiner Antwort Zeit. Er spielte mit einem Stück Bindfaden herum und zwirbelte es sich um die Finger.

«Joe?»

«Ich will keine Krokodile suchen», sagte er mit leiser Stimme. «Ich will Polsterer werden. Mr Reader hat schon gesagt, dass er mich nimmt.»

Vor Überraschung fehlten mir die Worte.

«Polsterer?» Miss Philpot war schneller. «Das ist ein nützliches Handwerk, aber warum gerade dieses?»

«Weil man da im Haus arbeiten kann und nicht nach draußen muss.»

Ich hatte meine Stimme wiedergefunden. «Aber Joe, willst du keine Kroks mehr mit mir suchen? War es nicht toll, wie wir es ausgegraben haben?»

«Es war kalt.»

«Sei nicht so blöd! Kälte macht doch nichts!»

«Mir schon.»

«Wie kannst du an die Kälte denken, wenn draußen diese Tiere auf uns warten? Wir müssen sie nur noch finden. Es ist wie ein Schatz, der über den ganzen Strand verstreut liegt. Wir können mit den Kroks reich werden! Und du sagst, es ist zu kalt?»

Joe wandte sich an Mam. «Ich will für Mr Reader arbeiten, Mam. Was meinst du?»

Bislang hatten Mam und Miss Elizabeth unserem Streit schweigend zugehört. Sie mussten sich auch gar nicht einmischen, weil Joe schon längst eine Entscheidung getroffen hatte, die ihnen recht war. Ich wollte gar nicht mehr wissen, was sie zu sagen hatten, sondern sprang auf und rannte nach unten in die Werkstatt. Lieber arbeitete ich an dem Krok, als mir ihr Gerede anzuhören, mit dem sie Joe vom Strand weglockten. Arbeit hatte ich schließlich genug.

Mit Kopf und Körper war die Riesenbestie gute fünf Meter lang. Was für Mühe es gekostet hatte, sie aus der Klippe freizukriegen! Die Days und ich hatten drei geschlagene Tage gebraucht, an denen wir, wenn die Gezeiten es zuließen, pausenlos arbeiteten. Da das vollständige Fossil zu groß war, um es auf dem Tisch auszubreiten, mussten wir das Krok auf den Boden der Werkstatt legen. Im Dämmerlicht des Kellers sah es dort nur wie ein großer Haufen aus Steinknochen aus. Schon seit einem Monat war ich damit beschäftigt, das Fossil zu reinigen, und es würde trotzdem noch eine Weile dauern, bis ich es aus dem Stein lösen konnte. Meine Augen brannten, weil ich sie beim Arbeiten dauernd zusammenkniff und Staub hineinrieb.

Damals war ich zu jung, um Joes Wahl zu begreifen, aber später erkannte ich, dass er sich für ein ganz normales geordnetes Leben entschieden hatte. Er wollte nicht, dass die Leute so über ihn redeten, wie sie über mich redeten; er wollte nicht verspottet werden, weil er alte Kleider trug und so viel Zeit allein am Strand verbrachte, wo ihm nur die Steine Gesellschaft leisteten. Er wollte das, was alle in Lyme wollten – Sicherheit und ein wenig Ansehen, und die Lehre war der beste Weg dahin. Ich konnte nichts dagegen tun. Wie hätte ich mich entschieden, wenn man mir ein ähnliches Angebot wie Joe gemacht hätte – vorausgesetzt, ein Mädchen hätte ein Handwerk erlernen dürfen? Hätte ich es wie Joe gemacht und wäre Schneiderin, Fleischerin oder Bäckerin geworden?

Nein. Die Kuris waren mein Leben. Trotz all der schlimmen Dinge, die ich im Lauf der Jahre am Strand erlebte, hätte ich sie niemals gegen eine Nadel, ein Fleischermesser oder einen Backofen eingetauscht.

«Mary.» Miss Philpot stand über mir. Ich antwortete nicht, denn ich war immer noch wütend, dass sie sich auf Joes Seite geschlagen hatte. Ich nahm mir eine Klinge und kratzte an einem Wirbel herum. Es war einer in einer langen Reihe von Wirbeln, die wie ein Stapel winziger Untertassen ineinandersteckten.

«Joseph hat eine vernünftige Wahl getroffen», sagte sie. «Es ist besser so, auch für dich und deine Mutter. Das heißt doch nicht, dass du nicht weiter nach Fossilien suchen kannst. Oder brauchst du etwa Joseph, um sie zu finden? Jetzt, wo du weißt, wonach du suchst, schaffst du es auch allein, außerdem kannst du zum Ausgraben die Days anheuern, so wie beim letzten Mal. Bis du alt genug bist, um allein mit den Männern umzugehen, kann ich dir helfen. Auch deiner Mutter habe ich meine Hilfe beim geschäftlichen Teil angeboten, aber sie meint, sie kommt schon allein zurecht. Mit Lord Henley hat sie es schon sehr gut gemacht.» Miss Philpot kniete neben dem Krok nieder und fuhr mit der Hand über seine Rippen, die flachgedrückt und ineinander verzahnt waren wie die Ruten eines Weidenkorbs. «Wie schön es ist», murmelte sie. Ihre Stimme klang jetzt sanfter und nicht mehr so vernünftig wie vorher. «Ich muss immer noch über seine Größe und Fremdartigkeit staunen.»

Mir ging es genauso. Das Krok hatte eine seltsame Wirkung auf mich. Während ich an ihm arbeitete, fing ich an, regelmäßiger in die Kirche zu gehen. Wenn ich länger allein mit dem Krok in der Werkstatt saß, bekam ich manchmal dieses komische hohle Gefühl. Auf dieser Welt schien es Dinge zu geben, die ich nicht verstand, und deshalb brauchte ich Trost.

Auch wenn ich Joe verloren hatte, hieß das nicht, dass ich draußen allein war. Als ich eines Tages den Strand entlang zum Black Ven ging, erblickte ich zwei Fremde, die unter den Klippen sammelten. Sie schauten kaum auf, so eifrig schwangen sie ihre Hämmer und wühlten im Matsch. Am nächsten Tag waren es schon fünf Männer und zwei Tage später dann zehn. Ich kannte keinen von ihnen, aber ich belauschte ihre Gespräche und erfuhr, dass sie auch nach Krokodilen suchten. Offensichtlich hatte mein Krokodil und die Hoffnung auf weitere Schätze sie an die Strände von Lyme gelockt.

In den kommenden Jahren wurde Lyme von Sammlern förmlich überschwemmt. Ich war den leeren Strand gewohnt, an dem ich allein oder nur mit Miss Elizabeth oder Joe suchte. Mit den beiden war es für mich oft nicht anders, wie wenn ich allein unterwegs war, weil jeder ganz für sich suchte. Aber jetzt hörte man zwischen Lyme und Charmouth und auch am Monmouth Strand überall das helle Klopfen von Hämmern und sah Männer mit Maßbändern hantieren und durch Lupen schauen. Sie machten sich Notizen und fertigten Zeichnungen an. Komisch war nur, dass trotz des Riesenaufstands, den sie machten, keiner von ihnen ein Krok fand. Manchmal schrie einer und die anderen eilten neugierig herbei, aber dann war es doch wieder nichts, bestenfalls ein Zahn, ein Stück Kiefer oder ein Wirbel – wenn sie Glück hatten.

Eines Tages kam ich an einem Mann vorbei, der zwischen den losen Steinen suchte und gerade einen runden dunklen Kiesel aufhob. «Ich glaube, das ist ein Wirbel», rief er seinem Begleiter zu.

Ich konnte mich nicht zurückhalten, ich musste seinen Fehler einfach verbessern, auch wenn er mich nicht um meine Meinung gefragt hatte. «Das ist ein Beef, Sir», sagte ich.

«Beef?» Der Mann runzelte die Stirn. «Was soll das sein, ein ‹Beef›?»

«So nennen wir verkalkte Schieferstücke. Manche von ihnen sehen aus wie Wirbel, aber sie haben hohe Linien in den Schichten, die so ähnlich aussehen wie Seilfasern. In Wirbeln gibt es die nicht. Außerdem sind Wirbel dunkler, wie alle Teile eines Kroks. Sehen Sie?» Ich kramte einen Wirbel aus meinem Korb, den ich kurz vorher gefunden hatte, und zeigte ihn vor. «Wirbel haben wie dieser hier sechs Seiten, auch wenn man sie oft erst nach dem Reinigen richtig deutlich sieht. Und sie sind konkav, als hätte sie jemand in der Mitte mit den Fingern zusammengedrückt.»

Der Mann und sein Begleiter beäugten den Wirbel wie eine kostbare Münze, was er auf gewisse Weise auch war. «Wo hast du den gefunden?», fragte einer der beiden.

«Dort drüben. Ich hab auch noch andere.» Sie staunten, als

ich alle meine Funde auspackte. Dann zeigten sie mir ihre, aber ich musterte die meisten als Beef-Steine aus. Im Laufe des Tages kamen die beiden Männer immer wieder mit Funden zu mir, die sie für Kuris hielten, und wollten meine Meinung hören. Als andere Sammler das mitbekamen, wurde ich bald von hier nach da gerufen, um den Männern zu erklären, was sie gefunden oder nicht gefunden hatten. Schließlich fragten sie mich, wo sie denn suchen sollten, so dass es nicht mehr lange dauerte, bis ich ganze Sammlergruppen über den Strand führte.

Auf diese Weise machte ich Bekanntschaft mit Geologen und anderen vornehmen Herren, die sich für Fossilien interessierten. Ich erklärte ihnen ihre Irrtümer und suchte echte Kuris für sie. Einige von ihnen kamen sogar aus Lyme oder Charmouth, zum Beispiel Henry De La Beche, der gerade mit seiner Mutter in die Broad Street gezogen war und nur wenige Jahre älter war als ich. Die meisten aber kamen von weiter her, aus Bristol, Oxford oder London.

Noch nie zuvor war ich mit studierten Herren zusammen gewesen. Manchmal begleitete uns Miss Elizabeth, dann war es für mich leichter. Weil sie älter war und auf einer gesellschaftlichen Ebene mit den Männern, konnte sie bei Bedarf vermitteln. Wenn ich allein mit ihnen unterwegs war, machte mich das anfangs nervös, weil ich nicht wusste, wie ich mich benehmen und was ich sagen sollte. Doch sie behandelten mich einfach wie eine Dienstbotin, und das war eine Rolle, in der ich mich gut zurechtfand, allerdings war ich ein Dienstmädchen, das hin und wieder seine Meinung sagte, was die Herren überraschte.

Trotzdem blieb ich in ihrer Gesellschaft immer ein wenig befangen, was sich verschlimmerte, als ich älter wurde und meine Brüste und Hüften runder. Die Leute hatten nämlich zu reden begonnen.

Vielleicht hätten sie weniger geredet, wenn ich vernünftiger gewesen wäre, aber während ich heranwuchs, packte mich irgendetwas und ich wurde ein bisschen albern. So soll es Mädchen ja öfter gehen, wenn sie ihre Kindheit hinter sich lassen. Ich fing an, über die Männer nachzudenken, schaute auf ihre Beine und wie sie sich bewegten. Manchmal brach ich aus heiterem Himmel in Tränen aus oder brüllte Mam völlig grundlos an. Von den Philpot-Schwestern war mir plötzlich Miss Margaret die liebste, denn sie hatte mehr Verständnis für meine schwankenden Stimmungen. Sie erzählte mir Geschichten aus ihren Romanen, half mir, mein Haar hübscher herzurichten und brachte mir im Salon des Morley Cottage das Tanzen bei, auch wenn ich nicht damit rechnete, es jemals mit einem Mann ausprobieren zu können. Manchmal stand ich draußen vor dem Ballsaal und sah durch das Erkerfenster den Tanzenden unter den Kristalllüstern zu. Wenn ich mir dann vorstellte, wie ich selbst in einem Seidenkleid über das Parkett schwebte, wühlte mich das so auf, dass ich auf den «Walk» hinauslief, wie der Weg genannt wurde, den die Day-Brüder am Strand entlang angelegt hatten, um die beiden Stadtteile zu verbinden. Ich rannte bis zum Cobb, den ich auf und ab lief, um mir vom Wind die Tränen trocknen zu lassen. Hier schimpfte mich wenigstens niemand für meine Albernheit.

Mam und Miss Elizabeth brachte ich an den Rand der Verzweiflung, doch sie konnten mir nicht helfen, da ich mir nicht helfen lassen wollte. Ich wurde erwachsen, und das war sehr schwer. Zweimal bin ich in dieser Zeit dem Tod begegnet – einmal war es ein Dame, das andere Mal ein Mann. Doch Miss Elizabeth rettete mich und grub mich aus dem Matsch, und danach war ich in der Erwachsenenwelt angekommen.

Meine Begegnungen mit dem Tod ereigneten sich beide am selben Strandabschnitt am Ende der Church Cliffs, kurz bevor die Küste in Richtung Black Ven einen Knick macht. Es war im Frühjahr, und ich lief auf der Suche nach Kuris bei Ebbe über den Strand. In Gedanken war ich noch bei dem vornehmen Herrn, der mich am Vortag mit Zähnen so weiß wie Quarz angelächelt hatte, als ich ihm half. Ich war so von den Steinen und meinen Gedanken beansprucht, dass ich die Dame erst sah, als ich beinahe über sie gestolpert bin. Ich erstarrte. Mein Magen zog sich zusammen, als hätte ich ein Kind auf dem Arm, das mich in den Bauch trat, weil es nicht bekam, was es wollte.

Sie lag, wo die Flut sie hingespült hatte, das Gesicht auf der Erde und das dunkle Haar voller Algen. Ihr schönes Kleid war durchnässt und schwer von Sand und Matsch, doch selbst in diesem Zustand konnte ich erkennen, dass es mehr gekostet haben musste als alle Kleider von uns Annings zusammen. Lange Zeit stand ich einfach über ihr, um zu sehen, ob sie noch atmete und mir ersparte, einer Toten ins Gesicht sehen zu müssen. Dann ging mir auf, dass ich sie anfassen musste. Nur wenn ich sie umdrehte, konnte ich sehen, ob sie tot war und ob ich sie kannte.

Doch obwohl ich mein ganzes Leben lang tote Dinge am Strand gesammelt hatte, wollte ich diese Frau nicht anfassen. Wenn sie wie die Kroks und Ammos aus Stein gewesen wäre, hätte ich sie auf der Stelle umgedreht, aber das tote Fleisch eines Menschen hatte ich noch nie berührt. Doch es musste sein, deshalb holte ich tief Luft, packte sie schnell bei der Schulter und rollte sie herum.

Gleich beim ersten Blick in ihr schönes Gesicht wusste ich, dass es sich um eine echte Lady handelte. Als ich das später anderen erzählte, haben sie mich dafür ausgelacht, doch ich erkannte es an ihrer edlen Stirn und den zarten, lieblichen Gesichtszügen. Ich habe sie «die Lady» genannt, und ich sollte Recht behalten.

Ich kniete neben ihrem Kopf nieder, schloss die Augen und betete, Gott möge sie in sein Reich aufnehmen und ihr Trost spenden. Dann zog ich sie zur Klippe hoch, damit das Meer sie nicht zurückholte, während ich Hilfe holte. Allerdings wollte ich sie nicht so ungekämmt liegen lassen, weil mir das respektlos vorkam. Obwohl sie kalt und hart war wie ein Fisch, hatte ich plötzlich keine Angst mehr, sie zu berühren. Ich entwirrte ihr Haar und befreite es von den Algen, dann kämmte ich es. Als Nächstes rückte ich sie zurecht, zog ihr Kleid gerade und faltete ihr die Hände über der Brust, wie ich es bei anderen Verstorbenen gesehen hatte. Das Ritual begann mir sogar Spaß zu machen, so ein seltsames Mädchen war ich zu jener Zeit.

Da erblickte ich eine dünne Kette an ihrem Hals und zog daran. Unter ihrem Kleid kam ein kleines rundes Goldmedaillon hervor, auf das in schön geschwungenen Buchstaben MJ eingraviert war. Das Medaillon war leer, falls ein Bild oder eine Haarlocke darin gewesen waren, hatte die See es weggespült. Ich wagte nicht, das Medaillon zur Verwahrung an mich zu nehmen, denn hätte es jemand bei mir entdeckt, wäre ich als Diebin beschuldigt worden. Deshalb steckte ich es der Lady wieder unters Kleid und hoffte, dass niemand sie in meiner Abwesenheit finden und das Medaillon stehlen würde.

Als ich mit ihrem Aussehen zufrieden war, sprach ich ein weiteres kurzes Gebet, warf ihr eine Kusshand zu und rannte zurück nach Lyme, um zu erzählen, dass ich eine ertrunkene Lady gefunden hatte.

Sie wurde in Sankt Michael aufgebahrt. In der *Western Flying Post* erschien eine Meldung, ob sie jemand identifizieren konnte. Ich ging sie jeden Tag besuchen, ich musste einfach. Ich brachte ihr Blumen, die ich am Straßenrand pflückte, Primeln und Märzenbecher, und stellte sie um sie herum auf. Ein paar Blüten riss ich ab und streute sie ihr übers Kleid. Es gefiel mir, in der stillen Kirche zu sitzen, auch wenn es nicht das Gotteshaus war, in das wir normalerweise gingen. Die Lady lag ganz friedlich in all ihrer Schönheit da. Manchmal musste ich ein wenig weinen, um sie und auch um mich.

In den Tagen mit der Lady war ich wie von einer geheimnisvollen Krankheit befallen, dabei hatte ich weder Fieber noch fröstelte ich. Noch nie hatte ich so starke Gefühle für etwas gehabt, aber richtig verstehen konnte ich diese Gefühle nicht. Ich wusste nur, dass diese Lady ein tragisches Schicksal erlebt hatte, und bildete mir ein, dass auch ich vielleicht ein tragisches Schicksal haben würde. Sie war tot, und wenn ich sie nicht gefunden hätte, wäre sie womöglich zu einem Fossil mit versteinerten Knochen geworden wie all die anderen, nach denen ich am Strand suchte.

Eines Tages kam ich in die Kirche und fand den Sarg der Lady zugenagelt vor. In letzter Zeit heulte ich wegen jeder Kleinigkeit los, und diesmal, weil ich ihr schönes Gesicht nicht mehr sehen konnte. Ich legte mich in eine Kirchenbank und weinte mich in den Schlaf. Wie lange ich dort gelegen habe, weiß ich nicht, doch als ich aufwachte, saß Elizabeth Philpot neben mir. «Mary, steh auf und geh nach Hause. Und komm nicht mehr hier her», sagte sie ganz ruhig. «Jetzt ist es genug.»

«Aber …»

«Erstens ist es ungesund.» Sie meinte damit den Geruch, der mich aber nie gestört hatte, weil es am Strand manchmal noch schlimmer stank. Oder in der Werkstatt, wenn ich Kalksteinplatten mit heimbrachte und die Bohrmuscheln in den Löchern nach ein paar Tagen ohne Wasser starben und verwesten.

«Das ist mir egal.»

«Du benimmst dich wie eine der sentimentalen Heldinnen aus Margarets Schauerromanen, aber das passt nicht zu dir. Außerdem ist die Frau identifiziert worden, ihre Familie wird sie abholen. Ein Schiff, das aus Indien kam, ist vor Portland untergegangen. Sie war zusammen mit ihren Kindern an Bord. Stell dir nur vor, sie sind den ganzen langen Weg von Indien gesegelt, um so kurz vorm Ziel umzukommen.»

«Man weiß, wer sie ist? Wie heißt sie?»

«Lady Jackson.»

Erfreut klatschte ich in die Hände. Ich hatte also Recht gehabt, sie war wirklich eine Lady. «Wie lautet ihr Vorname? Das M auf dem Medaillon?»

Miss Elizabeth zögerte, wahrscheinlich, weil sie wusste, dass ihre Antwort meinen Spleen fördern würde. Aber lügen konnte sie nicht. «Er lautet Mary.»

Ich nickte und begann wieder zu weinen. Irgendwie hatte ich es gewusst.

Miss Elizabeth seufzte tief auf, wie wenn sie nur mit Mühe einen Aufschrei unterdrücken würde. «Sei nicht albern, Mary. Natürlich ist es eine traurige Geschichte, aber du kennst diese Frau nicht. Dass ihr denselben Namen habt, heißt nicht, dass es irgendwelche Gemeinsamkeiten zwischen euch gibt.»

Ich schlug die Hände vors Gesicht und heulte weiter, jetzt vor allem aus Scham, weil ich mich vor Miss Elizabeth so gehen ließ. Sie saß noch eine Weile neben mir, dann gab sie es auf und ließ mich mit meinen Tränen allein. Ich sagte zwar nichts, aber ich weinte, weil Lady Jackson und ich durchaus etwas gemeinsam hatten: Wir hießen beide Mary und wir mussten beide sterben. Egal wie schön oder wie hässlich ein Mensch ist, zum Schluss holt Gott uns alle zu sich.

Nachdem sie Lady Jackson abgeholt hatten, konnte ich eine

Woche lang am Strand keine Kuris in die Hand nehmen, denn immer musste ich daran denken, was sie irgendwann einmal gewesen waren: arme Lebewesen, die sterben mussten. Eine kurze Zeit lang erlaubte ich mir, genauso furchtsam und abergläubisch zu sein wie meine alte Spielkameradin Fanny Miller. Ich ging den feinen Herren aus dem Weg und versteckte mich am Monmouth Beach, wo es ruhiger war.

Aber ohne Kuris gab es auch kein Essen, deshalb schickte Mam mich wieder raus zum Sammeln und drohte, dass sie mich mit einem leeren Korb nicht ins Haus lassen würde. Schon bald verdrängte ich die Gedanken an den Tod, bis er mir das nächste Mal begegnete. Diesmal rückte er mir noch viel näher auf den Leib.

Später in jenem Frühjahr fand ich das zweite Krokodil. Vielleicht hab ich so lange dafür gebraucht, weil ich dauernd diesen Männern half. Aber Elizabeth Philpot hatte ohnehin immer gesagt, dass die Klippen und Felsbänder ihre Kreaturen nicht so leicht hergeben, bestimmt hat sie sich gefreut, dass sie recht hatte. Es war an einem Mainachmittag draußen am Gun Cliff, und ich dachte nicht einmal an Kroks, sondern an meinen leeren Magen, weil ich den ganzen Tag noch nichts gegessen hatte. Die Flut kam gerade herein, und ich hatte mich auf den Heimweg gemacht, als ich auf einer von Algen überwucherten Felskante ausrutschte. Ich landete auf Händen und Knien, und als ich mich wieder hochdrücken wollte, spürte ich etwas Knotiges unter meiner Hand. Einfach so. Ich war tatsächlich auf einer langen Wirbelkette gelandet und war nicht einmal besonders überrascht. Nicht überrascht, aber erleichtert, denn dieses Krok war der Beweis, dass es noch mehr von ihnen gab und ich meinen Lebensunterhalt damit verdienen konnte, sie zu finden.

Das zweite Krok brachte mir Geld, Ansehen und einen neuen Gentleman.

Es passierte ein oder zwei Wochen, nachdem wir das Krok in die Werkstatt gebracht hatten. Eigentlich hätte ich an dem Fossil arbeiten sollen, aber am Vorabend hatte es ein Unwetter gegeben, und unter dem Black Ven war ein kleiner Erdrutsch abgegangen, den ich mir genauer anschauen wollte. Es waren keine Männer am Strand unterwegs, Miss Elizabeth war erkältet und Joe zählte vermutlich Reißnägel, beizte Holz oder was immer ein Polsterer so machte, auf jeden Fall war ich ganz allein am Strand. Ich wühlte gerade im Boden des Erdrutsches, der Lias-Ton klebte mir unter den Fingernägeln und an den Schuhen, als mich das Geräusch klappernder Steine aufblicken ließ. Ein Mann kam von Charmouth her auf einem schwarzen Pferd über den Strand geritten. Gegen die strahlende Sonne konnte ich nur die Umrisse von Pferd und Reiter erkennen, doch als sie sich näherten, sah ich, dass der Mann eine Stute ritt, ein Arbeitstier, und Cape und Zylinder trug. An einer Seite des Sattels baumelte ein Sack, dessen blaue Farbe mir verriet, dass der Reiter William Buckland war.

Sicher erkannte er mich nicht, aber ich erkannte ihn sofort: Als ich noch klein war, hatte er oft Kuris bei Pa gekauft. Am besten erinnerte ich mich an den blauen Sack, den er immer dabeihatte, um seine Schätze darin zu verstauen. Er war aus schwerem Material gewebt, was gut war, denn er platzte fast aus allen Nähten, so viele Steine steckten drin. Mr Buckland hatte sie gesammelt und wollte sie Pa zeigen, der aber nichts damit anfangen konnte, weil keine Fossilien dabei waren. Mr Buckland machte das nichts, er war trotzdem von seinen Funden begeistert, wie er sich überhaupt für alles begeistern konnte.

Er war im wenige Meilen entfernten Axminster aufgewachsen und kannte Lyme gut, obwohl er jetzt in Oxford lebte, wo er

Geologie lehrte. Außerdem war er dem geistlichen Stand beigetreten, allerdings bezweifelte ich, dass er jemals einer Kirche vorstehen würde, denn dafür war William Buckland ein viel zu sprunghafter Mensch.

Als wir den ersten Krokodilschädel im Ballsaal ausgestellt hatten, war er vorbeigekommen, um ihn sich anzusehen. Er lächelte mich zwar an, gesprochen hat er aber nur mit Miss Philpot. Zwei Jahre später, als ich Kopf und Körper des Kroks vereint, gereinigt und an Lord Henley verkauft hatte, hörte ich, dass Mr Buckland auch auf Colway Manor gewesen war. Seitdem das Sammeln bei vornehmen Herren in Mode war, sah man ihn manchmal mit anderen Männern am Strand. Bislang hatte er mir jedoch nie viel Beachtung geschenkt, deshalb war ich umso erstaunter, als ich ihn jetzt rufen hörte: «Mary Anning! Genau dich habe ich gesucht!»

Noch nie hatte jemand mit so viel Begeisterung in der Stimme meinen Namen gerufen. Verwirrt erhob ich mich und zog schnell am Saum meines Kleides, den ich mir, wenn es am Strand leer war, gern in der Taille feststeckte, damit er nicht durch den Dreck schleifte. Mr Buckland durfte meine knotigen Knöchel und schmutzigen Waden auf keinen Fall sehen.

«Sir?» Ich deutete eine Art Knicks an, besonders anmutig war er allerdings nicht. In Lyme gab es außer Lord Henley kaum jemanden, vor dem ich knicksen musste, und seit ich wusste, dass er mit meinem Krok so viel Geld gemacht hatte, viel mehr, als er uns bezahlte, wollte ich für ihn auch nicht mehr das Knie beugen, obwohl mich Miss Philpot natürlich ständig zur Höflichkeit ermahnte.

Mr Buckland stieg vom Pferd ab und stolperte durch den Kies auf mich zu. Die Stute schien es bereits gewohnt zu sein, dass er ständig anhielt, denn sie blieb brav auf der Stelle stehen und musste nicht angebunden werden. «Mir ist zu Ohren gekommen, dass du eine neue Riesenbestie gefunden hast, und ich bin extra von Oxford hergereist, um sie mir anzuschauen», sagte er. Sein Blick wanderte dabei interessiert über den Erdrutsch. «Ich habe sogar meine letzten Vorlesungen ausfallen lassen, um früh genug hier zu sein.» Während er redete, lief er die ganze Zeit suchend umher. Er hob einen Lehmklumpen auf, betrachtete ihn eingehend und ließ ihn wieder fallen, um sofort den nächsten in die Hand zu nehmen. Jedes Mal, wenn er sich bückte, konnte ich die kahle Stelle oben auf seinem Kopf sehen. Er hatte ein rundes Kindergesicht mit dicken Lippen und strahlenden Augen, leicht hängende Schultern und einen kleinen Bauch. Wenn ich ihn anblickte, wollte ich immer gleich loslachen, selbst wenn er gar keine Witze machte.

Neugierig und erwartungsvoll schaute er mal nach hier und mal nach da, bis mir aufging, dass er das Krok noch immer am Strand vermutete. «Hier ist es nicht mehr, Sir. Wir haben es zu Hause in der Werkstatt. Ich reinige es gerade», fügte ich stolz hinzu.

«So, tust du das. Tüchtig, tüchtig.» Einen Augenblick wirkte Mr Buckland enttäuscht, weil er das Krok nicht mehr draußen am Strand sehen konnte, aber er hatte sich schnell wieder gefangen. «Dann lass uns in deine Werkstatt gehen, Mary. Unterwegs kannst du mir ja zeigen, wo du das Tier ausgegraben hast.»

Als wir in Richtung Lyme losgingen, fielen mir die vielen Hämmer und Taschen ins Auge, die an seiner geduldigen Stute befestigt waren. Vom Zaumzeug baumelte sogar eine tote Möwe und schlug ständig gegen die Flanke des armen Pferdes. «Was wollen Sie denn mit der Möwe machen, Sir?», fragte ich.

«Oh, die lasse ich mir in der Küche vom *Three Cups* zum Abendessen braten. Weißt du, ich esse mich gerade durch das

Tierreich. Igel, Feldmäuse und Schlangen habe ich schon probiert, aber eine ganz normale Möwe hatte ich noch nie.»

«Sie haben Mäuse gegessen?»

«Aber natürlich. Auf Toast schmecken sie ganz passabel.»

Die Möwe stank bereits, und bei der Vorstellung, sie zu essen, zog ich die Nase kraus. «Aber … diese Möwe stinkt, Sir!»

Mr Buckland schnupperte. «So, tut sie das?» Da studierte dieser Mann die ganze Welt, aber das Naheliegende bekam er nicht mit. «Macht nichts, dann lasse ich sie eben abkochen und benutze das Skelett für meine Vorlesungen. Und, was hast du heute gefunden?»

Als ich ihm meine Schätze zeigte – ein paar Goldammos, einen schuppigen Fischschwanz, den ich Miss Elizabeth schenken wollte, und einen Wirbel von der Größe einer Guinee –, wurde er ganz aufgeregt. Er stellte mir so viele Fragen, die bereits seine Antworten enthielten, dass ich mich bald wie ein Kiesel fühlte, der in der Brandung hin und her gewirbelt wird. Dann wollte er unbedingt zum Erdrutsch zurückgehen und noch mehr Kuris suchen. Die Stute und ich folgten ihm, bis er einen Steinwurf von der Stelle entfernt völlig unvermittelt stehen blieb. «Ach, nein, ich habe ja gar keine Zeit, ich bin doch gleich mit Doktor Carpenter im *Three Cups* verabredet. Dann gehen wir eben heute Nachmittag noch mal hin.»

«Geht nicht, Sir, dann ist Flut.»

Mr. Buckland schaute verwirrt. Ihm schien nicht ganz klar zu sein, warum wir darauf Rücksicht nehmen sollten.

«Bei Flut kommen wir von dieser Seite des Strandes nicht an den Erdrutsch ran», erklärte ich. «Die Klippen ragen dort drüben nämlich so weit auf den Strand hinaus, dass man bei Hochwasser nicht um sie rumgehen kann.»

«Und wenn wir von Charmouth aus kommen?»

Ich zuckte mit den Schultern. «Das ist möglich, aber bis Charmouth müssten wir erst die Straße gehen, die einen großen Bogen macht. Es ist ziemlich weit. Oder wir nehmen den Klippenpfad, nur ist der jetzt nicht sicher, wie Sie selbst sehen.» Ich nickte zum Erdrutsch hin.

«Bis Charmouth können wir auf meinem Pferd reiten. Dazu habe ich es schließlich. Dann geht es schneller.»

Ich zögerte. Auch wenn ich schon viele Herren zum Strand begleitet hatte, auf einem Pferd hatte ich noch mit niemandem gesessen. Das würde sicher für neuen Gesprächsstoff in der Stadt sorgen. Auf mich wirkte Mr Buckland in seiner Begeisterung zwar unschuldig, aber die Leute in Lyme sahen das vielleicht anders. Außerdem war ich bei Hochwasser nicht gern zwischen Klippen und Meer eingezwängt am Strand unterwegs. Bei einem weiteren Erdrutsch gab es dann keine Fluchtmöglichkeit mehr.

Doch mit Mr. Buckland war nicht zu reden, denn in seiner Begeisterung setzte er sich über jeden Einwand hinweg. Allerdings merkte ich bald, dass er seine Meinung ständig änderte. Bis wir in Lyme angekommen waren, hatte er schon wieder ein Dutzend neuer Ideen, was er am Nachmittag noch alles unternehmen wollte, so dass wir an dem Tag gar nicht mehr zum Erdrutsch zurückgekehrt sind.

Auch die Stelle, an der ich das zweite Krok ausgegraben hatte, bekam Mr Buckland nicht zu sehen, da sie schon mit Wasser bedeckt war, als wir an ihr vorbeikamen. Dafür zeigte ich ihm die Klippe, aus der wir das erste Krok hatten, und er fertigte rasch eine Zeichnung davon an. Während wir weitergingen, blieb er andauernd stehen, um etwas zu betrachten, manchmal völlig unwichtige Dinge wie die Ammoabdrucke in den Felsbändern, die er sicher schon viele Male gesehen hatte. Zum Schluss musste ich ihn daran erinnern, dass Doktor Carpenter im *Three Cups* auf ihn wartete und es in meiner Werkstatt viel interessantere Funde zu sehen gab. «Haben Sie gewusst, Sir, dass Doktor Carpenter mir das Leben gerettet hat, als ich ein Baby war?»

«So, hat er das? Aber das machen Ärzte doch immer – Kinder behandeln und ihnen Medizin verabreichen, wenn sie krank sind.»

«Oh, aber bei mir war es mehr, Sir. Ich bin damals vom Blitz getroffen worden, und Doktor Carpenter hat meinen Eltern gesagt, dass sie mich in lauwarmem Wasser baden müssen …»

Mr Buckland blieb auf dem Felsblock stehen, von dem er gerade herunterspringen wollte. «Du bist vom Blitz getroffen worden?» Vor Begeisterung hatte er die Augen weit aufgerissen.

Auch ich blieb stehen. Jetzt war es mir peinlich, dass ich es erwähnt hatte. Normalerweise redete ich mit niemandem über den Blitz, aber ich wollte vor diesem schlauen Herrn aus Oxford ein wenig angeben und dachte mir, dass ihn das sicher beeindrucken würde. Dabei hatte ich das gar nicht nötig, denn später stellte sich heraus, dass ich ihm beim Finden und Erkennen von Fossilien jederzeit das Wasser reichen konnte. Seine bescheidenen Anatomiekenntnisse brachten mich manchmal sogar fast zum Lachen. Doch zu dem Zeitpunkt wusste ich das noch nicht, und weil ich den Blitz erwähnt hatte, musste ich eine Befragung über mich ergehen lassen, was genau mit mir als Baby auf jenem Feld geschehen war.

Immerhin war es nicht ganz umsonst, denn die Sache mit dem Blitz brachte mir den Respekt von Mr Buckland ein. «Das ist wirklich bemerkenswert, Mary», sagte er. «Gott hat dich verschont und dir gleichzeitig eine Erfahrung geschenkt, die fast einzigartig ist auf dieser Welt. Dein Körper hat den Blitz aufgenommen, und du hast eindeutig davon profitiert.» Er musterte mich von oben bis unten, so dass ich errötete.

Endlich kamen wir bei mir zu Hause an, und ich führte Mr Buckland in die Werkstatt. Obwohl ich gleich weiter in die Küche hochging, rief er mir ständig Fragen zu, während er erregt um das Krokodil herumsprang. Oben stand Mam am Herd und kochte die Wäsche für eine fremde Familie. Die Wascherei brachte gerade genug Geld für die Kohle ein, die das Feuer für die nächste Wäscheladung verschlang. Mam mochte es nicht, wenn ich sie auf diesen unsinnigen Kreislauf aufmerksam machte.

«Wer ist das da unten?», fragte sie, als sie Mr Bucklands Stimme hörte. «Hast du ihm zwei Pence dafür abgenommen, dass er es sich ansieht?»

Ich schüttelte den Kopf. «Bei Mr Buckland ist das was anderes.»

«Wieso? Sonst lässt du doch jeden zahlen, der sich das Ding ansehen will. Die Armen einen Penny, die Reichen zwei.»

«Dann geh du doch und sag es ihm.»

Mam guckte verärgert. «Na gut.» Sie reichte mir den großen Holzlöffel, mit dem sie die Wäsche umrührte, wischte sich die Hände an der Schürze trocken und ging nach unten. Ich war froh, Mr Bucklands Fragen für eine Weile entkommen zu sein, und kümmerte mich um die Wäsche. Allerdings hätte ich nur zu gern gesehen, wie Mam ihn sich vorknöpfte. Mit einigen der vornehmen Herren, die mich in der Werkstatt besuchten, kam sie gut zurecht. Henry De La Beche zum Beispiel wurde von ihr herumkommandiert wie ein Sohn. Aber William Buckland war selbst für Mam zu viel. Wenig später kam sie erschöpft von dem Dauergeplapper und ohne Zweipennystück wieder nach oben. Sie schüttelte den Kopf. «Dein Pa hat mir erzählt, dass er immer aufgehört hat zu arbeiten, wenn dieser Mann zu ihm in die Werkstatt gekommen ist. Er hat sich einfach zurückgelehnt und ein Nickerchen gemacht, während Mr Buckland redete und redete. Jetzt will er, dass du wieder nach unten kommst. Du sollst ihm erzählen, wie du deine Sachen reinigst, außerdem will er wissen, was wir mit dem Fund vorhaben. Sag ihm gleich, dass es teuer wird und wir uns nicht noch einmal von einem Gentleman über den Tisch ziehen lassen!»

Als ich nach unten kam, stand Mr Buckland bereits in der Tür, die zum Cockmoile Square hinausführte. «Ach, Mary, ich bin gleich wieder da. Ich will nur schnell Doktor Carpenter holen, damit er sich dies anschaut. Und heute Nachmittag kommen auch noch ein paar Leute, die sich bestimmt sehr dafür interessieren.»

«Solange es nicht Lord Henley ist!», sagte ich.

«Warum nicht Lord Henley?»

Ich erzählte ihm, was mit dem ersten Krok passiert war und dass Miss Philpot es mit Monokel, Weste und begradigtem Schwanz in London gesehen hatte. «Dieser Dummkopf!», rief Mr Buckland aufgebracht. «Er hätte es lieber nach Oxford oder an das Britische Museum verkaufen sollen, statt es Bullock zu geben. Sicher hätte ich die Universität oder das Museum zu einer Anschaffung überreden können. Mit diesem Exemplar werde ich es so machen.»

Ohne Mam und Miss Elizabeth um ihre Meinung zu fragen, nahm ihnen Mr Buckland den Verkauf des Kroks ab. Noch bevor Mam ihn daran hindern konnte, hatte er bereits begeisterte Briefe an mögliche Käufer geschrieben. Anfangs war Mam ihm noch böse, aber als er einen reichen Herrn in Bristol fand, der uns vierzig Pfund für das Krokodil zahlte, änderte sie ihre Meinung schnell. Die Museen hatten sein Angebot abgelehnt. Der Verkauf entschädigte Mam und mich für alles, was wir mit Mr Buckland aushalten mussten. Weil er fest davon überzeugt war, dass in den Klippen und Felsbändern noch mehr Krokodile begraben lagen, die nur darauf warteten, dass er sie entdeckte, verbrachte er den ganzen Sommer bei uns. Solange das Krok noch in der Werkstatt lag, spazierte er dort täglich aus und ein, wie wenn der Raum ihm gehören würde. Er brachte auch andere Herren mit, die sich neugierig umschauten, Maß nahmen, zeichneten und sich eingehend über mein Krok unterhielten. Mir fiel auf, dass Mr Buckland genau wie Miss Elizabeth das Tier niemals als Krokodil bezeichnete. Allmählich fand ich mich damit ab, dass es vielleicht wirklich etwas anderes war, aber solange wir nicht wussten, was, würde ich das Tier weiter Krok nennen.

Als ich eines Tages mit Mr Buckland allein in der Werkstatt war, fragte er mich, ob er einen kleinen Teil des Kroks selbst reinigen dürfe. Er war immer darauf aus, Neues auszuprobieren. Obwohl ich Angst hatte, dass er etwas kaputt machte, konnte ich ihm nichts abschlagen, deshalb reichte ich ihm meine Pinsel und Klingen. Zum Glück richtete er keinen Schaden an, aber nur, weil er überhaupt nicht vorankam. Dauernd unterbrach er seine Arbeit, um etwas genauer anzuschauen oder mit mir über das Krok zu reden. Irgendwann hielt ich es nicht mehr aus. Wir mussten essen, und wir mussten Miete zahlen. Außerdem waren Pas Schulden noch lange nicht abgestottert, weshalb wir immer noch in der Angst lebten, im Armenhaus zu enden. Mir fehlte einfach die Zeit zum Plaudern. Das Krok musste verkauft werden.

Schließlich gelang es mir, ihn zu unterbrechen. «Sir, lassen Sie mich die Arbeit machen, während Sie weiterreden, sonst wird das Fossil nie fertig.»

«Du hast völlig Recht, Mary. Natürlich.» Mr Buckland reichte mir die Klinge und lehnte sich auf seinem Stuhl zurück, um mir zuzusehen. Vorsichtig schabte ich an einer Rippe entlang, löste den Kalkstein, der auf ihr haftete, und bürstete ihn weg, bis ganz allmählich eine deutliche Linie sichtbar wurde. Wegen meiner Vorsicht waren die Rippen schön glatt und frei von Schnitten oder Einkerbungen. Als Mr Buckland ausnahmsweise einen kurzen Moment den Mund hielt, nutzte ich die Gelegenheit, um ihm eine Frage zu stellen, die mir schon seit Tagen im Kopf herumging. «Sir, ist dies eins von den Tieren, die Noah mit auf die Arche genommen hat?»

Mr Buckland schaute verblüfft. «Aber Mary, wie kommst du auf so eine Frage?»

Diesmal plauderte er nicht wie sonst einfach weiter, sondern schien auf eine Antwort zu warten. Das machte mich verlegen, und ich konzentrierte mich auf die Rippe. «Ich weiß nicht, Sir, ich dachte nur …»

«Was hast du gedacht?»

Vielleicht hatte er vergessen, dass ich nicht einer seiner Studenten war, sondern nur ein Mädchen, das für seinen Lebensunterhalt arbeiten musste. Einen Moment lang spielte ich deshalb so einen Studenten. «Miss Philpot hat mir Bilder von dem Krokodil gezeigt, das Cruver … Cuver … na, Sie wissen schon, der Franzose mit den vielen Tieren, der das gemalt hat.»

«Georges Cuvier?»

«Ja, genau, der. Und dann haben wir seine Zeichnungen mit dem Tier hier verglichen und jede Menge Unterschiede gefunden. Schauen Sie, diese Schnauze ist lang und spitz wie bei einem Delphin, aber die von einem Krok ist stumpf. Außerdem hat mein Tier Flossen und keine Klauen, und sie zeigen eher nach außen und nicht wie bei einem Krokodil nach vorne. Und dann natürlich das große Auge. Kein Krokodil hat solche Augen. Darum haben Miss Philphot und ich uns gefragt, was es sonst noch sein könnte. Neulich habe ich gehört, wie Sie sich mit einem Gentleman unterhalten haben, den Sie mit in die Werkstatt gebracht hatten. Reverend Conybeare. Sie haben von der Sintflut gesprochen, und …» – genaugenommen hatten sie die Worte «Deluge» und «Diluvium» benutzt, und ich musste Miss Elizabeth nach deren Bedeutung fragen – «… und da habe ich mich gefragt, was es denn sein könnte, wenn es kein Krokodil ist. Krokodile hatte Noah ja auf seiner Arche, aber hat Gott auch Tiere geschaffen, die wir nicht kennen, obwohl sie auf der Arche waren? Das wollte ich Sie fragen, Sir.»

Mr Buckland schwieg länger, als ich ihm jemals zugetraut hätte. Allmählich befürchtete ich, dass er meine Frage gar nicht begriffen hatte. Vielleicht war ich zu ungebildet, um mich einem Gelehrten aus Oxford verständlich zu machen. Deshalb wiederholte ich die Frage leicht verändert. «Warum sollte Gott Tiere geschaffen haben, die es nicht mehr gibt?»

Mr Buckland schaute mich aus seinen großen Augen an, und ich sah Besorgnis in ihnen aufflackern.

«Du bist nicht die Einzige, die sich diese Frage stellt, Mary», sagte er. «Viele gelehrte Männer debattieren darüber. Cuvier zum Beispiel glaubt, dass es so etwas wie die Auslöschung bestimmter Tierarten gibt, die dann für immer aussterben. Aber ich bin mir da nicht so sicher. Warum sollte Gott töten, was er selbst geschaffen hat?» Dann hellte sich seine Miene auf. «Mein Freund, der Reverend Conybeare, meint, dass die Heilige Schrift uns zwar sagt, Gott habe Himmel und Erde erschaffen, aber wie genau er das machte, wird nicht beschrieben, das bleibt offen für unsere Auslegung. Und genau deshalb bin ich hier: Ich will diese bemerkenswerte Kreatur untersuchen und noch andere, ähnliche Kreaturen finden, die ich dann ebenfalls untersuche. Durch sorgfältiges Abwägen und Analysieren hoffe ich zu einer Antwort zu kommen. Die Geologie hat immer im Dienste der Religion zu stehen, durch sie betrachten wir die Wunder der göttlichen

Schöpfung und preisen Seinen Geist.» Er fuhr mit der Hand über die Wirbelsäule des Kroks. «In seiner unendlichen Weisheit hat Gott die Welt mit Rätseln gespickt, die der Mensch lösen soll. Dies hier ist eines von ihnen, und ich fühle mich geehrt, mich dieser Aufgabe annehmen zu dürfen.»

Sein Worte klangen gut, aber eine Antwort hatte er mir nicht gegeben. Vielleicht, weil es keine gab? Ich dachte einen Moment nach. «Glauben Sie, dass die Welt in sechs Tagen erschaffen wurde, Sir? So wie es in der Bibel steht?»

Mr Buckland wackelte mit dem Kopf, was weder ja noch nein bedeutete. «Jemand hat einmal gesagt, man solle den Begriff ‹Tag› nicht wörtlich nehmen. Wenn wir die jeweiligen Tage der Schöpfung als Epochen betrachten, in denen Gott verschiedene Teile von Himmel und Erde schuf und perfektionierte, haben wir gleich viel weniger Probleme zwischen Geologie und Bibel. Nach den fünf Epochen, in denen alle Felsschichten entstanden und Tiere zu Fossilien wurden, schuf Gott den Menschen. Das ist auch der Grund, warum es keine Menschenfossilien gibt. Und kaum war nach diesem sechsten ‹Tag› der Mensch geschaffen, kam die Sintflut. Als sich das Wasser wieder zurückzog, erschien dann die Welt so, wie wir sie in all ihrer Herrlichkeit heute kennen.»

«Und wo ist das viele Wasser hin?»

Mr Buckland schwieg, und ich sah wieder dieses unsichere Flackern in seinen Augen. «Zurück in die Wolken, aus denen der Regen kam», erwiderte er schließlich.

Eigentlich hätte ich ihm glauben sollen, denn immerhin lehrte er in Oxford, aber seinen Antworten schien etwas zu fehlen. Es war, als würde man mir ein Essen vorsetzen, aber nicht genug, um davon satt zu werden. Ich machte mich wieder daran, das Krokodil zu reinigen, und stellte keine Fragen mehr. Offensichtlich musste ich mich einfach mit dem leicht hohlen Gefühl abfinden, das ich in Gegenwart meiner rätselhaften Tiere immer bekam.

Mr Buckland blieb fast den ganzen Sommer in Lyme, selbst nachdem das zweite Krokodil schon lange gereinigt, verpackt und nach Bristol geschickt worden war. Er wohnte im *Three Cups*, schaute aber oft bei mir am Cockmoile Square vorbei oder bat mich, ihn draußen am Strand zu treffen. Für ihn war es ganz selbstverständlich, dass ich ihn begleitete und ihm half. Ich zeigte ihm, wo man Fossilien finden konnte, und manchmal suchte ich sie sogar für ihn. Ganz besonders erpicht war er darauf, noch eine Riesenbestie für seine Sammlung in Oxford zu finden. Weil ich aber selbst auch eine finden wollte, fragte ich mich, was passieren würde, wenn wir sie bei unseren gemeinsamen Strandgängen entdeckten. Ich hatte den besseren Blick, deshalb würde ich sie vermutlich als Erste sehen. Bedeutete das dann, dass Mr Buckland mich bezahlen musste? Das war nie ganz klar, denn über Geld sprachen wir nicht, obwohl er sich immer überschwänglich bedankte, wenn ich etwas für ihn fand. Selbst Mam erwähnte kein Geld. Mr Buckland schien darüber erhaben zu sein, wie sich das für einen Gelehrten gehörte. Er lebte in einer Welt, in der Geld keine Rolle spielte.

Joe steckte inzwischen mit Haut und Haaren in seiner Lehre und kam nicht mehr mit mir an den Strand raus, außer es gab etwas Schweres zu heben oder zu hämmern. Manchmal wurden Mr Buckland und ich von Mam begleitet, die sich hinsetzte und strickte, während wir um sie herum suchten, doch Mr Buckland wollte meist weiter gehen als sie. Außerdem musste sie ihre Wäsche machen und sich ums Haus und um den Laden kümmern, denn wie zu Pas Zeiten hatten wir immer noch einen Tisch mit

Kuris vor der Werkstatt stehen, die Mam den Feriengästen verkaufte.

Gelegentlich kam auch Miss Elizabeth mit uns suchen. Mit Mr Buckland war es jedoch nicht mehr so wie bei den anderen vornehmen Herren. Über die hatten Miss Elizabeth und ich uns hinter ihrem Rücken lustig gemacht, weil sie immer wieder die gleichen Anfängerfehler machten, Beef sammelten oder ein Stück fossiliertes Holz für einen Knochen hielten. Mr Buckland war klüger und auch liebenswürdiger, und ich merkte, dass Miss Elizabeth ihn mochte. Manchmal hatte ich sogar das Gefühl, dass wir um seine Anerkennung wetteiferten, denn ich war ja kein Kind mehr. Oft schaute ich vom Boden auf und sah, wie ihr Blick auf ihm ruhte. Am liebsten hätte ich sie deswegen aufgezogen, aber ich wusste, dass ich sie damit verletzen würde. Miss Elizabeth war klug, was Mr Buckland schätzte. Er konnte mit ihr über Fossilien und Geologie reden, denn sie las die wissenschaftlichen Aufsätze, die er ihr auslieh. Aber sie war fünf Jahre älter als er, zu alt, um eine Familie zu gründen, und zu arm und hässlich, um ihn trotzdem verführen zu können. Außerdem liebte er nur seine Steine und würde eher einen schönen Quarz streicheln als mit einer Dame flirten. Miss Elizabeth hatte keine Chance. Ich allerdings auch nicht.

Wenn wir zu dritt unterwegs waren, wurde sie stiller, und das, was sie sagte, klang spitzer. Oft entschuldigte sie sich und verließ uns, um allein am Strand weiterzugehen. Ich sah sie dann in der Ferne. Sie hielt sich immer sehr gerade, selbst wenn sie sich nach etwas bückte. Manchmal sagte sie auch, sie würde lieber in der Pinhay Bay oder am Monmouth Beach sammeln und nicht beim Black Ven, und verschwand ganz.

Deshalb waren Mr Buckland und ich meistens allein unterwegs. Obwohl es uns nur um Fossilien ging, war unser ständiges

Zusammensein selbst den Leuten aus Lyme zu viel. Irgendwann bekamen wir mit, dass in der Stadt über uns geredet wurde. Bestimmt steckte Captain Kurio dahinter, der die Gerüchte ordentlich schürte. In den Jahren nach dem Erdrutsch, bei dem wir beinahe umgekommen waren und der das erste Krokodil unter sich begrub, hatte er mich in Ruhe gelassen. Allerdings war es ihm immer noch nicht gelungen, selbst ein vollständiges Krokodil zu finden, deshalb spionierte er ständig hinter mir her. Als ich dann mit Mr Buckland zu suchen begann, wurde Captain Kurio eifersüchtig.

Als er uns einmal am Strand über den Weg lief, machte er anzügliche Bemerkungen. «Na, ihr beiden, gönnt ihr euch ein bisschen Spaß hier draußen?», spottete er und schlug dazu knallend mit seinem Spaten auf die Felskanten. «Ist sicher schön, mal allein zu sein.»

Mr Buckland hielt Captain Kurios Aufmerksamkeit für Interesse und hatte nichts Besseres zu tun, als ihm die Fossilien zu zeigen, die wir gefunden hatten. Er warf dem verwirrt dreinblickenden Captain Kurio wissenschaftliche Ausdrücke und Theorien an den Kopf, bis dieser endlich einen Vorwand fand, um weiterzugehen, aber nicht, ohne mich vorher noch schnell über die Schulter hinweg höhnisch anzugrinsen. Offensichtlich konnte er es gar nicht abwarten, allen zu erzählen, dass er uns zusammen draußen am Strand gesehen hatte.

Mir war das Gerede egal, aber eines Tages hörte Mam, wie mich jemand auf dem Markt eine «Gentleman-Hure» nannte. Sie kam auf der Stelle zu den Church Cliffs hinausmarschiert, wo Mr Buckland und ich gerade den Kiefer eines Krokodils frei klopften. «Nimm sofort deine Sachen und komm mit mir nach Hause», befahl sie, ohne den grüßenden Mr Buckland auch nur eines Blickes zu würdigen.

«Aber Mam, wir können nur noch eine Stunde arbeiten, bis die Flut kommt. Schau mal, man kann hier alle Zähne sehen.»

«Du kommst sofort mit. Tu, was ich dir gesagt habe.» Mam schaffte es, dass ich mich schuldig fühlte, obwohl ich nichts Unrechtes getan hatte. Schnell erhob ich mich und bürstete den Schmutz von meinem Rock. Mittlerweile funkelte Mam wütend Mr Buckland an. «Ich will nicht, dass Sie sich hier draußen allein mit meiner Tochter rumtreiben.» Noch nie hatte ich sie so unhöflich mit einem Gentleman sprechen hören.

Zum Glück konnte man Mr Buckland nicht so leicht beleidigen. Vielleicht verstand er auch gar nicht, worum es ging, denn er dachte nicht so wie die Menschen in der Stadt. «Aber Mrs Anning, wir haben gerade einen ganz wunderbaren Kiefer gefunden!», rief er. «Hier, fühlen Sie mal die Zähne, sie sind so gleichmäßig wie die an einem Kamm. Ich versichere Ihnen, dass Mary mit mir nicht ihre Zeit vergeudet. Wir beide beschäftigen uns mit kolossalen wissenschaftlichen Entdeckungen.»

«Ihr wissenschaftlicher Kokolores ist mir egal», schimpfte Mam, «ich muss an den Ruf meiner Tochter denken. Unsere Familie hat bereits genug mitgemacht – wir können es uns nicht leisten, Marys Aussichten von einem Gentleman ruinieren zu lassen, der sie nur ausnutzen will.»

Mr Buckland drehte sich zu mir um, als hätte er mich noch nie auf diese Weise gesehen. Ich errötete und zog die Schultern hoch, um meine Brüste zu verbergen. Daraufhin schaute er auf seinen eigenen Brustkorb, wie wenn er sich selbst auch in ganz neuem Licht sehen würde. Wenn nicht alles so traurig gewesen wäre, hätte ich lachen müssen.

Mam machte sich auf den Heimweg und steuerte vorsichtig um eine Wasserlache auf dem Strand. «Komm mit, Mary», rief sie über die Schulter.

«Warten Sie, Ma'am», rief Mr Buckland. «Bitte. Ich habe den höchsten Respekt vor Ihrer Tochter und möchte ihrem Ruf auf keinen Fall schaden. Liegt es daran, dass wir allein hier draußen sind? Das Problem lässt sich leicht lösen. Ich werde uns eine Chaperone suchen, eine Anstandsdame. Im *Three Cups* können sie sicher jemanden erübrigen, der mit uns an den Strand kommt.»

Mam blieb stehen, sah sich aber nicht um. Sie dachte nach. Ihre Worte brachten mich auf einen Gedanken, der mir noch nie zuvor gekommen war. Ich hatte Aussichten. Ein Gentleman könnte sich für mich interessieren. Vielleicht musste ich nicht immer so arm und bedürftig bleiben.

«Gut», sagte Mam schließlich. «Wenn Miss Elizabeth oder ich nicht dabei sind, müssen Sie jemand anderes mitnehmen. Komm jetzt, Mary.»

Ich nahm meinen Korb und meinen Hammer.

«Aber was ist mit diesem Kiefer? Mary?» Mr Buckland wirkte fast verzweifelt.

Ich ging zurück, bis ich ihm direkt ins Gesicht sehen konnte. «Versuchen Sie's selbst mal, Sir. Sie sammeln doch schon seit Jahren Fossilien, eigentlich brauchen Sie mich gar nicht.»

«Doch, Mary, ich brauche dich!»

Ich lächelte, schwenkte meinen Korb und lief dann Mam hinterher.

Und so kam es, dass Fanny Miller wieder in meinem Leben auftauchte. Als Mr Buckland mich am nächsten Morgen zu Hause abholte, stand Fanny hinter ihm und blickte so verdrießlich drein wie ein Kutscher im Regen. Sie hielt die Augen auf ihre Stiefel gerichtet und scharrte mit ihnen übers Pflaster des Cockmoile Square, um den Dreck abzustreifen. Genau wie ich selbst war sie zu einer jungen Frau herangewachsen, auch wenn ihre Kurven nicht ganz so ausgeprägt waren wie meine. Ihr eiförmiges

Gesicht wurde von einer Haube umrahmt, die zwar schon leicht fadenscheinig aussah, dafür aber mit einem farblich zu ihren Augen passenden blauen Band besetzt war. Bei aller Armut sah sie so hübsch aus, dass ich sie am liebsten geschlagen hätte.

Doch Mr Buckland schien das gar nicht zu bemerken, und ihm entging auch der frostige Blick, den Fanny und ich wechselten. «Siehst du», sagte er, «ich habe uns eine Anstandsdame mitgebracht. Sie arbeitet in der Küche vom *Three Cups*, aber sie haben gemeint, dass sie das Mädchen für die paar Stunden Ebbe erübrigen können.» Er strahlte und war offensichtlich sehr mit sich zufrieden. «Wie heißt du eigentlich, mein Mädchen?», wandte er sich an Fanny.

«Fanny», antwortete sie so leise, dass ich mir nicht sicher war, ob Mr Buckland es überhaupt gehört hatte.

Ich seufzte, aber was sollte ich machen? Nach all dem Theater, das Mam wegen einer Begleitung veranstaltet hatte, konnte ich mich jetzt nicht über seine Wahl beklagen. Ich würde mich einfach mit ihr abfinden müssen – und sie sich mit mir. Sicher war Fanny genauso unglücklich wie ich, dass sie mit uns an den Strand herauskommen musste. Aber sie brauchte Arbeit, deshalb tat sie, was man ihr sagte.

Wir gingen zu den Church Cliffs zurück, wo der Kiefer auf uns wartete, und Fanny bummelte hinter uns her. Während wir arbeiteten, hockte sie sich etwas weiter abseits hin und durchkämmte die Steine vor ihren Füßen. Vielleicht mochte sie noch immer funkelnde Kiesel. Sie sah so gelangweilt und verängstigt aus, dass sie mir fast schon Leid tat.

Mr Buckland schien es ebenso zu gehen. Oder er konnte sich einfach nicht vorstellen, dass ein Mensch freiwillig untätig herumstand. Für ihn war Untätigkeit ein Laster. Als er Fanny mit den Steinen spielen sah, ging er zu ihr hinüber, um mit ihr über die «Untergrundkunde» – wie er die Geologie nannte – zu reden. «Hör mal … Fanny, stimmt's? Möchtest du gern von mir wissen, was das für Steine sind, die du da sortierst? Die meisten sind Kalksteine und Feuersteine, aber der hübsche weiße dort ist ein Stück Quarz und der braune mit dem Streifen ist ein Sandstein. Weißt du, an diesem Strand gibt es verschiedene Gesteinsschichten», erklärte er und nahm einen Stock. «Schau, so.» Er zeichnete verschiedene Schichten aus Granit, Kalkstein, Schiefer, Sandstein und Kreide in den Sand. «Wir haben entdeckt, dass es diese Gesteinsschichten in ganz England und sogar auf dem Kontinent gibt. Und überall erscheinen die Schichten in der gleichen Reihenfolge. Ist das nicht überraschend?»

Fanny antwortete nicht.

«Vielleicht magst du kommen und dir ansehen, was wir ausgraben», versuchte er als Nächstes.

Zögernd trat Fanny näher und schaute an der Klippenwand hoch. Sie schien immer noch Angst vor herabfallenden Steinen zu haben.

«Siehst du diesen Kiefer?» Mr Buckland fuhr mit dem Finger darüber. «Ist er nicht schön? Die Schnauze vorne ist abgebrochen, aber der Rest ist noch intakt. Er wird ein hervorragendes Schaustück für meine Vorlesungen über Fossilienfunde abgeben.» Erwartungsvoll blickte er Fanny an, wie wenn er sich auf keinen Fall ihre Antwort entgehen lassen wollte. Als diese angeekelt das Gesicht verzog, war er verblüfft. Mr Buckland konnte sich überhaupt nicht vorstellen, dass jemand anders über Fossilien und Steine dachte als er.

«Als sie in der Stadt ausgestellt waren, hast du doch sicher die Kreaturen gesehen, die Mary gefunden hat. Oder?» Er gab nicht auf.

Fanny schüttelte den Kopf.

Noch einmal versuchte er, sie mit einzubeziehen. «Oder hast du vielleicht Lust, uns zu helfen? Du könntest die Hämmer halten. Oder Mary zeigt dir, wo du selbst nach Fossilien suchen kannst.»

«Nein, danke, Sir. Ich habe meine eigene Arbeit dabei.» Als sie kehrtmachte, um an ihren sicheren Platz zurückzugehen, der sich in gebührendem Abstand von der Klippe befand, war ihr Gesicht voller Gehässigkeit. Wäre ich noch jünger gewesen, hätte ich sie gekniffen, aber sie war ohnehin schon genug damit gestraft, dass sie mit uns hier draußen am Strand sein musste. Schließlich ermöglichte sie uns mit ihrer Gegenwart, dass wir genau die Dinge fanden, die sie am meisten verabscheute. Das musste so fürchterlich für sie sein, dass sie vermutlich lieber ganze Berge von Töpfen in der Küche des *Three Cups* sauber geschrubbt hätte.

Später kam Miss Elizabeth vorbei, die für sich allein suchte. Sie warf einen missbilligenden Blick auf Fanny, die ein Stück Spitze herausgezogen hatte und daran arbeitete. Mir war schleierhaft, wie die am matschigen Strand sauber bleiben sollte.

«Was macht sie denn hier?», wollte Miss Elizabeth wissen.

«Unsere Anstandsdame», sagte ich.

«Aha!» Einen Moment sah Miss Elizabeth zu Fanny hin und schüttelte dann den Kopf. «Armes Mädchen», murmelte sie und ging weiter.

Miss Elizabeth, es ist Ihre Schuld, dass sie hier ist, dachte ich im Stillen. Wenn Sie sich nicht so komisch wegen Mr Buckland anstellen würden, könnten Sie bei uns bleiben und Fanny von ihren Qualen erlösen. Und mich würden Sie auch erlösen, denn Fannys Anblick erinnert mich ständig an die Art Frau, die ich niemals sein werde.

Fanny begleitete uns den ganzen Sommer. Normalerweise saß

sie in einiger Entfernung auf einem Stein, und wenn wir herumliefen, folgte sie in gewissem Abstand. Obwohl sie sich niemals beklagte, wusste ich, dass sie es überhaupt nicht mochte, wenn wir weite Strecken liefen und bis Charmouth oder darüber hinaus gingen. Sie blieb lieber in der Nähe von Lyme, am Gun Cliff oder bei den Church Cliffs, wo manchmal eine Freundin vorbeikam, um ihr Gesellschaft zu leisten. Fanny wurde dann gleich viel munterer und selbstsicherer, und die beiden Mädchen steckten flüsternd und kichernd die Köpfe zusammen und beobachteten uns unter ihren Haubenrändern hinweg.

Mr Buckland versuchte weiterhin, Fanny für seine Funde zu interessieren oder ihr zu zeigen, wonach sie suchen musste, aber sie behauptete immer, anderes zu tun zu haben, und zog ihre Spitzen oder ihr Strickzeug heraus.

«Sie denkt, das ist alles Teufelswerk», erklärte ich schließlich mit leiser Stimme, nachdem sie ihn wieder einmal hatte abblitzen lassen, um sich mit ihrer Spitze hinzusetzen. «Es macht ihr Angst.»

«Aber das ist doch absurd!», sagte Mr Buckland. «Das sind Geschöpfe Gottes aus der Vergangenheit, und es gibt nichts, wovor man Angst haben müsste.»

Er erhob sich von den Knien und schien zu ihr gehen zu wollen, aber ich packte ihn am Arm. «Bitte, Sir, lassen Sie sie in Ruhe. Es ist besser so.»

Als ich zu Fanny hinüberschaute, merkte ich, dass sie meine Hand anstarrte, die immer noch auf Mr Bucklands Ärmel lag. Niemals schien ihr zu entgehen, wenn sich unsere Hände zufällig beim Weiterreichen eines Fossils berührten oder ich ihn am Ellbogen auffing, weil er stolperte. Als mich Mr Buckland an dem Nachmittag, an dem wir den Krokodilkiefer endlich freibekamen, in die Arme nahm, blieb ihr gar der Mund offen stehen.

Eigentlich machte Fannys Begleitung alles nur noch schlimmer, denn ich vermutete, dass sie jede Menge Gerüchte in die Welt setzte. Ohne diese Zeugin, die jede Kleinigkeit weiter erzählte, obwohl sie gar nichts verstand, wäre es uns sicher besser ergangen. In der Stadt schauten mich die Leute immer noch komisch an, und hinter meinem Rücken wurden Witze gemacht.

Arme Fanny. Ich sollte nicht so schlecht über sie reden, denn sie zahlte einen hohen Preis dafür, dass sie uns begleitete.

Meinem Handwerk geht man am besten bei schlechtem Wetter nach. Regen wäscht die Fossilien aus den Klippen, und Stürme schrubben Algen und Sand von den Felsflächen am Strand, was das Suchen erleichtert. Joe war zwar gerade wegen des Wetters lieber Polsterer geworden, als weiter Fossilien zu suchen, aber ich war wie Pa – Kälte und Feuchtigkeit machten mir nichts aus, so lange ich nur Kuris fand.

Mr Buckland war genauso und wollte auch bei Regen rausgehen. Fanny musste uns natürlich begleiten. Am Strand drückte sie sich dann dicht an einen Felsen, um einen Windschutz zu haben, und kuschelte sich unglücklich in ihren Schal. An solchen Tagen waren wir oft die einzigen Menschen am Strand, denn bei schlechtem Wetter besuchten die Feriengäste lieber die Badehäuser mit ihrem heißen Wasser, gingen zum Zeitungslesen oder Kartenspielen in den Ballsaal oder auf ein Getränk ins *Three Cups*. Bei Regen waren nur ernsthafte Sammler unterwegs.

Es war einer dieser Regentage gegen Ende des Sommers, und ich war mit Mr Buckland und Fanny am Strand. Außer uns war niemand draußen, obwohl irgendwann Captain Kurio vorbeigekommen war, der uns wieder einmal hinterherschnüffelte. Nicht weit von der Stelle bei den Church Cliffs entfernt, an der wir den Kiefer ausgegraben hatten, hatte Mr Buckland eine kleine

Reihe Hubbel entdeckt, die er für die Wirbel desselben Tiers hielt. Ich hämmerte vor mich hin, um die Knochen freizulegen, als Mr Buckland sich plötzlich entfernte. Im nächsten Moment kam Fanny und stellte sich neben mich, da wusste ich, dass Mr Buckland wahrscheinlich gerade ins Wasser pinkelte. Er achtete immer darauf, mich nicht in Verlegenheit zu bringen, und ging für dieses Geschäft so weit weg, dass ich ihn nicht sehen musste. Ich selbst hatte mich schon längst an diese Eigenart gewöhnt, aber Fanny störte es immer noch. Es war die einzige Gelegenheit, bei der sie zu mir an die Klippe kam. Selbst nach mehreren Wochen in seiner Gesellschaft hatte sie immer noch ein bisschen Angst vor Mr Buckland. Ein Mensch wie Fanny konnte mit seiner Freundlichkeit und den vielen Fragen einfach nichts anfangen.

An diesem Tag tat sie mir leid. Es regnete in Strömen und das Wasser tropfte ihr vom Haubenrand und lief ihr übers Gesicht. Zum Nähen oder Stricken war es viel zu nass, und es gibt nichts Schlimmeres, als untätig im Regen herumzustehen. «Warum drehst du dich nicht einfach weg, wenn er da unten ist?», fragte ich hilfsbereit. «Er wird ihn dir schon nicht vorm Gesicht herumschwenken. Dazu ist er ein viel zu feiner Herr.»

Fanny zuckte mit den Schultern. «Hast du schon mal einen gesehen?», fragte sie kurz darauf. Ich glaube, es war die erste Frage, die sie mir seit zehn Jahren stellte. Vielleicht hatte der Regen ihren Widerstand gebrochen.

Ich musste an den Belmniten denken, den Miss Elizabeth vor vielen Jahren am Strand James Foot gezeigt hatte, und lächelte. «Nein. Außer den von Joe, als er noch klein war. Und du?»

Ich hatte gar nicht mit einer Antwort gerechnet, doch sie sagte: «Einmal im *Three Cups*. Da war ein Mann so betrunken, dass er in der Küche die Hosen runtergelassen hat, weil er dachte, er sei auf dem Abtritt.»

Wir mussten beide lachen, und einen Moment lang dachte ich, dass wir vielleicht wieder besser miteinander auskommen könnten.

Doch wir bekamen keine Gelegenheit mehr dazu. Es gab keine Vorwarnung, keinen Geröllhagel oder das ächzende Geräusch von Stein, der sich von Stein spaltet. Alles geschah ganz plötzlich. Eben noch hatten Fanny und ich unter der Klippe gestanden und über die Geschlechtsteile der Männer gelacht, und im nächsten Moment war die Klippe einfach zusammengestürzt. Ich wurde umgerissen und unter einer dicken Lehmschicht begraben.

Auch wenn ich mich nicht mehr daran erinnern kann, muss ich in dem Moment, als die Klippe auf mich stürzte, die Hand vor den Mund geschlagen haben, denn dadurch war ein kleiner Freiraum entstanden, durch den ich Luft bekam. Sehen konnte ich nichts, und so sehr ich mich auch bemühte, ich konnte mich kein bisschen von der Stelle rühren, der Lehm war kalt, nass und schwer und umhüllte mich ganz. Nicht einmal rufen konnte ich. Ich dachte, dass ich nun sterben musste, und überlegte, was Gott wohl zu mir sagen würde, wenn ich vor ihn trat.

Lange, lange Zeit passierte nichts. Dann hörte ich ein Scharren und spürte Hände, die nach mir griffen und mir die Augen frei wischten. Als ich sie öffnen konnte, blickte ich in Mr Bucklands entsetztes Gesicht. Da dachte ich, dass ich vielleicht doch noch nicht vor Gott treten musste.

«Oh, Mary!», rief er.

«Sir. Holen Sie mich hier raus!»

«Ich ... ich ...» Mr Buckland wühlte im Matsch und zerrte an den Steinen, konnte sie aber nicht von der Stelle rühren. «Es ist zu schwer, Mary. Ohne Werkzeug bekomme ich dich nicht frei.» Er war irgendwie ganz benommen und schien nicht mehr normal denken zu können.

Da hörten wir einen Schrei. Wir hatten Fanny ganz vergessen. Sie befand sich nur wenige Schritte von mir entfernt und war nicht so schlimm verschüttet wie ich, doch ihr Gesicht war blutverschmiert. Jetzt kreischte sie richtig los. Mr Buckland sprang auf und lief zu ihr hin. Bei ihr lag der Lehm lockerer und er schaffte es, ihn so weit zur Seite zu räumen, dass er sie herausziehen konnte. Er wischte ihr das Blut aus dem Gesicht, wobei er ihr in seiner Panik und Ungeschicktheit die Haube vom Kopf riss. Sie wurde von einer Windbö ergriffen und wirbelte über den Strand davon. Der Verlust ihrer Haube schien Fanny mehr zu entsetzen als alles andere. «Meine Haube!», schrie sie. «Ich brauche meine Haube. Mam wird mich umbringen, wenn ich ohne meine Haube heimkomme!» Als Mr Buckland Fanny von der Stelle bewegen wollte, begann sie wieder zu kreischen.

«Sie hat sich das Bein gebrochen», keuchte Mr Buckland. «Ich muss euch hierlassen, um Hilfe zu holen.»

In dem Moment brach weiter hinten noch ein Teil der Klippe ab und donnerte zu Boden. Fanny kreischte wieder. «Lassen Sie mich nicht hier, Sir. Bitte lassen Sie mich nicht an diesem gottverlassenen Ort zurück!»

Ich wollte auch nicht allein zurückgelassen werden, doch ich schrie nicht. «Am besten, Sie tragen sie, Sir. Dann können Sie wenigstens eine von uns retten.»

Mr Buckland stand das Grauen im Gesicht geschrieben. «Oh, nein, das kann ich doch nicht machen. Das wäre nicht richtig.» Offenbar war es selbst diesem Mann, der Feldmäuse aß, immer einen knallblauen Sack mit sich herumtrug und ins Meer pinkelte, nicht geheuer, ein Mädchen zu tragen. Doch dies war nicht die Zeit, um sich Gedanken über Anstand zu machen.

«Legen Sie einen Arm um ihre Schulter und einen unter die Knie, und dann heben Sie sie hoch», wies ich ihn an. «Sie ist so ein kleines Persönchen, selbst ein Gelehrter wie Sie sollte es schaffen, sie zu tragen.»

Mr Buckland hielt sich an meine Anweisungen und hob Fanny hoch. Wieder kreischte sie vor Schmerz und Scham. Sie streckte die Arme weit von sich und wandte ihr Gesicht ab.

«Um Himmels willen, Fanny, leg die Arme um seinen Hals!», schrie ich. «Hilf dem Mann, sonst kriegt er dich nie zurückgetragen.»

Fanny gehorchte. Sie warf ihre Arme um seinen Hals und vergrub den Kopf an seiner Brust.

«Bringen Sie sie zum Badehaus, das ist am nächsten. Und schicken Sie sofort Leute mit Spaten hier raus.» Normalerweise würde ich einem Gentleman niemals in diesem Ton Befehle erteilen, aber Mr Buckland schien seinen Verstand verloren zu haben. «Bitte machen Sie schnell, Sir. Ich halte es hier nicht aus so allein.»

Als er nickte, krachte noch ein weiterer Klippenabschnitt herunter. Mr Buckland wich erschrocken zurück. Ich sah ihn fest an. «Beten Sie für mich, Sir. Und wenn ich sterbe, sagen Sie bitte Mam und Joe …»

«S…s… sag nicht so was, Mary. Ich bin gleich wieder da.»

Ohne weiter auf mich zu hören, stapfte Mr Buckland davon. Fanny blickte mich über seine Schulter hinweg mit glasigen Augen an. Sie hatte sich seinen Armen ergeben, jetzt war alles egal. Doktor Carpenter würde ihr später das Bein schienen, aber der Bruch war schwierig und verheilte nie richtig. Seither war eines ihrer Beine kürzer als das andere, und sie konnte keine weiten Strecken mehr gehen, länger stehen oder auf den Strand hinauslaufen – was sie ohnehin nicht wollte. Immer, wenn ich sie über die Broad Street zum *Three Cups* humpeln sah, blickte ich zu Boden, um dem bangen Blick aus blauen Augen auszuweichen.

Doch das alles wusste ich natürlich noch nicht, als ich in dem Erdrutsch begraben lag. Ich sah Mr Buckland mit seiner Last über den Strand davonwanken. Für mich bewegte er sich viel zu langsam, und ich fragte mich, warum die Hübschen immer vor den Hässlichen gerettet wurden. War es nicht typisch für diese Welt? Fanny mit ihren großen blauen Augen und dem niedlichen Gesichtchen steckte nicht fest, während ich hier unbeweglich im Dreck lag und die Klippe auf mich zu stürzen drohte.

Ich hatte viel Zeit zum Nachdenken, zum Beispiel über Mr Buckland. Es war schon seltsam, dass ein zum Priester geweihter Mann, der sich so dafür interessierte, was Gott früher alles gemacht hatte, keinen Trost im Gebet fand, sondern eher vor Gebeten wegzulaufen schien. Ich schloss die Augen und sprach selbst ein langes Gebet, in dem ich Gott bat, Erbarmen mit mir zu haben und mich weiterleben zu lassen, damit ich Mam und Joe helfen und mehr Kroks finden konnte, um unser Essen und unsere Kohlen zu bezahlen. Ich bat ihn sogar um einen Ehemann und Kinder für später. «Lieber Gott, und mach bitte, dass Mr Buckland heute ausnahmsweise einmal schnell läuft und nicht zu langsam geht. Mach, dass er bald jemanden findet und zurückkommt.» Obwohl Mr Buckland ohne Probleme meilenweit die Klippen entlang wanderte und während seines Aufenthalts in Lyme regelmäßig den Weg nach Axminster hin und zurück ging, bewegte er sich immer sehr langsam. Er trug den Bauch eines Gelehrten vor sich her, und da jetzt auch noch Fanny dazukam, befürchtete ich, dass er es nicht schnell genug zurück schaffen würde, um mich zu retten.

Es war plötzlich ganz ruhig geworden. Der Wind hatte sich gelegt, und ein feiner Regennebel sprühte mir ins Gesicht. Hin und wieder hörte ich das Geräusch von rutschendem Geröll hinter mir, doch ich sah nichts, da ich den Kopf nicht so weit herumdrehen konnte. Das war das Schlimmste: Dieses Geräusch zu hören und nicht zu wissen, wie nah es war und ob das Geröll mich irgendwann begraben würde.

Der Matsch, in dem ich lag, drückte mir kalt und schwer auf die Brust, so dass mir das Atmen schwerfiel. In der Hoffnung, im Schlaf würde die Zeit schneller verstreichen, schloss ich eine Weile die Augen, doch ich konnte nicht schlafen. Stattdessen folgte ich Mr Buckland in Gedanken nach Lyme. Jetzt kommt er an der Stelle vorbei, wo wir das erste Krok gefunden haben. Jetzt ist er an dem Felsband mit den vielen Ammo-Abdrucken. Jetzt ist er an die Kurve gekommen, wo der Pfad beginnt. Jetzt kann er Jefferds Bad sehen. Vielleicht ist Mr Jefferd da und kommt ihm schon entgegengerannt. Er ist viel schneller als Mr Buckland. Ich spürte dem Pfad nach, vor und zurück – so weit war es doch gar nicht bis Lyme –, aber niemand kam.

Ich öffnete die Augen. Mr Buckland war ein Punkt unter den Church Cliffs. Wie, weiter war er noch nicht? Gleichzeitig konnte ich aber auch nicht einschätzen, wie viel Zeit verstrichen war – es konnten zehn Minuten oder Stunden sein. Ich blickte in die andere Richtung über den Strand in Richtung Charmouth. Es waren keine Boote draußen, keine Fischer, die nach ihren Krabbenfallen schauten, denn es war zu stürmisch. Ich sah niemanden. Mittlerweile war Gezeitenwechsel gewesen, und die Flut kroch langsam heran.

Ich gab auf, nach Hilfe Ausschau zu halten, und betrachtete meine nähere Umgebung. Durch den Erdrutsch waren die Steine in dem grau-blauen Lehm durcheinandergewirbelt worden. Meine Augen wanderten über die Steine in meiner Umgebung und blieben an einer vertrauten Form hängen, die sich etwa anderthalb Meter von mir entfernt befand: ein etwa faustgroßer Kreis aus einander überlappenden, knochigen Schuppen. Das Auge eines Kroks! Es schien mich anzustarren. Vor Überraschung schrie ich auf. Dann fiel mir mehrere Schritte hinter dem Auge eine Bewegung auf. Sie war kaum wahrnehmbar, aber ich rief noch einmal, und es bewegte sich wieder. Aus dem Lehm ragte ein kleiner rosafarbener Fleck, und da mir der Regen in die Augen lief, konnte ich kaum erkennen, was es war. Ich überlegte, ob es vielleicht eine Krabbe war.

«Hey!», rief ich, und wieder bewegte es sich. Es war keine Krabbe, sondern ein Finger. Ich war erleichtert und gleichzeitig war mir so schlecht, dass ich kurz ohnmächtig geworden sein muss, denn als ich wieder zu mir kam und auf die Stelle schaute, bewegte sich nichts mehr. Ich räusperte mich.

«Wer ist da?», fragte ich. Es war nicht laut genug. «Wer ist da?», wiederholte ich so laut ich konnte. Der Finger bewegte sich. Ich war so glücklich, nicht allein zu sein, dass ich auflachte.

«Joe? Bist du das, Joe?» Der Finger bewegte sich nicht.

«Mam? Miss Philpot?»

Keine Bewegung. Mir war klar, dass es keiner von den dreien sein konnte, denn ich hätte gewusst, wenn sie am Strand gewesen wären. Aber wer sonst kam bei solchem Wetter hier raus? Vielleicht ein paar Kinder aus Lyme, die Mary Anning und dem Mann in ihrer Begleitung nachspionierten, in der Hoffnung, etwas Unerhörtes zu beobachten, das sie dann weitererzählen konnten. Aber das war eher unwahrscheinlich, denn dann wären sie uns schon vorher am Strand aufgefallen. Es sei denn, sie hatten oben auf der Klippe gestanden, was bedeutete, dass sie mit der Klippe abgestürzt waren. Es war ein Wunder, dass sie noch lebten.

Als ich an die Klippe und den Erdrutsch dachte, ging mir schlagartig auf, wer es sein musste. «Captain Kurio?» Mir fiel ein, dass ich ihn vorher gesehen hatte.

Als der Finger wieder wackelte, erblickte ich plötzlich auch den

Griff seines Spatens. Er ragte aus dem Lehmhaufen, unter dem Captain Kurio begraben war. Ich war so froh, dass er da war, dass ich meinen Hass auf ihn vergaß. «Captain Kurio! Mr Buckland ist los und holt Hilfe. Sie werden bald zurück sein und uns ausgraben.»

Der Finger bewegte sich wieder, aber diesmal nur ein bisschen.

«Waren Sie oben auf dem Kliff und sind mit abgestürzt?»

Der Finger bewegte sich nicht.

«Captain Kurio, können Sie mich hören? Haben Sie sich was gebrochen? Ich glaube, Fanny hat sich das Bein gebrochen. Mr Buckland hat sie mitgenommen. Er wird bald zurück sein.» Ich plapperte einfach drauflos, um gegen meine Panik anzukämpfen.

Der Finger blieb steif und deutete zum Himmel. Ich wusste, was das bedeutete, und begann zu weinen. «Gehen Sie nicht! Bleiben Sie bei mir! Bitte bleiben Sie, Captain Kurio!»

Zwischen mir und Captain Kurio lauerte das Krokodilauge. Captain Kurio und ich werden wie das Krok enden, dachte ich. Wir werden uns in Fossilien verwandeln und für immer am Strand bleiben.

Nach einer Weile hörte ich auf, den Finger von Captain Kurio anzustarren, der jetzt so unbeweglich wie alle anderen Steine in dem Geröllhaufen war. Weil ich den Blick auf die langsam ansteigende Flut genauso wenig ertrug, schaute ich in den mattweißen Himmel, über den ein paar zinnfarbene Wolken zogen. Fast mein ganzes Leben lang hatte ich nach unten geschaut und Steine gesucht, deshalb war es seltsam, in diese Leere hinaufzublicken. Über mir sah ich eine Möwe kreisen. Sie schien immer in gleichem Abstand zu mir zu bleiben, ein Punkt in weiter Ferne. Ich ließ sie nicht aus den Augen, damit ich nicht mehr zu dem Finger oder dem Krok schauen musste.

Es war so still, dass ich ein Geräusch machen wollte, um den

Bann zu brechen. Ich wollte, dass der Blitz durch mich fuhr und mich zurück ins Leben schleuderte, denn ich spürte genau das Gegenteil von ihm – eine Dunkelheit, die ganz allmählich durch meinen Körper kroch.

In unserer Familie hatte es viele Tote gegeben – Pa und all die Kinder. Außerdem hatte ich fast mein ganzes Leben damit verbracht, die Körper toter Tiere zu sammeln. Doch über meinen eigenen Tod hatte ich mir nie Gedanken gemacht. Selbst während meiner Besuche bei Lady Jackson hatte ich mehr über ihr Sterben nachgedacht als über meinen eigenen Tod. Der Tod war für mich ein Schauspiel gewesen, an dem ich mich weidete. Aber das Sterben war kein Schauspiel, es war kalt, hart, schmerzhaft – und öde. Es dauerte einfach zu lange. Allmählich war ich vom Sterben erschöpft und gelangweilt. Ich hatte viel zu viel Zeit und konnte mir in aller Ruhe Gedanken über die Art meines Todes machen: Würde ich Opfer der auflaufenden Flut werden und wie Lady Jackson ertrinken oder würde der Schlamm allmählich wie bei Captain Kurio die Luft aus mir rausdrücken? Vielleicht erschlug mich auch ein herabstürzender Stein. Ich ertrug diese Gedanken nicht mehr, es tat zu weh. Es war ein Gefühl, wie wenn ich ein Stück Eis berühren würde. Also versuchte ich an Gott zu denken und dass er mir sicher helfen würde.

Ich habe es nie jemanden anvertraut, doch auch die Gedanken an Gott vertrieben meine Angst nicht.

Der Lehm lastete immer schwerer auf mir, und ich bekam kaum noch Luft. Meine Atemzüge wurden langsamer, auch mein Herz schlug immer langsamer. Ich schloss die Augen.

Als ich wieder zu mir kam, wurde in dem Lehm über mir gegraben. Ich schlug die Augen auf und lächelte. «Danke. Ich wusste, dass Sie kommen würden. Oh, danke, dass Sie mich retten kommen.»

VI

Auch ich war ein wenig verliebt

Man sollte meinen, dass es zwei Menschen auf ewig verbindet, wenn der eine dem anderen das Leben rettet, doch bei Mary und mir ist es anders gekommen. Ich mache ihr keine Vorwürfe, aber dass ich sie an jenem Tag in einem Rennen gegen die auflaufende Flut auf der einen und die abstürzenden Felsbrocken auf der anderen Seite mit Captain Kurios Spaten aus dem Erdrutsch grub, hat uns eher entzweit als einander nähergebracht.

Es war ein Wunder, dass Mary überlebte und keine bleibenden Schäden davontrug, während Captain Kurio nur wenige Meter von ihr entfernt qualvoll erstickte. Zwar war ihr ganzer Körper von schlimmen Blutergüssen übersät, doch sie hatte sich nur wenige Knochen gebrochen – ein paar Rippen und das Schlüsselbein. Aus diesem Grund musste sie einige Wochen das Bett hüten, aber irgendwann konnte Doktor Carpenter, der sie gern noch länger dort gesehen hätte, sie nicht mehr halten. Mary weigerte sich, auch nur einen Tag länger liegen zu bleiben, und ging fest einbandagiert, damit die Knochen an ihrem Platz blieben, zurück an den Strand.

Mich wunderte, dass sie nach allem, was sie erlebt hatte, wieder Fossilien suchen wollte. Mehr noch: Sie änderte nicht einmal ihre Gewohnheiten, sondern suchte weiterhin direkt unterhalb der Klippen, wo jederzeit neue Erdrutsche abgehen konnten. Als ich andeutete, dass Molly und Joseph Anning sicher Verständnis dafür haben würden, wenn sie das Fossiliensuchen aufgab, erwiderte Mary: «Mich hat der Blitz getroffen, und ein Erdrutsch hat mich begraben, aber ich habe beides überlebt. Gott muss andere Pläne mit mir haben. Außerdem kann ich es mir gar nicht leisten, aufzuhören.»

Zu den Schulden ihres Vaters, die von der Familie nach all den Jahren immer noch abgestottert wurden, kamen jetzt neue Schulden bei Doktor Carpenter hinzu. Doktor Carpenter mochte Mary, denn sie teilten ein Interesse an Fossilien, außerdem hatte sie dank seines Rats den Blitzschlag überlebt, was ihn immer noch freute. Bezahlt werden musste er trotzdem. Zumal er nicht nur Mary, sondern auch Fanny Miller behandelt hatte, deren Familie darauf bestand, dass die Annings die Kosten übernahmen. Die Annings widersprachen dem nicht; genausowenig erwarteten sie, dass William Buckland für Fannys Behandlung aufkam. Molly Anning erlaubte nicht einmal, dass ich ihm in dieser Angelegenheit schrieb. «Er kann es sich besser leisten als Sie», argumentierte ich. Ich war auf Besuch bei Mary und hatte ihr eine Bibel mitgebracht, in der sie lesen wollte, solange sie das Bett hüten musste. «Und schließlich war Fanny nur wegen ihm am Strand.»

Molly Anning zählte gerade einen Haufen Pennies vom Fossilienverkaufstisch durch und hielt nicht einmal inne. «Hätte Mr Buckland etwas zahlen wollen, dann hätte er uns das sicher angeboten, bevor er nach Oxford abgereist ist. Ich werde ihm und seinem Geld nicht hinterherjagen.»

«Ich glaube, dass er einfach nicht daran gedacht hat», erwiderte ich. «Er ist Wissenschaftler und kein besonders praktischer Mensch. Doch wenn er davon erfährt, wird er seine Schuld bestimmt anerkennen und Doktor Carpenter bezahlen – für Marys Behandlung und für Fannys.»

«Nein.» Hinter Molly Annings Dickköpfigkeit verbarg sich ein Stolz, den ich ihr nicht zugetraut hatte. Molly maß fast alles daran, was es in klingender Münze einbrachte und wie weit es das Armenhaus auf Abstand hielt, aber sie schien verstanden zu haben, dass es in diesem Fall nicht um Geld ging. Welche Rolle William Buckland in der Sache auch gespielt haben mochte – die Annings hatten ein unschuldiges Mädchen in Gefahr gebracht und es zum Krüppel gemacht. Fanny konnte nicht mehr mit einer guten Partie rechnen oder überhaupt damit, noch zu heiraten. Ihr hübsches Aussehen mochte eine Menge wettmachen, aber die meisten Ehemänner aus der Arbeiterklasse brauchten eine Frau, die eine Meile weit laufen konnte. Kein Geld der Welt konnte wiedergutmachen, was Fanny verloren hatte. Molly Anning betrachtete die Schulden als eine Art Strafe.

Mary sprach nie von der halben Stunde, die sie verschüttet gewesen war, bevor ich sie fand, doch die Erfahrung hatte sie verändert. Oft fiel mir ein entrückter Ausdruck in ihren Augen auf, als lausche sie einer Stimme, die oben vom Black Ven rief, oder dem Schrei einer Möwe draußen über dem Meer. Am Strand war ihr der Tod begegnet und hatte direkt neben ihr Halt gemacht. Zwar hatte er Captain Kurio mitgenommen und sie verschont, doch er hatte Mary daran erinnert, dass es ihn gab und auch ihr Grenzen gesetzt waren. Irgendwann kommt für uns alle der Moment, in dem wir uns unserer Sterblichkeit bewusst werden, nur machen die meisten von uns diese Erfahrung nicht in so jungen Jahren wie Mary.

Noch dazu fiel Marys Begegnung mit dem Tod in die Zeit, als sie zur Frau heranreifte. Eines Tages half ich Molly Anning dabei, die Verbände zu wechseln, die Marys Knochenbrüche zusammenhielten. Ich entdeckte, dass sie unter den schlecht sitzenden Kleidern eine sehr frauliche Figur mit ausgewogenen

Proportionen von Taille, Brüsten und Hüfte hatte. Nur ihre Schultern hingen ein wenig vor, eine Folge ihrer Begeisterung für den Boden, außerdem waren ihre Fingerknöchel rau und die Haut an den Fingern rissig und abgearbeitet. Ihr fehlte die Anmut, die Margaret in dem Alter besessen hatte, doch sie hatte eine frische, kesse Ausstrahlung, die bei Männern ihre Wirkung hinterlassen würde.

Auch Mary selbst schien sich dessen bewusst zu werden. Sie achtete mehr auf ihr Äußeres, wusch sich regelmäßig Gesicht und Hände und bat Margaret um die Salbe, die sie für mich zusammenrührte, damit meine Hände vom aggressiven Blauen Lias nicht zu sehr austrockneten. Die aus Bienenwachs, Terpentin, Lavendel und Schafgarbe hergestellte Salbe wirkte nicht nur gegen spröde Haut, sondern eignete sich auch zur Behandlung von Wunden. Mary schmierte sie sich auf Hände, Ellbogen und Wangen, und bald verband ich mit ihrer Person diese seltsam blumige medizinische Duftnote.

Marys Haar würde stets eine mattbraune Farbe haben und vom Wind zerzaust sein, doch auch wenn es ihr nicht, wie es Mode war, in weichen Ringellocken hinabfiel, kämmte sie sich jetzt wenigstens täglich den Pony und steckte den Rest zu einem Knoten zusammen, der unter die Haube kam. Fraglich war nur, ob ihr diese Mühen viel nutzen würden, denn ihr Ruf hatte unter der Zeit mit Mr Buckland gelitten, da hatte auch die Gesellschaft der unglückseligen Fanny nicht viel geholfen. Normalerweise hätte der Erdrutschunfall Mary Sympathien einbringen müssen, aber Fannys Verletzung wog schwerer. Innerhalb der arbeitenden Bevölkerung empörte man sich über Mary, in der viele die Übeltäterin sahen. Wenn sie also versuchte, ihre Ellbogen zu pflegen und das Haar zu bändigen, tat sie das sicher nicht in der Hoffnung, damit einen Mann aus Lyme betören zu können. Mary hatte sich zu offensichtlich über alles hinweggesetzt, was von einem Mädchen ihrer Herkunft erwartet wurde. Jetzt, wo die Leute Fanny humpeln sahen, glaubten sie zu wissen, wohin ein solches Verhalten führte, und so hatten sich die leichten Vorbehalte Mary gegenüber zu einer unbarmherzigen Meinung verhärtet.

Mary gab wenig darauf, was über sie geredet wurde, ein Charakterzug, den ich einerseits bewunderte, der mich aber andererseits an den Rand der Verzweiflung trieb. Vielleicht war auch ein wenig Neid dabei, weil Mary ihre Verachtung für die gesellschaftlichen Konventionen so unverblümt zeigen konnte. Eine Frau mit meinem Klassenhintergrund hätte sich das niemals herausnehmen können. Mir war genau bewusst, dass man selbst in einem so freigeistigen Städtchen wie Lyme nicht zu sehr aus dem Rahmen fallen durfte.

Möglicherweise konnte Mary dem Leben, das Lyme ihr zu bieten hatte, einfach nicht viel abgewinnen. Sie hatte viel Zeit mit Menschen verbracht, die ihr gesellschaftlich überlegen waren – vor allem mit mir, aber auch mit William Buckland und den verschiedenen Gentlemen, die nach Lyme kamen, weil sie von Marys Fossilienfunden gehört hatten. Das mochte ihr den Kopf verdreht und Hoffnungen auf einen gesellschaftlichen Aufstieg geweckt haben. Allerdings kann ich mir nicht vorstellen, dass sie jemals einen der Männer, die sie an den Strand begleitete, ernsthaft als Heiratskandidaten betrachtete. Die meisten vornehmen Herren sahen in ihr ohnehin kaum mehr als eine sachkundige Dienstbotin. William Buckland wusste ihr Talent zwar ehrlich zu schätzen, lebte aber so sehr in seiner eigenen Welt, dass er sie nicht als Frau wahrnahm. Wie sehr einen dies verletzen kann, hatte ich selbst kurz erfahren dürfen.

Denn Marys Interesse an Männern weckte auch mein eigenes, das ich längst tot gewähnt hatte. Nun entdeckte ich, dass es lediglich geschlummert hatte; es war wie ein Rosenstrauch, den man mit ein wenig Aufmerksamkeit wieder zum Blühen bringen konnte. Einmal hatte ich William Buckland zum Abendessen in den Morley Cottage eingeladen, damit er sich meine Fossiliensammlung anschauen konnte. Die Begeisterung, mit der er die Einladung annahm, schrieb ich meinen Fossilien zu, trotzdem ließ ich mich von der Hoffnung hinreißen, dass ein wenig davon auch mir galt. Schließlich war eine Verbindung zwischen uns beiden gar nicht so undenkbar. Gut, ich war ein paar Jahre älter als er und zu alt, um noch viele Kinder zu bekommen, aber unmöglich war es nicht. Molly Anning hatte ihr letztes Kind mit sechsundvierzig Jahren zur Welt gebracht. William Buckland und ich passten nicht nur von unserer gesellschaftlichen Stellung her zueinander, wir teilten auch geistige Interessen. Natürlich war ich nicht so gebildet wie er, aber ich war belesen. Ich wusste genug über Geologie und Fossilien, um ihn als Ehefrau in seinem Beruf unterstützen zu können.

Margaret, die einen Riecher für romantische Möglichkeiten hatte, selbst für die einer älteren Jungfer, schürte diese Hoffnungen weiter, indem sie sich über Mr Bucklands lebendige Augen ausließ und mir ständig damit in den Ohren lag, was ich zum Dinner anziehen wollte. Was als freundliches Interesse begonnen hatte, entwickelte sich zu einer derart übersteigerten, stillen Aufregung, dass am Tag unserer Verabredung mein Magen verrücktspielte.

Zwei Stunden lang warteten wir auf ihn, während Bessy in der Küche schimpfend mit den Töpfen klapperte, dann gaben wir auf und setzten uns zu der Mahlzeit, die uns nun verdorben war, die zu essen ich mich aber zwang. Schließlich hatte sich Bessy an diesem Abend besonders viel Mühe gegeben, ich fühlte mich ihr verpflichtet. Sie war ohnehin schon wieder kurz davor zu kündigen; wenn ich ihr Essen verschmäht hätte, wäre sie nicht mehr zu halten gewesen. Außerdem wollte ich meinen Schwestern gegenüber keine Enttäuschung zeigen, doch jeder Bissen lag mir schwer wie Blei auf der Zunge.

Am nächsten Tag versuchte ich William Buckland zwar nicht ausfindig zu machen, begegnete ihm aber am Strand, wo er ausnahmsweise einmal ohne Mary unterwegs war. Er begrüßte mich herzlich, doch als ich meine Enttäuschung darüber zum Ausdruck brachte, dass er am Vorabend nicht gekommen sei, wirkte er überrascht. «Ich war bei Ihnen zum Dinner eingeladen, Miss Philpot? Sind Sie sicher? Sie müssen nämlich wissen, dass ich gestern von einem Mann gehört habe, der unten in Seatown eine lange Wirbelreihe gefunden hat. Ich musste unbedingt hin und sie mit eigenen Augen sehen. Und ich kann Ihnen sagen, es hat sich gelohnt, denn sie sind noch sehr gut erhalten und ganz anders als die Wirbel von Marys Kreatur. Ich frage mich sogar, ob sie nicht von einem anderen Tier kommen.»

Ihm war weder sein gesellschaftlicher Fauxpas bewusst, noch spürte er meine Enttäuschung. Für ihn war völlig selbstverständlich, dass die Besichtigung von ein paar ungewöhnlichen Wirbeln jederzeit Vorrang vor einem Dinner in Damengesellschaft hatte.

Ich sagte nichts mehr und ging mit einem «Guten Tag, Sir» weiter. Mir war aufgegangen, dass eine Frau, die William Buckland heiraten wollte, entweder so schön sein musste, dass sie ihn von seinen Forschungen ablenkte, oder so geduldig, dass sie ihn ertrug, wie er war.

Nach diesem Erlebnis glaubte ich endgültig von Männern geheilt zu sein. Doch ich hatte die Rechnung ohne Colonel Birch gemacht.

* * *

In dem Sommer, als Colonel Birch in Lyme auftauchte, befand sich Mary in einem eigenartigen Zustand, denn sie wusste nicht so recht, was sie von den jüngsten Entwicklungen halten sollte. Einerseits war das Fossil, das sie zusammen mit Joseph gefunden hatte, recht berühmt geworden. Charles Konig hatte Bullock das Original abgekauft und es im Britischen Museum ausgestellt. Er nannte das Tier «Ichthyosaurier», was soviel wie «Fischechse» bedeutet, denn von seiner Anatomie her war der Fund zwischen Fisch und Echse anzusiedeln. Konig und auch andere Wissenschaftler beschäftigten sich ausgiebig mit dem Fossil. Artikel erschienen, in denen darüber debattiert wurde, ob man den Ichthyosaurier als Meeresreptil bezeichnen könne, weil er wie ein Säugetier geatmet habe, aber wie ein Fisch geschwommen sei. Mit großer Neugier verschlang ich alle Zeitschriften, die William Buckland mir auslieh. Mir fiel auf, dass sich niemand an die heikle Frage heranwagte, ob und warum diese Lebewesen ausgestorben waren und welche Rolle Gott dabei gespielt hatte. Theologische Themen wurden gänzlich ausgespart. Vielleicht orientierten sie sich alle an Cuvier, der in seinen Schriften niemals ein Wort über Gottes Absichten fallen ließ. Auch für mich war es eine Erleichterung, den Ichthyosaurier einfach als das akzeptieren zu können, was er war – ein Meeresreptil aus alter Zeit, das nun sogar einen eigenen Namen hatte.

Mary tat sich schwerer damit. Wie die meisten Einheimischen nannte sie das Lebewesen lange Zeit noch Krokodil, entschied sich dann aber irgendwann für «Ichie». Durch den neuen wissenschaftlichen Namen schien das Fossil plötzlich noch weniger mit ihr zu tun zu haben als schon durch den Umstand, dass es sich an einem so fernen Ort befand. Gelehrte Männer debattierten in Versammlungen über den Ichthyosaurier und schrieben Artikel über ihn. Mary war von all dem ausgeschlossen. Man traute ihr zwar zu, Fossilien zu finden, aber nicht, sie mit zu erforschen. Und selbst die Fossilienjagd gestaltete sich immer schwieriger: Obwohl sie täglich die Church Cliffs und den Black Ven durchkämmte, hatte Mary schon seit über einem Jahr keinen kompletten Ichthyosaurier mehr gefunden.

Eines Tages schlug ich ihr vor, am Strand bei Seatown, das sich mehrere Meilen östlich von Charmouth befand, nach Schlangensternen und Crinoiden zu suchen. Normalerweise gingen wir nie so weit raus, doch ich glaubte, eine andere Gegend würde Mary guttun, und hatte Seatown vorgeschlagen, damit sie auf der Suche nach der schwer zu findenden Riesenbestie nicht immer nur am selben Strandabschnitt umherstreifte. Wir wählten einen sonnigen Tag, an dem die Gezeiten einen frühen Aufbruch nötig machten. Bereitwillig begleitete mich Mary über die Church Cliffs und den Black Ven hinaus, aber als wir dann kurz hinter Charmouth zum Gabriel's Ledge kamen, fing sie an, sich ständig umzuschauen, als würden die Klippen sie zurückrufen. «Da hinten hat es geblitzt», sagte sie voller Überzeugung. «Haben Sie es nicht gesehen?»

Ich schüttelte den Kopf und lief weiter den Strand entlang, in der Hoffnung, sie würde mir folgen.

«Da, schon wieder», sagte Mary. «Oh, schauen Sie nur, Miss Philpot, glauben Sie, der will was von uns?»

Ein Mann kam über den Strand auf uns zugeschritten. Obwohl bei dem milden Wetter und herrlichen Morgenlicht noch andere Menschen draußen unterwegs waren, grüßte er niemanden. Er schien sein Ziel genau zu kennen, und dieses Ziel waren – wir. Der Mann war groß, hielt sich sehr aufrecht und trug die hohen Stiefel und den langen roten Mantel eines Soldaten. Die Messingknöpfe seiner Uniform blitzten in der Sonne. Nur selten löst der Anblick eines Mannes Gefühle in mir aus, aber dieser

Mann schien uns mit einer solchen Entschlossenheit einholen zu wollen, dass plötzlich eine Erregung in mir aufwallte, an die ich mich noch lange erinnern sollte.

Als er näher kam, lächelte er. Er war eine eindrucksvolle Persönlichkeit; ungefähr fünfzig Jahre alt, gepflegt, honorig, selbstbewusst und mit der strammen militärischen Haltung, die einem Mann so gut steht. Die Augen in seinem wettergegerbten Gesicht blinzelten gegen Sonne und Wind an, doch es tat seiner Attraktivität keinen Abbruch. Als er seinen Dreispitz lüftete und sich verbeugte, erhaschte ich einen Blick auf den von grauen Strähnen durchzogenen Scheitel in seinem dichten schwarzen Haar.

«Meine Damen», verkündete er. «Ich suche Sie schon den ganzen Morgen und bin hocherfreut, Sie endlich gefunden zu haben.» Schwungvoll setzte er den Hut wieder auf, so dass die weißen Federn, mit denen er geschmückt war, zitterten. Sein Haar war so dicht und wellig, dass der Hut jeden Moment herunterzurutschen drohte.

Noch nie habe ich Männern getraut, die mit den Haaren führen, denn das tun nur Menschen, die eitel und zu sehr von sich eingenommen sind.

«Ich bin Colonel Birch vom 1. Regiment Leibgarde.» Er hielt inne, ließ den Blick zwischen uns hin und her schweifen und verweilte dann bei Mary. «Und Sie müssen die bemerkenswerte Mary Anning sein, die bereits mehrere Ichthyosaurierfossilien gefunden hat. Liege ich da richtig?»

Mary nickte, unfähig, den Blick von ihm zu wenden.

Jeder, der von Mary gehört hatte, wusste auch, dass sie jung war und von niederer Herkunft. Die zwanzig Jahre, die ich ihr voraus hatte, standen mir im Gesicht geschrieben, auch meine feineren Kleider und meine Haltung machten eine Verwechslung unmöglich. Und doch gab es mir einen eifersüchtigen Stich, dass dieser attraktive Mann nicht wegen mir den Strand entlanggelaufen war.

Wohl deshalb reagierte ich kratzbürstiger als beabsichtigt. «Vermutlich wollen Sie, dass Mary Ihnen einen Ichthyosaurier sucht, so wie Sie sonst bei Ihrem Kunsthändler Drucke für bestimmte Wände bestellen.»

Mary warf mir einen wütenden Blick zu. So unhöflich hatte sie mich noch nie erlebt, doch Colonel Birch lachte nur. «Genauso ist es. Ich möchte, dass Mary mir hilft, einen Ichthyosaurier zu finden. Falls sie einverstanden ist.»

«Natürlich, Sir!»

«Sie müssen erst ihre Mutter und ihren Bruder um Erlaubnis fragen. Alles andere wäre unschicklich», ich konnte meine scharfe Zunge nicht im Zaum halten.

«Ach, das ist kein Problem, sie werden ja sagen», warf Mary ein.

«Natürlich werde ich mit deiner Familie sprechen», sagte Colonel Birch. «Du hast nichts von mir zu befürchten, Mary – und Sie auch nicht, Miss …»

«Philpot.» Natürlich hatte er gleich angenommen, dass ich unverheiratet war. Würde eine verheiratete Dame sich weit weg von Heim und Herd allein draußen am Strand herumtreiben und Fossilien suchen? Ich bückte mich, um etwas aufzuheben, das ich im Sand erblickt hatte. Es war nur ein Stück Beef, das aber wie der Paddelknochen eines Ichthyosauriers ausgesehen hatte, trotzdem schenkte ich ihm mehr Beachtung, als es wert war, nur um nicht länger Colonel Birch anschauen zu müssen.

«Wir können jetzt sofort zurückgehen und Mam fragen», schlug Mary vor.

«Mary, hast du vergessen, wir wollten nach Seatown gehen, um Schlangensterne und Seelilien zu suchen. Wenn du nach Lyme zurückgehst, wird das heute nicht mehr klappen.»

Colonel Birch fiel mir ins Wort. «Ich könnte mit Ihnen nach Seatown gehen. Aber ist das nicht ein etwas weiter Weg für zwei unbegleitete Damen?»

«Sieben Meilen», schnappte ich. «Wir sind durchaus in der Lage, so weit zu laufen. Wir machen das dauernd. Und für den Rückweg nehmen wir später die Postkutsche.»

«Ich werde Sie zur Kutsche bringen», erklärte Colonel Birch. «Ich könnte es nicht mit meinem Gewissen vereinbaren, zwei hilflose Damen …»

«Wir brauchen keine …»

«Oh, vielen Dank, Colonel Birch!», unterbrach Mary mich.

«Sagten Sie gerade Seelilien?», fragte Colonel Birch. «Ich besitze selbst ein paar sehr schöne Exemplare der Gattung Pentacrinus. Wenn Sie wollen, zeige ich Sie Ihnen einmal. Ich habe sie in meinem Hotel in Charmouth.»

Ich runzelte die Stirn angesichts dieses unschicklichen Angebots, doch Marys Urteilsvermögen schien außer Kraft gesetzt zu sein. «Ja, ich würde Sie gern sehen», sagte sie. «Und ich habe zu Hause auch noch Crinoide, die Sie sich anschauen dürfen, Sir. Crinoide, Ammos, Teile von einem Krok-Ichthyosaurier und noch mehr Sachen.» Das Mädchen war bereits in ihn verliebt. Ich schüttelte den Kopf und stakste mit gesenktem Kopf den Strand entlang, als würde ich wieder suchen, dabei ging ich dafür viel zu schnell. Einen Moment später folgten sie mir.

«Was ist ein Schlangenstern?», fragte Colonel Birch. «Davon habe ich noch nie gehört.»

«Ein Stein, der wie ein Stern geformt ist, Sir», erklärte Mary. «Im Zentrum gleicht sein Umriss einer fünfblättrigen Blüte, und von jeder Blüte geht ein langer, gewellter Arm ab. Es ist sehr schwer, einen Schlangenstern zu finden, bei dem noch alle fünf Arme intakt sind. Ein Sammler hat mich extra um einen gebeten, der nicht kaputt ist, deshalb sind wir so weit rausgelaufen. Normalerweise bleibe ich immer in Stadtnähe zwischen Lyme und Charmouth, beim Black Ven oder bei den Felsbändern am Strand.»

«Hast du dort die Ichthyosaurier gefunden?»

«Einen dort und einen am Monmouth Strand, gleich westlich von Lyme. Aber hier könnte es auch welche geben, ich habe hier nur noch nie gesucht. Haben Sie schon mal einen Ichthyosaurier gesehen, Sir?»

«Nein, aber ich habe über sie gelesen. Und ich habe Zeichnungen gesehen.»

Ich schnaubte.

«Ich will den Sommer über hierbleiben, um meine Fossiliensammlung zu erweitern, Mary, und ich hoffe, du kannst mir dabei helfen. Schau!» Colonel Birch blieb stehen. Ich schaute mich um. Er bückte sich und hob einen Crinoid auf.

«Sehr gut, Sir», sagte Mary. «Den wollte ich mir gerade genauer anschauen, aber Sie waren schneller.»

Er hielt ihr den Stein hin. «Der ist für dich, Mary. Ich will dir nicht so ein schönes Exemplar wegnehmen. Nimm ihn als Geschenk von mir.»

Es war tatsächlich ein sehr schönes Fossil, das sich wie die Lilie, der es seinen Namen verdankte, entfaltete. «O nein, der gehört Ihnen», sagte Mary. «Sie haben ihn gefunden. Das könnte ich niemals annehmen.»

Colonel Birch nahm ihre Hand, legte den Crinoid hinein und schloss ihre Finger darum. «Ich bestehe darauf, Mary.» Er hielt seine Hand um ihre Faust und blickte sie an. «Wusstest du, dass Crinoiden keine Pflanzen sind, obwohl sie so aussehen, sondern Tiere?»

«Wirklich, Sir?» Mary blickte ihm fragend in die Augen.

Natürlich wusste sie, was Crinoide waren. Ich hatte es ihr selbst beigebracht.

Ich trat vor. «Colonel Birch, ich muss Sie bitten, angemessenen Respekt zu zeigen. Anderenfalls sehe ich mich gezwungen, Sie zum Gehen aufzufordern.»

Colonel Birch zog seine Hand weg. «Ich bitte um Entschuldigung, Miss Philpot. Wenn ich Fossilien finde, bin ich immer so erregt, dass ich Mühe habe, meine Gefühle zu kontrollieren.»

«Wenn Sie zu dieser Kontrolle nicht fähig sind, werden Sie die Privilegien, auf die Sie hoffen, nicht bekommen.»

Er nickte und ging ab sofort in respektvollem Abstand ein paar Schritte hinter uns. Eine Weile lang liefen wir schweigend weiter, doch das hielt Colonel Birch nicht lange aus, und bald schon bummelten er und Mary wieder hinter mir her. Er fragte sie, welche Fossilien sie am liebsten mochte, nach welcher Methode sie suchte oder um was es sich denn ihrer Meinung bei einem Ichthyosaurier handele. «Ich weiß nicht, Sir», hob Mary an, die immerhin über ihren eigenen spektakulären Fund redete. «Ich finde, der Ichie hat ein bisschen was von einem Krokodil, etwas von einer Echse und etwas von einem Fisch. Und dann noch ein bisschen was ganz Eigenes. Genau das ist ja das Schwierige. Wie passt dieses Eigene dazu?»

«Ach, ich denke, dass auch dein Ichthyosaurier einen Platz in der Großen Kette des Seins des Aristoteles hat», meinte Colonel Birch.

«Was ist das denn, Sir?»

Ich schnalzte missbilligend mit der Zunge. Mary brauchte seine Erklärung nicht, denn ich hatte ihr diese Theorie längst beschrieben. Sie flirtete mit ihm. Natürlich demonstrierte er ihr nur zu gern sein Wissen. Wie alle Männer.

«Der griechische Philosoph Aristoteles bringt alle Lebewesen von den niedrigsten Pflanzen bis hin zum vollkommensten Wesen, dem Menschen, in eine Reihenfolge, die er ‹Die Große Kette des Seins› nennt. Dein Ichthyosaurier könnte in dieser Kette zum Beispiel zwischen der Echse und dem Krokodil stehen.»

«Das ist sehr interessant, Sir,», sagte Mary und überlegte einen Augenblick. «Aber das erklärt uns immer noch nicht den Teil des Ichies, der ganz anders ist und sich keiner Gruppe zuordnen lässt. Wo hat der dann seinen Platz in der Kette, wenn er so ganz anders ist?»

Colonel Birch blieb unvermittelt stehen und bückte sich, um einen Stein aufzuheben. «Ist dies … Ach, nein, doch nicht. Ich habe mich geirrt.» Er warf den Stein ins Wasser.

Ich lächelte. Auch wenn er mit seiner schönen Haartracht blenden mochte, mit seinem Wissen gelang ihm das nicht. Es war eher oberflächlich, und Mary hatte ihn bereits an seine Grenzen gebracht.

«Und Sie, Miss Philpot? Was sammeln Sie am liebsten?» Mit zwei beherzten Schritten hatte Colonel Birch zu mir aufgeschlossen und war Marys peinlicher Frage entkommen. Seine Aufmerksamkeit kam mir ungelegen, denn ich wusste nicht, wie lange ich sie ertragen würde, aber ich durfte nicht unhöflich sein.

«Fische», antwortete ich so knapp wie möglich.

«Fische?»

Obwohl ich mich eigentlich nicht mit ihm unterhalten wollte, konnte ich nicht anders, als ein wenig mit meinem Wissen anzugeben. «Vor allem *Eugnathus, Pholidophorus, Dapedius* und *Hybodus*. Beim Letztgenannten handelt es sich um einen Ur-Hai», fügte ich hinzu, als ich merkte, dass die lateinischen Namen bei ihm auf Unverständnis stießen. «Das sind natürlich Gattungsnamen. Die verschiedenen Unterarten sind noch nicht identifiziert worden.»

«Miss Philphot hat eine große Fischfossiliensammlung bei sich zu Hause», meldete sich Mary zu Wort. «Es kommen dauernd Leute vorbei und wollen sie sehen, stimmt's, Miss Elizabeth?»

«Tatsächlich? Wie faszinierend», murmelte Colonel Birch. «Dann muss ich Ihnen ebenfalls einen Besuch abstatten und Ihre Fische anschauen.»

Er war vorsichtig, und ich konnte ihm keine Unhöflichkeit nachweisen, doch in seinem Tonfall schwang ein Hauch von Sarkasmus mit. Er zog natürlich den spektakulären Ichthyosaurier den stillen Fischen vor. Aber so ist es bei den meisten Menschen. Sie haben kein Verständnis für die besondere Schönheit eines Fisches mit seinen präzisen Formen und Strukturen, den überlappenden Schuppen, der getüpfelten Haut und den fein gestalteten Flossen. Es war eine schlichte und klare Schönheit. Colonel Birch mit seiner Haartolle und den glänzenden Knöpfen würde solche Feinheiten niemals begreifen.

«Wir gehen besser weiter», schnappte ich, «sonst wird uns die Flut noch einholen, bevor wir in Seatown sind. Mary, wenn du nicht aufhörst zu reden, findest du niemals einen Schlangenstern für deinen Sammler.»

Mary verzog mürrisch das Gesicht, aber meine Duldsamkeit hatte ihre Grenze erreicht. Ich wandte mich von Colonel Birch ab und schritt los in Richtung Seatown, blind für alle Fossilien, die sich vor meinen Füßen befinden mochten.

Colonel Birch plante mehrere Wochen zu bleiben, um seine Sammlung aufzubauen. Er hatte sich ein Zimmer in Charmouth genommen, kam aber täglich nach Lyme und okkupierte Mary gleich von Anfang an vollständig. Jeden Tag ging sie mit ihm hinaus an den Strand. Anfangs begleitete ich sie noch, denn im Unterschied zu Mary selbst fürchtete ich um ihren Ruf in der

Stadt. Auch wenn wir zu dritt unterwegs waren, versuchte ich in den angenehmen Rhythmus hinein zu finden, der sich immer einspielte, wenn ich mit Mary allein ging und jede von uns sich auf die eigene Suche konzentrierte, sich aber gleichzeitig der beruhigenden Nähe der anderen bewusst war. Doch Colonel Birch, der nicht von Marys Seite wich und ständig auf sie einredete, ruinierte diesen Rhythmus. Dass sie in jenem Sommer überhaupt etwas fand, spricht für ihr Suchgeschick. Doch Mary schien nichts gegen sein Geplapper zu haben – mehr noch, sie war völlig vernarrt in ihn. Wenn die beiden am Strand waren, war ich dort völlig überflüssig, genauso gut hätte ich ein leerer Krabbenpanzer sein können. Dreimal bin ich mit ihnen Suchen gegangen, dann hatte ich genug.

Colonel Birch war ein Aufschneider. Oder, um genau zu sein, *Lieutenant* Colonel Birch war ein Aufschneider. Denn das war eine seiner vielen kleinen Schlichen: Indem er den «Lieutenant» wegließ, beförderte er sich in einen höheren Rang, als er tatsächlich bekleidete. Auch dass er längst aus der Leibgarde ausgeschieden war, erwähnte er mit keinem Wort, obwohl jeder, der sich ein wenig mit dem Militär auskannte, sehen konnte, dass er noch die aus einem langen Mantel und ledernen Reithosen bestehende alte Uniform trug und nicht den kürzeren Rock und die blaugrauen Pantalons der gegenwärtigen Soldaten. Ohne selbst an der Schlacht von Waterloo teilgenommen zu haben, sonnte er sich fröhlich in dem Ruhm, den die Leibgarde dort errungen hatte.

In den drei Tagen, die ich mit ihm am Strand verbrachte, fiel mir jedoch etwas auf, das mich noch mehr erzürnte: Er selbst fand keine Fossilien. Anders als Mary und ich heftete er die Augen nicht auf den Boden, sondern studierte unsere Gesichter und folgte unseren Blicken. Blieben wir stehen, um uns zu bücken, hatte er schon die Hand ausgestreckt und aufgehoben, was wir entdeckt hatten, bevor wir es selbst tun konnten. Bei mir wendete er diese Methode nur einmal an, denn mein böse funkelnder Blick belehrte ihn eines Besseren, aber Mary war nachsichtiger oder von ihren Gefühlen geblendet. Sie überließ ihm viele ihrer Funde, die er dann als seine ausgab.

Der Dilettantismus von Colonel Birch entsetzte mich. Trotz seines zur Schau gestellten Interesses an Fossilien und der vorgeblich robusten militärischen Verfassung, die keine Entbehrungen scheut, wollte er sich bei der Fossiliensuche nicht die Finger im Matsch schmutzig machen. Er suchte mit Hilfe seiner Brieftasche und seines Charmes oder, indem er andere bestahl. Bis zum Ende des Sommers hatte er sich eine hübsche Sammlung zugelegt, nur dass die Funde von Mary stammten, die sie ihm entweder geschenkt oder ihn bei der gemeinsamen Suche mit der Nase darauf gestoßen hatte. Wie Lord Henley und die anderen Männer, die nach Lyme kamen, war Colonel Birch eher ein Sammler als ein Jäger. Statt mit eigenen Augen und Händen zu suchen, kaufte er sein Wissen. Ich verstand nicht, was Mary an ihm so anziehend fand.

Nein, das stimmt nicht. Ich verstand es sehr wohl, denn ich war selbst ein wenig in ihn verliebt. Mochte ich auch noch so viel an ihm auszusetzen haben, ich fand ihn attraktiv. Nicht nur rein äußerlich, obwohl das sicher eine Rolle spielte, sondern weil sein Interesse an Fossilien ehrlich und tiefgehend war. Wenn er nicht gerade mit Mary flirtete, konnte er sehr kenntnisreich und leidenschaftlich über die Herkunft des Ichthyosauriers debattieren und sich Gedanken darüber machen, was dessen Aussterben zu bedeuten hatte. Zur Rolle Gottes vertrat er einen eigenen, klaren Standpunkt, ohne deswegen respektlos oder blasphemisch zu wirken. «Ich bin mir sicher, dass Gott Wichtigeres zu tun hat, als auf jedes einzelne Lebewesen dieser Welt aufzupassen», sagte er einmal, als wir über den Klippenpfad nach Lyme zurückliefen, nachdem die Flut uns den Weg abgeschnitten hatte. «Mit seiner Schöpfung hat er etwas so Wunderbares vollbracht, dass Er jetzt nicht das Leben eines jeden einzelnen Wurms oder Haifisches im Auge behalten muss. Seine Sorge gilt uns, denn uns hat er schließlich nach Seinem Ebenbild geschaffen, und uns hat er Seinen Sohn geschickt.» Aus dem Mund von Colonel Birch klang das so klar und vernünftig, dass ich mir wünschte, Reverend Jones könnte ihn hören.

Colonel Birch war ein Mann, der über Fossilien nachdachte und über sie redete. Er ermutigte uns Frauen, nach ihnen zu suchen, und es störte ihn auch nicht, dass ich mir dabei regelmäßig die Handschuhe ruinierte. Dass er kein Talent zum Suchen hatte und nur ein Sammler war, war auch nicht der wahre Grund meines Zorns. Es war vielmehr die Tatsache, dass er mich, die ich vom Alter und vom gesellschaftlichen Hintergrund viel besser zu ihm passte, nicht einen Moment als zu umwerbende Dame in Erwägung gezogen hatte.

Doch was immer ich von ihm halten mochte, es oblag mir nicht zu entscheiden, was Mary mit Colonel Birch tat oder nicht tat. Das war die Aufgabe von Molly Anning. Im Lauf der Jahre hatten Molly und ich mehr Verständnis füreinander entwickelt, sie war jetzt weniger misstrauisch und ich nicht mehr so unsicher ihr gegenüber. Auch wenn sie kaum Bildung genossen hatte und ihr die poetische und philosophische Seite unserer Entdeckungen verschlossen blieb, konnte sie akzeptieren, was mir und anderen daran wichtig war. Dass sich diese Wichtigkeit für sie in klingender Münze auszahlte und ihre Familie nährte, kleidete und ihr ein Dach über dem Kopf sicherte, mochte natürlich eine Rolle spielen, doch sie machte sich nicht mehr darüber lustig, was andere in Fossilien sahen. Für Molly blieben sie etwas, das man verkaufen konnte, genauso wie man Knöpfe, Karotten, Fässer oder Nägel verkaufte. Und falls sie es seltsam fand, dass ich meine Funde behielt, ließ sie es sich nicht anmerken. In ihren Augen hatte ich es einfach nicht nötig, etwas zu verkaufen. Louise, Margaret und ich lebten zwar nicht im Luxus, doch wir mussten nie den Gerichtsvollzieher oder das Armenhaus fürchten. Die Annings aber wussten nur zu gut, was Hunger bedeutete, und eine solche Erfahrung kann den Verstand schärfen. Molly Anning entwickelte sich zu einer gerissenen Geschäftsfrau, die immer wieder ein paar Extraschillinge oder Pennies für sich herausschlug.

Sie beneidete mich um mein Einkommen und meine Stellung in der Gesellschaft – soweit man in Lyme von einer «Gesellschaft» sprechen konnte –, gleichzeitig tat ich ihr aber auch Leid, weil ich nie mit einem Mann zusammen gewesen war und die Sicherheit der Ehe genauso wenig kannte wie die Liebe eines Babys in meinen Armen. Dieses Mitleid bildete ein gutes Gegengewicht zum Neid, so dass sie mich recht neutral sah und sogar ein wenig Verständnis für mich aufbrachte. Ich hingegen bewunderte sie für ihre Geschäftstüchtigkeit und die Fähigkeit, selbst schwierige Situationen allein zu bewältigen. Obwohl sie angesichts ihres harten und entbehrungsreichen Lebens jedes Recht dazu gehabt hätte, beklagte sie sich nie.

Nur vom Charme des Colonel Birch hatte sich Molly Anning leider fast genauso hinreißen lassen wie ihre Tochter. Eigentlich hielt ich viel auf ihre Menschenkenntnis und hatte deshalb erwartet, dass sie Colonel Birch als den habsüchtigen Aufschneider und Schwindler entlarven würde, der er war. Vielleicht aber spürte sie genau wie Mary, dass er die erste – und möglicherweise auch einzige – Gelegenheit war, ihre Tochter aus dem harten

Leben ihrer Klasse zu sich empor in eine bessere und wohlhabendere Welt zu ziehen.

Ich glaube nicht, dass Colonel Birch von Anfang an vor hatte, Mary den Hof zu machen. Das Jagdfieber hatte ihn nach Lyme gelockt, wo er, wie viele andere auch, Schätze am Strand zu finden hoffte; Knochen, die von früheren Zeiten sprachen und mittlerweile den Wert von Silber hatten. Hat man sich einmal am Sammelvirus angesteckt, wird man es so schnell nicht mehr los. Allerdings bot sich Colonel Birch in Lyme auch die seltene Gelegenheit, ganze Tage mit einer unbegleiteten Frau zu verbringen, und er hatte nicht widerstehen können.

Zunächst aber musste er ihre Mutter gewinnen, was ihm gelang, indem er schamlos mit Molly Anning flirtete, so dass diese vielleicht zum ersten und einzigen Mal in ihrem Leben den Kopf verlor. Molly war von Armut und Verlusten zermürbt. In den Jahren nach dem Tod von Richard Anning hatte sie wegen der ständigen Geldsorgen und der Angst vorm Armenhaus wenig zu lachen gehabt. Und dann kam plötzlich ein gut aussehender ehemaliger Soldat in schicker Uniform dahergelaufen, der ihr die Hand küsste, ihre gute Haushaltung lobte und sie um die Erlaubnis bat, mit ihrer Tochter über den Strand gehen zu dürfen. Dieselbe Frau, die sich so entrüstet darüber gezeigt hatte, dass der unschuldige William Buckland Mary mit hinausnahm, vergaß nun über einem Handkuss und ein paar netten Worten alle Vorsicht. Vielleicht war sie es auch einfach leid, immer nur nein zu sagen.

In dem Laden, in dem Molly Anning Feriengästen Fossilien verkaufte, wurden allmählich selbst die einfachsten Exemplare wie Ammoniten oder Belemniten knapp, denn Mary suchte sie nicht mehr. Sie überließ es anderen, Knollen aufzubrechen, und ignorierte die Anfragen von Sammlern, die Seeigel, Gryphaea oder Schlangensterne kaufen wollten. Wenn sie etwas Gutes fand, gab sie es Colonel Birch, oder sie ermunterte ihn, ihre Funde als seine eigenen aufzuheben. Ich half Molly so gut ich konnte, indem ich ihr meine Funde gab. Schließlich sammelte ich ohnehin in erster Linie Fischfossilien und konnte mich deshalb leicht von anderen Exemplaren trennen. Doch den Annings ging allmählich das Geld aus. Sie machten Schulden beim Bäcker und beim Fleischer, zu denen sich, sobald es kalt wurde, sicher noch der Kohlenhändler gesellen würde. Und trotzdem sagte Molly Anning nichts; vielleicht betrachtete sie Marys Zeit mit Colonel Birch als Investition in die Zukunft.

Da ihre Mutter es nicht tat, versuchte ich mit Mary über Colonel Birch zu reden. Wenn das Wasser hoch stand, konnten sie nicht hinaus an den Strand. Meistens kehrte er dann im Gasthaus *Three Cups* ein oder besuchte den Ballsaal, der Mary natürlich verschlossen blieb. Sie half derweil ihrer Mutter, reinigte die Funde für Colonel Birch oder lief einfach wie benommen durch die Straßen von Lyme. Als ich eines Tages aus der Sherborne Lane bog, einer kurzen Passage, die vom Stadtzentrum in die Silver Street führte und die ich wählte, wenn mir nicht danach war, die vielen Menschen in der Broad Street zu grüßen, lief ich Mary über den Weg. Ihr Blick war aufs Golden Cap gerichtet und ihr Gesicht von einem beseelten Lächeln erhellt, das von einer tiefen inneren Freude sprach. Einen Moment lang war ich versucht zu glauben, dass Colonel Birch es ernst mit ihr meinte.

Mein eifersüchtiges Herz krampfte sich zusammen, als ich sie so glücklich sah. Ich konnte nicht länger an mich halten. «Mary», fiel ich mit der Tür ins Haus, ohne mich mit dem einleitenden höflichen Geplauder aufzuhalten, das solche Gespräche leichter macht. «Bezahlt Colonel Birch dir die Stunden, die du mit ihm verbringst?»

Mary schüttelte kurz den Kopf, als versuchte sie sich aus ihren Träumen zu reißen, dann blickte sie mir hellwach in die Augen. «Was meinen Sie damit?»

Ich wechselte meinen Einkaufskorb von einem Arm zum andern. «Er beansprucht deine ganze Zeit, die du eigentlich zum Suchen brauchst. Bezahlt er dich dafür oder wenigstens für die Fossilien, die du für ihn findest?»

Mary kniff die Augen zusammen. «Das haben Sie mich bei Mr Buckland oder Henry De La Beche oder irgendwelchen anderen Herren, die ich an den Strand begleitet habe, nie gefragt. Ist Colonel Birch irgendwie anders?»

«Du weißt, dass er das ist. Die anderen Männer haben ihre Fossilien zum Beispiel selbst gefunden. Oder sie haben dich bezahlt, wenn du sie gefunden hast. Bezahlt Colonel Birch dich?»

In Marys Augen glimmte ein Funke des Zweifels auf, den sie aber gleich mit Verachtung überspielte. «Er findet seine eigenen Kuris, er muss mich nicht bezahlen.»

«Ach, ja? Und was hast du dann zum Verkaufen gefunden?» Mary antwortete nicht. «Mary, ich habe den Tisch deiner Mutter am Cockmoile Square gesehen. Es ist kaum noch etwas darauf. Sie verkauft unvollständige Ammoniten, die du früher einmal ins Meer zurückgeworfen hättest.»

Mary war auf den Boden zurückgekommen. Sollte das meine Absicht gewesen sein, hatte ich Erfolg gehabt. «Ich helfe Colonel Birch», erklärte sie. «Ist das ein Verbrechen?»

«Er sollte dich dafür bezahlen. Anderenfalls nutzt er dich nur aus, und zum Schluss stehst du mit deiner Familie ärmer da als jemals zuvor.» Hätte ich es nur dabei bewenden lassen, dann hätten meine Worte vielleicht eine positive Wirkung gehabt. Aber ich konnte nicht anders, ich musste weiterbohren. «Sein Benehmen spricht nicht für seinen Charakter, Mary. Es wäre besser, wenn du dich von diesem Mann fernhalten würdest, denn er wird dir nur weh tun. Die ganze Stadt redet bereits, und es ist schlimmer als damals mit William Buckland.»

Mary funkelte mich an. «So ein Unsinn. Sie kennen ihn überhaupt nicht, nicht so wie ich. Es wär besser, Sie würden nicht auf den Klatsch hören, sonst werden Sie selbst noch so eine alte Klatschtante!» Sie stürmte an mir vorbei und lief in die Sherborne Lane. Noch nie war Mary mir gegenüber so unhöflich gewesen. Sie hatte sich mir nicht wie üblich als Mädchen aus der Arbeiterklasse untergeordnet, sondern sich plötzlich auf eine Stufe mit mir gestellt. Das war neu.

Später bereute ich, was ich gesagt hatte und wie ich es gesagt hatte, und nahm mir vor, wieder mit Mary und Colonel Birch hinauszugehen. Auf diese Weise wollte ich mich einerseits selbst bestrafen, aber auch die spitzen Zungen Lymes zum Schweigen bringen. Mary nahm meine Geste bereitwillig an, denn die Liebe stimmte sie versöhnlich.

So kam es, dass ich mit den beiden draußen beim Black Ven war, als sie endlich den Ichthyosaurier fanden, den Colonel Birch unbedingt in seiner Sammlung haben wollte. Ich selbst fand an jenem Tag kaum etwas, da ich durch das Benehmen von Mary und Colonel Birch abgelenkt war, die viel offener liebevoll miteinander umgingen als noch vor ein paar Wochen. Sie berührten einander am Arm, um sich gegenseitig auf etwas aufmerksam zu machen, steckten flüsternd die Köpfe zusammen und lächelten sich an. Einen schrecklichen Moment lang fragte ich mich, ob Mary sich ihm bereits ganz hingegeben hatte, doch dann sagte mir die Vernunft, dass sie sich in dem Fall nicht dauernd die Mühe machen würde, wie zufällig seinen Arm zu berühren. Ich kannte kein Ehepaar, das sich ständig berühren musste. Sie hatten es nicht mehr nötig.

In solche Gedanken vertieft sah ich, wie Mary an einer Felskante stehen blieb und nach unten schaute. Ich hatte sie schon Hunderte von Malen in dieser suchenden Körperhaltung beobachtet, doch die Art ihres Stillhaltens verriet mir, dass sie etwas gefunden hatte.

Colonel Birch ging noch ein paar Schritte weiter, machte dann aber ebenfalls Halt und kam zurück. «Was ist, Mary? Hast du etwas gesehen?»

Mary zögerte. Hätte sie gewusst, dass ich die beiden beobachtete, hätte sie vielleicht anders gehandelt, als sie es jetzt tat. «Nichts. Ich wollte nur …» Sie ließ ihren Hammer los, der laut klappernd auf dem Boden landete. «Entschuldigen Sie, Sir. Mir ist ein bisschen schwindelig. Das muss die Sonne sein. Können sie mir bitte den Hammer aufheben?»

«Aber natürlich.» Colonel Birch bückte sich und erstarrte. Dann sank er auf die Knie und blickte fragend zu Mary hoch.

«Haben Sie was gefunden, Sir?»

«Ja, Mary. Ich glaube, ich habe tatsächlich etwas gefunden!»

«Das ist ein Rückenwirbel, oder Sir? Wenn man ihn misst, lässt sich schätzen, wie lang die ganze Kreatur ist. Für jeden Zentimeter Wirbeldurchmesser ist der Ichie sechzig Zentimeter lang. Der da scheint einen Durchmesser von ungefähr vier Zentimetern zu haben, das Tier könnte also an die zweieinhalb Meter lang sein. Schauen Sie mal, ob Sie noch andere Teile in der Kante finden. Hier, nehmen Sie meinen Hammer.»

Sie überließ ihm den Ichthyosaurier, und er wusste es. Angewidert wandte ich mich ab. Während die beiden aufgeregt den Umrissen der Kreatur in der Felskante nachspürten, beschäftigte ich mich damit, willkürlich aufgehobene Steine aufzuklopfen, bis sie mich herbeiriefen, um einen Blick auf Colonel Birchs Fund zu werfen. Ich konnte kaum hinsehen, was eine Schande war, denn dies mochte der schönste Ichthyosaurier sein, den Mary jemals gefunden hatte, und es ist immer ein beeindruckender Anblick, ihn in seinem natürlichen Umfeld eingebettet zu sehen, bevor er aus dem Stein geschnitten wird. Doch mir blieb nichts anderes, als gute Miene zum bösen Spiel zu machen, und ich gratulierte ihm. «Gut gemacht, Colonel Birch», sagte ich. «Damit haben Sie Ihre Sammlung um ein faszinierendes Exemplar erweitert.» Ich erlaubte mir eine winzige Spur von Sarkasmus in der Stimme, die aber beiden entging, da Colonel Birch Mary in die Arme genommen hatte und herumwirbelte, als befänden sie sich auf einem Tanzvergnügen im Ballsaal.

Die nächsten zwei Wochen vergingen damit, dass die Day-Brüder den Ichthyosaurier ausgruben und er anschließend in der Werkstatt gereinigt wurde. Mary übernahm die Feinarbeit, um den Fund vorzeigbar zu machen. Sie arbeitete so hart, dass sie rote Augen davon bekam. Während der Präparationsarbeiten schaute ich nicht in der Werkstatt vorbei, denn ich wollte vermeiden, auf so engem Raum mit Colonel Birch zusammenzutreffen. Überhaupt ging ich ihm so gut wie möglich aus dem Weg. Allerdings nicht gut genug.

Eines Nachmittags überredete mich Margaret, mit zum Kartenspielen in den Ballsaal zu kommen. Ich machte das nur selten, denn es wimmelte dort nur so von miteinander flirtenden jungen Damen und Herren und den Müttern, die auf sie aufpassten. Meine handverlesenen Freunde in Lyme wie etwa der junge Henry De La Beche oder Doktor Carpenter mit seiner Frau gingen anderen, eher geistigen Interessen nach, und wir besuchten uns normalerweise in unseren Privathäusern, statt uns im Ballsaal zu treffen. Doch Margaret wollte an diesem Tag eine Begleitung und blieb hartnäckig.

Margaret und ich waren gerade mitten in einem Spiel, als Colonel Birch den Raum betrat. Natürlich bemerkte ich ihn sofort – und er mich. Noch bevor ich wegschauen konnte, begegnete er meinem Blick und kam auf mich zu. Die Karten fesselten mich an meinen Platz. Auf seinen Gruß reagierte ich so gleichgültig wie möglich, was ihn aber nicht daran hinderte, sich hinter mich zu stellen und mit den anderen Zuschauern zu plaudern. Die anderen Kartenspieler schauten mich amüsiert und überrascht an. Ich begann schlechter zu spielen. Sobald ich konnte, schob ich Kopfschmerzen vor und verließ den Tisch. Ich hatte gehofft, dass Colonel Birch meinen Platz einnehmen würde, doch er folgte mir zum Erkerfenster, wo wir gemeinsam aufs Meer hinausblickten. Ein Schiff segelte vorbei und steuerte einen Ankerplatz hinterm Cobb an.

«Das ist die *Unity*», sagte Colonel Birch. «Auf ihr lasse ich den Ichthyosaurier nach London schiffen. Morgen fährt sie wieder.»

Obwohl ich eigentlich nicht mit ihm reden wollte, musste ich etwas sagen. «Dann ist Mary mit ihrer Arbeit an dem Fund fertig?»

«Er steckt jetzt in einem Rahmen, und gerade heute Nachmittag hat sie ihn mit Gips ausgegossen. Sobald er getrocknet ist, wird sie das Fossil verpacken.»

«Aber Sie selbst fahren nicht auf der *Unity* mit, oder?» Ich war nicht sicher, was ich lieber wollte, dass er ging oder blieb, aber ich musste es wissen.

«Ich werde die Kutsche nehmen und noch in Bath und Oxford Halt machen, um Freunde zu besuchen.»

«Jetzt, wo Sie gefunden haben, was Sie wollten, gibt es für Sie vermutlich keinen Grund mehr, länger zu bleiben.» So sehr ich mich auch bemühte, meine Stimme zu kontrollieren, sie begann zu beben. Ich fügte nicht hinzu, dass ich die Eile, mit der er seine Beute sicherte und abreiste, geschmacklos fand, sondern blickte weiter auf die Wellen hinaus, die jetzt bei Hochwasser bis unters Fenster schwappten und schlugen. Ich spürte, dass Colonel Birch meinen Blick suchte, schaute mich aber nicht zu ihm um. Meine Wangen brannten rot.

«Ich habe unsere Gespräche sehr genossen, Miss Philpot», sagte er. «Sie werden mir fehlen.»

Da drehte ich mich um und blickte ihn fest an.

«Ihre Augen sind heute sehr dunkel», fügte er hinzu. «Dunkel und ehrlich.»

«Ich gehe jetzt nach Hause», erwiderte ich, als hätte er mich danach gefragt. «Nein, bitte begleiten Sie mich nicht, Colonel Birch. Das möchte ich nicht.» Ich wandte mich ab. Der ganze Saal schien uns zu beobachten. Ich ging an den Tisch, um meine Schwester zu holen, und stellte voller Erleichterung fest, dass er mir nicht folgte.

Ich glaube, die Monate nach der Abreise von Colonel Birch waren die schwersten im Leben der Annings – noch schwerer als die Zeit nach dem Tod von Richard Anning, denn damals hatten sie immerhin das Mitgefühl der Stadt. Jetzt waren die Leute einfach der Meinung, sie hätten sich ihr Elend selbst eingebrockt.

Wie sehr Colonel Birch Marys Ruf geschadet hatte, ging mir erst auf, als ich kurze Zeit später mit eigenen Ohren hörte, was die Leute redeten. Ich war zum Bäcker gegangen, was Bessy vergessen hatte, und nun wollte sie nicht noch einmal den Berg hinab. Als ich den Laden betrat, bekam ich mit, wie die Bäckersfrau, eine entfernte Cousine Marys und selbst eine Anning, zu einer Kundin sagte: «Jeden Tag hat sie sich mit dem Gentleman am Strand herumgetrieben. Soll der sich doch jetzt um sie kümmern!» Sie grinste anzüglich, hielt aber inne, als sie mich erblickte. Obwohl keine Namen gefallen waren, wusste ich, über wen geredet wurde.

Dem trotzig vorgereckten Kinn der Bäckersfrau entnahm ich, dass sie möglichen Einwänden gegen ihre Voreingenommenheit und Kaltherzigkeit jederzeit Paroli zu bieten gedachte.

Ich stellte mich der Herausforderung nicht, denn es wäre dem Versuch gleichgekommen, eine Flut einzudämmen. Stattdessen strich ich mit erhobenen Augenbrauen über einen Brotlaib und sagte mit laut schallender Stimme: «Mit altbackenem Brot kann ich heute wirklich nichts anfangen. Ich komme an einem anderen Tag wieder.» Doch es verschaffte mir nur kurze Befriedigung, denn da Simeon Anning der einzige Bäcker in Lyme war, würden wir weiterhin bei seiner Frau einkaufen müssen, wenn wir essbares Brot wollten und nicht die Ziegelsteine, die Bessy backte. Außerdem waren meine Worte dumm und belanglos und würden Mary kaum helfen. Mit rotem Gesicht rauschte ich aus dem Laden. Das Gelächter, das mir folgte, machte alles noch schlimmer. Ich fragte mich, ob ich dort jemals wieder den Mund aufmachen konnte, ohne mich wie eine Närrin zu fühlen.

In jenem Winter waren die Suppen im Haus der Annings so dünn wie das Feuer schwach, doch während Molly und Joseph Anning unter der materiellen Not litten, nahm Mary die kargen Mahlzeiten und die Frostbeulen an ihren Händen und Füßen kaum wahr. Sie litt innerlich.

Sie kam uns nach wie vor im Morley Cottage besuchen, hielt sich jetzt aber lieber an Margaret, denn bei meiner Schwester fand sie das Mitgefühl, das Louise und ich nicht aufbringen konnten. Wir hatten nicht wie Margaret und Mary einen Mann verloren, außerdem lag es uns nicht, uns zu verstellen. Allerdings ging Mary zu jenem Zeitpunkt noch nicht davon aus, dass sie Colonel Birch verloren hatte. Lange Zeit hoffte sie und vermisste einfach nur seine Nähe, die sie den ganzen Sommer über genossen hatte. Sie wollte über ihn reden, und zwar mit einer

Person, die ihn kannte und mochte oder wenigstens nicht, wie ich, kritisch über seinen Charakter herzog. Margaret war Colonel Birch öfters im Ballsaal begegnet, sie hatte mit ihm Karten gespielt und sogar zweimal mit ihm getanzt. Während ich mich am Esstisch mit meinen Fossilien beschäftigte, konnte ich Mary und Margaret im Nebenzimmer hören. Immer wieder musste Margaret beschreiben, wie sie mit Colonel Birch getanzt hatte. Mary wollte wissen, was er angehabt hatte, wie er sich bewegte, wie er beim Tanzen führte und worüber sie dabei geplaudert hatten. Dann wollte sie alles über ihre Kartenpartien wissen, was genau sie gespielt hatten, ob er gewonnen oder verloren habe und was er dazu sagte. Margaret hatte sich solche Einzelheiten nicht gemerkt, denn für sie war Colonel Birch kein unvergesslicher Tanz- oder Spielpartner gewesen. Seine Eitelkeit und das unbeirrbare Selbstvertrauen waren selbst ihr zu viel gewesen. Doch für Mary erfand sie zu dem Wenigen, an das sie sich erinnerte, Einzelheiten hinzu, bis sich ein vollständiges Bild von Colonel Birch in den Stunden seines Müßiggangs ergab. Mary sog jedes einzelne Detail begierig auf, um es zu speichern und sich später erneut daran zu ergötzen.

Am liebsten hätte ich Margaret befohlen, sie solle damit aufhören, denn ich fand es unerträglich, wie das arme Mädchen ihr für ein paar bruchstückhafte Erinnerungen an höfliche Tänze und gelangweilte Kartenspiele an den Lippen hing. Im Geiste sah ich dann eine Mary vor mir, die draußen vor dem Ballsaal stand und ihr Gesicht gegen die kalten Fensterscheiben presste, um den Tanzenden zuzusehen. Natürlich hatte ich Mary nie in Wirklichkeit dort beobachtet, allerdings hätte es mich nicht überrascht zu hören, dass sie genau so dort gestanden hatte. Doch weil ich wusste, dass Margaret es nur gut meinte und Mary das bisschen Trost spendete, das zu diesem Zeitpunkt möglich war, hielt ich meinen Mund. Außerdem war ich dankbar, dass Margaret ihr gegenüber nie ein Wort von meiner kurzen Begegnung mit Colonel Birch im Ballsaal erwähnte, denn Mary hätte sonst von mir verlangt, mich an jede Einzelheit dieses Nachmittags zu erinnern.

Da es sich nicht schickte, dass der Beginn eines Briefwechsels von ihr ausging, hoffte Mary darauf, bald von Colonel Birch zu hören. Gelegentlich erhielten sie und Molly Anning Post von William Buckland, der nach bestimmten Fossilien fragte, oder von Henry De La Beche, der ihnen mitteilte, wo er sich gerade aufhielt. Auch andere Sammler schrieben sie um bestimmte Fossilien an. Molly Anning korrespondierte sogar mit Charles Konig vom Britischen Museum. Er hatte William Bullock Marys ersten Ichthyosaurier abgekauft und Interesse an weiteren Exemplaren angemeldet. Es traf somit regelmäßig Post im Haus am Cockmoile Square ein, aber niemals blitzte unter den Briefen die schwungvolle Handschrift von Colonel Birch auf. Ich nämlich kannte diese Handschrift.

Ich brachte es nicht übers Herz, Mary zu sagen, dass ich selbst einen Monat nach seiner Abreise aus Lyme Post von Colonel Birch bekommen hatte. Natürlich war es kein Brief, in dem er mir seine Liebe gestand, obwohl meine Hände zitterten, als sie ihn aufschlitzten. Er bat mich höflich, ob ich für ihn nach einem Dapediumfossil der Art, wie ich es dem Britischen Museum gestiftet hatte, Ausschau halten könne, da er seine Sammlung jetzt um ausgewählte Fischfossilien erweitern wolle. Ich las den Brief Margaret und Louise vor. «Ist das nicht unverschämt?», rief ich. «Erst spottet er über meine Fische, und dann bittet er mich um einen, noch dazu um ein Exemplar, das so schwer zu finden ist.» Doch mochte ich auch noch so wütend sein, insgeheim freute ich mich, dass Colonel Birch meine Fische mittlerweile so sehr schätzte, dass er selbst einen besitzen wollte.

Trotzdem schickte ich mich an, den Brief ins Feuer zu werfen, doch Margaret hinderte mich im letzten Moment daran. «Nein, tu's nicht», flehte sie. «Bist du sicher, dass er nichts über Mary geschrieben hat? Kein Postskriptum oder vielleicht eine verschlüsselte Nachricht an sie?» Sie überflog den Brief, fand aber nichts. «Bewahr ihn auf, damit du wenigstens weißt, wo er wohnt», sagte Margaret und las gleichzeitig den angegebenen Absender, eine Straße in Chelsea. Sicherlich prägte sie sich die Adresse ein für den Fall, dass ich den Brief später doch noch verbrannte.

«Gut, ich bewahre ihn auf», versprach ich. «Aber antworten werde ich ihm nicht. Er verdient es nicht. Und er wird niemals einen meiner Fische in die Hände bekommen!»

Wir erzählten Mary nicht, dass Colonel Birch mir geschrieben hatte, denn es hätte sie am Boden zerstört. Niemals hätte ich gedacht, dass eine starke Persönlichkeit wie Mary so leicht zu erschüttern war, doch wir haben alle Phasen im Leben, in denen wir besonders verletzbar sind. Mary wartete, redete und fragte Margaret weiter nach Colonel Birchs Verhalten im Ballsaal aus, und Margaret antwortete, auch wenn es ihr weh tat zu lügen. Allmählich wich die Farbe aus Marys Wangen, das Strahlen in ihren Augen erlosch, ihre Kieferpartie verhärtete sich und ihre Schultern hingen wieder vor wie früher. Es trieb mir die Tränen in die Augen, mit ansehen zu müssen, wie sie bereits in so jungen Jahren in den Kreis von uns alten Jungfern trat.

An einem sonnigen Wintertag bekam ich überraschenden Besuch in der Silver Street. Ich war mit Louise draußen im Garten. Weil ihr in der kalten Jahreszeit die Gartenarbeit fehlte, suchte sie ständig nach Beschäftigungen an der frischen Luft: Sie streute Mulch zwischen die schlafenden Pflanzen, schaute nach den Zwiebeln, die sie gesetzt hatte, harkte Laub, das in den Garten geweht war, und schnitt die hartnäckig wachsenden Rosenbüsche zurück. Anders als früher machte die Kälte uns beiden nichts mehr aus, und in der Sonne war es ohnehin überraschend warm. Ich malte gerade ein Aquarell mit der Aussicht aufs Golden Cap fertig, das ich schon vor Monaten begonnen hatte, mir an diesem Tag aber wieder vorgenommen hatte, weil ich hoffte, das schräg einfallende Licht der Wintersonne könne dem Bild die magische Note geben, die ihm bislang fehlte.

Als ich gerade den Wolken etwas Gelb beigab, erschien Bessy. «Da ist jemand für Sie», brummte sie unwillig. Sie trat zur Seite und gab den Blick auf Molly Anning frei. In den vielen Jahren, die wir hier lebten, war sie noch nie in die Silver Street hinaufgekommen.

Bessys Ton ärgerte mich. Trotz meiner Freundschaft mit den Annings und obwohl sie Mary mittlerweile gut genug kennen musste, um sich ein eigenes Urteil zu bilden, schloss sie sich nur zu bereitwillig der in Lyme vorherrschenden Meinung über die Familie an. Ich erhob mich. «Bessy, bitte hole einen Stuhl für Mrs Anning und einen für Louise, und dann mach Tee für uns.» Das war meine Strafe. «Molly, Sie haben doch nichts dagegen, wenn wir uns nach draußen setzen? In der Sonne ist es recht mild.»

Molly Anning zuckte mit den Schultern. Sie gehörte nicht zu den Menschen, denen es Freude macht, in der Sonne zu sitzen, aber sie wollte auch niemanden davon abhalten.

Bessy schien wütend zu sein, weil sie jemanden bedienen sollte, der ihrem Gefühl nach unter ihr stand, denn sie lungerte immer noch schmollend in der Tür. «Geh schon, Bessy. Bitte tu, was ich gesagt habe», wies ich sie mit strengem Blick an.

Bessy seufzte schwer auf und verschwand im Haus. Ich hörte Louise leise kichern. Meine Schwestern amüsierten sich immer köstlich über Bessys Launen, während ich die Furcht nicht los wurde, sie könne uns doch noch verlassen, was ihre zusammengesackte Haltung oft andeutete. Selbst nach all den Jahren schien es Bessy ein Bedürfnis zu sein, uns regelmäßig darauf hinzuweisen, was für eine Katastrophe der Umzug nach Lyme gewesen war. Meine Beziehung zu den Annings verkörperte für sie alles, was in Lyme verkehrt war. Ihr gesellschaftliches Barometer war noch immer auf Londoner Maßstäbe geeicht.

Mir war das alles egal, auch wenn ich sie als Dienstmädchen nicht verlieren wollte, und Louise ging es ebenso. Margaret war von uns dreien diejenige, die sich noch am meisten an die gesellschaftlichen Konventionen hielt. Nach wie vor besuchte sie gelegentlich den Ballsaal, verkehrte mit anderen guten Familien in Lyme und engagierte sich für wohltätige Zwecke. Auch hatte sie stets die Salbe dabei, die sie zur Pflege meiner rauen Hände erfunden hatte, und ließ sie jedem zukommen, der sie brauchte.

Ich deutete auf meinen Stuhl. «Setzen Sie sich doch, Molly. Bessy bringt gleich noch einen Stuhl.»

Molly Anning schüttelte den Kopf, denn sie wollte nicht sitzen, solange ich stand. «Ich warte.» Bessys Einstellung, dass wir keine Annings empfangen sollten, schien ihr nicht entgangen zu sein. Vielleicht war sie sogar dergleichen Meinung, und es war nicht der steile Weg den Berg hoch gewesen, der sie bislang von Besuchen im Morley Cottage abgehalten hatte. Jetzt ruhte ihr Blick auf meinem Aquarell, was mir peinlich war, und zwar nicht wegen der Qualität meiner Malerei, die ich ohnehin nicht sehr hoch einschätzte, sondern weil mir das, was mir sonst Freude machte, plötzlich frivol erschien. Mollys Tage begannen früh, endeten spät und waren mit vielen Stunden harter Knochenarbeit angefüllt. Ihr blieb kaum die Zeit, einen schönen Anblick zu genießen, geschweige denn, sich hinzusetzen und ihn zu malen. Ob ihr das selbst in diesem Moment bewusst war, konnte ich nicht sagen, denn ihre Miene blieb unbewegt. Sie ging weiter, um Louise beim Rosenschneiden zuzusehen. Dies war wenigstens nicht ganz so frivol, auch wenn Rosen nur Bienen satt machten und sonst keinen anderen Zweck erfüllten, als den Garten zu schmücken. Offenbar fühlte sich Louise ähnlich unbehaglich, denn sie beendete eilig ihre Arbeit an dem Strauch und legte das Schneidemesser weg. «Ich helfe Bessy, die Sachen rauszutragen», sagte sie.

Als Bessy unter Ächzen und Stöhnen Stühle und einen kleinen Tisch für das Teetablett herausschleppte, bereute ich meinen Vorschlag, den Tee draußen zu nehmen. Es wirkte plötzlich überspannt, außerdem hatte ich gar nicht so viel Umstände machen wollen. Als wir endlich am Tisch saßen, verschwand die Sonne hinter einer Wolke, und es wurde auf der Stelle kühl. Ich kam mir fürchterlich töricht vor, doch der Vorschlag, mit allen Möbeln und Teesachen wieder zurück ins Haus zu ziehen, hätte alles nur noch schlimmer gemacht. Um mich aufzuwärmen, kuschelte ich mich tief in meinen Schal und umklammerte die Teetasse.

Molly saß teilnahmslos da. Sie hatte das ganze Theater von Teetassen und Tellern, Stühlen und Schals kommentarlos über sich ergehen lassen. Ich plapperte weiter über das ungewöhnlich milde Wetter und den Brief von William Buckland, in dem er ankündigte, dass er in ein paar Wochen nach Lyme kommen wollte. Als Nächstes entschuldigte ich Margarets Abwesenheit damit, dass sie gerade einer jungen Mutter, die vom Stillen wund war, ihre Salbe brachte. «Ganz brauchbar, diese Salbe.» Mehr hatte Molly nicht zu sagen.

Als ich mich nach ihrem Befinden erkundigte, verriet sie endlich, was sie hergeführt hatte. «Mit Mary stimmt was nicht», sagte sie. «Und zwar seit der Colonel weg ist. Sie müssen mir helfen, dass sie wieder normal wird.»

«Wie meinen Sie das?»

«Das mit dem Colonel war ein Fehler von mir. Ich wusste, dass es falsch war, und ich hab's trotzdem gemacht.»

«Aber nein, Sie haben doch bestimmt …»

«Mary hat den ganzen Sommer über mit dem Colonel zusammengearbeitet. Sie hat ein gutes Krok und viele verschiedene Kuris für seine Sammlung gefunden. Alles hat sie ihm gegeben und keinen Penny dafür bekommen. Ich hab ihn auch nicht um Geld gebeten, weil ich dachte, zum Schluss gibt er ihr schon was.»

Ich hatte bereits vermutet, dass zwischen Colonel Birch und den Annings kein Geld geflossen war, jetzt hatte ich die Bestätigung. Wie konnte jemand nur so unverschämt sein? Vor Wut verdrehte ich die Enden meines Schals.

«Aber er hat ihr nichts gegeben», fuhr Molly fort. «Er ist einfach mit seinem Krok und den Kuris abgereist. Alles, was sie bekommen hat, war ein Medaillon.» Das Medaillon kannte ich nur zu gut. Mary trug es unter ihren Kleidern, zog es aber jedes Mal heraus, um es Margaret zu zeigen, wenn sie mit ihr über Colonel Birch redete. Es enthielt eine Locke seines dichten Haars.

Molly Anning trank ihren Tee, als kippte sie ein Bier. «Er hat ihr seitdem nicht geschrieben. Deshalb hab ich's getan. Und da brauch ich jetzt Ihre Hilfe.» Sie griff in die Tasche ihres alten Mantels – vermutlich hatte er früher Richard gehört – und zog einen versiegelten und gefalteten Brief heraus. «Ich hab ihn schon geschrieben, aber ich weiß nicht, ob er so bei ihm ankommt. In einer Stadt wie Lyme würde das schon klappen, aber London wär sicher viel größer. Wissen Sie, wo er wohnt?» Molly Anning hielt mir den Brief hin. «Colonel Thomas Birch, London», stand auf dem Umschlag.

«Was haben Sie ihm geschrieben?»

«Ich hab ihn um Geld für Marys Arbeit gebeten.»

«Aber Sie haben nichts von einer … von einer Hochzeit erwähnt?»

Molly Anning blickte finster. «Warum sollte ich das? Ich bin doch nicht dumm. Außerdem wär es an ihm, das anzusprechen, nicht an mir. Wegen des Medaillons hab ich mir schon Gedanken gemacht, aber weil er nicht geschrieben hat, war …» Sie schüttelte den Kopf, als wolle sie sich den albernen Gedanken an eine Ehe daraus schlagen, und kehrte zum unverfänglicheren Thema der Bezahlung für geleistete Arbeit zurück. «Er schuldet uns nicht nur Geld für all die Stunden, die er Mary von der Kuri-Suche abgehalten hat, sondern auch für die Verluste, die wir jetzt haben. Das war die andere Sache, die ich mit Ihnen besprechen wollte, Miss Philpot. Mary findet keine Kuris mehr. Es war schon schlimm genug, dass sie diesen Sommer alles, was sie gefunden hat, Colonel Birch gegeben hat. Aber seit er weg ist, findet sie gar nichts mehr. Sie geht zwar jeden Tag an den Strand, kommt aber immer ohne Kuris zurück. Und wenn ich sie frage, warum sie nichts hat, sagt sie, dass es eben nichts gibt. Manchmal begleite ich sie sogar, weil ich's mit eigenen Augen sehen will, aber ich sehe dann nur, dass sie sich irgendwie verändert hat.»

Auch mir war das aufgefallen. Wenn ich mit Mary unterwegs war, hatte ich das Gefühl, dass sie sich nicht mehr richtig konzentrieren konnte. Schaute ich ihr ins Gesicht, sah ich, wie ihr Blick über den Horizont wanderte, beim Golden Cap verharrte oder beim Buckel der Insel Portland in der Ferne. Dann wusste ich, dass sie an Colonel Birch dachte statt an Fossilien. Fragte ich sie, was mit ihr los sei, sagte sie nur: «Heute habe ich eben nicht den richtigen Blick.» Doch ich kannte den wahren Grund: Es gab jetzt etwas, das Mary wichtiger war als die Knochen am Strand.

«Was können wir nur machen, damit sie wieder Kuris findet, Miss Philpot?», fragte Molly Anning und strich sich mit den Händen über den Schoß, um den abgetragenen Rock zu glätten. «Das wollte ich Sie fragen – und dann noch, wie ich den Brief zu Colonel Birch kriege. Ich hab gedacht, wenn ich ihm schreibe und er dann Geld schickt, macht das Mary glücklich, und dann wird sie am Strand wieder besser.» Sie hielt kurz inne. «In den letzten Jahren hab ich viele Briefe um Geld geschrieben. Im Britischen Museum lassen sie sich Zeit mit dem Zahlen, aber ich hätte nie gedacht, dass ich so was an einen Gentleman wie Colonel Birch schreiben muss.» Sie nahm ihre Tasse und leerte sie in einem Zug. Vermutlich dachte sie gerade daran, wie sie sich von ihm die Hand hatte küssen lassen – und verfluchte sich dafür.

«Lassen Sie uns den Brief doch hier, dann sorgen wir dafür, dass er nach London geschickt wird», schlug Louise vor.

Molly Anning und ich blickten sie dankbar an. Damit war uns beiden geholfen: Molly war die Verantwortung los, dass der Brief auch seinen Adressaten erreichte, und ich konnte mir mein Vorgehen überlegen, ohne ihr verraten zu müssen, dass Colonel Birch mir geschrieben hatte. «Außerdem gehe ich wieder mit Mary Fossilien suchen», versprach ich. «Ich werde mich um sie kümmern und ihr gut zureden.» Und alle Fossilien, die ich selbst finde, in ihren Korb legen, bis sie wieder zur Vernunft kommt, fügte ich im Stillen hinzu.

«Aber sagen Sie Mary nichts von dem Brief», bat Molly und zog ihren Mantel zurecht.

«Natürlich nicht.»

Molly blickte mich nachdenklich aus ihren dunklen Augen an. «Ich war mir nicht sicher, was ich von euch Philpots halten soll», meinte sie. «Jetzt weiß ich es.»

Als sie ging, wirkte ihr Schritt leichter. Mit dem Brief schienen wir ihr eine große Last abgenommen zu haben. Sobald sie außer Sicht war, wendete ich mich an Louise. «Was machen wir jetzt?»

«Auf Margaret warten», lautete die Antwort.

Als unsere Schwester abends heimkam, setzten wir uns ans Feuer und sprachen über Molly Annings Brief. Margaret war in ihrem Element. Dies war eine Situation wie aus einem der Romane, die sie so gerne las, zum Beispiel aus der Feder von Miss Jane Austen, die Margaret damals, bei unserem ersten Besuch in Lyme, im Ballsaal gesehen zu haben glaubte. In einem der Bücher von Miss Austen kam sogar Lyme vor, aber ich las keine Romane und wollte mich dazu auch nicht überreden lassen. Das wahre Leben war viel komplizierter, denn dort löste sich nicht alles in Wohlgefallen auf, weil die Heldin den richtigen Mann fand. Wir Philpot-Schwestern waren das beste Beispiel dafür, wie unerfreulich es in der Wirklichkeit ausgehen konnte. Ich brauchte keine Romane, um mich daran zu erinnern, was mir entgangen war.

Margaret hielt den Brief in beiden Händen. «Was steht da drin? Geht es wirklich nur ums Geld?» Sie drehte und wendete ihn, als könne er sich wie durch einen Zauber öffnen und seinen Inhalt verraten.

Mir war klar, dass meine Schwester an das Thema Heirat dachte. «Molly Anning würde ihre Zeit nicht mit anderen Dingen vergeuden», sagte ich deshalb. «Und sie würde uns nicht anlügen.»

Margaret fuhr mit den Fingern den Namen von Colonel Birch nach. «Colonel Birch muss diesen Brief unbedingt bekommen. Dann fällt ihm vielleicht ein, was er hier zurückgelassen hat.»

«Ihm wird einfallen, dass er mir einen Brief geschrieben hat, den ich niemals beantwortet habe. Wenn ich die Adresse erweitere, weiß er sofort, wer sich einmischt. Ich bin der einzige Mensch in Lyme, der seine Adresse kennen kann.»

Margaret blickte mich streng an. «Es geht hier nicht um dich, Elizabeth, sondern um Mary. Willst du etwa, dass er den Brief nicht bekommt? Ist es dir lieber, dass er niemals von Marys schwieriger Lage erfährt? Du musst doch das Beste für beide Seiten wollen.»

«Du klingst wie eine Figur aus einem deiner Damenromane», schnappte ich, dann unterbrach ich mich. In der Hand hielt ich eine Ausgabe der Zeitschrift *Geological Society Journal*, die mir Mr Buckland geschickt hatte. Ich atmete tief durch, um ruhiger zu werden. «Ich glaube nicht, dass Colonel Birch ein ehrenwerter Mann ist. Wenn wir ihm den Brief schicken, wird sich Molly nur Hoffnungen machen.»

«Die macht sie sich jetzt schon, weil ihr beiden, du und Louise, ihr den Brief mit dem Versprechen abgenommen habt, ihn wegzuschicken.»

«Das stimmt, und ich bereue dieses Versprechen auch schon. Ich will mit diesem sinnlosen und erniedrigenden Bittbrief nichts zu tun haben.» Mir war klar, dass ich mich in meinen Argumenten verrannte.

Margaret wedelte mit dem Brief vor meiner Nase herum. «Du bist eifersüchtig und willst nicht, dass Mary seine Aufmerksamkeit bekommt.»

«Bin ich nicht!» Mein Tonfall war so scharf, dass Margaret unwillkürlich den Kopf einzog. «Das ist doch lächerlich», versuchte ich mit ruhigerer Stimme hinzuzufügen.

Ein längeres Schweigen trat ein. Margaret legte den Brief weg und streckte den Arm aus, um meine Hand zu nehmen. «Elizabeth, du darfst dich Marys Glück nicht in den Weg stellen, nur weil sie etwas bekommen könnte, das dir verwehrt blieb.»

Ich entzog ihr meine Hand. «Das ist nicht der Grund für meine Bedenken.»

«Was dann?»

«Mary ist ein Mädchen aus der Arbeiterklasse. Sie kommt aus einer armen Familie und ist bis auf das Wenige, das sie von uns und in der Kirche gelernt hat, völlig ungebildet. Colonel Birch entstammt einer angesehenen Familie aus Yorkshire mit Grundbesitz und eigenem Wappen. Ihr wisst doch selbst, dass er niemals ernsthaft erwägen würde, Mary zu heiraten. Und Molly Anning weiß das auch, deshalb hat sie nur über Geld geschrieben. Sogar Mary weiß es, obwohl sie es nicht zugeben will. Du machst ihr nur Hoffnungen. Er hat sie ausgenutzt, um seine Sammlung zu vergrößern – ohne sie dafür zu bezahlen. Mehr war es nicht. Sie kann von Glück reden, dass er ihr nichts Schlimmeres angetan hat. Ihn um Geld zu bitten oder darum, wieder Verbindung mit der Familie aufzunehmen, würde das Leiden der Annings nur in die Länge ziehen. Wir dürfen das nicht zulassen, nur weil das den romantischen Vorstellungen von dir und Mary entgegenkommt.»

Margaret funkelte mich an.

«Deine geliebte Miss Austen würde in ihren Romanen niemals eine solche Verbindung zulassen», fuhr ich fort. «Und wenn es schon im Roman nicht möglich ist, dann erst recht nicht im wahren Leben.»

Endlich hatte ich mich klar und deutlich ausgedrückt. Margarets Gesicht verzog sich, und sie begann bitterlich zu weinen, ihr ganzer Körper bebte unter heftigen Schluchzern. Louise nahm ihre Schwester in den Arm, sagte aber nichts, weil sie wusste, dass ich recht hatte. Margaret klammerte sich an den Zauber der Romane, weil sie ihr die Hoffnung verkauften, dass eine Heirat für Mary – und vielleicht auch für sie selbst – doch noch möglich war. Auch wenn meine eigenen Lebenserfahrungen in dieser Hinsicht beschränkt waren, wusste ich, dass so etwas niemals geschehen würde. Es war schmerzhaft, aber es war die Wahrheit.

«Das ist nicht fair», brach es aus Margaret hervor, als ihr Schluchzen allmählich nachließ. «Er hätte ihr nicht so viel Aufmerksamkeit schenken dürfen. Dauernd war er mit ihr zusammen. Er hat ihr Komplimente gemacht, ihr das Medaillon geschenkt und sie geküsst …»

«Er hat sie geküsst?» Mich durchschoss ein Pfeil der Eifersucht, die ich nicht einmal mir selbst gegenüber zugeben wollte.

Margaret schien zur Vernunft zu kommen. «Ich durfte es dir nicht erzählen! Ich durfte es niemandem erzählen! Bitte sagt es nicht weiter. Mary hat es mir nur gesagt, weil … weil es einfach so köstlich ist, mit jemandem darüber zu reden. Es ist, als würde man den Moment noch einmal erleben.» Sie wurde still. Sicherlich dachte sie an ihre eigenen vergangenen Küsse.

«Ich weiß nichts davon», sagte ich etwas spitz.

In dieser Nacht schlief ich schlecht. Ich war es nicht gewohnt, so viel Macht über das Leben eines anderen Menschen in der Hand zu haben. Es war eine Last, die ich nicht auf die leichte Schulter nahm, wie ein Mann das vielleicht getan hätte.

Am nächsten Morgen schrieb ich die Adresse von Colonel Birch auf den Brief und brachte ihn auf die Post in der Coombe Street. Mochte ich auch noch so sehr mit Margaret darüber gestritten haben, ob es gut war, den Kontakt zwischen Colonel Birch und Mary wieder herzustellen, konnte ich mich schließlich nicht wie Gott aufführen. Ich musste Molly Anning schreiben lassen, was sie wollte.

Die Dame in der Post warf einen Blick auf den Brief und zog die Augenbrauen hoch. Doch noch bevor sie etwas sagen konnte, hatte ich mich bereits zum Gehen gewandt. Sicher würde bis zum Nachmittag die ganze Stadt wissen, dass die arme Miss Philpot Colonel Birch einen Brief geschrieben hatte.

Die Annings warteten auf Antwort, doch sie kam nicht.

Ich hatte gehofft, damit sei das Thema Colonel Birch für immer erledigt, und ging nicht davon aus, ihn jemals wiederzusehen. Er hatte seine Fossilien bekommen, bis auf den Dapedium, den ich ihm nicht geschickt hatte, und konnte sich jetzt einer anderen Sammelmode zuwenden, wie etwa Insekten oder Mineralien. So machten es doch Gentlemen wie Colonel Birch.

Niemals wäre ich auf die Idee gekommen, dass er mir in London über den Weg laufen könnte. Wie Molly Anning gesagt hatte, London war nicht Lyme. In London lebten eine Million Menschen, während es in Lyme zweitausend waren, außerdem kam ich nur selten nach Chelsea, wo er wohnte, es sei denn, ich begleitete Louise auf ihrer alljährlichen Pilgerfahrt in den kleinen botanischen Garten, den es dort gab, den Physic Garden. Dass die Flut zwei so unterschiedliche Kieselsteine wie uns nebeneinander an den Strand spülen würde, hielt ich für äußerst unwahrscheinlich.

Im Frühjahr machten wir unsere jährliche Londonreise. Wir freuten uns darauf, Lyme für eine Weile hinter uns zu lassen, unsere Familie zu sehen und die üblichen Freunde, Geschäfte, Galerien und Theater zu besuchen. Bei schlechtem Wetter gingen wir oft ins Britische Museum, das in einem alten Herrenhaus, der Montague Mansion, untergebracht war. Da wir seit unserer Kindheit regelmäßig hierherkamen, kannten wir die Sammlungen sehr gut.

An einem besonders verregneten Tag hatten wir uns getrennt und unterschiedliche Abteilungen aufgesucht, da jede von uns ihre Lieblingsexponate hatte. Margaret war in der Galerie, wo sie sich über die Sammlung von Kameen und Siegelsteinen beugte, während Louise sich in Mary Delany's Florilegium im Obergeschoss aufhielt, einer Sammlung von Pflanzenbildern aus Papiercollagen. Ich selbst befand mich in der großen Halle, wo sich die naturgeschichtliche Sammlung über mehrere Ausstellungsräume erstreckte. In den meisten von ihnen gab es Steine und Mineralien zu sehen, aber in jüngster Zeit waren vier Räume mit neu arrangierten Fossilien hinzugekommen. Eine ansehnliche Anzahl von Exemplaren, darunter auch ein paar weitere von mir gestiftete Fischfossilien, stammte aus der Gegend um Lyme Regis. Auch Marys erster Ichthyosaurier war hier ausgestellt. Er befand sich in einer eigenen langen Glasvitrine, zum Glück ohne Weste und Monokel, aber immer noch mit vereinzelten Gipsspuren und geradem Schwanz. Als Finder wurde nach wie vor Lord Henley genannt. Ich hatte den Ichthyosaurier bereits öfters besucht und den Annings in einem Brief seinen neuen Aufenthaltsort beschrieben.

Es war still im Saal, denn außer mir lief nur eine kleine Besuchergruppe an den Schaukästen vorbei. Ich betrachtete gerade einen Schädel, der von Cuvier als Mammutschädel identifiziert worden war, als plötzlich eine vertraute Stimme durch den Raum hallte. «Werte Dame, erst wenn Sie diesen Ichthyosaurier gesehen haben, können Sie richtig verstehen, wie überragend mein eigenes Exemplar ist.» Einen Moment lang schloss ich die Augen, um mein rasendes Herz zur Ruhe zu bringen.

Colonel Birch war durch die Tür am anderen Ende des Saals eingetreten. Wie immer in seinen alten roten Soldatenmantel gekleidet, führte er eine Dame am Arm, die ein wenig älter als ich selbst war. Ihr dunkles Kleid ließ vermuten, dass es sich um eine Witwe handelte. Sie hatte ein maskenhaft freundliches Gesicht und gehörte zu den seltenen Menschen, die mit keinem Merkmal führen.

Ich erstarrte, als die beiden zu Marys Ichthyosaurier gingen. Obwohl ich ganz in ihrer Nähe stand, hatte ich ihnen den Rücken zugekehrt, und Colonel Birch bemerkte mich nicht. Ich konnte alles hören, was sie redeten – oder besser, was Colonel Birch redete, denn seine Begleiterin trug außer zustimmenden Kommentaren nichts zur Unterhaltung bei.

«Sehen Sie, dass dieser hier verglichen mit meinem nichts als ein Knochenhaufen ist?», dozierte er. «Schauen Sie nur, wie die Wirbel und Rippen zusammenquetscht wurden. Und wie unvollständig er ist. Und dann noch diese verfärbten Gipsspuren zwischen den Rippen und an der Wirbelsäule! Dort hat Mr Bullock herumgepfuscht, um das Fossil zu vervollständigen. Mein Fossil hat keinen Gips gebraucht. Es ist vielleicht kleiner als dieses, aber ich habe es völlig intakt gefunden, nicht ein Knochen war am falschen Platz.»

«Wie faszinierend», hauchte die Witwe.

«Und denken Sie nur, anfangs hat man geglaubt, dies sei ein Krokodil. Ich natürlich nicht. Mir war gleich klar, dass es sich um etwas anderes handeln musste. Deshalb wollte ich unbedingt selbst so ein Fossil finden.»

«Und das haben Sie dann.»

«Die Ichthyosaurier gehören zu den wichtigsten wissenschaftlichen Entdeckungen überhaupt.»

«Wirklich?»

«Soviel wir wissen, gibt es den Ichthyosaurier heute nicht mehr. Er ist sogar schon länger von der Erde verschwunden. Und das bedeutet, werte Dame, dass gelehrte Männer sich mit der Frage konfrontiert sehen, wie diese Lebewesen aussterben konnten.»

«Und was glauben sie?»

«Einige vermuten, sie könnten während der Sintflut gestorben sein; andere meinen, dass sie einer anderen Katastrophe wie einem Vulkanausbruch oder einem Erdbeben zum Opfer gefallen sind. Was immer auch die Ursache gewesen sein mag, die Tatsache, dass es diese Lebewesen einmal gab, hatte Auswirkungen auf unser Wissen vom Alter der Welt. Wir vermuten nun, dass sie älter sein könnte als die 6000 Jahre, die Bischof Ussher ihr zugeschrieben hat.»

«Ich verstehe. Wie interessant.» Die Stimme der Witwe bebte leicht, als habe Colonel Birch mit seiner Vermutung die Ordnung ihrer schlichten Gedankenwelt durcheinandergebracht. Solche Herausforderungen war sie eindeutig nicht gewohnt.

«Ich habe über Cuviers Katastrophentheorie gelesen», tat sich Colonel Birch mit seinem Wissen hervor. «Cuvier vermutet, dass die Welt im Lauf der Zeit durch eine Serie schrecklicher Naturkatastrophen geformt wurde, deren Erschütterungen so gewaltig waren, dass sich Berge auftürmten, Meere explodierten und ganze Arten vernichtet wurden. Er selbst hat sich über das Wirken Gottes in dieser Sache ausgeschwiegen, doch andere interpretieren die Katastrophen als systematisch und meinen, Gott habe durch sie seine Schöpfung reguliert. Die Sintflut ist demzufolge nur die jüngste dieser Katastrophen, was wiederum zu der Frage führt, ob wir bald mit der nächsten rechnen müssen!»

«Ja, das muss man sich fragen», sagte die Witwe mit leiser Stimme. Angesichts ihrer Unsicherheit musste ich die Zähne zusammenbeißen. Auch wenn er mich noch so sehr ärgerte, Colonel Birch war an der Welt interessiert und neugierig. Würde ich neben ihm stehen, hätte ich sicher mehr zu sagen als «Ja, das muss man sich fragen.»

Vermutlich hätte ich den beiden weiterhin den Rücken zugekehrt und Colonel Birch für immer aus unserem Leben gestrichen, wenn er nicht weiter geredet und Folgendes gesagt hätte: «Die Fossilien hier erinnern mich an den vergangenen Sommer in Lyme Regis. Dort habe ich eine recht gute Hand im Fossiliensuchen entwickelt. Ich habe nicht nur einen kompletten Ichthyosaurier gefunden, sondern auch Fragmente von vielen anderen Fossilien, außerdem noch eine riesige Sammlung von Pentacrini – Sie erinnern sich, die Seelilien, die ich Ihnen gezeigt habe?»

«Ich bin nicht ganz sicher.»

Colonel Birch schmunzelte. «Natürlich nicht, meine Werte. Damen sind einfach nicht dafür gemacht, solche Dinge genauer zu betrachten. Das ist eher etwas für uns Männer.»

Ich drehte mich um. «Das hätte Mary Anning hören sollen, Colonel Birch! Ich glaube, Sie würde Ihnen da nicht ohne weiteres zustimmen.»

Colonel Birch erschrak, auch wenn seine militärische Haltung es ihm verbat, zu viel Verwunderung zu zeigen. Er verbeugte sich. «Miss Philpot! Was für eine Überraschung – und natürlich auch eine Freude –, Sie hier zu sehen. Bei unserer letzten Begegnung haben wir uns über meinen Ichthyosaurier unterhalten, nicht wahr? Darf ich Ihnen Mrs Taylor vorstellen. Mrs Taylor, dies ist Miss Philpot, die ich während meines Aufenthalts in Lyme kennengelernt habe. Wir teilen das Interesse an Fossilien.»

Mrs Taylor und ich nickten uns zu, und auch wenn sie weiterhin freundlich schaute, schien ihre Maske zu bröckeln. Darunter kam jeder ihrer Gesichtszüge in seiner natürlichen Form zum Vorschein, so dass ich sehen konnte, wie dünn ihre vorgestülpten Lippen waren, um die sich ein Kreis von Schmollfalten zog, so dass ihr Mund wie ein oben mit einer Kordel zusammengezogener Beutel aussah.

«Und wie geht es im wunderschönen Lyme?», fragte Colonel Birch. «Durchkämmen die Bewohner der Stadt immer noch täglich den Strand und suchen nach alten Schätzen, die von Lebewesen vergangener Epochen künden?»

Ich verstand dies als eine verdeckte und durch ihre misslungene Poetik umständlich formulierte Frage nach Marys Wohlergehen.

Meine Antwort war klar und schnörkellos, so wie ich immer sprach. «Mary Anning sucht immer noch Fossilien, wenn Sie das fragen wollten, Sir. Und ihr Bruder hilft ihr dabei, wann immer er kann. Aber trotzdem geht es der Familie sehr schlecht, denn sie haben seit vielen Monaten kaum etwas Wertvolles gefunden.»

Während ich sprach, folgten die Augen von Colonel Birch der anderen Besuchergruppe, die in den nächsten Raum weiterging. Vielleicht wünschte er sich, er könne mit ihnen verschwinden.

«Außerdem hat man sie nicht für ihre Arbeit bezahlt, wie Sie sicher aus Ihrer Korrespondenz wissen», fügte ich hinzu. Ich hatte meine Stimme bewusst erhoben und ein wenig Schärfe hineingelegt, so dass sich die Kordel um den Beutelmund von Mrs Taylor noch fester zusammenzog.

In dem Moment betraten Margaret und Louise den Raum. Sie suchten mich, da wir bald zu Hause erwartet wurden. Als sie Colonel Birch erblickten, blieben sie wie angewurzelt stehen und Margaret wurde blass.

«Ich würde mich sehr gern noch ausführlicher mit Ihnen über die Annings unterhalten, Colonel Birch», erklärte ich. Es war schon schlimm genug, mit all seiner Selbstgefälligkeit konfrontiert zu werden und zu hören, wie er der Witwe gegenüber mit Fossilien prahlte, die er gar nicht selbst gefunden hatte. Eigentlich hatte ich ihn aus dem Leben der Annings heraushalten wollen, doch seine abwertenden Worte über die weibliche Beobachtungsgabe, mit denen er Mary und mir alles streitig machte, was wir über die Jahre hinweg gefunden hatten, führten dazu, dass ich meine Meinung änderte. Colonel Birch stand tief in der Schuld der Annings, und das würde ich ihm klarmachen. Ich musste mich für sie einsetzen.

Noch bevor ich weiterreden konnte, war Margaret mit Louise im Schlepptau herbeigeeilt. Meine Schwestern und Mrs Taylor wurden einander vorgestellt, Colonel Birch gab Banalitäten von sich, und ich wurde unterbrochen – was Margaret sicher so beabsichtigt hatte. Ich wartete, bis der Austausch von Höflichkeiten beendet war, und wiederholte noch einmal, was ich gesagt hatte. «Ich würde mich gern ausführlich mit Ihnen unterhalten, Sir.»

«Ich bin mir sicher, dass es viel zu erzählen gibt», erwiderte Colonel Birch mit einem gequälten Lächeln. «Nur zu gern würde ich Ihnen allen einen Besuch abstatten», er nickte meinen Schwestern zu, «doch leider muss ich in Kürze nach Yorkshire abreisen.»

«Dann müssen wir eben jetzt reden. Sollen wir?» Ich deutete in eine entlegene Ecke des Raums.

«Oh, ich glaube nicht, dass Colonel Birch …» hob Margaret an, wurde aber von Louise unterbrochen, die sich bei Mrs Taylor einhakte und fragte: «Mögen Sie Gärten, Mrs Taylor? Wenn ja, müssen Sie unbedingt das Florilegium von Mrs Delany sehen, Sie werden entzückt sein. Kommen Sie.» Louise musste viel guten Willen und Überzeugungskraft aufbringen, um Mrs Taylor bis zum Ausgang der Halle zu ziehen. Margaret folgte ihnen zögernd, nicht ohne mir vorher warnende Blicke zuzuwerfen. Ihr Gesicht war immer noch weiß, doch auf ihren Wangen prangten zwei rote Flecken.

Als sie gegangen waren, standen Colonel Birch und ich uns allein in dem langgezogenen Raum gegenüber. Durch die hohen Fenster fiel ein graues Regenlicht. Colonel Birch wirkte jetzt nicht mehr unbeteiligt, sondern betroffen und ein wenig verärgert. «Nun, Miss Philpot?»

«Nun, Colonel Birch.»

«Haben Sie meinen Brief erhalten, in dem ich Sie um einen Dapedium für meine Sammlung bat?»

«Ihren Brief?» Er hatte mich überrumpelt, denn an diesen Brief hatte ich nicht mehr gedacht. «Ja, ich habe ihn erhalten.»

«Und haben Sie ihn beantwortet?»

Ich runzelte die Stirn. Colonel Birch bestimmte bereits den Verlauf unseres Gesprächs und lenkte es in eine andere Richtung, als die von mir beabsichtigte. Plötzlich wurde mein Benehmen kritisiert und nicht das seinige. Eine gemeine Taktik, die mich wütend machte, so dass meine Antwort in ihrer Unmittelbarkeit einem Dolchstoß gleichkam: «Nein, ich habe ihn nicht beantwortet. Ich hege keinerlei Respekt für Sie und würde Ihnen niemals eine meiner Fischfossilien überlassen. Ihnen dies schriftlich mitzuteilen hielt ich für unnötig.»

«Ich verstehe.» Colonel Birch errötete, als wäre er geohrfeigt worden. Vermutlich hatte ihm noch nie jemand seine Geringschätzung ins Gesicht gesagt. Es war eine neue Erfahrung für uns beide: Für ihn war sie unangenehm, für mich erschreckend und erregend zugleich. Das Leben in Lyme hatte mich über die Jahre in Gedanken und Worten mutiger werden lassen, aber so unverschämt und rücksichtslos war ich noch nie gewesen. Ich blickte zu Boden, und um meine zitternden Hände mit etwas zu beschäftigen, knöpfte ich meine Handschuhe auf und dann wieder zu. Sie waren neu und stammten aus einem Kurzwarengeschäft in Soho, doch bis Jahresende würden auch sie vom Lehm und Seewasser in Lyme ruiniert sein.

Colonel Birch legte seine Hand auf den nächstbesten Glaskasten, als müsse er sich abstützen. In der Vitrine lagen verschiedene Muscheln ausgestellt, die er unter anderen Umständen sicher interessiert betrachtet hätte, jetzt aber schaute er sie an, als hätte er noch nie zuvor eine Muschel gesehen.

«Seit Sie weg sind, hat Mary kein einziges wertvolles Fossil mehr gefunden», begann ich. «Außerdem hatte die Familie kaum noch etwas vorrätig, das sich verkaufen ließ, weil Mary Ihnen alles überlassen hat, was sie im letzten Sommer fand.»

Colonel Birch schaute auf. «Das ist nicht fair, Miss Philpot. Ich habe meine eigenen Fossilien gefunden.»

«Das haben Sie nicht, Sir. Nein, das haben Sie nicht.» Ich erhob die Hand, um seinem Protest Einhalt zu gebieten. «Sie glauben vielleicht, Sie hätten all die Kieferfragmente, Rippen, Haifischzähne und Seelilien selbst gefunden, aber es war Mary, die Sie zu ihnen hingeführt hat. Mary hat sie ausfindig gemacht und Sie dann hingeführt und mit der Nase darauf gestoßen. Sie sind kein Fossilienjäger, Sie sind ein Sammler. Das ist ein Unterschied.»

«Ich …»

«Keine Widerrede, Sir, ich habe Sie am Strand gesehen. Sie haben den Ichthyosaurier nicht gefunden, sondern Mary. Sie hat ihren Hammer fallen lassen, damit Sie ihn aufheben und dabei das Fossil entdecken. Ich war dabei. Ich habe es gesehen. Es ist Marys Ichthyosaurier, und Sie haben ihn ihr weggenommen. Ich schäme mich für Sie.»

Colonel Birch versuchte nicht länger, mich zu unterbrechen, sondern stand mit gesenktem Kopf und schmollenden Lippen still da.

«Vielleicht haben Sie nicht bemerkt, was Mary im Schilde führte», fuhr ich etwas milder fort. «Sie ist ein großzügiger Mensch. Obwohl sie es sich gar nicht leisten kann, schenkt sie immer alles weg. Haben Sie für einige Fossilien gezahlt?»

Zum ersten Mal sah Colonel Birch richtig zerknirscht aus. «Sie hat darauf bestanden, dass es meine sind und nicht ihre.»

«Haben Sie ihr die Stunden bezahlt, wie Marys Mutter es vor ein paar Monaten in einem Brief an Sie erbeten hat? Ich weiß von dem Brief, weil ich für Molly die Adresse hinzugefügt habe. Es überrascht mich, Sir, dass Sie mir vorwerfen, Ihren Brief nicht beantwortet zu haben, wenn Sie selbst nicht auf ein Schreiben reagieren, in dem es um wesentlich wichtigere Dinge als das Sammeln von Fischfossilien geht.»

Colonel Birch sagte nichts mehr.

«Colonel Birch, diesen Winter musste ich feststellen, dass die Annings ihren Tisch und ihre Stühle verkaufen wollten, um die Miete zahlen zu können. Tisch und Stühle! Sie hätten zum Essen auf dem Boden sitzen müssen.»

«Ich … ich hatte keine Ahnung, dass es ihnen so schlecht geht.»

«Ich konnte sie nur überreden, die Möbel zu behalten, indem ich ihnen das Geld für zukünftige Fischfossilien, die Mary für mich suchen soll, vorgestreckt habe. Lieber hätte ich ihnen das Geld einfach geschenkt, da ich meine Fossilien in der Regel selbst suche und nicht andere dafür bezahle. Aber die Annings wollen keine Almosen von mir annehmen.»

«Ich habe kein Geld, um sie zu bezahlen.»

Seine Worte waren so schlicht und deutlich, dass mir keine Antwort einfiel. Nun schwiegen wir beide. Zwei Frauen kamen Arm in Arm in den Saal geschlendert, bemerkten uns, warfen sich einen kurzen Blick zu und eilten wieder hinaus. Für sie muss es ausgesehen haben, als wären sie in einen Streit unter Liebenden geplatzt.

Colonel Birch fuhr mit der Hand über das Glas des Schaukastens. «Warum haben Sie mir geschrieben, Miss Philpot?»

«Das habe ich nicht, so weit waren wir schon», erwiderte ich schnippisch.

«Sie haben wegen Mary geschrieben. Der Brief war anonym, aber die Schreiberin war sehr wortgewandt und sie kannte Mary gut, deshalb dachte ich, er sei von Ihnen. Die Unterschrift lautete: ‹Jemand, der Ihnen wohlgesonnen ist und nur das Beste für beide

Seiten will›. In dem Brief wurde ich aufgefordert, eine … eine Eheschließung mit Mary in Erwägung zu ziehen.»

Ich starrte ihn an. Die Worte, die er zitiert hatte, erinnerten mich daran, dass auch Margaret den Ausdruck «beide Seiten» verwendet hatte. Ich sah die brennenden Wangen vor mir, mit denen sie gerade den Saal verlassen hatte, und dachte daran, dass sie sich die Adresse von Colonel Birchs Brief eingeprägt und ständig mit Mary über ihn geredet hatte. Sie hatte also geglaubt, sich einmischen und an Colonel Birch schreiben zu müssen. Mollys Brief, in dem sie um Geld bat, reichte ihr nicht; Margaret wollte auch die Möglichkeit einer Heirat mit ins Spiel bringen. Zum Teufel, musste sie sich unbedingt einmischen? Zum Teufel mit ihren Romanen.

Ich seufzte. «Ich habe diesen Brief nicht geschrieben, allerdings weiß ich jetzt, wer es war. Aber wir wollen das Thema Heirat außen vor lassen. Natürlich ist das unmöglich.» Ich versuchte ganz klar zu sein, denn dies war meine Chance, Mary zu helfen. «Trotzdem müssen Sie verstehen, Sir, dass Sie die Annings ihrer Existenzgrundlage beraubt haben und Mary ihres Rufes. Sie sind schuld, dass die Familie jetzt ihre Möbel verkaufen muss.»

Colonel Birch blickte nachdenklich. «Was verlangen Sie von mir, Miss Philpot?»

«Geben Sie Mary zurück, was sie gefunden hat, wenigstens den Ichthyosaurier, denn der wird den Annings genug Geld einbringen, dass sie ihre Schulden zahlen können. Das ist das Mindeste, was Sie tun sollten, selbst wenn Sie ebenfalls in finanziellen Schwierigkeiten stecken.»

«Ich kann nicht … Sie müssen wissen, dass ich Mary sehr gerne mag. Ich denke oft an sie.»

«Machen Sie sich nicht lächerlich», schnaubte ich, denn ich

fand solche Albernheiten unerträglich. «Sentimentalitäten sind hier völlig unangemessen.»

«Schon möglich. Doch sie ist eine bemerkenswerte junge Frau.»

Der nächste Satz fiel mir schwer, doch ich zwang mich, ihn auszusprechen. «Sie täten besser daran, jemanden zu erwägen, der vom Alter und der Klasse her zu Ihnen passt. Jemanden …» Wir starrten uns an.

In dem Moment erschien Mrs Taylor in der Tür am anderen Ende des Raums. Meine Schwestern folgten ihr auf den Fersen. Sie sah aus, als wolle sie von Colonel Birch gerettet werden. Während sie an seine Seite eilte und seinen Arm nahm, konnte ich nur noch einen letzten Satz flüstern. «Sie müssen wie ein Ehrenmann handeln, Colonel Birch.»

«Ich glaube, wir werden erwartet», verkündete Mrs Taylor. Endlich wirkte sie entschlossen und führte mit dem Mund. Sie verabschiedeten sich mit dem Versprechen, uns ein andermal einen Besuch in der Montague Street abzustatten. Ich wusste, dass dies niemals geschehen würde, nickte aber nur und winkte ihnen nach.

Sobald sie verschwunden waren, brach Margaret in Tränen aus. «Es tut mir leid, es tut mir so schrecklich leid. Ich hätte niemals diesen Brief schreiben dürfen! Es tat mir schon in dem Moment leid, als ich ihn losgeschickt habe!» Louise blickte mich fragend an. Es gelang mir nicht, Margaret in eine geschwisterliche und versöhnliche Umarmung zu schließen. Das würde noch ein paar Tage dauern, denn wer sich so einmischt, hat eine Strafe verdient.

Als wir das Britische Museum verließen, fühlte ich mich erleichtert, als hätte ich eine Last auf meinen Schultern an Colonel Birch weitergereicht. Wenigstens hatte ich jetzt etwas für die

Annings getan, auch wenn ich nicht alles losgeworden war, was ich ihm hatte sagen wollen. Ob es etwas bewirken würde, wusste ich nicht.

Doch ich sollte es bald erfahren.

Es war mein Bruder, der die Ankündigung der Auktion entdeckte. Eines Abends kam John aus seiner Kanzlei zurück und gesellte sich zu uns in den Salon, einem überdekorierten Raum in der ersten Etage, dessen riesige Fenster zur Straße hinausgingen. Dort wartete neben unserer Schwägerin noch eine größere Gästeschar auf ihn: außer uns Lyme-Schwestern war auch unsere andere Schwester, Frances, aus Essex angereist und hatte ihre beiden Kinder mitgebracht, die nach mir benannte achtjährige Elizabeth und den dreijährigen Francis. Die beiden rannten hinter Johnny her, der mittlerweile stolze elf Jahre alt war und die Bewunderung seiner kleinen Verwandten gnädig über sich ergehen ließ. Die Kinder rösteten Rosinenbrötchen über dem Kaminfeuer, das einzig zu diesem Zweck brannte, da es ein warmer Maiabend war. Johnny machte es Spaß, die Brötchen so dicht ans Feuer zu halten, dass sie zu brennen begannen, was gleich von den beiden jüngeren nachgeahmt wurde. Wir mussten also Flammen löschen, die Kinder schimpfend auf die Gefahr und die Verschwendung hinweisen, so dass mir in dem allgemeinen Durcheinander der seltsame Gesichtsausdruck meines Bruders gar nicht auffiel. Erst als die Kinder ruhiger wurden, bemerkte ich ihn.

«Heute habe ich etwas in der Zeitung gelesen, das dich sicher interessieren wird», sagte John mit ernstem Gesichtsausdruck. Er reichte mir die Zeitung, die so gefaltet war, dass mir gleich ein Kasten mit einer Meldung ins Auge fiel. Ich überflog sie und errötete. Als ich aufschaute, ruhten die Augen meiner Geschwister auf mir, selbst Johnny blickte neugierig in meine Richtung. Es kann schon enervierend sein, im Zentrum der Aufmerksamkeit so vieler Philpots zu stehen.

Ich räusperte mich. «Offensichtlich veräußert Colonel Birch seine Fossiliensammmlung», verkündete ich. «Nächste Woche in Bullocks Museum.»

Margaret blieb der Mund offen stehen, während Louise mich mitfühlend anblickte und nach der Zeitung griff, um die Ankündigung selbst zu lesen.

Ich versuchte diese Neuigkeit einzuordnen. Hatte Colonel Birch bei unserer Begegnung im Britischen Museum bereits gewusst, dass er seine Sammlung verkaufen würde? Angesichts des Besitzerstolzes, mit dem er Mrs Taylor gegenüber von seinem Ichthyosaurier gesprochen hatte, hielt ich es für eher unwahrscheinlich. Außerdem hätte er mir das sicher gesagt. Andererseits hatte ich mein Missfallen über sein Verhalten so deutlich geäußert, dass er mir wohl kaum gestanden hätte, seine Fossilien zu Geld machen zu wollen. Alle Fossilien, die Mary ihm geschenkt hatte, würden nun dazu dienen, seine leeren Taschen zu füllen. Meine Worte waren vergebens gewesen. Dieser unmissverständliche Beweis meiner Machtlosigkeit trieb mir die Zornestränen in die Augen.

Louise reichte mir die Zeitung zurück. «Man kann die zu versteigernden Objekte in einer Vorschau besichtigen», sagte sie.

«Ich werde keinen Fuß in Bullocks Museum setzen», schnappte ich, zog ein Taschentuch hervor und schnäuzte mich. «Außerdem weiß ich genau, was sich in dieser Sammlung befindet, ich muss es mir nicht ansehen.»

Doch als John und ich später allein in seinem Arbeitszimmer saßen, um über die finanziellen Angelegenheiten der Lyme-Schwestern zu sprechen, unterbrach ich seine Ausführungen über Zahlen. «Würdest du mich zu Bullocks begleiten?» Ich schaute ihn dabei nicht an, sondern hielt den Blick auf den ebenmäßigen Nautilus gerichtet, den ich am Monmouth Strand gefunden und John als Briefbeschwerer geschenkt hatte. «Nur wir beide, wir wollen es nicht als Ausflug in der großen Gruppe inszenieren. Ich will nur kurz hineinschauen und mir einen schnellen Überblick verschaffen. Die anderen müssen es nicht wissen, ich will nicht, dass sie viel Aufhebens um die Sache machen.»

Ich glaubte einen Anflug von Mitleid über sein Gesicht huschen zu sehen, doch er verbarg es schnell hinter dem unbeteiligten Ausdruck des Rechtsanwalts. «Überlass das mir», sagte er.

Mehrere Tage lang erwähnte John den Besuch bei Bullocks mit keinem Wort, doch ich kannte meinen Bruder und vertraute darauf, dass er schon alles in die Wege leiten würde. Eines Abends verkündete er dann während des Abendbrots, es sei nötig, dass die Lyme-Schwestern gegen Ende der Woche in seiner Kanzlei vorbeischauten, um bestimmte Dokumente gegenzuzeichnen, die er für uns aufgesetzt hatte.

Margaret verzog das Gesicht. «Kannst du die Papiere nicht mit nach Hause bringen?»

«Es muss in der Kanzlei sein, da ein Kollege als Zeuge anwesend sein sollte», erklärte John.

Margaret stöhnte, und Louise schob missmutig ein Stück Schellfisch auf ihrem Teller herum. Wir alle empfanden die Kanzlei als langweilig. Und so sehr ich meinen Bruder liebte und schätzte, fand ich auch ihn zuweilen etwas langweilig, was sich vermutlich noch verstärkt hatte, seit wir in Lyme lebten. Dort mochten die Leuten vieles sein – langweilig waren sie nicht.

«Ihr müsst natürlich nicht alle kommen», sagte John mit einem Blick in meine Richtung. «Eine von euch könnte die anderen vertreten.»

Margaret und Louise schauten erst einander an und dann

mich. Beide hofften, dass sich jemand freiwillig melden würde. Ich ließ einen angemessenen Moment verstreichen und seufzte dann auf. «Gut, ich mache es.»

John nickte. «Um die bittere Pille zu versüßen, werden wir anschließend in meinem Club essen gehen. Wäre dir der Donnerstag recht?»

Donnerstag war der erste Tag der Vorschau, und Johns Club befand sich in der Mall, nicht weit von Bullocks Museum entfernt.

Bis zum Donnerstag hatte John irgendein Dokument aufgesetzt, das ich unterzeichnen konnte, so dass unser Vorwand keine Lüge war. Wir aßen auch in seinem Club, aber es war eine schnelle, nur aus einem Gang bestehende Mahlzeit, damit wir früh genug in die Ägyptische Halle kamen.

Es schauderte mich, als wir das gelbe Gebäude betraten, dessen Eingangsportal immer noch von den Statuen von Isis und Osiris bewacht wurde. Vor mehreren Jahren, als ich dort Marys Ichthyosaurier sah, hatte ich mir geschworen, niemals wieder einen Fuß in dieses Museum zu setzen, mochten die Ausstellungen dort noch so verlockend sein. Angesichts dieses gebrochenen Gelübdes war mir jetzt etwas beklommen zumute.

Colonel Birchs Fossilien waren in einem kleineren Raum des Museums ausgestellt. Man hatte sie zwar wie Museumsstücke arrangiert und zu Gruppen einander ähnlicher Exemplare geordnet – Pentacrini, Ichthyosaurierfragmente, Ammoniten und so fort –, doch befanden sie sich nicht hinter Glas, sondern lagen offen auf Tischen. Der vollständige Ichthyosaurier war in der Mitte des Raums ausgestellt, und er wirkte so atemberaubend wie damals in der Werkstatt der Annings.

Ich fand es immer wieder überraschend, Fossilien aus Lyme in einem Londoner Umfeld zu sehen, eine Erfahrung, die mir allerdings schon aus dem Britischen Museum vertraut war. Noch mehr überraschte mich jedoch, wie viele Menschen gekommen waren. Überall standen Männer herum und nahmen Fossilien hoch, betrachteten sie eingehend und diskutierten miteinander über sie. Der Raum vibrierte vor Interesse, und es sprang auf mich über. Allerdings waren außer mir keine Frauen anwesend, deshalb klammerte ich mich peinlich berührt über meine Auffälligkeit am Arm meines Bruders fest.

Nach ein paar Minuten begann ich einige Menschen in der Menge zu erkennen. Meist waren es Männer, die bereits Fossilienreisen nach Lyme gemacht hatten und in diesem Zusammenhang auch im Morley Cottage vorbeischauten, um meine Objekte zu besichtigen. Charles Konig aus dem Britischen Museum stand neben dem vollständigen Ichthyosaurier; vielleicht verglich er ihn mit dem Exemplar, das er ein Jahr zuvor Bullock abgekauft hatte. Verblüfft blickte er sich im überfüllten Raum um. Ich konnte mir vorstellen, dass er sicher begeistert wäre, wenn die Fossilienabteilung seines Museums auch so gut besucht würde. Doch seine Sammlung war nicht zu verkaufen, während die erregte Stimmung in diesem Raum der Besitzgier geschuldet war.

Am anderen Ende des Raums erblickte ich Henry De La Beche und wollte mich gerade zu ihm durchkämpfen, als jemand meinen Namen rief. Ich fuhr zusammen, weil ich glaubte, es sei Colonel Birch, der sich mir gegenüber rechtfertigen wollte. Doch als ich mich umdrehte, sah ich erleichtert in ein freundliches Gesicht. «Mr Buckland, wie schön, Sie zu sehen», sagte ich. «Ich freue mich wirklich. Ich glaube, Sie kennen meinen Bruder noch nicht, darf ich Ihnen John Philpot vorstellen. John, dies ist Reverend William Buckland, der oft in Lyme ist und meine Leidenschaft für Fossilien teilt.»

Mein Bruder verbeugte sich. «Ich habe natürlich schon viel von Ihnen gehört, Sir. Sie lesen in Oxford, nicht wahr?»

William Buckland strahlte. «Ja, das tue ich. Es ist mir ein Vergnügen, den Bruder einer von mir so hoch geschätzten Dame kennenzulernen. Wussten Sie schon, Sir, dass Ihre Schwester mehr über Fischfossilien weiß als irgendjemand sonst? Was für ein kluger Mensch sie ist. Selbst Cuvier könnte von ihr lernen.»

Ich errötete über das seltene Lob, noch dazu aus dem Munde eines solchen Mannes. Auch mein Bruder wirkte überrascht und blickte mich von der Seite an, als suche er nach Spuren der von William Buckland erwähnten Qualitäten, die ihm bislang verborgen geblieben waren. Wie so viele sah John in meiner Leidenschaft für Fischfossilien den Spleen einer gelangweilten Dame, weshalb wir uns nie ernsthaft über dieses Thema unterhalten hatten. Wie hätte ich da mein über die Jahre erworbenes Wissen anbringen können? Dass ich nun von so angesehener Seite Anerkennung bekam, verblüffte ihn, mich allerdings genauso. Es erinnerte mich daran, dass ich in William Buckland kurzfristig einen möglichen Bewerber um meine Hand gesehen hatte. Während der Gedanke an Colonel Birch immer noch weh tat, brachte die Vorstellung von William Buckland als Ehemann mich mittlerweile zum Schmunzeln.

«Zu dieser Auktion trifft sich offensichtlich die gesamte Welt der Wissenschaft», fuhr Mr Buckland fort. «Cumberland ist hier, Sowerby und Greenough, und sogar unser Henry De la Beche ist gekommen. Haben Sie eigentlich Reverend Conybeare kennengelernt, als er in Lyme zu Besuch war?» Er deutete auf den Mann neben sich. «Er will eine Studie über den Ichthyosaurier verfassen und seine Ergebnisse der Geologischen Gesellschaft präsentieren.»

Reverend Conybeare verbeugte sich. Er hatte ein strenges

Wissenschaftlergesicht, dessen lange Nase wie ein Finger auf mich zu deuten schien.

William Buckland senkte die Stimme. «Ich selbst bin von Baron Cuvier beauftragt worden, auf einige der Exponate zu bieten. Besonders dringend sucht er einen Ichthyosaurierschädel für sein Museum in Paris. Ich habe schon einen ins Auge gefasst. Soll ich ihn Ihnen zeigen?»

Während er sprach, erblickte ich weiter hinten im Raum Colonel Birch. Er war von einer Gruppe Männer umringt, für die er einen Kieferknochen hochhielt. Sein Anblick schmerzte mich.

«Elizabeth, ist alles in Ordnung?», fragte mein Bruder.

«Ja.» Bevor ich zur Seite treten konnte, um dem Blick von Colonel Birch auszuweichen, schaute er über den Kieferknochen hinweg und entdeckte mich. «Miss Philpot!», rief er. Er legte den Knochen auf den Tisch und begann sich einen Weg durch die Menge zu bahnen.

«Ach, John, mir ist doch ein wenig schwindelig», sagte ich. «Es sind einfach zu viele Menschen in diesem Raum, und es ist sehr warm. Könnten wir nach draußen gehen und ein wenig frische Luft schnappen?» Ohne eine Antwort abzuwarten, eilte ich zur Tür. Zum Glück stand eine Wand aus Besuchern zwischen mir und Colonel Birch, und ich konnte entkommen, bevor er mich erreichte. Draußen auf der Straße bog ich rasch in einen Weg ein. Er war von Unrat übersät, was mich normalerweise abgeschreckt hätte, doch lieber watete ich durch den Dreck, als höflich mit einem Mann plaudern zu müssen, der mich gleichzeitig abstieß und anzog.

Schließlich landeten wir in der Jermyn Street, ganz in der Nähe des Geschäfts, in dem mein Bruder seine Hemden kaufte. Er nahm meine Hand und zog sie durch seine Armbeuge. «Du bist schon ein seltsames Mädchen, Elizabeth.»

«Ja, vermutlich schon.»

John sagte nichts mehr, sondern winkte eine Droschke herbei, die uns zurück in die Montague Street brachte. Unterwegs sprach er nur über Geschäftliches und verlor kein Wort darüber, wo wir gewesen waren. Ausnahmsweise war ich froh, dass mein Bruder so ein nüchterner Mensch war und den Gefühlen anderer wenig Beachtung schenkte.

Doch als ich am nächsten Morgen beim Frühstück in einem Aufsatz mit dem Titel «Was verbindet Geologie und Religion? Ein Erklärungsversuch» las, den mir William Buckland geschickt hatte, steckte mir John unauffällig einen Auktionskatalog zwischen die Seiten, in dem alle Stücke aufgelistet waren, die Colonel Birch verkaufen wollte. Sofort machte ich mich darüber her, tat aber weiter so, als würde ich den Aufsatz von Mr Buckland lesen.

Dieser eine Besuch in Bullocks Museum hätte meine Neugierde bezüglich der Auktion eigentlich befriedigen müssen. Noch einmal wollte ich die Fossilien gar nicht sehen, genauso wenig die aufgeregten Käufer. Erst recht nicht wollte ich Colonel Birch begegnen, der sein Handeln möglicherweise noch rechtfertigen würde. Das war wirklich das Letzte, was ich hören wollte.

Am Morgen der Auktion wurde ich früh wach. In Lyme wäre ich einfach aufgestanden, hätte mich ans Fenster gesetzt und die Aussicht aufs Golden Cap genossen, aber in London war es mir unangenehm, so früh im Haus meines Bruders umherzustreifen. Darum blieb ich im Bett liegen, starrte zur Decke und versuchte Louise nicht durch meine Unruhe zu wecken.

Später saß ich mit meinen Schwestern im Salon. Wir gingen eine Liste mit Dingen durch, die wir in London besorgen wollten, hakten ab, was wir bereits erledigt hatten, und markierten, was noch fehlte. Gegen Ende der Woche wollten wir heimfahren.

In London kauften wir alles, was wir in Lyme nicht bekommen konnten: gute Handschuhe und Hüte, sorgfältig gemachte Stiefel, Bücher, Künstlerbedarf und hochwertiges Papier. Ich war die ganze Zeit unruhig und nervös, als erwarteten wir Gäste. Meine Nichte und Neffen waren mit uns im Zimmer, und ihre albernen Spiele setzten meinen Nerven zu, bis ich schließlich Francis anfuhr, weil er sich erlaubt hatte, laut zu lachen. Alle blickten mich an. «Fühlst du dich nicht wohl?», fragte meine Schwägerin.

«Ich habe Kopfschmerzen. Ich glaube, ich lege mich hin.» Ich erhob mich und ignorierte das betroffene Gemurmel. «Ein bisschen Schlaf wird mir sicher guttun. Bitte weckt mich nicht zum Dinner oder falls ihr ausgehen wollt. Ich komme später wieder nach unten.»

Oben in meinem Schlafzimmer setzte ich mich ein paar Minuten hin. Mein Kopf musste erst noch richtig begreifen, was mein Herz schon längst beschlossen hatte. Dann zog ich die Vorhänge zu, um das Zimmer abzudunkeln, und legte ein paar Kissen unter meine Bettdecke, so dass jeder, der kurz hineinschaute, sie für meine schlafenden Umrisse halten würde. Louise mit ihren Adleraugen würde sich wahrscheinlich nicht irreführen lassen, aber bei ihr konnte ich auf Verständnis oder Mitleid hoffen.

Ich band meine Haube und meinen Umhang zu und schlich nach unten ins Erdgeschoss. Von unten aus der Küche hörte ich klappernde Töpfe und die Stimme der Köchin, von oben drang das Gelächter der Kinder an mein Ohr. Ich fühlte mich schuldig – und ein bisschen albern –, weil ich mich wegstahl. So etwas hatte ich in meinem ganzen Leben noch nie gemacht, und es schien mir lächerlich, jetzt, im Alter von einundvierzig Jahren, damit anzufangen. Schließlich hätte ich einfach verkünden können, dass ich zu der Auktion gehen wollte. Es wäre kein Problem gewesen, mir mit jemandem wie Henry De la Beche eine geeignete Begleitung zu organisieren. Nur wollte ich mich nicht den damit verbundenen Fragen, Erklärungen und Rechtfertigungen stellen. Wie sollte ich den anderen erklären, was ich auf dieser Auktion wollte? Ich hatte nicht vor, auf eines der Lose zu bieten – die wenigen Fischfossilien, die Colonel Birch in seiner Sammlung hatte, waren den meinigen unterlegen. Außerdem würde es mich sicher aufregen, wenn ich mit ansehen musste, wie Marys mühsam zusammengesuchtes Werk so herzlos in alle Winde zerstreut wurde. Trotzdem glaubte ich diesem bedeutenden Ereignis beiwohnen zu müssen. Immerhin war möglich, dass sogar der große Cuvier demnächst ein Fossil von Mary besaß, auch wenn er nicht wissen würde, dass sie die Finderin war. Allein um Marys willen musste ich hingehen.

Als ich die schwere Haustür aufzog, hörte ich ein Geräusch hinter mir und erstarrte. Wie sollte ich meinen Schwestern oder den Dienstboten erklären, was ich hier draußen machte, nachdem ich eine so eindeutige Entschuldigung wie Kopfschmerzen vorgebracht hatte?

Mein Neffe Johnny schaute mich von der Treppe an. Nach einem kurzen Schreckmoment legte ich einen Finger auf meine Lippen. Johnnys Augen wurden groß, doch er nickte. Auf Zehenspitzen stieg er die letzten Treppenstufen hinab. «Wo gehst du hin, Tante Elizabeth?», flüsterte er.

«Ich muss etwas erledigen. Es ist geheim. Später werde ich es dir erzählen, Johnny. Ich verspreche es dir, wenn du mir versprichst, niemandem zu sagen, dass ich ausgegangen bin. Kannst du ein Geheimnis für dich behalten?»

Johnny nickte.

«Gut. Und was machst du hier unten?»

«Ich soll der Köchin etwas wegen der Suppe ausrichten.»

«Dann geh. Wir sehen uns später.»

Johnny ging zu der Treppe, die zur Küche hinabführte, blieb dort aber noch einmal stehen, um mir hinterherzublicken, als ich durch die Tür huschte. Ich war mir nicht sicher, ob er ein Geheimnis wahren konnte, aber ich würde mich auf ihn verlassen müssen.

Ich zog die Tür hinter mir ins Schloss, lief die Treppe hinunter und eilte davon, ohne mich noch einmal danach umzuschauen, ob jemand im Fenster stand. Erst als ich um die nächste Ecke gebogen und das Haus meines Bruders außer Sicht war, verlangsamte ich mein Tempo und blieb schließlich stehen. Ich drückte mir das Taschentuch gegen den Mund und atmete tief durch. Ich war frei.

Zumindest dachte ich das. Als ich am Britischen Museum vorbei durch die Great Russell Street ging, fielen mir andere Frauen auf, die in Pulks, Paaren oder kleinen Gruppen unterwegs waren. Entweder hatten sie Dienstmädchen dabei, Ehemänner, Väter oder Freunde. Allein waren bis auf das eine oder andere Dienstmädchen nur Männer auf der Straße unterwegs. Während ich in Lyme oft ohne Begleitung durch die Stadt ging, hatte ich das in London noch nie gemacht. Immer war jemand mitgekommen; meine Schwestern, mein Bruder, Freunde oder ein Dienstmädchen. In Lyme scherte man sich weniger um solche Konventionen, doch hier in London erwartete man von einer Dame meines Standes, in Begleitung zu gehen. Ich merkte, dass ich sowohl von Frauen als auch Männern angestarrt wurde – ich war eine Außenseiterin. Plötzlich fühlte ich mich allein und schutzlos, die Luft um mich herum wirkte kalt, still und leer. Mir war, als irrte ich blind durch die Straßen, und ich befürchtete, im nächsten Moment gegen etwas zu prallen. Ich ging an einem Mann vorbei, der mich mit dunkel funkelnden Augen ansah, dann an einem anderen, der mir mit übertriebener Freundlichkeit einen guten

Tag wünschte, bis er mein unattraktives, längst nicht mehr junges Gesicht sah und schnell weiterging.

Ich hatte vor gehabt, zu Fuß zu Bullocks Museum zu gehen, aber die Reaktionen, die ich schon auf einer relativ harmlosen und mir vertrauten Straße wie der Great Russell Street hervorrief, machten mir klar, dass ich nicht allein durch Soho und bis Piccadilly laufen konnte. Ich schaute mich nach einer Droschke um, sah aber nirgends eine, und wenn ich eine erblickte, ignorierte der Kutscher meine erhobene Hand und fuhr einfach weiter. Vielleicht rechneten sie einfach nicht damit, dass eine unbegleitete Dame eine Droschke brauchte.

Ich überlegte, ob ich einen Mann um Hilfe bitten sollte, wurde allerdings von allen so seltsam angeschaut, dass ich den Plan gleich wieder verwarf. Schließlich hielt ich einen Jungen an, der hinter den Pferden herlief und ihre Äpfel einsammelte, und versprach ihm einen Penny, wenn er mir eine Droschke besorgen würde. Auf ihn zu warten, war fast noch schlimmer, als allein durch die Straßen zu gehen, denn stehend zog ich noch mehr Aufmerksamkeit auf mich. Männer schlenderten vorbei, musterten mich und flüsterten sich etwas zu. Einer fragte, ob ich mich verirrt habe; ein anderer bot an, ich könne mir eine Kutsche mit ihm teilen. Vielleicht wollten mir beide wirklich nur helfen, aber mittlerweile erschienen mir alle Männer bedrohlich. Noch nie hatte ich es so sehr gehasst, eine Dame zu sein, gleichzeitig aber genauso entschieden alle Männer gehasst, wie in jenen Minuten, die ich allein in den Straßen Londons verbrachte.

Als der Junge endlich mit einer Droschke zurückkam, war ich so erleichtert, dass ich ihm zwei Pennies gab. Die Luft in der Kutsche war muffig und abgestanden, aber es war dunkel, und ich hatte sie ganz für mich; ich lehnte mich zurück und schloss die Augen. Jetzt hatte ich wirklich Kopfschmerzen.

Da ich mich erst spät zum Gehen entschlossen hatte und dann noch durch die Suche nach einer Droschke aufgehalten worden war, war die Auktion bereits in vollem Gange, als ich in Bullocks Museum ankam. Der Raum war bis auf den letzten Platz besetzt, und die Menschen standen sogar noch in zwei Reihen hinter den Stühlen. Diesmal verschaffte mir mein Geschlecht einen Vorteil, denn kein Mann würde sitzen bleiben und eine Dame stehen lassen. Mir wurden mehrere Plätze angeboten, und ich nahm einen in der letzten Reihe an. Der Mann, neben dem ich saß, nickte mir freundlich zu, da er davon ausging, dass wir ein gemeinsames Interesse hatten. Obwohl ich diesmal allein hier war und nicht in Begleitung meines Bruders, hatte ich das Gefühl, weniger aufzufallen, denn alles Interesse konzentrierte sich auf den vorderen Teil des Raums, wo die Auktion stattfand.

Am Pult stand Mr Bullock, ein untersetzter Mann mit gedrungenem Nacken. Er hatte die Rolle des Auktionators übernommen und spielte sie, als befände er sich auf einer Bühne. Mit weit ausholenden, theatralischen Armbewegungen zog er seine Worte in die Länge und schaffte es, selbst für Colonel Birchs nicht enden wollende Sammlung von Pentacrini die Stimmung im Saal aufzuheizen. Es hatte mich überrascht, so viele Pentacrini im Katalog gelistet zu sehen, denn ich wusste, wie sehr Colonel Birch an ihnen hing. Dass er sich neben seinem Ichthyosaurier auch noch von ihnen trennte, legte nahe, wie hoch er verschuldet war.

«Ihnen hat das letzte Exemplar gefallen?», rief Mr Bullock und hielt den nächsten Pentacrinus hoch. «Nun, dann schauen Sie sich diese Schönheit an. Sehen Sie? Nicht ein Riss, keine Absplitterung. Eine perfekte Seelilie, formschön und mysteriös. Wer könnte ihrem weiblichen Zauber widerstehen? Ich nicht, meine Damen und Herren, ich nicht. Ich werde sogar etwas äußerst Ungewöhnliches tun und das erste Gebot abgeben. Zwei Guineen. Aber was sind schon zwei Guineen, wenn ich meiner Frau und mir selbst ein so wunderbares Beispiel für die Schönheit der Natur schenken kann? Wie bitte? Sie bieten mehr, Sir? Wie können Sie es wagen? Dann wären wir bei zwei Pfund und zehn Schilling, Sir. Ja? Sie bieten drei Pfund, Sir? Dann soll es so sein. Leider kann ich für diese Schönheit nicht so viel bieten wie dieser Gentleman. Ich hoffe nur, meine Frau verzeiht mir. Wenigstens wissen wir, dass es für einen guten Zweck ist. Wir wollen nicht vergessen, warum wir hier sind.»

Sein Art, zu versteigern, war ungewöhnlich. Ich war den geschmeidigen, unaufgeregt ruhigen Ton der Auktionatoren in Lyme gewohnt, die ganze Hausstände unter den Hammer brachten. Aber schließlich war es etwas anderes, ob man Porzellan und Beistelltische aus Mahagoni verkaufte oder die Knochen von Tieren aus alter Zeit. Vielleicht war dazu ein anderer Ton erforderlich. Außerdem war seine Strategie erfolgreich. Mr Bullock verkaufte jeden einzelnen Pentacrinus, jeden Haifischzahn, jeden Ammoniten, und zwar für mehr Geld, als ich erwartet hätte. Die Bietenden waren bereit, außergewöhnlich tief in die Tasche zu greifen, vor allem, als die Ichthyosaurierteile aufgerufen wurden: Kiefer, Schnauzen und Wirbel. Jetzt beteiligten sich auch Männer, die ich kannte, an der Auktion. Reverend Conybeare kaufte vier große, zusammenhängende Wirbel. Charles Konig ersteigerte für das Britische Museum einen Kiefer. William Buckland erfüllte seinen Auftrag und erstand den Teil eines Ichthyosaurierschädels und noch einen Oberschenkelknochen für die Sammlung von Baron Cuvier im Pariser Museum für Naturgeschichte. Und alle zahlten gute Preise – zwei Guineen, fünf Guineen oder gar zehn Pfund.

Noch zwei Mal machte Mr Bullock auf den guten Zweck der

Auktion aufmerksam, was mich auf meinem Stuhl ganz unruhig werden ließ. Es war eine Unverschämtheit, das Auffüllen der leeren Taschen von Colonel Birch als guten Zweck zu bezeichnen! Angesichts der allgemeinen Wertschätzung, die ihm entgegenschlug, wäre ich am liebsten weggelaufen, nur hätte es zu viel Aufmerksamkeit erregt, wenn ich aufgestanden wäre und mich durch die Männermenge hinter mir geschoben hätte. Das hätte ich nicht ausgehalten. Außerdem hatte ich so viele Mühen auf mich genommen, um hierherzukommen, dass ich wutschäumend sitzen blieb.

«Das ist wirklich bemerkenswert von Colonel Birch», flüsterte der Mann neben mir in einer Pause.

Ich nickte. Obwohl ich seine Bewunderung nicht nachvollziehen konnte, wollte ich nicht mit einem Fremden über Colonel Birchs Charakter diskutieren.

«Dass er so großzügig ist», fuhr der Mann fort.

«Was meinen Sie damit, Sir?», fragte ich, doch meine Worte wurden von Mr Bullock übertönt, der laut dröhnend wie ein Zirkusdirektor weitermachte. «Und nun kommen wir zum schönsten und ungewöhnlichsten Exemplar aus der Sammlung von Colonel Birch. Ein außergewöhnlich mysteriöses Tier beehrt heute mein Haus. Sein Bruder hat Bullocks Museum sogar mehrere Jahre lang geziert und konnte hier einer staunenden Öffentlichkeit präsentiert werden. Damals haben wir es noch als Krokodil bezeichnet, aber einige der führenden Köpfe unseres Landes haben es genau studiert und sind der Ansicht, dass es sich um ein anderes Tier handeln muss, ein Tier, das man bislang noch nicht kannte. Heute sind bereits einzelne Teile dieses Tieres unter den Hammer gekommen: Wirbel, Rippen, Kieferknochen und Schädel. Doch jetzt, meine Damen und Herren, werden Sie sehen, wie sich all diese Einzelteile zu einem vollständigen, perfekten

Prachtexemplar zusammenfügen. Meine Damen und Herren, darf ich Ihnen vorstellen: Der Birch-Ichthyosaurier!»

Als das auf eine Platte montierte Fossil hereingetragen wurde, erhob sich die Menge von den Stühlen. Selbst ich stand auf und reckte den Hals, um etwas zu sehen, obwohl ich den Ichthyosaurier schon eingehend in der Werkstatt der Annings betrachtet hatte. Mr Bullock war wirklich ein Meister in der Kunst der Effekthascherei. Auch William Buckland, Charles Konig, Henry De la Beche und Reverend Conybeare reckten die Köpfe. Keiner von uns konnte sich dem Bann dieser seltsamen Kreatur entziehen.

Das Fossil sah hervorragend aus. Wie schon die anderen versteigerten Fossilien machte es hier in London, in dem hell gestrichenen Saal mit seinen schönen Möbeln, einen ganz anderen Eindruck als in der feuchtkalten Lymer Seeluft vor den rauen Farbtönen der Natur. Es wirkte noch sonderbarer und schien aus einer anderen Welt zu kommen – einer älteren, ursprünglicheren und fremden Welt. Kaum vorstellbar, dass diese Kreatur jemals in einer von Menschen bewohnten Welt gelebt hatte oder einen Platz in der Großen Kette des Seins des Aristoteles einnahm.

Es wurde lebhaft geboten, und schließlich ging der Ichthyosaurier für einhundert Pfund an das *Royal College of Surgeons*, die königlich medizinische Fakultät. Mary hätte das sicher gefallen. Noch wahrscheinlicher aber wäre sie wütend gewesen, dass man sie eines solchen Lohnes beraubte.

Der Ichthyosaurier war das letzte Los der Auktion. Ich fehlte jetzt seit anderthalb Stunden in der Montague Street, wenn ich mir schnell eine Droschke nahm, würde es mir vielleicht gelingen, mich zurück in mein Schlafzimmer zu schleichen, ohne dass jemand meine Abwesenheit bemerkt hätte. Ich erhob mich, um schnell nach draußen zu huschen, bevor mich die Männer, die ich kannte, erblickten. Doch genau in dem Moment hatte sich in der ersten Sitzreihe des Saals auch Colonel Birch erhoben. Er ging zum Pult vor und rief über das Stimmengewirr hinweg: «Meine Herren! Meine Herren – und Damen.» Er hatte mich also entdeckt. Ich erstarrte.

«Ich bin überwältigt von Ihrem Interesse und Ihrer Großzügigkeit.» Sein Blick wanderte zu mir und nagelte mich auf meinem Platz fest, so dass ich mir endlich anhören musste, was er zu sagen hatte. «Wie ich bereits sagte, habe ich meine Sammlung versteigern lassen, um Geld für eine sehr ehrenwerte Familie in Lyme zu sammeln – die Familie Anning.»

Ich zuckte zusammen wie ein nervöses Pferd, schaffte es aber, keinen Laut von mir zu geben.

«Ich bin Ihnen dankbar, dass Sie sich entsprechend großzügig gezeigt haben.»

Colonel Birch schaute mir in die Augen, als wolle er mich beruhigen. «Eines jedoch habe ich Ihnen noch nicht gesagt, meine Damen und Herren: Von der Tochter dieser Familie – Mary Anning – stammen die meisten Fossilien meiner Sammlung. Sie hat sie gefunden, einschließlich des wunderbaren Ichthyosauriers, der gerade versteigert wurde. Mary Anning ist …» er unterbrach sich kurz «… sie ist womöglich die bemerkenswerteste junge Frau, die ich jemals in Fossilienkreisen kennenlernen durfte. Sie hat mir geholfen, und vielleicht kann sie auch Ihnen in Zukunft helfen. Wenn Sie die Fossilien anschauen und bewundern, die Sie heute erworben haben, sollten Sie immer daran denken, dass sie von dieser Frau gefunden wurden. Ich danke Ihnen.»

Ein Raunen ging durch den Saal. Colonel Birch nickte mir zu und trat dann zur Seite. Sofort war er von einer Meute in Mänteln und Zylindern umringt. Ich begann mich zum Ausgang vorzukämpfen. Alle Männer in meiner Nähe hatten begonnen, mich neugierig zu mustern, allerdings nicht wie die Männer draußen auf der Straße, sondern auf eine andere, seriöse Weise. «Entschuldigen Sie, sind Sie Miss Anning?», fragte mich jemand.

«O nein. Nein», erwiderte ich mit einem heftigen Kopfschütteln. «Das bin ich nicht.» Der Mann wirkte enttäuscht, und ich spürte einen Hauch von Wut in mir aufsteigen. «Ich bin Elizabeth Philpot», erklärte ich. «Und ich sammele Fischfossilien.»

Nicht alle hatten meine Antwort mitbekommen, denn in meiner Umgebung fiel immer wieder der Name «Mary Anning.» Als ich eine Hand auf meiner Schulter spürte, drehte ich mich nicht um, sondern drängte mich durch die Männerreihen, bis ich endlich draußen auf der Straße stand. Ich schaffte es, mich zu beherrschen, bis ich sicher in einer Droschke saß, in der mich niemand sehen konnte. Und dann liefen mir, die niemals weinte, die Tränen übers Gesicht. Tränen, die nicht Mary galten, sondern mir selbst.

VII

Wie die Flut an ihren höchsten Punkt schlägt und sich wieder zurückzieht

Ich weiß noch, an welchem Tag der Brief kam: Es war der 12. Mai 1820. Joe hat es in den Jahreskalender geschrieben, aber ich würde mich auch so dran erinnern.

Ich rechnete schon nicht mehr damit, noch von ihm zu hören. Seit seiner Abreise waren Monate vergangen, und ich vergaß allmählich, wie er aussah, wie er sich bewegte und was er alles gesagt hatte. Ich hab auch nicht mehr mit Margaret Philpot über ihn geredet oder Miss Elizabeth gefragt, ob die anderen Gentlemen, die Fossilien sammelten, was über ihn gesagt hatten. Das Medaillon hab ich abgenommen und weggelegt. Ich hab es auch nicht mehr hervorgeholt, um es anzusehen.

Und ich bin nicht mehr zum Strand gegangen. Irgendwas war mit mir geschehen. Ich fand keine Kuris mehr. Anfangs bin ich schon noch draußen gewesen, aber ich schien irgendwie blind zu sein. Nichts hat geglitzert; es gab keine kleinen Blitzschläge mehr, keine Muster, die sich unter all den verschiedenen Formen hervorhoben.

Sie haben versucht, mir zu helfen, Mam und Miss Philpot. Selbst Joe hat seine Polstererwerkstatt verlassen, um mit mir suchen zu gehen, dabei wär er sicher lieber drinnen bei seinen Stühlen geblieben. Als Mr Buckland wieder nach Lyme kam, war sogar er, der nie merkt, was mit anderen los ist, besonders freundlich zu mir und hat mich an seine Fundstellen geführt. Er hat mir gezeigt, wo wir seiner Meinung nach suchen müssen, und ist viel länger neben mir hergegangen als sonst. Wenn man's genau nimmt, hat er all das gemacht, was ich früher immer für ihn getan habe. Um mich aufzumuntern, hat er mir Geschichten über seine Reisen mit Reverend Conybeare zum Kontinent oder über sein verrücktes Leben in Oxford erzählt. Dort hat er sich mal einen zahmen Bären als Haustier gehalten, den er dann verkleidet und den anderen Universitätsprofessoren vorgestellt hat. Einmal brachte ihm ein Freund von einer Reise ein in Salzlake eingelegtes Krokodil mit, und Mr Buckland konnte seine Probierliste aus dem Tierreich um ein neues Exemplar erweitern. Über diese Geschichten musste ich tatsächlich lächeln.

Mr Buckland war der Einzige, der wenigstens kurz durch den Nebel um mich gedrungen ist. Wir haben uns über die Sachen unterhalten, die wir im Lauf der Jahre gefunden hatten und die nicht zum Ichie zu gehören schienen, zum Beispiel die breiteren und klobigeren Wirbel und die viel zu flachen Paddelknochen. Einmal hat er mir einen Wirbel mit einem Stück Rippe gezeigt, die viel tiefer angesetzt war als bei einem Ichie. «Mary, ich glaube, hier draußen gibt es noch eine andere Kreatur», sagte er. «Eine, wie der Ichthyosaurier eine Wirbelsäule, Rippen und Flossen hatte, aber von der Anatomie her mehr dem Krokodil gleicht. Wäre das nicht etwas, wenn du noch eine andere von Gottes Kreaturen fändest?»

Einen Moment lang konnte ich klar denken. Ich hab Mr Buckland in sein gütiges Gesicht geblickt, das mit den Jahren noch runder und pausbäckiger geworden war. Seine Augen strahlten, und ich konnte förmlich die Gedanken hinter seiner hohen Stirn sehen. «Ja, ich glaube, das wäre was», hätte ich beinahe gesagt, «denn ich denke schon seit Jahren über dieses neue Riesentier nach.» Aber ich hab's nicht gesagt. Noch bevor ich den Mund aufmachen konnte, ist meine Stimmung wieder gesunken wie ein Blatt auf den Grund eines Sees.

Mam und Joe sind suchen gegangen, während ich zu Hause blieb und mich um den Laden kümmerte. Als Mam das erste Mal mit Joe zum Black Ven ging, hat mich das überrascht. Sie hat mich ganz komisch angesehen, als sie aufbrachen, aber gesagt hat sie nichts. Früher war sie auch manchmal mit mir draußen gewesen, aber nur, um mich zu begleiten, nicht um selbst zu suchen. Ihr lag mehr der geschäftliche Teil. Sie hat Briefe an Sammler geschrieben, das Geld eingetrieben, das man uns schuldete, und Fossilien zum Verkauf angeboten. Wenn Besucher in unseren Laden kamen, haben sie wegen Mams Überredungskünsten oft mehr gekauft, als sie eigentlich wollten. Dafür hat sie nie Kuris gesucht. Sie hatte weder den richtigen Blick noch die Geduld. Zumindest dachte ich das. Aber als Joe und Mam nach ein paar Stunden wieder zurückkamen, musste ich staunen, denn der Korb, den mir Mam ziemlich stolz reichte, war schwer von ihren Funden. Es waren fast nur Ammos und Belis – Anfängerkuris, die wegen ihrer gleichmäßigen Linien besonders deutlich zwischen den Steinen zu erkennen sind. Aber immerhin hatte sie auch ein paar Pentacrini gefunden, einen beschädigten Seeigel und, was mich am meisten überraschte, ein Stück aus dem Schulterknochen eines Ichies. Allein für den Knochen konnten wir drei Schilling bekommen und eine Woche lang satt werden.

Als sie auf dem Abtritt war, hab ich Joe beschuldigt, dass er ihr die Funde in den Korb gelegt und als ihre ausgegeben hätte. Er hat den Kopf geschüttelt. «Sie hat sie selbst gefunden. Ich weiß nicht, wie sie es schafft, weil sie beim Suchen so planlos vorgeht. Aber sie findet trotzdem was.»

Später hat Mam mir erzählt, dass sie einen Handel mit Gott abgeschlossen hatte: Er sollte ihr zeigen, wo die Kuris lagen, dann wollte sie nie mehr an ihm zweifeln, was sie in den vergangenen Jahren mit den vielen Toten und Schulden oft genug getan hatte. «Er muss mich erhört haben, denn ich brauchte gar nicht lange suchen, um was zu finden», sagte Mam. «Sie lagen einfach auf dem Strand rum und schienen nur darauf zu warten, dass ich sie aufhebe. Ich weiß nicht, warum du immer so ein Theater gemacht hast. Tagelang warst du unterwegs, dabei ist es doch gar nicht so schwer, Kuris zu finden.»

Am liebsten hätte ich ihr widersprochen und mit ihr gestritten, aber weil ich selbst nicht mehr suchen ging, konnte ich mir das nicht rausnehmen. Außerdem stimmte es. Wenn Mam losging, kam sie immer mit vollem Korb zurück. Sie hatte nämlich den richtigen Blick, sie wollte es nur nicht zugeben.

Doch am 12. Mai 1820 änderte sich alles. Ich stand gerade hinter unserem Verkaufstisch auf dem Cockmoile Square und zeigte einem Ehepaar aus Bristol Seelilien, als ein Junge mit einem Päckchen für Joe vorbeikam. Er verlangte einen Schilling dafür, weil es größer war als ein normaler Brief, und ich hatte keinen Schilling. Ich wollte den Jungen schon wegschicken, als ich die Handschrift erkannte, auf die ich all die Monate gewartet hatte. Ich kannte seine Schrift, weil ich ihm gezeigt hatte, wie man für jedes Fundstück ein Schildchen schreibt. Das hatte ich von Miss Elizabeth gelernt. Man beschreibt den Fund, notiert den Linnéschen Namen, falls er bekannt ist, hält fest, wann und wo man es gefunden hat und in welcher Gesteinsschicht es steckte und was sonst noch an Informationen nützlich sein könnte.

Ich entriss dem Jungen das Päckchen und starrte es an. Warum war es an Joe adressiert? Sie hatten sich doch nie besonders gemocht? Warum schrieb er nicht an mich?

«Du kriegst das nur, wenn du auch zahlst, Mary.» Der Junge zog an dem Päckchen.

«Ich hab den Schilling noch nicht, aber ich komme schon irgendwie an einen ran. Kannst du's mir nicht anschreiben?»

Als Antwort zog er weiter an dem Paket, das ich fest gegen meine Brust drückte. «Nein, den geb ich nicht mehr her, ich hab schon seit Monaten auf diesen Brief gewartet.»

«Ist wohl von deinem Schatz, hä?», höhnte der Junge. «Der alte Kerl, mit dem du rumgezogen bist und der dich sitzen gelassen hat.»

«Halt die Klappe, du Bengel!» Ich wusste, dass ich keine Kuris verkaufen würde, wenn wir uns vor Kunden so aufführten. «Bitte entschuldigen Sie, Sir. Haben Sie sich entschieden?», wandte ich mich an den Gentleman.

«Ja, das haben wir», antwortete die Dame für ihren Ehemann. «Wir nehmen für einen Schilling Crinoide.» Lächelnd hielt sie mir die Münze hin.

«Oh, danke Ma'm, vielen Dank!»

Der Junge machte noch eine anstößige Handbewegung und verschwand. Noch einmal entschuldigte ich mich bei dem Paar. Obwohl die Dame so viel Verständnis für den Brief gezeigt hatte, ließ sie sich bei der Auswahl der Crinoiden unendlich viel Zeit, und ich musste meine Ungeduld beherrschen. Dann sollte ich die Steine auch noch einwickeln, und der Mann wollte das Päckchen mit doppeltem Faden zugebunden haben, mit dem ich mich völlig verhedderte. Ich dachte schon, ich werde noch verrückt. Endlich hatte ich es geschafft, und die beiden wandten sich zum Gehen. «Ich hoffe, es stehen gute Nachrichten in dem Brief», flüsterte die Dame mir noch zu.

Ich ging ins Haus und setzte mich in die staubige Werkstatt. Das Päckchen lag in meinem Schoß. Noch einmal las ich die

Adresse: «Joseph Anning, Esquire; Der Fossilienladen, Cockmoile Square, Lyme Regis, Dorsetshire.» Warum schrieb er an meinen Bruder? Und warum war das Päckchen mit braunem Papier umwickelt und nicht einfach ein Brief? Was konnte Colonel Birch meinem Bruder schicken?

Und warum hatte er es nicht mir geschickt?

Der Stand der Flut verriet mir, dass Joe und Mam in einer halben Stunde zurückkommen würden. Wie sollte ich es noch so lange aushalten?

Ich hab das Päckchen angeschaut. Es umgedreht. Dann hab ich bis drei gezählt und das Siegel aufgebrochen. Joe würde wütend sein, aber ich konnte es nicht ändern. Ich war mir sicher, dass es eigentlich für mich bestimmt war.

Neben einem zusammengefalteten Brief fand ich einen kleinen Katalog vor. Er war ungefähr so groß wie die Schulhefte, in denen ich in der Sonntagsschule immer meine Buchstaben geübt hatte. Auf der Titelseite stand:

Katalog
Einer kleinen, aber sehr feinen
Sammlung von Fossilien
aus dem Blauen Lias
bei Lyme und Charmouth in Dorsetshire
Aufgeteilt in Ordnungen und
hauptsächlich aus Knochen bestehend,
welche die Osteologie des Ichthyosauriers oder Proteosauriers
beleuchten
Außerdem Exemplare des
Pentacrinus genannten Pflanzentiers
aus dem Privatbesitz des Colonel Birch,
der sie unter beträchtlichem Aufwand sammelte,

und jetzt in der Auktion
von Mr Bullock
in dessen Ägyptischer Halle in Piccadilly
am Montag, dem 15. Mai des Jahres 1820,
um Punkt ein Uhr
versteigern lässt.

Ich las diese Ankündigung, ohne sie richtig zu verstehen. Erst als ich den Katalog aufschlug und die Liste der Fossilien entdeckte, von denen ich jedes einzelne vor mir sah und sogar den Fundort hätte nennen können, begann mir ein Licht aufzugehen. Er verkaufte sie, er verkaufte jeden einzelnen Kuri. Wo ich so hart gearbeitet hatte, um seine Sammlung zu vergrößern – und alles nur für das schöne Gefühl zu wissen, dass er sie in der Hand halten würde! All die Pentacrini, die er so liebte, die Ammos und Hummerstücke, die Fische, die ich eigentlich Elizabeth Philpot hätte geben sollen, das seltsame krebsartige Insekt, das ich noch nie zuvor gesehen hatte und mit der Lupe der Philpots genauer betrachtet hätte, wenn er es nicht gewollt hätte. Die vielen Ichie-Teile, die Kieferknochen, Augenhöhlen, Zähne und Wirbel, sie würden in alle Himmelsrichtungen zerstreut werden.

Und natürlich der Ichie selbst. Noch nie hatte ich ein so perfektes Fossil gesehen. Ich hatte viele Nächte durchgearbeitet, um ihn zu reinigen und so gut wie möglich zu präparieren. Alles habe ich für ihn getan. Und jetzt wollte er ihn verkaufen, genau wie Lord Henley meinen ersten Ichie. Und Mr Bullock hatte auch wieder seine Hände im Spiel. Mir schwirrte der Kopf so sehr, dass ich dachte, er würde zerspringen. Meine Hände krampften sich um den Katalog, am liebsten hätte ich ihn zerrissen. Das hätte ich auch gemacht, wenn er nicht an Joe adressiert gewesen wäre. Ich hätte ihn in kleine Fetzen gerissen und alles ins Feuer geworfen, Brief und Fossilienliste.

Der Brief. Ich hatte ihn noch gar nicht gelesen. Ich spürte einen so stechenden Schmerz hinter den Augen, dass ich bezweifelte, noch irgendetwas entziffern zu können. Doch ich faltete ihn auf, strich ihn glatt und rieb mir die Augen, bis mein Blick ruhig auf den Worten lag. Dann begann ich zu lesen.

Als ich fertig war, hatte es mir die Kehle so zugeschnürt, dass ich nicht mehr schlucken konnte. Und mir war heiß im Gesicht, als wär ich die ganze Broad Street hochgerannt. Bis Mam und Joe kamen, schluchzte ich so heftig, dass ich glaubte, mein Herz herauszuwürgen.

Dreimal in der Woche traf eine Kutsche aus London ein, und jede von ihnen brachte mir Antworten auf die rätselhaften Vorgänge dort.

Als Erstes kam der Zeitungsbericht. Normalerweise hatten wir kein Geld für Zeitungen, doch diesmal brachte Mam eine mit nach Hause. «Wir müssen ja rausfinden, ob wir uns diese Zeitung leisten können», lautete ihre komische Erklärung. Meine Hände haben so gezittert, dass ich kaum umblättern konnte. Auf Seite drei fand ich dann die Meldung, die ich Mam und Joe laut vorlas:

> Eine Auktion von Mr Bullock in seiner Ägyptischen Halle brachte gestern mehr als 400 Pfund ein. Versteigert wurde die Fossiliensammlung des Lt.-Col. Thomas Birch, vormals Mitglied der Leibgarde, die ein besonders schönes Exemplar eines Ichthyosauriers enthielt, der für 100 Pfund an das Royal College of Surgeons ging. Lt.-Col. Birch kündigte an, das Geld sei für die Familie Anning in Lyme Regis bestimmt, die ihm beim Zusammenstellen der Sammlung geholfen habe.

Die Meldung war kurz, sagte aber alles Wichtige. Als ich es schwarz auf weiß las, wurden meine Hände eiskalt.

Mam war normalerweise sehr vorsichtig mit Geld und plante nicht damit, solange sie es nicht in Händen hielt. Doch dass es in der Zeitung stand, war für sie der Beweis, dass wir das Geld tatsächlich bekommen würden. Sofort begann sie mit Joe zu beratschlagen, was wir damit anfangen sollten. «Wir bezahlen unsere Schulden», sagte Joe. «Und dann können wir überlegen, ob wir uns ein Haus weiter oben kaufen, wo es trockener ist.» Der Cockmoile Square stand regelmäßig unter Wasser, da der Fluss oder das Meer immer wieder über die Ufer traten.

«Umziehen will ich nicht unbedingt», erwiderte Mam, «aber wir brauchen neue Möbel. Und du wirst Geld brauchen, um dir eine richtige Polstererwerkstatt einzurichten.»

So redeten und redeten sie. Plötzlich konnten sie Pläne machen, die sie sich noch vor einer Woche niemals erträumt hätten. Sie genossen das schöne Gefühl, dem «Armenhaus ins Gesicht furzen zu können», wie Mam es formulierte. Es war schon komisch, wie schnell die beiden die Armut vergessen hatten und sich für reich hielten. Ich sagte die ganze Zeit kein Wort, was auch niemand von mir erwartete. Wir wussten alle, dass wir das Geld mir verdankten. Ich hatte meinen Teil getan und konnte mich jetzt wie eine Königin zurücklehnen, die den Rest von ihren Höflingen erledigen lässt.

Außerdem hatte ich anderes im Kopf als ihre Zukunftspläne. Am liebsten wäre ich auf die Klippen hinausgelaufen, um in der Einsamkeit über Colonel Birch und die Bedeutung seiner Taten nachdenken zu können. In meiner Vorstellung wollte ich noch einmal seinen Kuss erleben, jeden einzelnen Zug seines Gesichts durchgehen, mich an seine Stimme und alles, was er zu mir gesagt hatte, erinnern; ich wollte an unsere gemeinsam verbrachten

Tage denken und daran, wie er mich angesehen hatte. Das war es, was ich machen wollte, während ich an unserem einzigen Tisch saß, der, wenn es nach Mam ging, bald durch einen Mahagonitisch ersetzt werden würde, der mit dem von Lord Henley konkurrieren konnte.

Ich holte das Medaillon aus seinem Versteck und trug es wieder unter meinen Kleidern. Mit Mam oder Joe wollte ich nicht über Colonel Birch reden, denn ich wusste nicht, ob er Absichten auf mich hatte. Im Brief hatte er nichts erwähnt, aber der war schließlich auch an Joe adressiert gewesen, weil er der Mann der Familie war, und eher formell als liebevoll gehalten. Colonel Birch wollte eben alles richtig machen. Aber welcher Mann würde einer Familie vierhundert Pfund schenken, ohne ernste Absichten zu haben?

Als die nächste Kutsche aus London eintraf, stand ich bereits wartend in Charmouth. Ich hatte wieder begonnen, an den Strand zu gehen und Kuris zu suchen, doch wenn Kutschen erwartet wurden, lief ich den Weg hoch, um sie abzupassen. Mam und Joe gegenüber erwähnte ich kein Wort davon, ich hatte mir auch nicht überlegt, was ich sagen wollte, wenn ich Colonel Birch sah. Ich ging einfach nur los und setzte mich draußen vors *Queen's Arms*, wo schon andere warteten, um Reisende abzuholen oder selbst weiter nach Exeter zu fahren. Ich erntete seltsame Blicke, was nichts Neues für mich war, nur wurde ich jetzt nicht mehr höhnisch angegrinst, sondern mit Neugierde und Respekt behandelt. Das hatte ich seit der Entdeckung meines ersten Ichthyosauriers nicht mehr erlebt. Die Nachricht von unserem Glück hatte sich verbreitet.

Als die Kutsche näher kam, flatterte mein Magen wie ein Fisch, der auf dem Bootsboden hin und her schlägt. Sie schien ein Jahr zu brauchen, um die lange Steige durch die Stadt hinaufzufahren.

Als sie schließlich anhielt und die Tür sich öffnete, schloss ich die Augen und versuchte mein Herz zu beruhigen, das sich jetzt wie mein Magen aufführte – zwei flatternde Fische.

Dann stieg Margaret Philpot aus, gefolgt von Miss Louise und schließlich Miss Elizabeth. Mit den Philpots hatte ich nicht gerechnet. Normalerweise schrieb mir Miss Elizabeth, um anzukündigen, mit welcher Kutsche sie kamen, aber ich hatte keinen Brief erhalten. Ich fragte mich, ob Colonel Birch auch noch aussteigen würde, aber dann fiel mir ein, dass Miss Elizabeth niemals mit ihm in einer Kutsche fahren würde.

Noch nie war ich so enttäuscht gewesen wie in diesem Moment.

Aber schließlich waren sie meine Freunde, ich musste also hin und sie begrüßen. «Oh, Mary», rief Miss Margaret und fiel mir um den Hals. «Du ahnst nicht, was für Neuigkeiten wir haben! Es ist so überwältigend, mir fehlen fast die Worte!» Sie drückte sich ein Taschentuch vor den Mund.

Lachend befreite ich mich aus ihrer Umarmung. «Schon gut, Miss Margaret, ich weiß von der Auktion. Colonel Birch hat Joe geschrieben. Und wir haben den Bericht in der Zeitung gelesen.»

Miss Margarets Gesicht fiel in sich zusammen, und es tat mir ein wenig leid, dass ich ihr den Spaß verdorben hatte, mir eine so unglaublich gute Nachricht zukommen zu lassen. Doch sie erholte sich schnell wieder. «Ach, Mary», sagte sie. «Wie euer Schicksal sich gewendet hat. Ich freue mich so für dich.»

Auch Miss Louise strahlte mich an, doch Miss Elizabeth sagte nur, «Schön, dich zu sehen, Mary», und hauchte mir einen Kuss auf den Haaransatz hinter der Wange. Selbst nach zwei Tagen in der Kutsche roch sie wie immer nach Rosmarin.

Als die Sachen der Philpots auf einen Wagen nach Lyme umgeladen waren und sie selbst ebenfalls Platz nahmen, rief Miss Margaret. «Magst du mitkommen, Mary?»

«Ich kann nicht», sagte ich und deutete zum Strand. «Ich muss Kuris suchen.»

«Dann komm morgen bei uns vorbei!» Mit einem Winken ließen sie mich in Charmouth stehen. Erst jetzt traf mich die volle Wucht der Enttäuschung, dass Colonel Birch nicht in der Kutsche gewesen war. Bedrückt ging ich zum Strand zurück und fühlte mich kein bisschen wie das Mädchen aus einer Familie, die zu vierhundert Pfund gekommen war. «Sicher kommt er mit der nächsten Kutsche», sagte ich laut, um mich zu trösten. «Und wenn er dann aussteigt, hab ich ihn ganz für mich allein.»

Wenn die Philpots mich zu einem Besuch einluden, bin ich normalerweise immer hingegangen. Ich mochte den Morley Cottage, denn in ihm war es warm und sauber, und es roch gut nach Bessys Backwaren, auch wenn sie selbst mir gegenüber recht mürrisch war. Der Ausblick auf das Golden Cap und die Küste ließ mir immer das Herz höher schlagen, und dann gab es noch die Fische von Miss Elizabeth zu bestaunen. Miss Margaret spielte Klavier, um uns zu unterhalten, und Miss Louise gab mir immer Blumen mit. Doch am schönsten war, wenn Miss Elizabeth und ich über Fossilien redeten oder zusammen Bücher und Zeitschriften darüber anschauten.

Jetzt aber wollte ich Miss Elizabeth nicht sehen. Fast mein ganzes Leben lang hatte sie sich um mich gekümmert, und sie war meine Freundin geworden, obwohl andere nichts von mir wissen wollten. Doch als sie in Charmouth aus der Kutsche stieg, schien eher Ablehnung von ihr auszugehen als Freude, mich wiederzusehen. Aber vielleicht hatte das gar nichts mit mir zu tun, vielleicht schämte sie sich für sich selbst. Und das zu recht, denn sie hatte Colonel Birch völlig falsch eingeschätzt, was ihr jetzt sicher Leid tat, auch wenn sie es nicht zugab. Egal, ich konnte es mir leisten, großzügig zu sein und ihre schlechte Laune nicht weiter zu beachten, denn ich liebte einen Mann, der mich aus meiner Armut befreien und mich glücklich machen würde. Und sie hatte keinen. Aber ich wollte auch nicht zu ihr hin und mir mein Glück vergällen lassen.

Ich erfand Gründe, weshalb ich nicht in die Silver Street hinaufkonnte: Um die Monate wettzumachen, in denen ich nichts getan hatte, musste ich Kuris suchen. Oder ich bestand darauf, das Haus zu putzen, um für den Besuch von Colonel Birch vorbereitet zu sein. Oder ich lief in die Pinhay Bay hinaus, um einen Pentacrinus für ihn zu suchen, weil er seine doch alle verkauft hatte. Außerdem ging ich zu jeder Kutsche, die aus London eintraf, obwohl bereits drei gekommen und wieder weitergefahren waren, ohne dass er ausgestiegen war.

Als ich von der dritten Kutsche wieder nach Hause lief und vom Klippenpfad in den Kirchhof von Sankt Michael bog, kam mir Miss Elizabeth aus der anderen Richtung entgegen. Wir zuckten beide erschrocken zusammen. Anscheinend wünschte sich jede von uns, die andere früher erblickt zu haben, um ihr aus dem Weg zu gehen. Doch jetzt blieb uns nichts anderes übrig, als stehenzubleiben und uns zu grüßen.

Miss Elizabeth fragte, ob ich am Strand gewesen sei, und ich musste zugeben, dass ich nach Charmouth gelaufen war, ohne unterwegs zu suchen. Sie wusste, dass es der Tag war, an dem die Kutsche kam, und überlegte nun, was ich dort wollte – ich sah es ihrem Gesicht an, obwohl sie ihr Missfallen zu verbergen suchte. Sie wechselte das Thema, und wir unterhielten uns ein wenig über Lyme und was alles während ihrer Abwesenheit passiert war. Doch es war ein steifes Gespräch, ganz anders als früher, und bald wurden wir still. Ich fühlte mich, als hätte ich zu lange auf einem Bein gestanden, das jetzt eingeschlafen und steif war, so dass ich irgendwie komisch dastand. Auch Miss Elizabeth hielt ihren Kopf merkwürdig geneigt, als hätte ihr Nacken von der langen Kutschfahrt aus London einen Knick bekommen.

Ich wollte mich schon entschuldigen und weiter zum Cockmoile Square laufen, als sich Miss Elizabeth zu einer Entscheidung durchzuringen schien. Wenn sie etwas Wichtiges zu sagen hat, reckt sie immer das Kinn vor und spannt den Kiefer an. «Ich will dir erzählen, was in London passiert ist, Mary. Aber du darfst niemandem weitersagen, dass ich es dir erzählt habe. Weder deiner Mutter noch deinem Bruder, und schon gar nicht meinen Schwestern, denn sie wissen nicht, was ich gemacht und gesehen habe.» Dann hat sie mir alles von der Auktion erzählt. Bis in die Einzelheiten hat sie mir beschrieben, was verkauft wurde, wer da war und wer was gekauft hat, und dass sogar der Franzose Cuvier ein Fossil für Paris wollte. Sie erwähnte auch die Ankündigung von Colonel Birch zum Ende der Auktion, in der er mich als Finderin genannt hatte. Während sie redete, hatte ich das Gefühl, als würde ich einem Vortrag über eine andere Person zuhören, einer Mary Anning aus einer fremden Stadt oder einem fremden Land auf der anderen Seite der Erde, die etwas anderes sammelte als Fossilien. Schmetterlinge vielleicht, oder alte Münzen.

«Hörst du überhaupt zu, Mary?», fragte Miss Elizabeth mich mit strengem Blick.

«Ja, Ma'am. Aber ich weiß nicht, ob ich richtig höre.»

Miss Elizabeth sah mich aus zusammengekniffenen grauen Augen ernst an. «Colonel Birch hat dich in der Öffentlichkeit erwähnt, Mary. Er hat den interessiertesten Fossiliensammlern im Land empfohlen, dich aufzusuchen. Sie werden herkommen und dich bitten, mit ihnen an den Strand zu gehen, wie du es mit

Colonel Birch gemacht hast. Du musst dich darauf einstellen und darauf achten, dass du … dass du deinem Ruf nicht weiter schadest.» Für diesen letzten Satz hatte sie die Lippen so sehr gespitzt, dass es schon ein Wunder war, dass überhaupt noch Worte aus ihrem Mund kamen.

Ich fingerte an einer Flechte auf dem Grabstein neben mir herum. «Ich mache mir keine Sorgen um meinen Ruf, Ma'am. Mir ist auch egal, was andere von mir denken. Ich liebe Colonel Birch und warte darauf, dass er zurückkommt.»

«Ach, Mary.» Mehrere Gefühle gleichzeitig huschten über Miss Elizabeths Gesicht. Es kam mir vor, als würden wir Karten spielen und sie mir eine nach der anderen hinlegen. Bei den Gefühlen überwogen Wut und Trauer, und zusammen ergaben die beiden Eifersucht. Genau, jetzt begriff ich es richtig, Elizabeth Philpot war eifersüchtig, weil ich so viel Aufmerksamkeit von Colonel Birch bekam. Wie konnte sie nur? Sie hatte nie ihre Möbel verkaufen oder verbrennen müssen, um ein Dach über dem Kopf und es warm zu haben. Sie hatte mehrere Tische und nicht nur einen einzigen. Sie ging nicht bei jedem Wetter und Gesundheitszustand hinaus, um stundenlang und bis ihr der Kopf brummte, Kuris zu suchen. Sie hatte keine Frostbeulen an Händen und Füßen, keine eingerissenen Fingerkuppen, die vom Lehm, der sich darin eingegraben hatte, grau waren. Und Nachbarn, die hinter ihrem Rücken über sie redeten, hatte sie auch nicht. Sie hätte Mitleid mit mir haben sollen, stattdessen beneidete sie mich.

Einen Moment lang schloss ich die Augen und hielt mich am Grabstein fest. «Warum freuen Sie sich nicht für mich?», fragte ich. «Warum können Sie nicht sagen: ‹Ich wünsche Dir, dass Du sehr glücklich wirst?›»

«Ich …» Miss Elizabeth schluckte, als würden die Worte ihr

im Hals stecken bleiben. «Ja, das wünsche ich dir», brachte sie schließlich heraus, es klang ganz erstickt. «Aber ich will nicht, dass du dich lächerlich machst. Ich will, dass du Vernunft annimmst und darüber nachdenkst, was für dich möglich ist.»

Ich riss die Flechte vom Stein. «Sie sind eifersüchtig auf mich.»

«Das bin ich nicht!»

«Doch, sind Sie. Sie sind eifersüchtig, weil Colonel Birch mir den Hof macht. Sie haben ihn geliebt, und er hat Sie nicht beachtet.»

Miss Elizabeth sah mich an, als hätte ich sie geschlagen. «Bitte, hör auf.»

Doch in mir schien sich ein Fluss aufgestaut zu haben, der jetzt über seine Ufer trat. «Er hat Sie noch nicht mal angeschaut. Nicht ein einziges Mal. Weil er mich gewollt hat! Ist doch klar. Ich bin jung, und ich habe den richtigen Blick. Sie mit Ihrer ganzen Bildung, Ihren hundertfünfzig Pfund im Jahr, Ihrem Holundersirup, Ihren dämlichen Tonikums und Ihren albernen Schwestern mit den Turbans und Rosen. Und mit Ihren Fischen! Wen interessieren denn Fische, wenn man in den Klippen Riesenbestien finden kann? Aber Sie werden die nicht finden, denn Sie haben nicht den richtigen Blick. Sie sind eine vertrocknete alte Jungfer, die niemals einen Mann bekommen wird. Und auch kein Riesentier. Aber ich.» Es fühlte sich so gut und schrecklich an, das alles laut zu sagen, dass ich glaubte, mir würde im nächsten Moment übel werden.

Miss Elizabeth stand wie erstarrt da. Sie sah aus wie jemand, der darauf wartet, dass eine Windbö sich austobt. Als es so weit war und ich alles gesagt hatte, holte sie tief Luft. Was dann aber herauskam, war kaum mehr als ein kraftloses Flüstern. «Ich habe dir einmal das Leben gerettet und dich aus dem Lehm gezogen. So zahlst du es mir also zurück.»

Der Wind nahm noch einmal Kraft auf und schwoll zum Orkan an. Ich brüllte so laut und wütend, dass Miss Elizabeth zurückwich. «Ja, Sie haben mir das Leben gerettet! Und ich werde mein Leben lang die Last spüren, Ihnen dankbar sein zu müssen. Was ich auch mache, ich werde Ihnen immer unterlegen sein. Und wenn ich noch so viele Riesenbestien finde und Geld verdiene, niemals werde ich Ihre gesellschaftliche Stellung haben. Warum können Sie mir dann nicht wenigstens Colonel Birch lassen? Bitte?» Jetzt weinte ich.

Miss Elizabeth blickte mich aus ihren ruhigen grauen Augen fest an, bis meine Tränen versiegt waren. «Ich entbinde dich von der Last deiner Dankbarkeit, Mary», sagte sie. «Wenigstens das kann ich für dich tun. Ich habe dich an jenem Tag ausgegraben, wie ich jeden anderen Menschen ausgegraben hätte. Und jeder, der statt meiner vorbeigekommen wäre, hätte das Gleiche getan.» Sie hielt inne, und ich sah, dass sie überlegte, was sie als Nächstes sagen sollte: «Aber eins muss ich dir sagen», fuhr sie schließlich fort, «nicht, um dich zu verletzen, sondern um dich zu warnen. Wenn du irgendetwas von Colonel Birch erwartest, wirst du enttäuscht werden. Vor der Auktion hatte ich Gelegenheit, mit ihm zu sprechen. Wir sind uns zufällig im Britischen Museum begegnet.» Sie machte eine Pause. «Er begleitete eine Dame. Eine Witwe. Sie schienen sich nahezustehen. Ich erzähle dir das, damit du dir keine Hoffnungen machst. Du bist ein Mädchen aus der Arbeiterklasse, mehr als du jetzt hast, kannst du nicht erwarten. Mary! Geh nicht weg!»

Doch ich hatte mich bereits umgedreht und begann zu rennen. Ich rannte vor ihren Worten weg, so schnell ich konnte.

* * *

Als die nächste Kutsche aus London in Charmouth eintraf, bin ich nicht hingegangen. Es war ein milder Nachmittag, in den Straßen waren viele Feriengäste unterwegs, und ich stand hinter dem Tisch vor unserem Haus und verkaufte Kuris.

Ich bin nicht abergläubisch, aber ich war mir sicher, dass er an diesem Tag kommen würde, denn es war mein Geburtstag, auch wenn er das nicht wusste. In meinen ganzen Leben hatte ich noch nie ein Geburtstagsgeschenk bekommen, ich fand, dass mir jetzt eins zustand. Mam meinte zwar, das Geld von seiner Auktion wär das Geschenk, aber für mich war er es.

Als die Uhr im Glockenturm vom Markt fünf schlug, hab ich angefangen, jeden Schritt von Colonel Birch in Gedanken mitzugehen. Ich sah ihn aus der Kutsche steigen und im Stall ein Pferd mieten, dann ritt er die Straße entlang, bis er oberhalb vom Black Ven den Weg zur Charmouth Lane über eins von Lord Henleys Feldern abkürzte. Weiter ging es zur Church Street, dann an Sankt Michael vorbei in den Buttermarkt. Dort musste er nur noch um die Ecke biegen, und er war am Cockmoile Square.

Als ich aufblickte, war er da. Genau wie ich es erwartet hatte, kam er auf seinem Mietpferd, einem Fuchs, an den Tisch geritten und schaute auf mich hinab. «Mary.»

«Colonel Birch.» Ich machte einen tiefen Knicks, wie wenn ich eine Dame wär.

Colonel Birch stieg ab und griff nach meiner Hand. Und dann hat er sie geküsst, einfach geküsst, vor allen Feriengästen, die durch die Kuris wühlten, und den Leuten aus Lyme, die auf der Straße unterwegs waren. Es war mir egal. Als er mir, immer noch über meine Hand gebeugt, in die Augen sah, entdeckte ich darin trotz aller Freude auch Ungewissheit. Da wusste ich, dass Miss Elizabeth mich nicht angelogen hatte. Das mit der Witwe stimmte. Ich hätte es so gerne nicht geglaubt, aber Miss Elizabeth war keine Lügnerin. So sanft wie möglich zog ich meine Hand aus Colonel Birchs Griff. Da wurde aus dem Schatten der Ungewissheit eine Schmerzensflamme. Wir standen da und sahen uns einfach nur schweigend an.

Hinter Colonel Birchs Schulter nahm ich eine Bewegung wahr, die mich von seinen traurigen Augen ablenkte. Ein Paar kam Arm in Arm über die Bridge Street gelaufen. Er war kräftig gebaut und stark, und sie schaukelte an seiner Seite auf und ab wie ein Boot auf rauer See. Es war Fanny Miller, die vor kurzem Billy Day geheiratet hatte, einen der Steinbrucharbeiter, die mir geholfen hatten, die Riesenbestie auszugraben. Jetzt waren also sogar die Steinbrucharbeiter vergeben. Fanny starrte mich an. Als sich unsere Blicke begegneten, umklammerte sie den Arm ihres Mannes noch fester und eilte so schnell davon, wie ihr lahmes Bein es erlaubte.

Da war mir die vornehme Witwe egal. Ich wusste, was ich von Colonel Birch wollte. Ich hab es mir selbst zum Geburtstag geschenkt. Wahrscheinlich würde ich nie wieder eine Gelegenheit dazu bekommen. Ich nickte ihm zu. «Gehen Sie zu Mam rein, Sir. Sie erwartet Sie schon. Wir sehen uns später.»

Ich wollte nicht dabei sein, wenn er ihr das Geld gab. So dankbar ich dafür war, ich wollte es nicht sehen. Ich wollte nur ihn sehen. Als er sein Pferd festgemacht hatte und im Haus verschwand, hab ich die Kuris weggepackt und bin dann in den Buttermarkt eingebogen. Ich bin seinen Weg in umgekehrter Reihenfolge zurückgegangen. Sicher logierte er wie immer im *Queen's Arms* in Charmouth, deshalb kannte ich seinen Weg. Als ich jenseits der Charmouth Road an das Feld von Lord Henley kam, bin ich noch bis zu einem Holzstapel weiter gegangen. Dort hab ich mich hingesetzt und gewartet.

Als er angeritten kam, hielt Colonel Birch seinen Rücken so gerade wie ein Zinnsoldat. Hinter ihm stand die Sonne schon tief, so dass er einen langen Schatten warf. Sein Gesicht konnte ich erst sehen, als er sein Pferd neben mir anhielt. Ich bin auf den Holzstapel hochgeklettert. Als ich dort oben balancierte, hat er meine Hand genommen, damit ich nicht runterfalle.

«Mary, ich kann dich nicht heiraten», sagte er.

«Ich weiß, Sir. Das macht nichts.»

«Bist du dir sicher?»

«Ja. Heute ist mein Geburtstag. Ich bin jetzt einundzwanzig Jahre alt, und ich weiß, dass ich dies will.»

Ich konnte nicht reiten, aber an diesem Tag hatte ich keine Angst. Ich lehnte mich zu ihm hinüber und ließ mich in seine Arme fallen.

Er nahm mich mit, weg vom Meer. Colonel Birch kannte die Umgebung besser als ich, denn weil ich mein ganzes Leben am Strand verbracht habe, bin ich nie über die Felder gelaufen. Wir ritten durch die Schatten der Dämmerung, die hie und da noch von Sonnenflecken erhellt wurden, zur Hauptstraße nach Exeter, die wir überquerten. Auf der anderen Seite bogen wir in die Felder ein, die allmählich dunkel wurden. Unterwegs haben wir uns nicht wie andere Liebespaare Zärtlichkeiten zugeflüstert, denn wir waren kein richtiges Paar. Ich konnte mich auch nicht in seine Arme schmiegen, denn ich schwankte auf dem Pferderücken hin und her und schlug immer wieder hart im Sattel auf, so dass ich mich konzentrieren musste, um nicht runterzufallen. Doch ich war, wo ich sein wollte. Nichts anderes zählte.

Am hinteren Ende des Felds wartete ein Obstgarten auf uns. Wir legten uns auf ein schneeweißes Laken aus Apfelblüten. Und dort habe ich entdeckt, dass der Blitz tief aus dem Inneren kommen kann. Ich bereue diese Entdeckung nicht.

An jenem Abend habe ich noch etwas anderes gelernt. Es war später, als ich in seinen Armen lag, in den Himmel blickte und die Sterne zählte. Es waren vier. «Was willst du mit dem Geld machen, das ich deiner Familie gegeben habe, Mary?», fragte er.

«Unsere Schulden bezahlen und einen neuen Tisch kaufen.»

Colonel Birch schmunzelte. «Das ist sehr praktisch gedacht. Brauchst du denn nichts für dich selbst?»

«Ich könnte mir vielleicht eine neue Haube leisten.» Meine alte war gerade unter uns zerdrückt worden.

«Und wie wäre es mit etwas Besserem?»

Ich schwieg.

«Ihr könntet zum Beispiel in ein Haus mit einem richtigen Laden ziehen», fuhr Colonel Birch fort. «Nach oben in die Broad Street, wo ihr ein großes Fenster hättet, so dass ihr eure Fossilien in besserem Licht präsentieren könnt. Dann käme sicher mehr Kundschaft.»

«Dann denken Sie also, dass ich weiter Kuris suchen und verkaufen werde, Sir? Dass ich nie heirate, sondern einen Laden betreibe?»

«Das habe ich nicht gesagt.»

«Das ist schon in Ordnung, Sir. Ich weiß, dass ich nie heiraten werde. Niemand will eine wie mich zur Frau.»

«Das habe ich nicht gemeint, Mary, du hast mich missverstanden.»

«So, hab ich das?» Ich rollte mich von seiner Schulter und legte mich flach auf den Boden. In der kurzen Zeit, in der wir redeten, schien der Himmel noch dunkler geworden zu sein, und immer mehr Sterne traten zu den ersten vereinzelten hinzu.

Colonel Birch setzte sich mühsam auf. Er war alt und steif, und das Liegen auf dem Boden schien ihm weh zu tun. Er blickte auf mich hinab. Ich konnte seinen Gesichtsausdruck nicht sehen, weil es zu dunkel war. «Wenn ich an deine Zukunft denke, sehe ich dich als Fossilienjägerin und nicht als Ehefrau. Es gibt viele Frauen – genaugenommen sogar die meisten –, die hervorragende Ehefrauen abgeben. Aber eine wie dich gibt es nur einmal. Weißt du, bei der Vorbereitung der Auktion in London habe ich viele Menschen getroffen, die von sich behaupten, eine Menge über Fossilien zu wissen: Was sie sind, warum wir sie finden und was sie bedeuten. Aber keiner wusste auch nur die Hälfte von dem, was du weißt.»

«Doch, Mr Buckland. Und Henry De La Beche. Und was ist mit Cuvier? Es heißt, dieser Franzose weiß mehr als wir alle.»

«Schon möglich. Aber die anderen haben nicht deinen Instinkt, Mary. Dein Wissen stammt vielleicht nicht aus Büchern, du hast Erfahrungen gesammelt und dir alles selbst beigebracht. Deshalb ist es nicht weniger wert. Du hast viel Zeit mit deinen Funden verbracht, hast ihre Anatomie studiert und viele Variationen und Feinheiten gesehen. Du erkennst zum Beispiel die Einzigartigkeit eines Ichthyosauriers und weißt, dass er etwas ist, was wir uns bislang nie haben vorstellen können.»

Aber ich wollte nicht über mich reden und auch nicht über Kuris. Jetzt standen so viele Sterne am Himmel, dass ich sie nicht mehr zählen konnte. Unter ihrem Wissen fühlte ich mich als Erdenwesen klein und armselig. Beim Blick in die Sterne bekam ich wieder dieses hohle Gefühl, eine große Leere breitete sich in mir aus. «Sir, was meinen Sie, wie weit sind die Sterne wohl weg?»

Colonel Birch sah zum Himmel hoch. «Sehr weit weg. Weiter, als wir uns vorstellen können.»

Vielleicht lag es an dem, was gerade mit mir passiert war, an dem Blitz, der von innen kam und mich für so seltsame, schwere Gedanken öffnete. Als ich dalag und in die Sterne guckte, hatte ich plötzlich immer mehr das Gefühl, dass es ein Band zwischen ihnen und der Erde gab. Und es gab noch ein anderes Band, das die Vergangenheit mit der Zukunft verknüpfte. An dem Ende des einen Bandes war der Ichie, der schon vor langer, langer Zeit gestorben war und darauf gewartet hatte, dass ich ihn fand. Diese beiden Bänder waren so lang, dass ich erst gar nicht versuchen musste, sie zu messen, aber dort, wo sie zusammentrafen, war ich. Mein Leben hatte zu diesem Moment hingeführt und dann wieder von ihm weg, genau wie die Flut an ihren höchsten Punkt am Strand schlägt, dort ihre Markierung hinterlässt und sich wieder zurückzieht.

«Alles ist so groß und so alt und so weit weg», sagte ich. Ich war so überwältigt, dass ich mich aufsetzen musste. «Gott steh mir bei, es macht mir Angst.»

Colonel Birch legte eine Hand auf meinen Kopf und streichelte mir übers Haar, das vom Liegen auf dem Boden ganz verfilzt war. «Du musst keine Angst haben, denn ich bin ja bei dir.»

«Aber nur jetzt», sagte ich, «nur in diesem Moment, und dann bin ich wieder ganz allein auf der Welt. Es ist schwer, wenn man niemanden hat, an dem man sich festhalten kann.»

Darauf fiel ihm keine Antwort ein. Ich wusste, dass er nie etwas dazu sagen würde. Ich legte mich wieder hin und blickte in die Sterne, bis ich meine Augen schließen musste.

VIII

Das Abenteuer eines an Abenteuern armen Lebens

Nur selten kann mich das, was in unserer Zeitung *Western Flying Post* steht, überraschen. Es sind immer die gleichen Themen: die Beschreibung einer Viehauktion in Bridport, der Bericht über eine öffentliche Versammlung, auf der über die Verbreiterung einer Straße in Weymouth debattiert wurde, oder Warnungen vor den Taschendieben auf dem Jahrmarkt in Frome. Selbst Artikel über ungewöhnlichere Ereignisse, die gravierende Einschnitte im Leben der beteiligten Menschen bedeuten – zum Beispiel über den Mann, der für den Diebstahl einer silbernen Uhr zum Tode verurteilt wurde, oder das Feuer, das ein halbes Dorf vernichtete –, lese ich mit einer gewissen Distanziertheit, denn sie haben nichts mit mir und meinem Leben zu tun. Hätte der Mann meine Uhr gestohlen oder wäre halb Lyme den Flammen zum Opfer gefallen, sähe das natürlich anders aus. Doch trotzdem lese ich pflichtbewusst die Zeitung, denn sie gibt mir immerhin das Gefühl, in einer größeren Region zu leben und nicht nur in dieser Stadt festzusitzen, die nicht über ihren Tellerrand hinausschaut.

Als ich mich an einem Nachmittag Mitte Dezember vor dem Kamin ausruhte, brachte mir Bessy die Zeitung. Ich war nicht oft krank, und weil mich meine Schwäche ärgerte, war ich so mürrisch wie sonst nur Bessy. Als sie die Zeitung zusammen mit einer

Tasse Tee auf einem kleinen Tisch neben mir deponierte, seufzte ich, aber wenigstens war es eine Ablenkung. Meine Schwestern waren in der Küche beschäftigt, um eine größere Portion von Margarets Heilsalbe herzustellen, die sie zusammen mit eingemachtem Hagebuttengelee in die Weihnachtskörbe packen wollten. Ich hatte für jeden Korb einen Ammoniten beisteuern wollen, aber Margaret meinte, dass passe nicht zur Festtagsstimmung, und bestand stattdessen auf hübschen Muscheln. Zuweilen vergaß ich, dass die Leute in den Fossilien die Knochen toter Lebewesen sahen, was sie genaugenommen ja auch waren. Bloß ich selbst betrachtete sie eher als Kunstwerke, die von einer vergangenen Welt künden.

Ich achtete kaum darauf, was ich las, bis ich zu einer kurzen Meldung kam, die zwischen zwei lange Berichte über Feuerkatastrophen – einmal war eine Scheune abgebrannt, das andere Mal eine Konditorei –, gequetscht war. Sie lautete folgendermaßen:

> Am Mittwochabend fand die bekannte Fossilienjägerin Mary Anning, die mit ihren Funden das Britische Museum, die Museen in Bristol und auch die Privatsammlungen vieler Geologen bereichert hat, direkt unter dem berühmten Black Ven im Osten der Stadt die Überreste einer Kreatur. Sie wurden noch in derselben Nacht und dem darauf folgenden Morgen geborgen und dann gründlich untersucht. Wie sich herausstellte, lässt sich dieser Fund in keiner Weise mit den anderen großen Fossilien vergleichen, die bislang in Lyme entdeckt wurden, etwa dem Ichthyosaurier oder Plesiosaurier. Von der Anatomie her ähnelt die Kreatur eher einer Schildkröte. Da der Fund jedoch gerade erst geborgen wurde, konnte das komplette Skelett noch nicht befriedigend untersucht werden.

Bedeutende Geologen werden beschließen, unter welchem Namen diese Kreatur zu führen ist. Sobald die Knochen völlig freigelegt sind, soll der große Cuvier informiert werden, die Namensgebung wird jedoch nach Erscheinen eines genauen Berichts in Oxford oder London erfolgen. Zweifelsohne werden die Direktoren des Britischen Museums und der Museen in Bristol großes Interesse an diesem Relikt aus dem «großen Herculaneum» haben.

Mary hatte es also geschafft. Endlich hatte sie das neue Riesentier gefunden, über dessen Existenz William Buckland schon immer spekulierte. Und ich musste es aus der Zeitung erfahren, als wäre ich irgendeine Unbekannte, die nichts mit Mary zu tun hatte. Selbst die Männer, von denen die *Western Flying Post* gemacht wurde, hatten es vor mir gewusst.

Es ist schwer, in einer Stadt von der Größe Lymes mit jemandem zerstritten zu sein. Einen ersten Eindruck davon hatte ich bekommen, als wir Philpots den gesellschaftlichen Umgang mit Lord Henley einstellten. Plötzlich schien er uns überall zu begegnen, so dass es fast zu einem Spiel wurde, wie wir ihm in der Broad Street, auf dem Weg am Fluss oder in Sankt Michael am geschicktesten ausweichen konnten. Die Stadt versorgten wir auf diese Weise viele Jahre lang mit Stoff für Klatsch und Witze, wofür man uns eigentlich hätte dankbar sein müssen.

Mein Bruch mit Mary jedoch war wesentlich schmerzhafter, denn sie hatte mir sehr am Herzen gelegen. Fast sofort nach unserem Streit im Kirchhof bereute ich meine Worte. Hätte ich es doch nur Colonel Birch überlassen, ihr zu sagen, dass er die Witwe zu heiraten gedachte. Niemals werde ich ihren Blick vergessen, in dem sich Verzweiflung mit dem Gefühl, verraten worden zu sein, mischte. Gleichzeitig hatten mich ihre Kommentare über meine Eifersucht, über meine Schwestern und meine Fischfossilien wie ein Peitschenschlag getroffen, der immer noch weh tat.

Aber ich war zu stolz, um zu ihr zu gehen und mich zu entschuldigen, und ihr erging es vermutlich ähnlich. Wie sehr wünschte ich mir, Bessy würde ins Zimmer kommen und mir mit einem mürrischen Gesichtsausdruck, der alles verriet, eine Besucherin ankündigen. Doch es geschah nicht. Die Zeit für eine solche Wiederannäherung war mittlerweile verstrichen, und so schien das Band zwischen uns endgültig zerschnitten zu sein.

Es ist nicht leicht, einen Menschen zu verlieren, selbst wenn er einem unverzeihliche Dinge ins Gesicht gesagt hat. Mindestens ein Jahr lang gab es mir jedes Mal einen heftigen Stich, wenn ich sie draußen am Strand, in der Broad Street oder auf dem Cobb sah. Ich begann den Cockmoile Square zu meiden, und wenn ich zum Strand wollte, ging ich durch die Hintergassen bis Sankt Michael und dann weiter über den Pfad hinter der Kirche. Zum Black Ven, wo Mary meistens suchte, ging ich gar nicht mehr, stattdessen schlug ich die entgegengesetzte Richtung ein und lief am Cobb vorbei zum Monmouth Strand. Zwar gab es dort weniger Fischfossilien, so dass ich auch weniger fand, aber wenigstens bestand dort kaum Gefahr, Mary zu begegnen.

Ich war einsam. In den letzten Jahren hatten Mary und ich beim gemeinsamen Suchen viel Zeit miteinander verbracht. An manchen Tagen konnte es vorkommen, dass wir stundenlang kein Wort wechselten, doch ihre vertraute Nähe gab mir ein angenehmes Gefühl von Sicherheit. Ich wusste, dass sie irgendwo auf dem Boden kniete, im Matsch grub oder Steine aufklopfte. Wenn ich mich jetzt umschaute, konnte ich immer noch nicht richtig glauben, dass ich ganz allein am verlassenen Strand unterwegs war. Die Einsamkeit führte dazu, dass ich mich immer hemmungsloser der Melancholie hingab, was ich eigentlich verabscheute. Der Versuch, gegen diesen Zustand anzukämpfen, ließ mich jedoch noch scharfzüngiger werden. Margaret beklagte sich schon, wie reizbar ich in letzter Zeit sei, und Bessy drohte wie immer mit Kündigung, wenn ich meinen Ärger an ihr ausließ.

Ich vermisste Mary nicht nur am Strand. Auch wenn ich an unserem Esszimmertisch saß und meinen Korb auspackte, sehnte ich mich nach ihrer Gesellschaft. Nun hatte ich niemanden mehr, dem ich meine Funde zeigen konnte, es sei denn, Henry De La Beche, William Buckland oder Doktor Carpenter kamen auf Besuch oder, ganz selten, ein Feriengast, der meine Sammlung besichtigen wollte und mehr als nur das modische Interesse an Fossilien zeigte. Ohne Marys Wissen und ihren Zuspruch erlahmte allerdings auch mein Interesse an ihnen.

Mary hingegen wurde über die Grenzen der Stadt hinaus bekannt und beliebt. Viele kamen nur wegen ihr nach Lyme, so dass sie anfing, für diese Besucher Fossilienwanderungen zum Black Ven anzubieten. Dank der Auktion von Colonel Birch und dem wachsenden Ruhm Marys war es den Annings gelungen, ihre Schulden aus dem Erbe Richard Annings zu tilgen. Mary und Molly trugen jetzt neue Kleider. Sie konnten sich wieder ordentliche Möbel kaufen und Kohle zum Heizen. Molly Anning nahm keine Wäsche mehr an, sondern kümmerte sich ausschließlich um den Fossilienladen, der bald florierte. Ich hätte mich für die Familie freuen sollen, doch stattdessen war ich neidisch.

Eine Weile lang erwog ich sogar, Lyme zu verlassen und bei meiner Schwester Frances und ihrer Familie zu leben, die vor kurzem nach Brighton gezogen waren. Als ich dies möglichst beiläufig Margaret und Louise gegenüber erwähnte, reagierten beide mit Entsetzen. «Was fällt dir ein, uns verlassen zu wollen?», rief Margaret, während Louise ganz blass und still geworden war. Selbst Bessy, die unser Gespräch mitbekommen hatte, schniefte in ihren Kuchenteig, so dass ich ihnen allen versichern musste, dass der Morley Cottage für immer mein Zuhause bleiben würde.

Es dauerte lange, aber schließlich gewöhnte ich mich an ein Leben ohne Marys Gesellschaft und Freundschaft. Niemals hätte ich gedacht, dass man sich in einer Kleinstadt wie Lyme so gut aus dem Weg gehen konnte, es kam mir fast vor, als lebte sie irgendwo in Charmouth, Seatown oder Eype. Allerdings war Mary so mit den vielen neuen Fossiliensuchern beschäftigt, dass ich sie selbst dann kaum zu Gesicht bekommen hätte, wenn ich es gewollt hätte. Ich gewöhnte mich an ihre Abwesenheit, aber es blieb ein dumpfer Schmerz in meinem Herzen zurück. Es war wie eine Wunde, die eigentlich verheilt war, sich aber bei feuchtem Wetter neu entzündete.

Einmal war es mir nicht gelungen, ihr früh genug aus dem Weg zu gehen. Ich war mit meinen Schwestern auf der Strandpromenade unterwegs, als uns Mary, der ein kleiner schwarzweißer Hund folgte, aus der anderen Richtung entgegenkam. Mary fuhr erschreckt zusammen, als sie uns erblickte, schien sich aber deswegen nicht vom Weg abbringen lassen zu wollen. Sie hielt weiter auf uns zu, und wir waren beide bemüht, uns nicht in die Augen zu sehen.

«Was für ein süßer kleiner Hund!», rief Margaret und kniete nieder, um ihn zu streicheln. «Wie heißt er?»

«Tray.»

«Woher hast du ihn?»

«Ein Bekannter hat ihn mir geschenkt, damit er mir am Strand Gesellschaft leistet.» Mary war rot geworden, was uns verriet, um wen es sich bei diesem Bekannten handelte. «Wenn er jemanden mag, lässt er sich streicheln, wenn nicht, fängt er an zu knurren.»

Tray schnüffelte erst an Louises Kleid und dann an meinem. Ich erstarrte, weil ich damit rechnete, dass er zu knurren anfing, aber er schaute nur hechelnd zu mir hoch. Bisher war ich immer davon ausgegangen, dass Haustiere einen Menschen, den ihr Besitzer nicht mag, ebenfalls nicht mögen.

Doch bis auf diese Begegnung gelang es mir, Mary aus dem Weg zu gehen, auch wenn ich sie manchmal aus der Ferne mit Tray im Schlepptau am Strand oder in der Stadt sah.

Es gab einen Moment, in dem ich kurz versucht war, unsere Freundschaft neu zu beleben. Einige Monate nach unserem Streit hörte ich, dass Mary einen größeren unzusammenhängenden Knochenhaufen entdeckt hatte, den sie, obwohl bei dem Fund der Schädel fehlte, nach eigenem Ermessen zusammensetzte. Ich hätte das Fossil gerne gesehen, doch die Annings hatten es an Colonel Birch verkauft und ihm geschickt, bevor ich den Mut aufbrachte, zum Cockmoile Square zu gehen. So konnte ich nur die Artikel lesen, die Henry De La Beche und Reverend Conybeare über den Fund veröffentlichten und in denen sie die zusammengesetzte Kreatur als «echsenartigen» Plesiosaurier bezeichneten. Das Tier hatte einen sehr langen Hals und riesige Paddelknochen. William Buckland verglich es mit einer Schlange, die sich durch den Panzer einer Schildkröte gewunden hatte.

Wie ich an diesem Tag, an dem ich erkältet vorm Kamin saß, in der Zeitung las, hatte Mary jetzt ein weiteres Exemplar gefunden. Erneut spürte ich das Verlangen, zum Cockmoile Square zu gehen. Nach Lektüre der kurzen Meldung gingen mir viele Fragen im Kopf um, die ich Mary gerne gestellt hätte. Was hatte sie zuerst gefunden? Wie groß war das Fossil, und in welchem Zustand hatte es sich befunden? War es vollständig? War diesmal ein Schädel dabei? Warum war sie die ganze Nacht draußen geblieben, um daran zu arbeiten? An wen wollten sie diesmal verkaufen: an das Britische Museum, an die Museen in Bristol oder wieder an Colonel Birch?

Mein Wunsch, den neuen Fund zu sehen, war so groß, dass ich schließlich aufstand, um meinen Mantel zu holen. Doch genau in dem Moment kam Bessy mit einer zweiten Tasse Tee ins Zimmer. «Was machen Sie da, Miss Elizabeth? Sie haben doch nicht etwa vor, in die Kälte hinauszugehen?»

«Ich …» Als ich in Bessys breites, vorwurfsvolles Gesicht mit den roten Backen schaute, war mir klar, dass ich ihr nicht verraten konnte, was ich vorhatte. Sie war eindeutig froh darüber, dass die Freundschaft zwischen mir und Mary eingeschlafen war, und hätte mich mit Einwänden gegen einen Besuch am Cockmoile Square überschüttet. An diesem Tag fehlte mir die Energie, mich gegen sie durchzusetzen. Auch Louise und Margaret hätte ich mein Vorhaben kaum erklären können. Anfangs hatten sie mich ermutigt, mich mit Mary zu versöhnen, aber nachdem ich keine Anstalten in dieser Hinsicht unternahm, ließen sie das Thema fallen und erwähnten sie nicht mehr.

«Ich wollte nur zur Tür gehen und nachsehen, ob Post gekommen ist», sagte ich. «Aber jetzt ist mir plötzlich ein wenig schwindelig. Ich glaube, ich lege mich ins Bett.»

«Tun Sie das, Miss Elizabeth. Genau da gehören Sie auch hin.»

Es war eine der seltenen Gelegenheiten, bei denen Bessys Vorsicht vernünftig klang.

Zwei Tage später traf William Buckland ein. Margaret und Louise waren ausgegangen, um Weihnachtskörbe an verschiedene verdienstvolle Personen zu verteilen, aber da ich immer noch kränkelte, durfte ich zu Hause bleiben. Louise hatte mir im Gehen einen neidischen Blick zugeworfen, denn für sie waren diese

Besuche genauso eine Qual wie für mich. Nur Margaret genoss solche gesellschaftlichen Pflichten.

Meine Augen schienen mir kurz zugefallen zu sein, denn plötzlich trat Bessy ins Zimmer und kündigte einen Gentleman an, der mich besuchen wollte. Ich setzte mich auf, rieb mir mit den Fäusten durchs Gesicht und strich mir die Haare glatt.

Da platzte schon William Buckland ins Zimmer. «Miss Philpot, bleiben Sie sitzen!», rief er. «Sie scheinen es so gemütlich dort am Feuer zu haben. Ich wollte Sie nicht stören, ich kann wiederkommen.» Sein Blick legte jedoch eher nahe, dass er zu bleiben gedachte. Ich erhob mich und reichte ihm die Hand. «Mr Buckland, wie schön, dass Sie vorbeikommen. Wir haben uns schon so lange nicht mehr gesehen.» Ich deutete auf den Sessel mir gegenüber. «Bitte setzen Sie sich und erzählen Sie mir alle Neuigkeiten. Bessy, bitte bring einen Tee für Mr Buckland. Sind Sie gerade erst aus Oxford eingetroffen?»

«Vor ein paar Stunden.» William Buckland nahm Platz. «Zum Glück ist das Semester gerade vorbei, so dass ich mich fast unmittelbar nach Eingang von Marys Brief auf den Weg machen konnte.» Er sprang schon wieder auf, denn er hielt es nie lange auf einem Stuhl aus, und lief unruhig im Zimmer auf und ab. Da sein Haaransatz allmählich zurückwich, wirkte seine Stirn noch höher, und jetzt glänzte sie im Feuerschein. «Ist es nicht fantastisch? Mary sei gesegnet für diesen überaus spektakulären Fund! Jetzt haben wir den unumstößlichen Beweis für die Existenz einer weiteren Kreatur, ohne dass wir wie bislang nur über ihre Anatomie spekulieren können. Wie viele andere Lebewesen aus alter Zeit wir wohl noch finden werden?» Mr Buckland nahm einen Seeigel vom Kaminsims in die Hand. «Was sagen Sie? Ist es nicht wunderbar?»

«Ich habe den Fund nicht gesehen», gab ich zu. «Ich habe nur darüber gelesen, auch wenn in dem Zeitungsbericht nicht viel stand.»

Mr Buckland blickte mich entgeistert an. «Was? Sie haben es sich nicht angeschaut? Aber warum denn nicht? Ich bin wie der Blitz aus Oxford hergekommen, und Sie müssen doch nur den Hügel hinabgehen. Wollen Sie jetzt mitkommen? Ich gehe wieder hin und kann sie begleiten.» Er legte den Seeigel wieder weg und hielt mir seinen Arm hin, damit ich mich einhängte.

Ich seufzte. Es war unmöglich gewesen, Mr Buckland klarzumachen, dass Mary und ich nichts mehr miteinander zu tun hatten. Obwohl ich ihn als Freund betrachtete, gehörte er nicht zu den Männern, die sich für die Gefühle anderer interessierten. Gefühle zählten für Mr Buckland nicht, ihm ging es einzig und allein um Wissen. Obwohl er fast vierzig Jahre alt war, machte er noch immer keine Anstalten zu heiraten, was niemanden überraschte. Welche Frau hätte schon sein sprunghaftes Wesen und das so spezielle Interesse an toter statt lebender Materie ausgehalten?

«Ich befürchte, ich kann nicht mitkommen, Mr Buckland», sagte ich. «Ich leide an einem Reizhusten, und meine Schwestern haben mir befohlen, am Feuer sitzen zu bleiben.» Immerhin stimmte das.

«Wie jammerschade!» Mr Buckland setzte sich wieder.

«In der Zeitung steht, Marys Fund gleiche weder dem Ichthyosaurier noch sei es ein Plesiosaurier, was man beim letzten ja noch vermutete.»

«Aber nein, es ist ein Plesiosaurier», erwiderte Mr Buckland. «Dieses Exemplar hat einen Kopf, und er ist genau so, wie wir ihn uns vorgestellt haben – im Vergleich zum übrigen Körper erstaunlich klein. Und die Flossen! Ich habe Mary das Versprechen abgenommen, sie als Erstes zu reinigen. Aber ich habe Ihnen noch gar nicht den Grund für meinen Besuch genannt, Miss Philpot. Es geht um Folgendes: Ich möchte, dass Sie die Annings überreden, dieses Exemplar nicht wie das letzte an Colonel Birch zu verkaufen. Er hat es an das Royal College of Surgeons weiterveräußert, und es wäre uns sehr daran gelegen, wenn der neue Fund nicht auch noch dorthin geht.»

«Er hat es weiterverkauft? Aber warum nur?» Ich umklammerte die Lehnen meines Stuhls. Jede Erwähnung von Colonel Birch griff meine Nerven an.

Mr Buckland zuckte die Schultern. «Vielleicht brauchte er das Geld. Außerdem schadet es nicht, wenn der Fund öffentlich ausgestellt wird, aber im College wimmelt es von Männern, die sich mit dem Plesiosaurier schmücken wollen, ohne ihn richtig zu begreifen. Conybeare ist in seinen Studien viel seriöser und verlässlicher. Vermutlich will er den neuen Fund für die Geologische Gesellschaft haben, so dass er wie schon zuvor Vorträge darüber halten kann. Ich glaube, so eine Veranstaltung würde sehr gut besucht werden. Wussten Sie schon, dass ich im Februar Präsident der Gesellschaft werde, Miss Philpot? Vielleicht könnte ich seinen Vortrag mit meiner Amtseinführung verbinden.»

«Soviel ich in der *Post* gelesen habe, erwägen die Annings einen Verkauf nach Bristol oder ans Britische Museum.» Gegenüber jemandem, der den Fund schon mit eigenen Augen gesehen hatte, war es besonders demütigend, aus der Zeitung zitieren zu müssen. Es war als würde man einem Londoner seine Stadt aus dem Reiseführer beschreiben.

«Das sagt eher etwas über die Meinung der Zeitung aus als über die Absichten der Annings», meinte William Buckland. «Nein. Als ich vorhin mit ihr gesprochen habe, hat Molly Anning an Colonel Birch gedacht und wollte von meinen Vorschlägen nichts wissen.»

«Haben Sie ihr gesagt, dass Colonel Birch den ersten Fund weiterverkauft hat und das vermutlich mit einem hübschen Profit?»

«Sie wollte mir nicht zuhören. Deshalb bin ich ja zu Ihnen gekommen.»

Ich blickte auf meine Hände. Obwohl ich fingerlose Handschuhe trug und täglich Margarets Heilsalbe anwendete, waren sie rau und eingerissen, und meine runzeligen Finger hatten unter jedem Nagel einen Lehmrand. «Ich habe kaum noch Einfluss auf die Annings und ihre Verkäufe. Sie betreiben ihr Geschäft jetzt allein und hätten sicher etwas dagegen, wenn ich mich einmischen würde.»

«Aber bitte versuchen Sie es, Miss Philpot. Sprechen Sie mit ihr. Sicher wird sie Ihr Urteil schätzen – so wie wir alle.»

Ich seufzte. «Wissen Sie, Mr Buckland, wenn Sie bei Molly Anning Erfolg haben wollen, müssen Sie eine Sprache sprechen, die sie versteht. Ihr geht es nicht um Museen und die Forschung, sondern allein ums Geld. Wenn Sie einen Sammler finden, der ihr deutlich mehr zahlt als Colonel Birch, wird sie gern an ihn verkaufen.»

Mr Buckland wirkte verblüfft, als wäre ihm der Gedanke an Geld noch gar nicht gekommen.

«Übrigens», fuhr ich fort, entschlossen, das Thema zu wechseln. «Ich habe einen neuen Fisch-Schaukasten draußen im Flur, den Sie noch nicht gesehen haben. Unter anderem enthält er eine Rückenflosse des *Hybodus*, die Sie verblüffen wird. Die Flossenkämme sehen nämlich wirklich wie Zähne aus. Kommen Sie, ich zeige es Ihnen.»

Nachdem er gegangen war, setzte ich mich wieder ans Feuer und dachte nach. William Bucklands Begeisterung für den Plesiosaurier war auf mich übergesprungen, jetzt wollte ich ihn dringender sehen als jemals zuvor. Wenn ich es nicht schaffte, solange er sich noch in Lyme befand, würde ich vielleicht keine Gelegenheit mehr dazu bekommen, insbesondere, wenn sich ein privater Käufer fand, der ihn in seinem Haus aufbewahrte, wo er für jemanden wie mich unzugänglich wäre.

In den nächsten Wochen würde Mary ihren Fund noch reinigen und präparieren. Sie würde kaum von seiner Seite weichen, und wenn, dann zu unvorhersagbaren Zeiten. Ich hatte keine Ahnung, wie ich den Plesiosaurier sehen konnte, ohne ihr zu begegnen. Einer Konfrontation mit ihr fühlte ich mich nicht mehr gewachsen. Es war zu lange her. Ich wollte nicht mehr über das Gefühl der Überlegenheit nachdenken, das sie mich hatte spüren lassen. Diese Wunde sollte nicht erneut aufbrechen.

Doch am Sonntag bot sich mir eine unerwartete Gelegenheit. Wir gingen die Coombe Street entlang zur Kirche Sankt Michael, als ich vor uns die drei Annings die Kirche der Kongregationalisten betreten sah. Ich war es mittlerweile gewöhnt, Mary aus der Ferne zu sehen, und musste nicht mehr jedes Mal davonrennen, zumal auch sie ihr Bestes tat, mich zu ignorieren.

In Sankt Michael setzte ich mich mit meinen Schwestern und Bessy in eine Bank. Während Reverend Jones betete, musste ich an das leere Haus der Annings denken, das nur eine Straßenecke entfernt lag.

Ich begann zu husten, erst vereinzelte Anfälle, die sich dann immer mehr steigerten. Es klang, als hätte ich ein hartnäckiges Kratzen im Hals, das ich nicht loswurde. Unsere Banknachbarn rutschten bereits unruhig auf ihren Plätzen und schauten sich um, während Margaret und Louise mich sorgenvoll anblickten.

«Die Kälte tut meinem Hals nicht gut», flüsterte ich Louise zu. «Ich gehe besser heim. Bleibt ihr ruhig da, ich komme schon zurecht.» Noch bevor Louise Einwände machen konnte, war ich ins Kirchenschiff getreten. Reverend Jones blickte mir nach, als ich wegeilte, und ich hätte schwören können, dass er es wusste: Fossilien waren mir wichtiger als der Kirchgang.

Draußen entdeckte ich, dass mir Bessy gefolgt war. «Ach, Bessy, du musst nicht mit mir heimkommen», sagte ich. «Geh wieder rein.»

Bessy schüttelte stur den Kopf. «Nein, Ma'am. Ich muss ja Feuer für Sie machen.»

«Ich bin durchaus in der Lage, mir selbst Feuer zu machen. Du weißt doch genau, dass es an den Tagen, an denen ich vor dir auf den Beinen bin, auch geht.»

Bessy schaute böse, es gefiel ihr nicht, dass ich ihr manchmal zuvorkam und sie beim Ausschlafen ertappte. «Miss Margaret hat gesagt, ich soll mitkommen», brummte sie.

«Nun, dann geh wieder rein und sag Margaret, dass ich dich geschickt habe. Du willst doch sicher lieber bleiben, um später noch mit deinen Freunden zu plaudern?» Mir war aufgefallen, dass nach der Kirche unter den Dienstboten lebhaft geklatscht wurde.

Ich sah, wie Bessy allmählich schwach wurde, doch ihr angeborenes Misstrauen war stärker. «Sie gehen doch nicht raus an den Strand, Miss Elizabeth?» Sie blickte mich mit kritisch zusammengekniffenen Augen an. «Das erlaube ich Ihnen nicht, nicht nach dieser Erkältung. Außerdem ist Sonntag!»

«Natürlich nicht, es ist doch Hochwasser.» Ich hatte keine Ahnung, wie hoch die Flut wirklich stand.

«Ach so.» Obwohl sie jetzt schon fast zwanzig Jahre in Lyme lebte, wusste Bessy so gut wie nichts über die Gezeiten. Ich redete ihr noch eine Weile gut zu, bis ich sie überzeugt hatte, zurück in die Kirche zu gehen.

Da fast die ganze Stadt entweder in der Sonntagsmesse war oder noch schlief, lagen der Cockmoile Square und die Bridge Street verlassen da. Ich durfte nicht länger zögern, sonst würde man mich noch sehen oder ich den Mut verlieren. Ich eilte die Stufen zu Marys Werkstatt hinab, holte den Ersatzschlüssel unter dem losen Stein hervor, wo ihn Molly Anning immer versteckte, und schlüpfte hinein. Ich wusste, dass es nicht richtig war. Es war sogar viel schlimmer als das, was ich in London gemacht hatte, als ich mich zur Auktion bei Bullocks schlich. Doch ich konnte nicht anders.

Ich hörte ein Winseln, und Tray kam angelaufen, um schwanzwedelnd meine Füße zu beschnüffeln. Nach einem kurzen Zögern streichelte ich ihn. Sein Fell war rau wie Kokosfaser, und er war über und über mit dem Staub des Blauen Lias bedeckt, ein echter Anning-Hund.

Ich ging um ihn herum, um den Plesiosaurier zu sehen, der in Platten auf dem Boden ausgebreitet lag. Er war ungefähr drei Meter lang und halb so breit, die Spannweite seiner enormen, rautenförmigen Paddelknochen eingeschlossen. Einen Großteil der Länge machte sein schwanenartiger Hals aus, an dessen Ende sich ein überraschend kleiner, vielleicht zwölf bis vierzehn Zentimeter langer Schädel befand. Die ungewöhnliche Länge dieses Halses kam mir sinnlos vor. Gab es überhaupt Tiere, deren Hals länger als der Rest des Körpers war? Ich wünschte, ich hätte meinen Anatomieband von Cuvier dabeigehabt. Der Rumpf bestand aus einer fassförmigen Ansammlung von Rippen und ging in einen Schwanz über, der wesentlich kürzer als der Hals war. Alles in allem wirkte diese Kreatur auf mich genauso merkwürdig und anders, wie es der Ichthyosaurier mit seinem riesigen Auge getan hatte. Es machte mich schaudern, doch gleichzeitig musste ich lächeln, denn ich war plötzlich sehr stolz auf Mary. Welcher

Ärger auch zwischen uns stehen mochte, ich freute mich, dass sie etwas gefunden hatte, das noch niemand vor ihr zu Gesicht bekommen hatte.

Ich ging um den Fund herum und sah mich satt, denn es war unwahrscheinlich, dass ich ihn jemals wiedersehen würde. Dann schaute ich mich in der Werkstatt um, in der ich früher einmal so viel Zeit verbracht hatte. Jetzt war ich schon seit Jahren nicht mehr hier gewesen, doch es hatte sich nichts verändert. Noch immer gab es kaum Möbel, jede Menge Staub und von Fossilien überquellende Kisten, die darauf warteten, dass sich jemand ihrer erbarmte. Auf einer dieser Kisten erblickte ich ein Bündel Papiere in Marys Handschrift. Ich warf einen Blick auf den obersten Bogen, dann nahm ich das ganze Bündel in die Hand und blätterte es durch. Es war die Kopie eines Aufsatzes über Marys Riesentiere, den Reverend Conybeare für die Geologische Gesellschaft geschrieben hatte. Er bestand aus neunundzwanzig Textseiten, hinzu kamen acht Seiten mit Illustrationen, die Mary allesamt peinlich genau kopiert hatte. Sie musste Wochen dafür gebraucht haben, in denen sie viele Nächte durcharbeitete. Ich selbst kannte diesen Aufsatz noch nicht und begann gleich hineinzulesen. Am liebsten hätte ich mir ihre Kopie ausgeliehen.

Doch ich konnte nicht den ganzen Tag hier unten in der Werkstatt stehen und lesen. Ich blätterte zum Ende des Aufsatzes vor, um die Schlussbemerkung zu lesen. Dort entdeckte ich am unteren Rand der Seite einen Satz in kleiner Schrift: «Wenn ich mal einen Aufsatz schreibe, dann soll er nur ein einziges Vorwort haben.»

Offensichtlich war Mary selbstbewusst genug, den umständlichen und langatmigen Stil von Reverend Conybeare zu kritisieren. Mehr noch, sie hatte vor, selbst wissenschaftliche Beiträge zu verfassen. Ich musste über ihre Kühnheit lächeln.

Da winselte Tray erneut. Die Tür ging auf und Joseph Anning stand im Eingang. Es hätte schlimmer kommen können. Wäre es Molly Anning gewesen, hätte ihr ursprüngliches Misstrauen mir gegenüber neue Nahrung bekommen. Und natürlich hätte es auch Mary sein können. Wie hätte ich mein Eindringen ihr gegenüber rechtfertigen sollen?

Doch auch so war es noch schlimm genug. Nur Diebe schleichen sich ungebeten in die Häuser anderer Leute. Selbst eine harmlose alte Jungfer durfte so etwas nicht tun. «Joseph, ich … ich … es tut mir so leid», stammelte ich. «Ich wollte nur sehen, was Mary gefunden hat. Und solange sie hier ist, kann ich nicht kommen, weil das für uns beide zu peinlich wäre. Trotzdem hätte ich mir nicht einfach aufsperren dürfen. Es ist unverzeihlich, und es tut mir leid.»

Wenn er nicht die Tür blockiert hätte, wäre ich auf der Stelle hinausgeeilt. Er stand mit dem Rücken zum Licht, so dass sein Gesicht im Schatten lag und ich den Ausdruck darin nicht erkennen konnte – wenn es denn einen hatte. Joseph Anning war kein Mensch, der Gefühle zeigte.

Einen Moment lang blieb er wie angewurzelt stehen. Als er dann zu mir vortrat, schaute er nicht so böse oder finster, wie man hätte erwarten können. Dafür war er zu höflich. Allerdings lächelte er auch nicht. «Ich bin zurück, um noch einen Schal für Mam zu holen. Ist kalt in der Kirche.» Seltsam, Joseph schien das Gefühl zu haben, mir eine Erklärung zu schulden. «Und, was halten Sie davon, Miss Philpot?», fragte er dann mit einem Nicken in Richtung Plesiosaurier.

Ich hatte nicht erwartet, dass er so sachlich reagieren würde. «Er ist wirklich außergewöhnlich.»

«Ich hasse ihn. Es ist unnatürlich. Ich bin froh, wenn er weg ist.» Das war durch und durch Joseph.

«Mr Buckland hat mir erzählt, er stehe in Kontakt zum Herzog von Buckingham, der ihn kaufen will.»

«Kann sein. Mary hat andere Pläne.»

Ich räusperte mich. «Aber nicht … Colonel Birch?» Ich fürchtete die Antwort.

Doch Joseph überraschte mich. «Nein, den hat Mary längst abgeschrieben. Sie weiß, dass er sie niemals heiraten wird.»

«Oh.» Ich hätte beinahe gelacht, so erleichtert war ich. «An wen dann?»

«Sie will's nicht sagen. Noch nicht mal Mam verrät sie's. Mary ist in letzter Zeit ganz schön hochnäsig geworden.» Joseph schüttelte missbilligend den Kopf. «Sie hat einen Brief geschrieben und sagt, wir müssen auf die Antwort warten, bevor wir Mr Buckland irgendwas sagen.»

«Wie seltsam.»

Joseph scharrte ungeduldig mit den Füßen. «Ich muss in die Kirche zurück, Miss Philpot. Mam will ihren Schal.»

«Natürlich.» Ich warf noch einen letzten Blick auf den Plesiosaurier und legte den von Mary abgeschriebenen Aufsatz zurück auf den Steinhaufen in der Kiste. Dabei fiel mir ein Fischschwanz ins Auge, dann entdeckte ich eine Flosse und noch einen Schwanz. Die ganze Kiste war voller Fischfossilien! Zwischen ihnen steckte ein Papierfetzen, auf dem in Marys Handschrift «EP» stand. Sie bewahrte sie für mich auf. Offenbar ging sie davon aus, dass wir eines Tages wieder Freundinnen sein würden. Sie wollte mir vergeben und hoffte, dass ich ihr vergab. Meine Augen wurden feucht.

Joseph trat zur Seite, so dass ich gehen konnte. Neben ihm hielt ich kurz an. «Joseph, ich wäre dir sehr dankbar, wenn du Mary und deiner Mutter nicht sagtest, dass ich hier war. Sie würden sich nur aufregen, und es gibt keinen Grund dazu.»

Joseph nickte. «Ich denke, ich schulde Ihnen sowieso noch einen Gefallen.»

«Warum?»

«Weil Sie vorgeschlagen haben, dass ich von dem Geld für das Krok eine Lehre mache. Das war das Beste, was mir jemals passiert ist. Ich hab gedacht, sobald ich damit angefangen habe, muss ich nie mehr Kuris suchen gehen, aber irgendwie gibt es immer einen Grund, dass ich wieder los muss. Aber wenn der da verkauft ist …» – er nickte zum Plesiosaurier –, «bin ich die Kuris für immer los. Dann will ich nur noch polstern und nichts anderes mehr. Ich bin froh, wenn ich nie mehr an den Strand muss. Deshalb werde ich Ihr Geheimnis bewahren, Miss Philpot.» Joseph lächelte kurz, das einzige Lächeln, das ich jemals auf seinem Gesicht gesehen habe. Es brachte eine Ahnung von der Attraktivität seines Vaters zum Vorschein.

«Ich wünsche dir, dass du sehr glücklich wirst», sagte ich. Es waren die Worte, die ich zu seiner Schwester nicht hatte sagen können.

Ein Pochen an der Haustür unterbrach uns beim Abendessen. Es kam so überraschend und laut, dass wir alle drei aufsprangen und Margaret ihre Brunnenkressesuppe verschüttete.

Normalerweise lassen wir Bessy die Haustür öffnen, die das auf ihre eigene schwerfällige Art tut, aber dieses Klopfen klang so dringlich, dass Louise sofort durch den Flur rannte, um aufzumachen. Margaret und ich sahen nicht, wer ins Haus trat, doch wir hörten, wie im Flur geflüstert wurde. Dann steckte Louise den Kopf durch die Tür. «Es ist Molly Anning», sagte sie. «Sie will mit uns sprechen, aber sie sagt, sie wartet, bis wir gegessen haben. Ich hab sie an den Kamin geschickt, damit sie sich aufwärmt. Bessy wird Holz nachlegen.»

Margaret sprang wieder auf. «Ich bringe Mrs Anning eine Suppe.»

Ich blickte in meine Suppe. Wie konnte ich sitzen bleiben und essen, während im anderen Zimmer eine Anning wartete? Ich erhob mich ebenfalls, blieb aber unsicher in der Tür zum Salon stehen.

Wie so oft rettete Louise mich. «Vielleicht einen Brandy?», fragte sie, als sie mit einer mürrischen Bessy im Schlepptau an mir vorbeihuschte.

«Ja, ja.» Ich holte die Flasche und ein Glas.

Molly Anning saß reglos vorm Kamin, während um sie herum geschäftiges Treiben herrschte. Es war genau wie damals, als sie mit dem Brief an Colonel Birch zu uns gekommen war. Bessy stocherte im Feuer und funkelte böse die Beine unserer Besucherin an, die ihr im Weg zu stehen schienen. Margaret stellte einen kleinen Tisch für die Suppe neben sie, während Louise den Kohleneimer wegrückte. Ich stand mit der Brandyflasche herum, doch Molly schüttelte den Kopf, als ich ihr ein Glas anbot. Während sie ihre Suppe löffelte, sagte sie kein Wort, sondern spülte sie im Mund herum, als möge sie keine Brunnenkresse und äße die Suppe nur uns zuliebe.

Als Molly ihre Schüssel mit einem Stück Brot auswischte, spürte ich die Blicke meiner Schwestern auf mir. Sie hatten ihren Teil für die Besucherin getan, jetzt war ich an der Reihe, doch mein Mund fühlte sich an wie zugeklebt. Es war schon so lange her, seit ich zuletzt mit Mary oder ihrer Mutter gesprochen hatte.

Ich räusperte mich. «Ist etwas passiert, Molly?» Es ging also. «Ist mit Joseph und Mary alles in Ordnung?»

Molly schluckte ihr letztes Brotstück und leckte sich den Mund ab. «Mary liegt im Bett.»

«O je, ist sie krank?», fragte Margaret.

«Nein, sie ist nur dumm, mehr nicht. Hier.» Molly Anning zog einen zerknitterten Brief aus der Tasche und reichte ihn mir. Ich öffnete ihn, strich ihn glatt und erkannte auf den ersten Blick, dass er aus Paris kam. Die Worte «Plesiosaurier» und «Cuvier» sprangen mich an, aber ich zögerte, ihn zu lesen. Da Molly aber genau das von mir zu erwarten schien, blieb mir keine andere Wahl.

Jardin du Roi
Musée National d'Histoire Naturelle
Paris

Sehr geehrte Miss Anning,

vielen Dank für Ihr Schreiben an Baron Cuvier, mit dem Sie dem Museum ein von Ihnen in Lyme Regis gefundenes Fossil zum Kauf anbieten, das Sie für das weitgehend vollständige Skelett eines Plesiosauriers halten. Baron Cuvier hat die Zeichnung, die Sie beigelegt haben, mit Interesse studiert und ist zu der Ansicht gekommen, dass Sie zwei verschiedene Tiere zusammengefügt haben, vielleicht den Kopf einer Seeschlange mit dem Körper eines Ichthyosauriers. Das Wirbeldurcheinander direkt unterhalb des Kopfes scheint auf die Schnittstelle zwischen den beiden Tieren hinzuweisen.

Baron Cuvier ist der Ansicht, dass die Zusammensetzung des angeblichen Plesiosauriers von den anatomischen Gesetzen abweicht, die er selbst aufgestellt hat. Insbesondere sind es zu viele Halswirbel für ein solches Lebewesen. Die meisten Reptilien haben zwischen drei und acht Halswirbel; bei der Kreatur in Ihrer Zeichnung hingegen scheinen es mindestens dreißig zu sein.

Angesichts der von Baron Cuvier geäußerten Zweifel an dem Fossil sehen wir von einem Kauf ab. Wir bitten Sie und Ihre Familie, in Zukunft beim Sammeln und der Präsentation von Fossilien mehr Sorgfalt walten zu lassen.

Hochachtungsvoll,
Joseph Pentland Esq.
Assistent von Baron Cuvier

Ich warf den Brief auf den Tisch. «Das ist eine Unverschämtheit.»

«Was steht drin?», rief Margaret, die ein Faible für Dramatik hatte und wie gebannt war.

«Georges Cuvier hat eine Zeichnung von Marys Plesiosaurier gesehen und wirft den Annings jetzt eine Fälschung vor. Er hält die Anatomie des Tieres für unmöglich und meint, Mary habe vielleicht zwei verschiedene Exemplare zusammengesetzt.»

«Und jetzt ist das dumme Mädchen beleidigt und sagt, der Franzose hat ihren Ruf als Fossilienjägerin ruiniert», erklärte Molly Anning. «Sie liegt im Bett und will nicht mehr aufstehen. Wozu soll sie Kuris suchen, sagt sie, wenn die keiner mehr von ihr kaufen will? Es ist genauso schlimm wie damals, als sie auf Post von Colonel Birch gewartet hat.» Molly Anning blickte mich von der Seite an, um meine Reaktion abzuschätzen. «Ich wollte Sie um Hilfe bitten, damit wir sie wieder aus dem Bett rauskriegen.»

«Aber …» Warum ausgerechnet mich, wollte ich fragen. Warum fragte sie nicht jemand anderes? Aber wen sonst hätte sie fragen sollen? Mary hatte vielleicht keine anderen Freunde in Lyme, ich hatte sie nie mit Gleichaltrigen aus ihrer Klasse zusammen gesehen. «Das Problem ist, dass Mary durchaus Recht haben könnte», begann ich vorsichtig. «Wenn Baron Cuvier den Plesiosaurier für eine Fälschung hält und diese Meinung veröffentlicht, könnten die Menschen danach auch die Echtheit anderer Funde in Frage stellen.» Molly Anning reagierte nicht auf diese Überlegung, deshalb formulierte ich sie deutlicher. «Sie werden wahrscheinlich weniger verkaufen, wenn die Leute an der Echtheit der Anning-Fossilien zweifeln.»

Das schien Molly verstanden zu haben, denn sie funkelte mich so böse an, als sei dies meine eigene Meinung. «Wie kann der Franzose es wagen, unserem Geschäft zu schaden! Sie müssen das klarstellen.»

«Ich?»

«Sie sprechen doch Französisch, oder nicht? Sie sind gebildet. Ich nicht. Also müssen Sie ihm schreiben.»

«Aber ich habe doch gar nichts mit der Sache zu tun.»

Molly Anning sah mich einfach nur an, genauso wie meine Schwestern.

«Molly», sagte ich, «Mary und ich hatten in den letzten Jahren nicht besonders viel miteinander zu tun.»

Ich schaute mich um. Margaret hatte sich auf ihrem Stuhl vorgebeugt, und Louise sah mich mit dem typischen Philpotblick an. Auch meine Schwestern schienen auf eine Erklärung zu warten, denn ich hatte ihnen nie einen Grund für mein Zerwürfnis mit Mary genannt. «Mary und ich … wir waren in einigen Dingen nicht einer Meinung.»

«Na, das können Sie jetzt wieder gutmachen, indem Sie die Sache mit dem Franzosen einrenken», erwiderte Molly Anning.

«Ich weiß nicht, ob ich irgendetwas bewirken kann. Cuvier ist ein mächtiger, sehr angesehener Wissenschaftler, während Sie nur …» Eine arme Arbeiterfamilie sind, wollte ich den Satz beenden, tat es aber nicht. Es war nicht nötig, denn Molly Anning verstand mich auch so. «Außerdem wird er meinen Worten keine Beachtung schenken, ganz egal, ob ich nun Französisch schreibe oder Englisch. Er kennt mich nicht. Für ihn bin ich ein Niemand.» Wie für die meisten Leute, dachte ich im Stillen.

«Einer der Männer könnte an Cuvier schreiben», schlug Margaret vor. «Vielleicht Mr Buckland? Er hat Cuvier doch schon persönlich getroffen, oder nicht?»

«Vielleicht sollte ich an Colonel Birch schreiben und ihn bitten, das zu erledigen», sagte Molly Anning. «Er würde es sicher machen.»

«Nein, nicht Colonel Birch.» Mein Ton war so scharf, dass mich alle drei Frauen anschauten. «Weiß außer uns noch jemand, dass Mary an Cuvier geschrieben hat?»

Molly Anning schüttelte den Kopf.

«Dann weiß auch niemand von seiner Antwort?»

«Nur Joe, aber der würde nichts weitersagen.»

«Na, das ist wenigstens etwas.»

«Aber es wird herauskommen. Irgendwann werden Mr Buckland, Reverend Conybeare, Mr Konig und all die anderen Männer, an die wir verkaufen, erfahren, dass der Franzose die Annings für Betrüger hält. Vielleicht hört auch der Herzog von Buckingham davon und bezahlt uns dann nicht!» Molly Annings Mund begann zu zittern, und ich fürchtete schon, sie würde zu weinen beginnen – ein Anblick, den ich nicht ertragen könnte.

Nur um das zu verhindern, sagte ich schnell: «Molly, ich werde Ihnen helfen. Weinen Sie nicht. Wir schaffen das schon.»

Ich hatte keine Ahnung, was ich tun sollte, doch ich dachte an die Kiste voller Fischfossilien, die in Marys Werkstatt darauf wartete, dass ich endlich auftaute. Da wusste ich, dass ich etwas unternehmen musste. Einen Moment lang überlegte ich. «Wo befindet sich der Plesiosaurier jetzt?»

«An Bord der *Dispatch* auf dem Weg nach London. Wenn er nicht schon dort angekommen ist. Mr Buckland hat ihn zum

Schiff gebracht, und Reverend Conybeare nimmt ihn am anderen Ende der Reise in Empfang. Er wird Ende des Monats beim jährlichen Dinner der Geologischen Gesellschaft einen Vortrag halten.»

«Aha.» Das Fossil war also schon weg und befand sich in Händen der Männer. Dann würde ich sie eben aufsuchen müssen.

Margaret und Louise hielten mich für verrückt. Schlimm genug, dass ich nach London wollte, statt einfach einen entschiedenen Brief zu schreiben, aber dann noch im Winter und auf dem Seeweg zu reisen, fanden sie schlichtweg aberwitzig. Das Wetter war jedoch so schlecht und die Straßen so matschig, dass nur die Postkutschen bis London durchkamen und auch das nur mit Verspätungen. Außerdem waren sie alle ausgebucht. Auf dem Seeweg könnte es schneller gehen, und das wöchentliche Schiff nach London fuhr genau an dem Tag, an dem ich es brauchte.

Mir war klar, dass die Männer, mit denen ich reden wollte, nur noch den Plesiosaurier im Kopf hatten. Ich konnte noch so eloquent und eindringlich schreiben, sie würden meinen Brief gar nicht beachten. Ich musste sie persönlich sprechen, um sie zu überzeugen, dass Mary dringend ihre Hilfe brauchte.

Was ich meinen Schwestern nicht verriet war, dass ich mich auf diese Reise freute. Natürlich hatte ich auch Angst vor dem Schiff und der unberechenbaren See. Es würde kalt und rau werden, und wahrscheinlich würde ich trotz des Tonikums gegen Übelkeit, das Margaret für mich zusammengerührt hatte, die meiste Zeit seekrank sein. Als einzige Dame an Bord konnte ich nicht mit der Hilfe und dem Mitgefühl der Mannschaft oder anderer Passagiere rechnen.

Außerdem hatte ich Zweifel, ob ich irgendetwas an Marys misslicher Lage ändern konnte. Doch eins war klar: Als ich den Brief von Joseph Pentland las, hatte mich eine ungeheure Wut ergriffen. Mary war lange Zeit so großzügig gewesen und hatte, abgesehen von der überstürzten und verrückten Auktion des Colonel Birch, fast nie etwas verdient, während andere sich ihrer Funde bemächtigten und sich damit einen Namen in der Wissenschaft machten. William Buckland hielt in Oxford Vorlesungen über die Fossilien, Charles Konig schaffte sie unter öffentlichem Beifall für das Britische Museum an, Reverend Conybeare und sogar unser guter Henry De La Beche sprachen vor der Geologischen Gesellschaft über sie und veröffentlichten Aufsätze. Konig hatte das Privileg bekommen, dem Ichthyosaurier seinen Namen zu geben, Conybeare durfte das Gleiche für den Plesiosaurier tun. Ohne Mary hätte keiner von beiden etwas zu taufen gehabt. Ich konnte nicht einfach untätig bleiben und zusehen, wie die Zweifel an ihren Fähigkeiten lauter wurden, während diese Männer genau wussten, dass Mary sie alle in den Schatten stellte.

Und ich wollte Mary gegenüber etwas gutmachen. Endlich war ich so weit, sie um Vergebung für meine Eifersucht und Geringschätzung zu bitten.

Doch das war noch nicht alles. In meinem an Abenteuern armen Leben bot sich plötzlich die Gelegenheit zu einer besonderen Erfahrung. Ich war noch nie allein gereist, sondern immer in Gesellschaft meiner Schwestern, meines Bruders, anderer Verwandter oder Freunde. Auch wenn mir das einerseits Sicherheit gab, empfand ich es gleichzeitig als Fessel, die mich manchmal zu sehr einengte. Deshalb war ich ziemlich stolz auf mich, als ich auf dem Deck der *Unity* stand, dem Schiff, das schon den Ichthyosaurier von Colonel Birch nach London gebracht hatte, und Lyme und meine Schwestern immer kleiner werden sah, bis sie schließlich ganz verschwanden und ich allein war.

Da wir das schwierige Gewässer um die Insel Portland umfahren mussten, segelten wir nicht an der Küste entlang, sondern direkt aufs Meer hinaus. So war mir leider kein Blick auf so vertraute Orte wie das Golden Cap, Bridport, Chesil Beach und Weymouth vergönnt. Nachdem wir Portland hinter uns gelassen hatten, blieben wir auf offener See, bis wir auch die Isle of Wight umfahren hatten. Erst dann näherten wir uns wieder der Küste.

Eine Seereise ist etwas völlig anderes als eine Kutschfahrt nach London. Margaret, Louise und ich hatten immer mit mehreren Fremden zusammengezwängt in einer muffigen, rüttelnden und klappernden Kiste gesessen, die dauernd zum Pferdewechseln anhielt. Es war ein Gemeinschaftserlebnis, das ich mit zunehmendem Alter als immer unangenehmer empfand und von dem ich mich tagelang erholen musste.

An Bord der *Unity* hatte ich meine Ruhe. Ich saß etwas abseits an Deck auf einem kleinen Fass, wo ich niemandem im Weg war, und sah der Mannschaft bei der Arbeit zu. Auch wenn ich nicht verstand, was genau sie mit den Seilen und Segeln machten, nahm mir die Selbstverständlichkeit ihrer Routinen und ihr Rufen untereinander die Angst davor, auf dem Meer zu sein. Auch war ich aller Alltagspflichten entbunden, man erwartete nichts anderes von mir, als den Männern nicht im Weg zu stehen. Obwohl der Seegang rau war, blieb ich nicht nur von der Seekrankheit verschont, ich genoss die Reise sogar.

Ich hatte mir Sorgen gemacht, weil ich die einzige Dame an Bord war – die drei anderen Passagiere waren allesamt Männer, die geschäftlich in London zu tun hatten –, doch ich wurde weitgehend ignoriert, auch wenn mich der etwas wortkarge Kapitän abends recht freundlich zum gemeinsamen Essen begrüßte. Niemand verriet eine Spur von Neugier mir gegenüber, allerdings wurde einer der Passagiere, ein Mann aus Honiton, recht gesprächig, als er hörte, dass ich mich für Fossilien interessierte. Den Plesiosaurier erwähnte ich ihm gegenüber jedoch nicht, genauso wenig verriet ich, dass ich die Geologische Gesellschaft besuchen wollte. Er kannte nur die gängigen Dinge – Ammoniten, Belemniten, Crinoiden, Gryphaea – und hatte, so unermüdlich seine Worte auch flossen, wenig Brauchbares zu sagen. Zum Glück vertrug er die Kälte nicht, weshalb er die meiste Zeit unter Deck blieb.

Bevor ich an Bord der *Unity* ging, hatte ich das Meer als eine Art Grenze empfunden, die mich auf meinen Platz an Land verwies, doch jetzt öffnete es sich mir. Ich saß an Deck, sah gelegentlich andere Schiffe vorbeifahren, doch die meiste Zeit gab es nichts anderes als den Himmel und das rollende Wasser. Vom Rhythmus der See und den Routinen an Bord in eine wortlose Ruhe gelullt, schaute ich auf den Horizont hinaus. Es war seltsam befriedigend, diese weit entfernte Linie zu betrachten. Ich musste daran denken, dass ich den Großteil meines Lymer Lebens mit den Augen am Boden verbracht hatte, weil ich nach Fossilien suchte. Das Sammeln kann den Blickwinkel eines Menschen einschränken. An Bord der *Unity* musste ich unwillkürlich in die weite Welt hinausblicken und über meinen Platz in ihr nachdenken. Manchmal stellte ich mir vor, am Strand zu stehen und auf das Schiff zu schauen, auf dessen Deck ich zwischen hellgrauem Himmel und dunkelgrüner See eine kleine, mauvefarbene Figur erblickte, die einsam und unerschütterlich die Welt an sich vorbeiziehen ließ. Ich hatte nicht damit gerechnet, doch ich war noch nie so glücklich gewesen.

Auch wenn der Wind schwach war, kamen wir langsam, aber stetig voran. Als am zweiten Tag die Kreidefelsen östlich von Brighton aufleuchteten, erblickte ich erstmals wieder Land. Da wir kurz dort anlegten, um Tuch aus der Fabrik in Lyme zu löschen, hatte ich eigentlich Captain Pearce fragen wollen, ob ich an Land gehen und meine Schwester Frances besuchen dürfe. Doch zu meiner Überraschung verspürte ich jetzt keine Lust mehr dazu. Ich wollte Frances auch keine Nachricht zukommen lassen, dass ich im Hafen sei, sondern war einfach zufrieden, an Bord zu bleiben und die Einwohner Brightons bei ihren Spaziergängen über die Promenade zu beobachten. Selbst wenn Frances zufällig unter ihnen gewesen wäre, bin ich mir nicht sicher, ob ich ihr etwas zugerufen hätte. Ich genoss es zu sehr anonym auf dem Deck zu stehen, wo niemand etwas von mir wollte.

Am dritten Tag fuhren wir an Dover mit seinen strahlend weißen Klippen vorbei und bogen gerade um die Landzunge bei Ramsgate, als ich backbords ein Schiff erblickte, das auf eine Sandbank gelaufen war. Als wir uns ihm näherten, hörte ich, wie die Mannschaft über die *Dispatch* sprach, das Schiff, auf dem sich Marys Plesiosaurier befand.

Ich trat an den Kapitän heran. «Oh, ja, das ist die *Dispatch*», bestätigte er. «Ist in den Goodwin Sands auf Grund gelaufen. Die haben wohl den Kurs zu scharf gehalten.» Es klang angewidert, und selbst als er seinen Männern befahl zu ankern, verriet seine Stimme keinerlei Mitleid. Bald ruderten zwei Matrosen in einem Boot zu dem Schiff, das schwer Schlagseite hatte, und wurden dort von ein paar Männern begrüßt, die an Deck erschienen waren. Die Matrosen unterhielten sich einige Minuten mit ihnen und kamen dann zurückgerudert. Ich beugte mich vor, um alles mitzubekommen, was sie dem Kapitän zuriefen. «Fracht ist gestern an Land gebracht worden!», schrie einer. «Sie befördern sie auf dem Landweg nach London.»

Daraufhin begann die Mannschaft zu johlen, denn wie ich während meiner Reise erfahren hatte, hielten die Matrosen nicht viel vom Landweg, den sie als langsam, holprig und dreckig empfanden. Ein Kutscher hätte vermutlich gekontert, dass die See langsam, rau und nass sei.

Doch welche Seite auch Recht hatte, Marys Plesiosaurier befand sich jetzt in einer langen und langsamen Leiterwagenkolonne, die durch Kent nach London kroch. Obwohl das Fossil eine Woche vor mir auf Reisen gegangen war, würde es vermutlich nach mir in London eintreffen. Für die Tagung der Geologischen Gesellschaft würde es zu spät sein.

Wir erreichten London in den frühen Morgenstunden des vierten Tags und dockten an einem Kai in der Tooley Street an. Nachdem es auf See recht ruhig gewesen war, brach jetzt das Chaos aus. Die Ladung wurde unter Schreien und Pfeifen bei Fackellicht gelöscht; mit Menschen und Fracht beladene Kutschen und Karren klapperten davon. Nach den vier Tagen im gleichmäßigen Rhythmus der Natur war es ein Schock für die Sinne. Die Menschen, der Lärm und die Lichter erinnerten mich daran, dass ich aus einem bestimmten Grund nach London gekommen war, und nicht, um den Horizont zu betrachten und dabei Anonymität und Einsamkeit zu genießen.

Ich stand an Deck und hielt auf dem Kai nach meinem Bruder Ausschau, aber er war nicht da. Der Brief, den ich am Tag meiner Abreise aufgegeben hatte, musste unterwegs im Straßenmatsch steckengeblieben sein und das Rennen gegen mich verloren haben. Obwohl ich selbst noch nie in den Docks von London gewesen war, hatte ich gehört, wie unübersichtlich, schmutzig und gefährlich es dort war. Das galt natürlich besonders für eine allein reisende Dame, die von niemandem erwartet wurde. Vielleicht lag es an der Dunkelheit, die alles noch unheimlicher machte, aber die Männer, von denen die *Unity* gelöscht wurde und zu denen die Matrosen gehörten, die ich an Bord kennengelernt hatte, wirkten plötzlich viel ungehobelter und rauer.

Am liebsten wäre ich auf dem Schiff geblieben. Es gab niemanden, den ich um Hilfe bitten konnte, denn die anderen Passagiere hatten sich – einschließlich des eingebildeten Gentleman aus Honiton – nicht gerade als Kavaliere erwiesen und waren einfach davongeeilt. Ich hätte in Panik geraten können, was mir vor der Reise auch sicher passiert wäre. Doch in den vielen Stunden, die ich auf dem Schiffsdeck gesessen und den Horizont betracht hatte, war eine Veränderung in mir vorgegangen: Ich konnte jetzt für mich selbst einstehen. Ich war Elizabeth Philpot, und ich sammelte Fischfossilien. Nicht alle Fische sind schön, doch sie haben ansprechende Formen – und sie führen mit den Augen. Es ist nichts Beschämendes an ihnen.

Ich nahm meine Tasche und verließ das Schiff mitten hinein in eine Gruppe geschäftiger Männer. Viele von ihnen pfiffen oder riefen mir etwas nach, doch bevor irgendjemand über das Rufen hinausgehen konnte, war ich schon zum Zollhaus geeilt. Allerdings war es ungewohnt, wieder an Land zu sein, und ich fühlte mich noch etwas wacklig auf den Beinen. «Ich hätte gerne eine Droschke, bitte», sagte ich zu einem verblüfften Angestellten, der gerade eine Liste abhakte. Er hatte einen Schnurrbart, der wie eine Motte über seinem Mund flatterte. «Ich warte hier, bis Sie mir eine geholt haben», fügte ich hinzu und setzte meine Tasche ab. Zwar reckte ich mein Kinn nicht vor und schärfte meinen Kiefer, aber ich blickte ihn mit meinen Philpotaugen fest an.

Er besorgte mir die Droschke.

* * *

Die Geologische Gesellschaft residierte in Covent Garden, nicht weit vom Haus meines Bruders entfernt, aber um hinzukommen musste ich durch St Giles und Seven Dials, wo es von Bettlern und Dieben nur so wimmelte. Ich war also nicht besonders darauf erpicht, zu Fuß zu gehen, und so wartete ich am Abend des 20. Februar 1824 mit meinem Neffen Johnny neben mir in einer Droschke gegenüber der Bedford Street 20. In den Straßen lag Schnee, und es war so kalt, dass wir uns tief in unsere Mäntel kuschelten.

Mein Bruder war entsetzt gewesen, dass ich den ganzen Weg nach London allein auf einem Schiff zurückgelegt hatte. Und alles nur wegen Mary! Als er mitten in der Nacht geweckt wurde und mich vor der Tür stehen sah, schien ihm die Überraschung so zuzusetzen, dass ich fast bedauerte, gekommen zu sein. Seit er uns nach Lyme abgeschoben hatte, machten wir Schwestern ihm kaum noch Sorgen, und ich wollte es auch jetzt nicht tun.

John versuchte alles, um mir den Besuch in der Geologischen Gesellschaft auszureden, sprach aber kein ausdrückliches Verbot aus. Einmal hatte er mir meine seltsamen Schrullen durchgehen lassen und mich zur Vorschau der Auktion von Colonel Birch in Bullocks Museum begleitet, zu mehr schien er nicht bereit zu sein. Dass ich auch auf der Auktion selbst gewesen war, hatte er zum Glück nie erfahren. Noch einmal wollte er mich bei einem so merkwürdigen und gewagten Unternehmen nicht unterstützen. «Sie werden dich gar nicht einlassen, weil du eine Frau bist. Ihre Satzung verbietet das.» Als Erstes kam er mit dem juristischen Argument. Wir saßen hinter verschlossener Tür in seinem Arbeitszimmer, als versuche John, seine Familie vor mir, der unberechenbaren Schwester, zu schützen. «Und selbst wenn sie dich einließen, würden sie dir nicht zuhören, weil du kein Mitglied bist. Außerdem …» – er hielt die Hand hoch, weil ich ihn zu unterbrechen versuchte –, «außerdem geht dich Mary nichts an. Warum willst du über sie reden und sie verteidigen? Es steht dir nicht zu.»

«Weil sie meine Freundin ist», erwiderte ich. «Wenn ich nicht für sie eintrete, wird es niemand tun.»

John sah mich an, als wäre ich ein Kleinkind, das seinem Kindermädchen eine zweite Portion Pudding abschwatzen will. «Es war sehr töricht von dir, den ganzen Weg hierherzukommen und dir unterwegs auch noch eine Krankheit …»

«Es ist nur eine Erkältung, nichts Schlimmes.»

«… und dir unterwegs auch noch eine Krankheit einzufangen. Damit hast du uns unnötig Sorgen gemacht.» Jetzt versuchte er es mit Schuldgefühlen. «Unnötig, weil dir niemand zuhören wird.»

«Ich will es wenigstens versuchen. Es wäre wirklich töricht, den ganzen Weg hergekommen zu sein und es dann nicht wenigstens zu versuchen.»

«Was genau willst du von diesen Männern?»

«Ich will sie daran erinnern, wie sorgfältig Mary Fossilien sucht und präpariert, und sie dazu überreden, Mary in aller Öffentlichkeit gegen Cuviers Angriff auf ihren Leumund zu verteidigen.»

«Das werden sie bestimmt nicht tun», sagte John und fuhr mit dem Finger die Spirale des Nautilus-Briefbeschwerers nach. «Den Plesiosaurier verteidigen sie vielleicht, aber über Mary werden sie nicht reden. Sie hat die Fossilien ja nur gesucht.»

«Nur gesucht!» Ich hielt inne. John war ein Londoner Anwalt und hatte als solcher eine bestimmte Art zu denken. Und ich war eine sture alte Jungfer aus Lyme, die ihren Kopf durchsetzen wollte. Wir würden uns niemals einigen, und keiner würde den anderen überzeugen können. Außerdem wollte ich nicht ihn überzeugen, ich musste mir meine Worte für wichtigere Männer aufsparen.

Da John mich ohnehin nicht begleiten würde, bat ich ihn erst gar nicht darum, sondern wandte mich einer Alternative zu –

meinem Neffen. Johnny war mittlerweile ein hoch aufgeschossener, schlaksiger Jugendlicher. Er führte mit den Füßen, hegte immer noch eine alte Vorliebe für seine Tante und eine neue für jede Form von Unfug. Seinen Eltern gegenüber hatte er niemals erwähnt, dass er gesehen hatte, wie ich mich aus dem Haus schlich, um zur Auktion in Bullocks Museum zu gehen. Dieses Geheimnis hatte uns zu Verbündeten gemacht, wovon ich mir jetzt Hilfe erwartete.

Ich hatte Glück, denn John und meine Schwägerin wollten an dem Freitagabend, an dem die Geologische Gesellschaft tagte, auswärts essen. Das genaue Datum der Versammlung hatte ich meinem Bruder nicht verraten, ihm aber suggeriert, sie fände erst in der kommenden Woche statt. Am betreffenden Nachmittag legte ich mich mit der Begründung, meine Erkältung sei schlimmer geworden, ins Bett. Meine Schwägerin quittierte dies mit einem Schmollmund, der mir deutlich zeigte, was sie von meinem verrückten Benehmen hielt. Sie mochte keinen unerwarteten Besuch und erst recht nicht die Probleme, die ich trotz meines ruhigen Lebens in Lyme anzuschleppen schien. Sie hasste Fossilien, Unordnung und unbeantwortete Fragen. Brachte ich Themen auf wie das mögliche Alter der Erde, verkrampften sich ihre im Schoß liegenden Hände, und sie wechselte das Thema, so schnell es die Höflichkeit erlaubte.

Als sie an jenem Abend mit meinem Bruder das Haus verlassen hatte, schlich ich mich aus meinem Zimmer und ging Johnny suchen. Ich erklärte ihm mein Vorhaben und wozu ich ihn brauchte. Er zeigte sich der Situation bestens gewachsen, erfand gleich eine Entschuldigung, mit der er den Dienstboten sein Weggehen erklärte, besorgte eine Droschke und beförderte mich schnell hinein, ohne dass irgendjemand im Haus etwas bemerkte. Es war absurd, dass ich solche Maßnahmen ergreifen musste, nur weil meine Unternehmung ein wenig aus dem Rahmen fiel.

Gleichzeitig empfand ich seine Gesellschaft als wohltuend. Wir warteten jetzt gegenüber dem Haus der Geologischen Gesellschaft in der Droschke. Johnny war bereits hineingegangen und hatte in Erfahrung gebracht, dass die Mitglieder noch in den Räumen der ersten Etage dinierten. Durch die Fenster sahen wir dort Licht, und gelegentlich tauchte kurz ein Kopf auf. Die offizielle Tagung würde in etwa einer halben Stunde beginnen.

«Was sollen wir machen, Tante Elizabeth?», fragte Johnny. «Die Zitadelle stürmen?»

«Nein, wir warten, bis sie dort oben alle herumstehen, damit abgedeckt werden kann. In dem Moment werde ich hineingehen und Mr Buckland suchen. Er ist im Begriff, Präsident der Gesellschaft zu werden, und wird mich bestimmt anhören.»

Johnny lehnte sich zurück und legte seine Füße auf den gegenüberliegenden Sitz. Wäre ich seine Mutter gewesen, hätte ich ihm gesagt, er solle die Füße sofort wieder herunternehmen, aber eine der Freuden des Tantendaseins war, die Gesellschaft des Neffen einfach genießen zu können, ohne sich um sein Benehmen zu kümmern. «Tante Elizabeth, du hast mir noch nicht gesagt, warum dieser Plesiosaurier so wichtig ist», sagte er jetzt. «Ich meine, ich habe verstanden, dass du Miss Anning verteidigen willst, aber warum machen alle so viel Wind um dieses Ding?»

Ich strich meine Handschuhe glatt und ordnete meinen Umhang. «Kannst du dich noch erinnern, wie wir dich als kleinen Jungen mit in die Ägyptische Halle genommen haben, um die Tiere dort anzusehen?»

«Ja, ich erinnere mich an den Elefanten und an das Nilpferd.»

«Aber weißt du noch, dass du damals eine Art Steinkrokodil

entdeckt hast, über das ich mich fürchterlich aufgeregt habe? Mittlerweile befindet es sich im Britischen Museum und wird Ichthyosaurier genannt.»

«Den habe ich natürlich im Britischen Museum gesehen, und du hast mir davon erzählt», erwiderte Johnny. «Aber ich muss zugeben, dass ich mich an den Elefanten besser erinnern kann. Warum fragst du?»

«Nun, als Mary diesen Ichthyosaurier fand, wusste sie noch nicht, um was es sich handelte, trug aber trotzdem zu einem neuen Denkansatz über die Geschichte der Welt bei. Wir hatten plötzlich eine Kreatur vor uns, die es nicht mehr zu geben schien – weil die ganze Art ausgestorben war. Dieses Phänomen brachte die Menschen auf den Gedanken, dass die Welt sich vielleicht verändern kann, wenn auch sehr langsam, und nicht so ewig und unveränderlich ist, wie bislang immer angenommen wurde.

Gleichzeitig haben die Geologen verschiedene Gesteinsschichten erforscht und sich Gedanken darüber gemacht, wie die Welt geformt wurde und wie alt sie wohl sein könnte. Schon seit einiger Zeit fragt man sich, ob die Welt nicht älter ist als die von Bischof Ussher ausgerechneten 6000 Jahre. Ein gelehrter Schotte namens James Hutton hat sogar behauptet, die Welt sei so alt, dass sie ‹weder einen Anfang noch ein Ende› habe und es uns unmöglich sei, ihr Alter zu berechnen.» Ich hielt kurz inne. «Vielleicht wäre es besser, wenn du das, was ich dir gerade erzähle, deiner Mutter gegenüber nicht erwähnst. Sie mag es nicht, wenn ich über solche Dinge rede.»

«Nein, ich sage nichts. Mach weiter.»

«Hutton dachte, die Welt sei durch vulkanische Aktivität geformt worden, andere wiederum sehen im Wasser die formende Kraft. In letzter Zeit haben einige Geologen Elemente beider

Theorien genommen und daraus abgeleitet, dass eine Serie von Katastrophen die Welt geformt habe und Noahs Sintflut die letzte gewesen sei.»

«Und was hat das alles mit dem Plesiosaurier zu tun?»

«Er ist ein konkreter Beweis dafür, dass der Ichthyosaurier und sein Aussterben kein Einzelfall war, sondern dass es noch andere, vielleicht sogar viele Kreaturen gab, die heute nicht mehr existieren. Das wiederum spricht für das Argument, dass die Welt sich ständig verändert.» Ich sah meinen Neffen an. Johnny blickte ernst und nachdenklich ins leichte Schneegeriesel hinaus. «Bitte entschuldige, ich wollte dich damit nicht beunruhigen.»

Er schüttelte den Kopf. «Nein, ich finde das faszinierend. Ich frage mich nur, warum keiner meiner Lehrer jemals im Unterricht darüber spricht.»

«Viele finden es einfach zu erschreckend, weil es unseren Glauben an einen allwissenden und allmächtigen Gott in Frage stellt und wir uns Gedanken über seine Rolle und sein Wollen machen müssen.»

«Und was glaubst *du*, Tante Elizabeth?»

«Ich glaube …» Nur selten hatte mich jemand nach meiner Meinung gefragt. Es war ein schönes Gefühl. «Ich komme gut damit zurecht, wenn ich das, was in der Bibel steht, eher im übertragenen Sinne nehme und nicht wörtlich. So glaube ich zum Beispiel, dass es sich bei den sechs Tagen der Schöpfung in der Genesis nicht um wörtliche Tage handelt, sondern um verschiedene Perioden der Schöpfung, die sich über viele Tausende – oder sogar Hunderttausende – von Jahren erstreckt haben könnten. Das macht Gott nicht kleiner; es gibt ihm nur mehr Zeit, in der er seine außergewöhnliche Welt geschaffen hat.»

«Und was ist mit dem Ichthyosaurier und dem Plesiosaurier?»

«Bei ihnen handelt es sich um Lebewesen aus sehr alter Zeit.

Sie erinnern uns daran, dass die Erde sich verändert. Und das tut sie gewiss. Ich kann es mit eigenen Augen sehen, wenn die Erdrutsche in Lyme die ganze Küstenlinie verwandeln. Die Erde verändert sich auch, wenn es Erdbeben, Vulkanausbrüche oder Fluten gibt. Warum sollte sie das auch nicht?»

Johnny nickte. Es war eine Freude, ein offenes Ohr für solche Gespräche zu finden, ohne gleich als unwissend oder gotteslästerlich beschuldigt zu werden. Vielleicht war Johnny so unvoreingenommen, weil er noch jung war.

«Schau mal.» Er deutete auf die Fenster im Haus der Geologischen Gesellschaft. Die Umrisse von Personen tauchten im Licht auf, als sich die Männer von den Tischen erhoben. Jetzt war für mich die Zeit gekommen, mit den Augen zu führen. Ich atmete tief durch und öffnete die Droschkentür. Johnny sprang nach draußen und half mir heraus. Er war aufgeregt, weil es nun endlich losging. Kühn schritt er zur Tür und klopfte an. Sie wurde von demselben Mann geöffnet wie beim ersten Mal, doch Johnny behandelte ihn, als habe er noch nie mit ihm gesprochen. «Miss Philpot ist hier und möchte Professor Buckland sprechen», verkündete er. Vielleicht glaubte er, so viel Selbstvertrauen würde ihm alle Türen öffnen.

Doch der Portier ließ sich von seiner jugendlichen Zuversicht nicht beeindrucken. «Frauen sind in der Gesellschaft nicht zugelassen», erwiderte er, wobei er mich nicht einmal eines Blickes würdigte. Er schien durch mich hindurchzusehen.

Er wollte die Tür wieder schließen, doch Johnny hatte bereits seinen Fuß vor den Pfosten gestellt, so dass sie nicht zuging. «Nun, in dem Fall möchte John Philpot, Esquire, Professor Buckland sprechen.»

Der Portier musterte ihn von oben bis unten. «In welcher Angelegenheit?»

«Es hat mit dem Plesiosaurier zu tun.»

Der Portier runzelte die Stirn. Das Wort sagte ihm nichts, aber es klang kompliziert und war damit möglicherweise wichtig. «Ich werde eine Nachricht hochschicken.»

«Ich kann nur mit Professor Buckland persönlich sprechen», erwiderte Johnny in herablassendem Ton. Ihm schien die Sache richtig Spaß zu machen.

Der Portier wirkte ungerührt. Ich trat vor und zwang ihn, mich doch noch anzusehen und meine Gegenwart zu registrieren. «Da es um genau das Thema geht, das in der gleich beginnenden Tagung verhandelt wird, täten Sie gut daran, Professor Buckland zu informieren, dass wir hier warten, um mit ihm zu sprechen.» Mit aller Entschlossenheit und Stärke, die ich an Bord der *Unity* in mir entdeckt hatte, blickte ich ihm fest in die Augen.

Es wirkte. Nach einem kurzem Moment wich der Portier meinem Blick aus, schaute nach unten und nickte kaum wahrnehmbar. «Warten Sie hier», sagte er und knallte uns die Tür vor der Nase zu. Mein Erfolg war eindeutig begrenzt, denn ich hatte mich nicht über die Regel hinwegsetzen können, dass Frauen drinnen nicht erlaubt waren. Sie mussten draußen in der Kälte bleiben. Während wir warteten, bestäubten Schneeflocken meine Haube und meinen Umhang.

Wenige Minuten später hörten wir Schritte die Treppe hinuntergepoltert kommen. Die Tür ging auf, und wir blickten in die erregten Gesichter von Mr Buckland und Reverend Conybeare. Es passte mir gar nicht, den Letzteren zu sehen; Reverend Conybeare war bei Weitem nicht so umgänglich und entgegenkommend wie Mr Buckland.

Auch sie schienen wenig begeistert von unserem Anblick zu sein. «Miss Philpot!», rief Mr Buckland. «Was für eine Überraschung. Ich wusste gar nicht, dass Sie in der Stadt sind.»

«Ich bin erst vor zwei Tagen angekommen, Mr Buckland. Reverend Conybeare.» Ich nickte beiden grüßend zu. «Dies ist mein Neffe John. Dürfen wir eintreten? Es ist sehr kalt hier draußen.»

«Natürlich, natürlich!» Während Mr Buckland uns hereinführte, spitzte Reverend Conybeare indigniert die Lippen. Es war ihm deutlich nicht recht, dass eine Dame die Türschwelle der Geologischen Gesellschaft überschritt. Doch er war nicht der Präsident, und Mr Buckland würde es in wenigen Minuten sein, deshalb sagte er nichts, sondern verneigte sich nur uns gegenüber. Seine lange schmale Nase war rot, ob vom Wein, von einem Platz in der Nähe des Feuers oder vor Wut konnte ich nicht sagen.

Der Eingangsbereich des Hauses war schlicht gehalten und der Boden mit eleganten schwarzweißen Fliesen ausgelegt. An den Wänden hingen die Porträts ernst und feierlich dreinblickender Männer: George Greenough, John MacCulloch und weitere ehemalige Präsidenten der Gesellschaft. Bald würde ein Porträt des scheidenden Präsidenten William Babington dazukommen. Ich hatte eigentlich Ausstellungsstücke erwartet, die auf die Interessen der Gesellschaft hinwiesen: Fossilien oder Steine. Doch es gab nichts. Die interessanten Dinge waren versteckt.

«Haben Sie Neuigkeiten über den Plesiosaurier, Miss Philpot?», fragte Reverend Conybeare. «Bitte sagen Sie es mir. Der Portier hat etwas angedeutet. Wird der Plesiosaurier unsere Tagung schmücken?»

Jetzt verstand ich ihre Aufregung. Es war nicht der Name Philpot, sondern die Erwähnung des noch nicht eingetroffenen Fossils, wegen der diese beiden Männer die Treppe hinuntergestürmt waren.

«Ich bin vor drei Tagen an der auf Grund gelaufenen *Dispatch* vorbeigefahren.» Ich gab mich sachkundig und informiert. «Ihre Fracht wird jetzt auf dem Landweg weiter befördert und so schnell eintreffen, wie es die Straßenverhältnisse erlauben.»

Beide Männer reagierten mit Enttäuschung, als sie hörten, was sie ohnehin schon wussten. «Warum sind Sie dann hier, Miss Philpot?», fragte Reverend Conybeare. Für einen Geistlichen war er recht unverfroren.

Ich richtete mich zu voller Größe auf, drückte den Rücken durch und versuchte die Männer so fest und selbstsicher anzusehen wie den Angestellten am Kai und den Portier. Doch diesmal war es schwieriger, da ich mich gleich zwei Augenpaaren gegenübersah, sogar drei, wenn man Johnny mitzählte. Außerdem waren diese beiden Herren viel gebildeter und souveräner. Gegen einen Angestellten und einen Portier mochte ich mich bis zu einem gewissen Grad behaupten können, aber nicht gegen zwei Männer aus meiner eigenen Gesellschaftsschicht.

Statt mich auf Mr Buckland zu konzentrieren, der als zukünftiger Präsident der Gesellschaft der wichtigere von beiden war, blickte ich dummerweise meinen Neffen an, als ich sagte: «Ich wollte mit Ihnen über Miss Anning sprechen.»

«Ist Mary etwas zugestoßen?», fragte William Buckland.

«Nein, nein, es geht ihr gut.»

Reverend Conybeare blickte jetzt finster drein, und selbst Mr Buckland, der nicht zu Übellaunigkeit neigte, hatte die Stirn in Falten gelegt. «Miss Philpot», hob Reverend Conybeare an. «Wir wollen gleich unsere Tagung eröffnen, in der Mr Buckland und ich wichtige, ja sogar historisch bahnbrechende Reden vor der Gesellschaft halten werden. Da wir uns heute auf wichtigere Dinge konzentrieren müssen, hat Ihr Anliegen bezüglich Miss Anning sicher Zeit bis zu einem anderen Tag. Wenn Sie mich jetzt bitte entschuldigen würden, ich will meine Notizen noch einmal durchgehen.» Ohne eine Antwort abzuwarten, drehte er sich um und stieg die mit Teppichen ausgelegte Treppe hinauf.

Mr Buckland schien dasselbe vorzuhaben, nur dass er langsamer und freundlicher war und sich noch einen Moment Zeit nahm. «Ich würde mich sehr freuen, wenn wir uns zu einem anderen Zeitpunkt unterhalten könnten, Miss Philpot. Vielleicht könnte ich nächste Woche bei Ihnen vorbeikommen?»

«Aber Sir», mischte sich jetzt Johnny ein. «Monsieur Cuvier hält den Plesiosaurier für eine Fälschung!»

Da blieb Reverend Conybeare auf der Treppe stehen. Er drehte sich zu uns um. «Was hast du gesagt?»

Johnny, der kluge Junge, hatte genau das Richtige gesagt. Für Mary interessierten sich die beiden Männer natürlich nicht. Aber Cuviers Meinung über den Plesiosaurier ging sie etwas an.

«Baron Cuvier ist der Meinung, dass der von Mary gefundene Plesiosaurier nicht echt sein kann», erklärte ich, als Reverend Conybeare die Treppe wieder hinabkam und mit grimmigem Blick zu uns trat. «Der Hals hat zu viele Wirbel, was seiner Meinung nach den grundlegenden Gesetzen zur Anatomie der Wirbeltiere widerspricht.»

Reverend Conybeare und Mr Buckland tauschten Blicke aus.

«Cuvier glaubt, die Annings hätten ein falsches Tier geschaffen, indem sie den Schädel einer Seeschlange auf den Rumpf eines Ichthyosauriers setzten. Er wirft ihnen Betrug vor.» Damit hatte ich endlich zur Sprache gebracht, was mir am wichtigsten war.

Als ich sah, mit welchem Gesichtsausdruck die beiden Männer auf meine Worte reagierten, wünschte ich mir auf der Stelle, ich hätte dies nicht erwähnt. Bei beiden wich die erste Überraschung einem gewissen Grad an Misstrauen, das bei Reverend Conybeare wesentlich stärker ausgeprägt war, aber auch in Mr Bucklands gutmütigen Zügen aufblitzte.

«Sie wissen natürlich, dass Mary so etwas nie tun würde», erinnerte ich sie. «Sie ist ein ehrlicher Mensch und hat gelernt, wie wichtig es ist, Fossilien so zu präparieren, wie man sie gefunden hat. Ich darf hinzufügen, meine Herren, dass Sie selbst so gütig waren, ihr diese Lektion zu erteilen. Mary weiß, dass Fossilien zu nichts nütze sind, wenn man sie manipuliert.»

«Natürlich», stimmte Mr Buckland mir zu. Sein Gesicht erhellte sich, als habe es dazu nur eines vernünftigen Stichwortes bedurft.

Doch Reverend Conybeare schaute noch immer finster. Offenbar hatte ich an alten Zweifeln gerührt. «Wer hat Cuvier von dem Fund erzählt?», fragte er.

Ich zögerte, doch es gab keine Möglichkeit, die Wahrheit zu verschweigen. «Mary selbst hat ihm geschrieben. Ich glaube, sie hat auch eine Zeichnung mitgeschickt.»

«*Mary* hat geschrieben?», schnaubte Reverend Conybeare. «Mir graut, wenn ich mir so einen Brief vorstelle. Das Mädchen ist doch mehr oder weniger eine Analphabetin. Es wäre wesentlich besser gewesen, wenn Cuvier nach dem Vortrag heute Abend von dem Plesiosaurier erfahren hätte. Buckland, wir müssen ihm unser Anliegen persönlich vortragen, mit Zeichnungen und einer genauen Beschreibung. Wir sollten ihm beide schreiben, und vielleicht auch noch jemand anders, damit Cuvier von verschiedenen Seiten über den Fall hört. Vielleicht noch Johnson in Bristol. Er hat sehr begeistert reagiert, als ich Anfang des Monats in seinem Institut den Plesiosaurier erwähnte, und ich weiß, dass er in der Vergangenheit schon mit Cuvier korrespondiert hat.» Während er sprach, strich Reverend Conybeare mit der Hand ständig über das Mahagonitreppengeländer, so sehr hatte ihn die Nachricht außer Fassung gebracht. Er hätte mir sogar Leid getan, wenn er mich mit seinen Zweifeln an Mary nicht so verärgert hätte.

Auch Mr Buckland fiel die Nervosität seines Freundes auf. «Conybeare, Sie werden Ihren Vortrag jetzt hoffentlich nicht zurückziehen, oder? Viele Gäste sind extra hergekommen, um Sie zu hören: Babbage, Gordon, Drummond, Rudge und sogar McDownell. Sie haben den Saal gesehen, er ist bis auf den letzten Platz besetzt. Noch nie war eine Veranstaltung so gut besucht. Natürlich könnte ich die Versammlung mit meinen Gedanken über den Megalosaurier unterhalten, aber wenn wir beide über Lebewesen aus der Vergangenheit sprächen, wäre der Effekt natürlich viel stärker. Zusammen können wir den Besuchern einen unvergesslichen Abend bescheren!»

«Aber Mr Buckland, wir sind hier doch nicht im Theater», tadelte ich.

«Ach, auf gewisse Weise schon, Miss Philpot. Und wir haben eine wirklich wunderbare Vorstellung zu bieten! Anhand unwiderlegbarer Beweise werden wir unseren Gästen die Augen für eine faszinierende vergangene Welt öffnen und ihnen die großartigsten Lebewesen vorstellen, die Gott geschaffen hat – außer dem Menschen, natürlich.» Mr Buckland steigerte sich regelrecht in sein Thema hinein.

«Vielleicht sollten Sie Ihre Gedanken für die Tagung aufbewahren», schlug ich vor.

«Natürlich, natürlich. Also, Conybeare, folgen Sie mir?»

«Ja.» Reverend Conybeare wirkte jetzt wesentlich zuversichtlicher. «In meinem Aufsatz bin ich bereits auf Cuviers Bedenken wegen der Zahl der Wirbel eingegangen. Außerdem haben Sie die Kreatur mit eigenen Augen gesehen, Buckland. Sie glauben daran.»

Mr Buckland nickte.

«Dann glauben Sie auch Mary Anning», warf ich ein, «und werden sie gegen Cuviers ungerechte Anschuldigungen in Schutz nehmen.»

«Ich wüsste nicht, was das mit unserer Tagung zu tun hätte», entgegnete Reverend Conybeare. «Ich habe Mary erwähnt, als ich im Institut in Bristol über den Plesiosaurier gesprochen habe. Buckland und ich werden an Cuvier schreiben. Reicht das nicht?»

«Dort oben im Saal befinden sich alle bedeutenden Geologen des Landes und viele andere interessierte Männer. Eine Bemerkung von Ihnen, dass Sie völliges Vertrauen in Marys Fähigkeiten als Fossiliensucherin haben, wird jeden Kommentar von Baron Cuvier, der den Anwesenden vielleicht später zu Ohren kommt, im Vorfeld entkräften.»

«Warum sollte ich in der Öffentlichkeit Zweifel an den Fähigkeiten von Miss Anning säen, und damit auch, was viel wichtiger ist, wenn ich das hinzufügen darf, an genau dem Fund, über den ich gleich sprechen werde?»

«Weil der gute Ruf einer Frau auf dem Spiel steht, und auch ihr Lebensunterhalt. Ohne Marys Arbeit und die Fossilien, die sie findet, könnten Sie Ihre Theorien nicht entwickeln und damit auch nicht Ihren Ruhm mehren. Das müsste Ihnen doch eine Erwähnung wert sein, oder?»

Reverend Conybeare und ich funkelten uns böse an. Wäre Johnny nicht gewesen, den unser Geplänkel ungeduldig machte, weil er endlich handeln wollte, hätte es den ganzen Abend so weitergehen können. Doch Johnny drückte sich an Reverend Conybeare vorbei und lief ein Stück weit die Treppe hinauf. «Wenn Sie nicht bereit sind, Miss Annings Namen zu retten, werde ich hochgehen und den versammelten Gentlemen erzählen, was Cuvier gesagt hat», rief er zu uns hinab. «Wie würde Ihnen das gefallen?»

Reverend Conybeare wirbelte herum, um ihn zu packen, aber Johnny sprang noch ein paar Stufen höher und brachte sich außer Reichweite. Eigentlich hätte ich meinen Neffen für sein Benehmen zurechtweisen müssen, schlug aber stattdessen die Hand vor den Mund, um ein Lachen zu unterdrücken. Ich wandte mich an Mr Buckland, den vernünftigeren der beiden. «Mr Buckland, ich weiß, dass Sie Mary mögen und anerkennen, wie viel wir ihr und ihrer außergewöhnlichen Begabung im Auffinden von Fossilien verdanken. Und ich weiß, wie außerordentlich wichtig dieser Abend für Sie ist, den ich Ihnen keinesfalls verderben will. Aber sicher werden Sie im Lauf der Tagung einen kurzen Moment Zeit finden, um klar und deutlich zu sagen, dass Sie auf Marys Seite stehen? Sie könnten doch einfach ihre Leistungen erwähnen und müssten gar nicht ausdrücklich auf Baron Cuvier eingehen. Wenn dann dessen Einwände in der Öffentlichkeit bekannt werden, müssten die oben versammelten Herren einschätzen können, was Sie mit dieser Vertrauenserklärung bezweckt haben. Damit wäre uns allen geholfen. Wäre das nicht eine Möglichkeit?»

Mr Buckland dachte über diesen Vorschlag nach. «Wir können es nicht ins Protokoll der Gesellschaft aufnehmen», sagte er schließlich, «aber wenn Ihnen damit geholfen wäre, Miss Philpot, bin ich gerne bereit, im vertraulichen Rahmen etwas über Mary zu sagen.»

«Danke, das würde mich sehr freuen.»

Dann schaute er mit Reverend Conybeare zu Johnny hoch. «Das genügt jetzt, Junge», brummte Reverend Conybeare. «Komm runter.»

«War das alles, Tante Elizabeth? Soll ich wirklich runterkommen?» Johnny wirkte enttäuscht, dass er seine Drohung nicht wahrmachen konnte.

«Eine Sache noch», sagte ich. Reverend Conybeare stöhnte. «Ich würde gern hören, was Sie der Versammlung über den Plesiosaurier vortragen.»

«Leider sind Frauen zu den Tagungen der Gesellschaft nicht zugelassen», sagte Mr Buckland. Es klang fast bedauernd.

«Vielleicht könnte ich draußen im Flur sitzen und zuhören? Außer Ihnen würde niemand wissen, dass ich dort bin.»

Mr Buckland dachte einen Moment lang nach. «Vom hinteren Ende des Raums geht ein Treppenhaus ab, das in die Küche führt. Die Dienstboten nutzen es, um Geschirr, Speisen und Ähnliches hoch- und runterzutragen. Sie könnten auf dem Treppenabsatz Platz nehmen. Von dort müssten Sie uns hören können, ohne gesehen zu werden.»

«Das wäre sehr nett, danke.»

Mr Buckland winkte dem Portier, der bislang unbeteiligt zugehört hatte. «Würden Sie die Dame und den jungen Mann bitte zur Hintertreppe führen? Kommen Sie, Conybeare, wir haben die anderen schon lange genug warten lassen. Die denken sicher schon, wir wären nach Lyme und zurück gefahren!»

Die beiden Männer eilten die Treppe hoch und überließen Johnny und mich dem Portier. Niemals werde ich den giftigen Blick vergessen, den mir Reverend Conybeare über die Schulter zuwarf, als er den oberen Treppenabsatz erreicht hatte und sich zum Versammlungssaal wandte.

Johnny grinste. «Da hast du keinen neuen Freund gewonnen, Tante Elizabeth!»

«Das ist mir egal, aber ich fürchte, ich habe ihn aus dem Konzept gebracht. Nun, wir werden es gleich hören.»

Ich hatte Reverend Conybeare keinesfalls aus dem Konzept gebracht. Als Geistlicher war er es gewohnt, in der Öffentlichkeit zu sprechen, und dank dieser Erfahrung gewann er jetzt schnell seine Fassung zurück. Bis William Buckland die Formalien der Tagung abgehandelt hatte – er bestätigte das Protokoll der letzten Zusammenkunft, schlug neue Mitglieder vor und zählte die verschiedenen Zeitschriften und Exponate auf, die der Gesellschaft seit der letzten Tagung gestiftet worden waren –, konnte Reverend Conybeare seine Notizen durchgehen und sich die entscheidenden Punkte seiner Rede noch einmal einprägen. Als er dann zu sprechen begann, klang seine Stimme ruhig und sich ihrer Autorität gewiss.

Allerdings konnte ich seinen Vortragsstil nur nach der Stimme beurteilen, denn Johnny und ich saßen versteckt auf unseren Stühlen auf dem Treppenabsatz. Die Tür zum hinteren Teil des Saals stand zwar einen Spaltbreit offen, damit wir etwas hörten, aber sehen konnten wir nur die Rücken der Tagungsteilnehmer, die in dem überfüllten Saal direkt vor der Tür standen. Ich hatte das Gefühl, dass mich eine Mauer aus Männern von diesem wichtigen Ereignis abschnitt.

Zum Glück drang die Predigerstimme von Reverend Conybeare bis zu uns durch. «Es ist mir eine große Freude, der Gesellschaft heute von dem fast perfekten Skelett eines *Plesiosaurus* berichten zu können. Nach dem Studium verschiedener unabhängig voneinander gefundener Fragmente fühlte ich mich im Jahr 1821 befugt, die Theorie einer neuen Fossiliengattung zu entwickeln. Der Besitzer des neuen Fundstücks, der Herzog von Buckingham, war so freundlich und großzügig, es meinem Freund Professor Buckland vorübergehend zum Zweck der wissenschaftlichen Forschung zur Verfügung zu stellen. Das außerordentliche Fossil wurde vor kurzem in Lyme gefunden und bestätigt meine früheren Theorien zum Bau des Skeletts in allen wesentlichen Punkten.»

Den Männern im Saal musste dank zweier Kohleöfen und

der Körperausstrahlung von sechzig Menschen angenehm warm sein, doch Johnny und ich froren im Flur erbärmlich. Obwohl ich mein Wollcape fest um mich zog, wusste ich, dass der Aufenthalt im zugigen Treppenhaus meinem geschwächten Brustkorb nicht guttat. Trotzdem konnte ich in diesem wichtigen Moment nicht gehen.

Reverend Conybeare kam sofort auf das verblüffendste Merkmal des Plesiosauriers zu sprechen – seinen extrem langen Hals. «Die Länge des Halses entspricht der von Rumpf und Schwanz zusammen», erklärte er. «Er hat mehr Wirbel als selbst der längste Vogelhals und übertrifft sogar den des Schwans. Damit weicht diese Kreatur von den Gesetzen ab, die bislang für Vierfüßler als allgemein gültig galten. Ich erwähne dieses besonders auffällige und interessante Merkmal der jüngsten Entdeckung schon so früh, weil die Geologie mit diesem Tier einen der bemerkenswertesten und wichtigsten Beiträge ihrer Geschichte zur vergleichenden Anatomie macht.»

Im Folgenden schilderte er das Tier im Detail. Mittlerweile konnte ich meine Hustenanfälle kaum noch unterdrücken, weshalb Johnny in die Küche hinabging, um mir ein Glas Wein zu holen. Was es dort zu sehen gab, schien ihm besser zu gefallen als das, was es oben auf der Treppe zu hören gab, denn nachdem er mir ein Glas Claret gereicht hatte, verschwand er wieder nach unten. Wahrscheinlich setzte er sich ans warme Herdfeuer und übte mit den für den Abend eingestellten Dienstmädchen das Flirten.

Reverend Conybeare beschrieb inzwischen Kopf und Wirbel des Tiers und führte, ähnlich wie es Monsieur Cuvier in seiner Kritik an Mary getan hatte, zum Vergleich die Wirbelzahlen verschiedener anderer Tiere an. Einige Male erwähnte er Cuvier sogar en passant und bestätigte somit in seinem Vortrag den wichtigen Einfluss des Franzosen. Kein Wunder, dass Cuviers Reaktion auf Marys Brief Reverend Conybeare so schockiert hatte. Doch mochte die Anatomie des Plesiosauriers auch noch so ungewöhnlich sein – es *hatte* ihn gegeben. Wenn Conybeare an diese Kreatur glaubte, musste er auch an Marys Funde glauben. Für mich lag es auf der Hand, dass er Cuvier am besten vom Plesiosaurier überzeugen konnte, indem er sich für Mary verwendete.

Doch für Conybeare war das leider nicht so klar. Schlimmer noch, er tat genau das Gegenteil. Mitten in der Beschreibung der Plesiosaurierflossen machte Reverend Conybeare plötzlich eine Nebenbemerkung: «Ich muss einräumen, dass ich anfangs behauptet habe, die Ränder der Flossen bestünden aus abgerundeten Knochen. Dies trifft nicht zu. Doch als 1821 das erste Exemplar gefunden wurde, hatten sich die betreffenden Knochen aus dem Skelett gelöst und wurden nach Mutmaßungen des damaligen Besitzers in diese Position geklebt.»

Es dauerte einen Moment, bis ich begriff, dass er damit Mary meinte und andeutete, sie habe beim ersten Plesiosaurier Fehler in der Zusammensetzung der Knochen gemacht. Reverend Conybeare erwähnte sie also nur dann – und auch das, ohne sie namentlich zu nennen –, wenn es etwas zu kritisieren gab. «Wie taktlos für einen Gentleman!», murmelte ich lauter als beabsichtigt, denn in der Männerreihe vor mir drehten sich ein paar Köpfe in meine Richtung, als wollten sie die Quelle dieses wütenden Kommentars ausmachen.

Ich machte mich auf meinem Stuhl klein und hörte benommen zu, wie Reverend Conybeare den Plesiosaurier mit einer Schildkröte ohne Panzer verglich und die Vermutung aussprach, dass sich das Tier weder im Wasser noch an Land besonders elegant bewegen konnte. «Lässt das nicht den Schluss zu, dass dieses

Tier an oder knapp unter der Wasseroberfläche schwamm, den Hals zurückgebogen wie ein Schwan, und nach Fischen schnappte, die sich in seine Reichweite wagten? Vielleicht lauerte es auch, verborgen zwischen Seetang und Algen und die Nasenlöcher aus beträchtlicher Tiefe knapp über die Wasseroberfläche haltend, im seichten Wasser des Küstenbereichs, wo es vor den Angriffen natürlicher Feinde sicher war.»

Reverend Conybeare beendete seinen Vortrag mit einem strategischen Tusch, den er sich zu Beginn der Versammlung ausgedacht haben musste. «Ich kann der wissenschaftlichen Öffentlichkeit nur dazu gratulieren, dass uns die Entdeckung dieses Tieres genau in dem Moment gelungen ist, in dem der erlauchte Cuvier seine Forschungen zu den fossilen Ovipara so gut wie abgeschlossen hat und zu veröffentlichen gedenkt. Er wird auch dieses Thema so erleuchtend und klar darstellen, wie es ihm selbst in den entlegensten und kompliziertesten Bereichen der vergleichenden Anatomie gelungen ist. Ich danke Ihnen.»

Mit dieser Aussage brachte sich Reverend Conybeare geschickt auf eine Linie mit Baron Cuvier, so dass mögliche Kritik von Seiten des Franzosen auf keinen Fall an seine Adresse gehen konnte. Ich fiel nicht in den Applaus mit ein. Mein Brustkorb fühlte sich mittlerweile so schwer an, dass schon das Atmen mühsam war.

Nun begann eine lebhafte Diskussion, von der ich nicht alles mitbekam, da mir ein wenig schwindelig war. Endlich hörte ich, wie Mr Buckland sich räusperte und das Wort ergriff. «Ich möchte mich an dieser Stelle bei Miss Anning bedanken, die das wunderbare Fossil gefunden und ausgegraben hat. Es ist bedauernswert, dass es nicht rechtzeitig für den glänzenden und höchst aufschlussreichen Vortrag von Reverend Conybeare eingetroffen ist, doch sobald wir es hierhaben, sind Sie, verehrte

Mitglieder und Freunde, herzlich eingeladen, es zu besichtigen. Diese bahnbrechende Entdeckung wird Sie verblüffen und erfreuen.»

Mehr wird sie nicht bekommen, dachte ich. Ein kleines Dankeschön, das untergeht im allgemeinen Ruhmestaumel. Ihr Name wird in den wissenschaftlichen Zeitschriften und Büchern nicht auftauchen und bald vergessen sein. Es war wieder typisch! Ein Frauenleben ist ein einziger Kompromiss.

Ich hatte genug gehört, mehr musste ich nicht wissen. Stattdessen wurde ich ohnmächtig.

IX

Der Blitz, der mein größtes Glück ankündigte

Es war reines Glück, dass ich sie noch sah.

Joe hatte mich geweckt. Morgens, als Mam aus dem Haus gegangen war, beugte er sich plötzlich über mich. Tray lag neben mir auf dem Bett. «Mary.»

Dann hat er eine Minute gar nichts gesagt und mich nur angeguckt. Es passte ihm nicht, dass ich im Bett lag, ohne krank zu sein. Jeder andere hätte Joes Gesichtsausdruck als gleichgültig empfunden, aber ich sah, wie er sich von innen in die Backen biss, was seinen Kiefer schärfer vortreten ließ. Doch um das zu bemerken, musste man ihn schon genau kennen.

«Du kannst jetzt aufstehen», sagte er. «Miss – Mam kümmert sich drum.»

«Worum kümmert sie sich?»

«Um dein Problem mit dem Franzosen.»

Ich setzte mich auf und zog die Decke fest um mich, weil ich trotz des warmen Trays neben mir fror. «Und wie will sie das machen?»

«Hat sie nicht gesagt. Aber steh endlich auf. Ich will nicht schon wieder an den Strand raus müssen.»

Das hatte gesessen. Ich fühlte mich so schuldig, dass ich aufstand. Tray bellte vor Freude, und ich selbst war auch froh. Nach einem Tag im Bett war mir schon langweilig geworden, doch aufstehen konnte ich trotzdem nicht. Es musste erst jemand kommen und es mir befehlen.

Ich zog mich an, nahm Hammer und Korb und rief Tray, der mir die ganze Zeit im Bett Gesellschaft geleistet hatte und es jetzt kaum abwarten konnte, wieder nach draußen zu kommen. Als Colonel Birch ihn mir schenkte, kurz bevor er Lyme für immer verließ, hatte er versprochen, dass Tray mir stets treu sein würde. Er hat Recht gehabt.

Ich trat vor die Tür. Mein Atem verwandelte sich vor meinem Gesicht in Nebel, so kalt war es. Der graue Himmel sah nach Schnee aus. Weil Hochwasser war, konnte ich nicht zum Black Ven und in Richtung Charmouth gehen, deshalb schlug ich die andere Richtung ein. Unter den Klippen am Monmouth Strand würde es noch einen schmalen Landstreifen geben. Auch wenn ich in diesen Klippen selten größere Tiere fand, schleppte ich manchmal riesige Ammos von dort mit nach Hause. Sie glichen denen im Ammofriedhof, bloß dass sie nicht fest im Stein eingebettet waren, sondern sich recht leicht aus der Klippe brechen ließen. Tray rannte vor mir her über die Promenade. Manchmal kam er zurück, um an mir zu schnuppern und sich zu versichern, dass ich hinter ihm her lief und nicht wieder nach Hause ging. Doch selbst wenn es noch so kalt war, ich hatte jetzt das Bedürfnis, draußen zu sein. Es war, als würde ich aus einem Fiebernebel zurück in die kalte, klare Welt treten.

Als ich am Cobb vorbeikam, sah ich an seinem hinteren Ende die *Unity* vor Anker liegen. Sie wurde gerade beladen, was nichts Ungewöhnliches war, nur fielen mir zwischen den umhereilenden Männern drei Frauengestalten auf – zwei trugen Hauben, die dritte einen unverwechselbaren, mit Federn geschmückten Turban.

Tray kam bellend zu mir zurück gerannt. «Psst, Tray, sei still.» Ich packte ihn, weil ich Angst hatte, sie könnten was hören und in meine Richtung schauen. Dann duckte ich mich hinter ein umgedrehtes Ruderboot, mit dem die Leute sonst zu den Schiffen transportiert werden, die weiter draußen ankern.

Ich war zu weit weg, um die Gesichter der Philpot-Schwestern zu erkennen, doch ich sah, wie Miss Margaret Miss Elizabeth etwas reichte, das diese in ihre Tasche steckte. Dann küssten und umarmten sie sich, bis Miss Elizabeth von ihren Schwestern wegtrat. Die arbeitenden Männer machten kurz die Planke frei, die aufs Schiff führte, und Miss Elizabeth ging sie hoch. Dann stand sie auf dem Schiffsdeck.

Obwohl sie am Meer lebte und dauernd am Strand Fossilien suchte, konnte ich mich nicht erinnern, dass Miss Elizabeth jemals mit dem Schiff gefahren war oder auch nur in einem kleinen Boot. Ich selbst hatte es allerdings auch erst zweimal gemacht. Obwohl die Philpots mit dem Schiff nach London reisen konnten, wählten sie immer die Kutsche. Manche Menschen sind eben fürs Wasser gemacht, andere fürs Land. Wir waren Landmenschen.

Ich wollte über den Cobb laufen und ihnen etwas zurufen, aber ich hab's nicht gemacht. Stattdessen bin ich mit dem winselnden Tray vor meinen Füßen hinter dem Ruderboot geblieben und habe zugesehen, wie die Mannschaft der *Unity* die großen Segel setzte und das Schiff ablegte. Miss Elizabeth stand an Deck, eine tapfere, aufrechte Gestalt in einem grauen Cape und mit violetter Haube. Schon unzählige Male habe ich Schiffe aus Lyme abfahren sehen, aber nicht mit einem Menschen an Bord, der mir so viel bedeutete. Plötzlich kam mir die See heimtückisch und gefährlich vor. Ich musste an die Leiche von Lady Jackson denken, die vor Jahren nach einem Schiffsunglück angespült worden war. Am liebsten hätte ich Miss Elizabeth zugerufen, sie solle zurückkommen, doch es war zu spät.

Ich versuchte ruhig zu bleiben und meine Arbeit zu machen. Ich schaute nicht in die Zeitung, um zu sehen, ob es Schiffsunglücke gegeben hatte, der Plesiosaurier in London angekommen war oder etwas über Monsieur Cuviers Zweifel an ihm geschrieben wurde. Das Letzte würde sowieso kaum in der Zeitung stehen, da es für die meisten Menschen uninteressant war. Manchmal wünschte ich mir aber trotzdem, sie würden in der *Western Flying Post* über die Sachen schreiben, die mir wichtig waren. Dann wollte ich Schlagzeilen sehen wie «Miss Elizabeth Philpot sicher in London eingetroffen»; «Die Geologische Gesellschaft feiert den Plesiosaurier aus Lyme» oder «Monsieur Cuvier bestätigt, dass Miss Anning ein neues Tier entdeckt hat».

Eines Nachmittags lief mir vor dem Ballsaal Miss Margaret über den Weg, die dort Whist spielen wollte. Selbst im Winter trafen sie sich dort einmal in der Woche zum Kartenspielen. Trotz der Kälte trug Miss Margaret einen ihrer altmodischen Federturbane, mit denen sie immer aussah wie eine etwas überkandidelte alte Jungfer mit einer Vorliebe für komische Hüte. Obwohl ich Miss Margaret mein Leben lang bewundert habe, sah ich sie jetzt selbst schon so.

Als ich ihr einen guten Tag wünschte, fuhr sie zusammen wie ein Hund, dem jemand auf den Schwanz getreten hatte. «Haben Sie … haben Sie was von Miss Elizabeth gehört?», fragte ich.

Miss Margaret sah mich komisch an. «Woher weißt du, dass sie weg ist?»

Ich sagte nicht, dass ich gesehen hatte, wie sie aufs Schiff ging. «Das wissen doch alle. In Lyme bleibt nichts geheim.»

Miss Margaret seufzte. «Wir haben noch keine Nachricht von ihr, aber die Post kommt schon seit drei Tagen nicht mehr durch, weil die Straßen so schlecht sind. Niemand hat Briefe oder Zeitungen erhalten. Doch ein Nachbar ist gerade von Yeovil hergeritten und hat die neue Ausgabe der *Post* mitgebracht. Dort steht, dass die *Dispatch* in der Nähe von Ramsgate auf Grund gelaufen ist. Es war das Schiff vor dem von Elizabeth.» Sie erschauderte, so dass die Straußenfedern auf ihrem Turban zitterten.

«Die *Dispatch*?», rief ich. «Aber auf der ist der Plesiosaurier! Was ist passiert?» Ich hatte die grauenhafte Vorstellung, wie meine Riesenbestie auf den Meeresboden sank und der Welt für immer verloren ging. Alle meine Mühen waren umsonst gewesen, und die hundert Pfund des Herzogs von Buckingham waren auch weg.

Miss Margaret sah mich sehr ernst an. «In der Zeitung steht, Passagiere und Fracht seien in Sicherheit und würden auf dem Landweg nach London gebracht. Es gibt keinen Grund zur Sorge, obwohl du vielleicht erst an die Menschen an Bord hättest denken können, und nicht nur an die Fracht, auch wenn sie dir noch so wichtig ist.»

«Natürlich, Miss Margaret. Natürlich denke ich an die Menschen. Gott beschütze sie. Aber ich frage mich, wo mein … wo der Plesi vom Herzog ist.»

«Und ich frage mich, wo Elizabeth ist», erwiderte Miss Margaret mit Tränen in den Augen. «Ich denke immer noch, wir hätten sie niemals an Bord lassen dürfen. Die *Dispatch* hat ja gezeigt, wie leicht so ein Schiff auf Grund laufen kann. Da fragt man sich doch, was alles mit der *Unity* passieren kann.» Jetzt weinte sie richtig, und ich streichelte ihre Schulter. Doch sie wollte keinen Trost von mir und riss sich mit böse funkelnden Augen los. «Wenn du nicht wärst, wäre Elizabeth niemals gefahren!», schrie sie. Dann machte sie auf dem Absatz kehrt und rannte in den Ballsaal.

«Was meinen Sie damit?», rief ich ihr nach. «Das verstehe ich nicht, Miss Margaret!» Doch ich konnte ihr nicht in den Saal folgen. Unsereins stand er nicht offen, und die Männer im Eingang sahen mich schon unfreundlich an. Ich lungerte in der Nähe herum und hoffte, durchs Erkerfenster einen Blick auf Miss Margaret zu erhaschen, doch sie tauchte nicht auf.

Jetzt wusste ich zwar, dass Miss Elizabeth wegen mir nach London gefahren war, aber was genau sie dort wollte, erfuhr ich erst, als Miss Louise vorbeikam, um es mir zu erklären. Miss Louise kam uns selten besuchen, weil sie lebende Pflanzen lieber mochte als Fossilien, aber zwei Tage nach meiner Begegnung mit Miss Margaret stand sie in der Werkstatttür. Sie musste den Kopf einziehen, weil sie so groß war. Ich reinigte gerade einen kleinen Ichthyosaurier, den ich kurz vor meiner Entdeckung des Plesi gefunden hatte. Er war nicht vollständig, der Schädel war in Einzelteile zerlegt und die Paddelknochen fehlten ganz, aber das Rückgrat und die Rippen befanden sich in einem guten Zustand.

«Bleib sitzen», sagte Miss Louise, doch ich bestand darauf, ein paar Steine von einem Hocker zu räumen und ihn abzuwischen, damit sie Platz nehmen konnte. Tray kam herein und legte sich vor ihre Füße. Sie fing nicht sofort zu reden an, schließlich war sie noch nie besonders gesprächig gewesen, sondern betrachtete zunächst die Steinhaufen, die sich überall auf dem Boden türmten. Es waren lauter noch zu reinigende Fossilien. Weil ich in letzter Zeit so mit dem Plesi beschäftigt gewesen war, hatte sich noch mehr angesammelt als sonst schon immer. Doch Miss Louise erwähnte das Durcheinander mit keinem Wort und sagte auch nichts wegen der Staubschicht, die über allem lag. Andere hätten vielleicht was gesagt, aber wahrscheinlich war sie den Schmutz von der Gartenarbeit gewohnt. Und von Miss Elizabeths Fossilien.

«Margaret hat mir erzählt, dass sie dich getroffen hat und du dich nach unserer Schwester erkundigt hast. Heute haben wir einen Brief von ihr erhalten. Sie ist sicher bei unserem Bruder in London angekommen.»

«Oh, da bin ich wirklich froh! Aber … Miss Margaret hat gesagt, dass Miss Elizabeth wegen mir nach London gefahren ist. Warum?»

«Sie will die Tagung der Geologischen Gesellschaft besuchen und die Männer bitten, dich gegen Baron Cuviers Anschuldigungen, du hättest den Plesiosaurier selbst zusammengesetzt, in Schutz zu nehmen.»

«Woher weiß sie davon?», fragte ich.

Miss Louise zögerte.

«Haben die Herren es ihr erzählt? Hat Cuvier einem von ihnen geschrieben? An Buckland oder Conybeare? Und haben die dann Miss Elizabeth geschrieben? Wahrscheinlich reden jetzt alle in London darüber, was wir Annings mit den Fossilien anstellen.» Mein Mund zitterte so sehr, dass ich nicht weitersprechen konnte.

«Nein, nur ruhig, deine Mutter ist zu uns gekommen.»

«Mam?» Obwohl ich erleichtert war, dass sie es nicht von den Männern in London wusste, war ich schockiert, dass Mam so was hinter meinem Rücken tat.

«Sie hat sich Sorgen um dich gemacht», fuhr Miss Louise fort. «Elizabeth hat dann beschlossen, dass sie versuchen will, dir zu helfen. Margaret und ich haben zwar nicht verstanden, warum sie unbedingt persönlich nach London musste, statt den Männern einfach zu schreiben, aber sie hat darauf bestanden, dass es so besser sei.»

Ich nickte. «Sie hat Recht. Diese Herren schreiben nicht immer gleich zurück. Mam und ich haben die Erfahrung schon gemacht. Manchmal muss ich über ein Jahr auf eine Antwort warten. Wenn sie was wollen, sind sie schnell, aber dann vergessen sie mich. Und wenn ich mal etwas will ...» Ich zuckte mit den Schultern. «Ich kann einfach nicht glauben, dass Miss Elizabeth wegen mir den ganzen Weg bis London gefahren ist, und dann noch mit dem Schiff.»

Miss Louise sagte nichts, sondern blickte mich so fest aus ihren grauen Augen an, dass ich den Blick senkte.

Ein paar Tage später beschloss ich, im Morley Cottage vorbeizuschauen, um mich bei Miss Margaret dafür zu entschuldigen, dass ich ihnen die Schwester weggenommen hatte. Ich hatte eine Kiste voller Fischfossilien dabei, die ich für Miss Elizabeth aufbewahrt hatte. Sie sollten mein Geschenk für sie sein, wenn sie aus London zurückkam. Aber das würde sicher noch eine Weile dauern, denn wahrscheinlich blieb sie gleich bis zu ihrem Frühjahrsbesuch dort. Trotzdem war es eine schöne Vorstellung, dass die Fische sie bei ihrer Rückkehr im Morley Cottage erwarten würden.

Ich schleppte die Kiste durch die Coombe Street und die Sherborne Street und dann die ganze Silver Street hinauf. Sie war so schwer, dass ich mich für meine Großzügigkeit verfluchte. Doch als ich zum Morley Cottage kam, fand ich das Haus verschlossen und verriegelt vor. Die Türen waren zugesperrt, die Fensterläden verrammelt und aus dem Schornstein stieg kein Rauch. Ich klopfte lange an die Haustür und dann an die Hintertür, aber niemand öffnete. Als ich von hinten wieder vors Haus kam und versuchte, durch eine Ritze im Fensterladen hineinzuspähen, trat eine Nachbarin aus ihrem Haus. «Du brauchst gar nicht schauen», sagte sie. «Sie sind nicht da. Gestern sind sie nach London abgereist.»

«Nach London! Warum?»

«Es war kurzfristig. Sie haben die Nachricht erhalten, dass Miss Elizabeth krank ist, und haben alles stehen und liegen gelassen.»

«O nein!» Ich ballte die Fäuste und lehnte mich gegen die Tür. Es hatte den Anschein, dass ich jedes Mal, wenn ich etwas fand oder bekam, etwas anderes dafür verlor.

Ich hatte den Ichthyosaurier gefunden und Fanny verloren. Ich hatte Colonel Birch gefunden und Miss Elizabeth verloren. Ich war berühmt geworden und hatte Colonel Birch verloren. Und jetzt, wo ich dachte, ich hätte Miss Elizabeth wiedergefunden, würde ich sie vielleicht für immer verlieren.

Aber so einfach wollte ich das nicht hinnehmen. Schließlich hatte ich mein Leben lang die Knochen von Lebewesen gefunden, die verloren zu sein schienen. Sicher würde ich auch Miss Elizabeth wiederfinden.

Ich nahm die Kiste mit den Fischfossilien nicht wieder mit heim zum Cockmoile Square, sondern ließ sie hinten in Miss Louises Garten neben dem Riesenammoniten stehen, den ich einmal zusammen mit Miss Elizabeth vom Monmouth Strand hergetragen hatte. Ich glaubte fest daran, dass sie eines Tages durch diese Kiste wühlen und sich die besten Stücke für ihre Sammlung aussuchen würde.

Am liebsten hätte ich die nächste Kutsche nach London genommen, doch Mam erlaubte es nicht. «Sei nicht albern», meinte sie. «Wie könntest du den Philpots denn helfen? Sie müssten nur noch Zeit opfern, um sich um dich zu kümmern statt um ihre Schwester.»

«Ich will zu ihr und mich entschuldigen.»

Mam blickte mich vorwurfsvoll an. «Du führst dich auf, als wolltest du noch schnell deinen Frieden mit ihr machen, bevor sie stirbt. Meinst du, es hilft ihr beim Gesundwerden, wenn du mit langem Gesicht an ihrem Bett sitzt und um Entschuldigung bittest? Da stirbt sie eher noch schneller.»

So hatte ich es noch nicht gesehen. Es war ein wenig direkt, aber vernünftig, typisch Mam eben.

Also fuhr ich nicht. Allerdings schwor ich mir, eines Tages nach London zu reisen, nur um mir zu beweisen, dass ich es konnte. Weil ein Brief von ihr für die Familie weniger ärgerlich sein würde, schrieb Mam statt meiner an die Philpots, um sich nach Miss Elizabeth zu erkundigen. Ich wollte, dass sie auch nach Cuviers Vorwürfen und der Tagung der Geologischen Gesellschaft fragte, aber Mam weigerte sich, das zu schreiben. Sie fand es unverschämt, dass ich in solchen Zeiten an mich dachte, außerdem würde es die Philpots nur daran erinnern, warum Miss Elizabeth nach London gefahren war, und das würde sie gleich wieder wütend machen.

Zwei Wochen später erhielten wir einen kurzen Brief von Miss Louise, in dem stand, Miss Elizabeth habe das Schlimmste hinter sich. Aber sie sei noch immer geschwächt von ihrer Lungenentzündung, und die Ärzte hätten gesagt, dass sie wegen der feuchten Seeluft nicht nach Lyme zurückkommen könne.

«Unsinn», schnaubte Mam. «Wofür reisen wohl all die Feriengäste her, wenn die Seeluft und das Wasser nicht gut für ihre Gesundheit wäre? Sie wird schon zurückkommen. Man kann Miss Elizabeth nicht von Lyme fernhalten.» Nachdem Mam die Philpots aus London jahrelang mit Misstrauen betrachtet hatte, hielt sie jetzt große Stücke auf sie.

So sicher Mam sich auch war, ich war es nicht. Ich war zwar sehr erleichtert, dass Miss Elizabeth die Krankheit überlebt hatte, doch es sah so aus, als hätte ich sie trotzdem verloren. Und ich konnte kaum etwas dagegen tun. Nachdem Mam noch mal geschrieben hatte, um zu sagen, wie froh wir alle wären, hörten wir nichts mehr von den Philpots. Wie die Sache mit Monsieur Cuvier weiterging, erfuhr ich auch nicht. Mir blieb nichts anderes, als mit der Ungewissheit zu leben.

Wenn's kommt, dann kommt's meist knüppeldick. Das war schon immer Mams Lieblingssprichwort gewesen, und sie hat es für jede Gelegenheit angewendet. Fürs Wetter zum Beispiel, aber da bin ich nicht ihrer Meinung, denn nicht jede dunkle Wolke bringt gleich schlimmen Regen. Schon seit Jahren bin ich auch bei grau verhangenem Himmel draußen am Strand gewesen, und es hat nicht gleich fürchterlich geregnet, sondern höchstens hin und wieder mal getröpfelt. Oft kann der Himmel sich eben nicht so richtig entscheiden, was er will.

Doch was die Kuris angeht, könnte der Spruch schon zutreffen. Manchmal sind Monate oder sogar Jahre vergangen, ohne dass wir eine Riesenbestie gefunden haben. Dann hat die Armut uns in die Knie gezwungen, wir haben gefroren und gehungert und waren verzweifelt. Zu anderen Zeiten haben wir mehr gefunden, als wir brauchen oder verarbeiten konnten. So war es auch, als der Franzose gekommen ist.

Es war einer von diesen herrlichen Tagen im Spätjuni, wenn die Sonne und der warme Wind einem sagen, dass endlich Sommer ist und man wieder freier atmen kann, weil man nicht mehr mit jedem Atemzug gegen die Kälte des Winters und Frühjahrs ankämpfen muss. Ich war draußen an den Felskanten vor den Church Cliffs und legte ein sehr schönes Exemplar eines *Ichthyosaurus tenuirostris* frei – ich kann das jetzt so genau sagen, weil die Männer vier Gattungen identifiziert und mit Namen versehen haben, die ich mit einem Blick auseinanderhalten kann. Bei diesem Exemplar fehlten zwar Schwanz und Flossen, aber er hatte fest zusammenhängende Wirbel und lange, spitz zulaufende Kiefer mit kleinen intakten Zähnen. Mam hatte schon an Mr Buckland geschrieben und ihn gebeten, es dem Herzog von Buckingham anzubieten, der sich schon lange einen Ichie als Gesellschaft für den Plesi wünschte.

Während ich arbeitete, kam jemand und stellte sich neben mich. Ich war es gewohnt, dass mir Feriengäste über die Schulter schauten, um zu sehen, was die berühmte Mary Anning gerade macht. Manchmal sind sie auch ein bisschen weiter weg gestanden, und ich hab gehört, wie sie über mich redeten. «Was meinst du, was sie da gefunden hat?», hieß es dann. «Ob es eine von diesen Kreaturen ist? Ein Krokodil, oder? Ich hab da kürzlich erst was gelesen. Vielleicht ist's auch eine Riesenschildkröte ohne Panzer?»

Obwohl ich im Stillen lächeln musste, habe ich sie nicht verbessert. Für die Menschen war es schwer zu begreifen, dass es einst Tiere gab, die sie sich heute nicht einmal mehr vorstellen können und die auch nicht mehr leben. Ich hatte schließlich selbst Jahre gebraucht, bis ich mich mit dieser Vorstellung anfreunden konnte, und dabei hatte ich den Beweis doch ständig vor Augen. Weil ich schon zwei verschiedene Riesentiere gefunden hatte, brachten sie mir in Lyme zwar jetzt mehr Respekt entgegen, trotzdem würden die Menschen nicht einfach ihre Ansichten ändern, nur weil Mary Anning ihnen das sagte. Soviel hatte ich begriffen, seit ich neugierige Feriengäste zum Fossiliensuchen führte. Sie wollten am Strand Schätze finden, und sie wollten die Riesentiere sehen, aber darüber nachdenken, wie und wann diese Tiere gelebt hatten, wollten sie nicht. Das bedrohte ihr Verständnis von der Welt zu sehr.

Jetzt bewegte sich der Zuschauer hinter mir, so dass er in der Sonne stand und sein Schatten auf den Ichie fiel. Ich schaute hoch. Es war einer von den stämmigen Day-Brüdern, Davy oder

Billy, ich konnte sie nie auseinanderhalten. Ich legte meinen Hammer weg, wischte mir die Hände ab und stand auf.

«Tut mir leid, dich zu stören, Mary», sagte er, «aber da ist was, das Billy und ich dir zeigen müssen, drüben beim Gun Cliff.» Beim Sprechen schaute er auf den Ichie runter, wahrscheinlich um meine Arbeit zu überprüfen. Mit den Jahren war ich immer besser darin geworden, einen Fund aus dem Stein zu meißeln, und brauchte die Hilfe der Days nicht mehr so oft. Nur manchmal mussten sie mir Felsplatten in die Werkstatt tragen.

Trotzdem war mir ihre Meinung wichtig, und ich freute mich, weil er anscheinend mit dem, was ich bisher gemacht hatte, zufrieden war. «Was hast du gefunden?»

Davy Day kratzte sich den Kopf. «Weiß nicht. Vielleicht so 'ne Schildkröte.»

«Einen Plesi? Bist du dir sicher?»

Davy scharrte unsicher mit den Füßen. «Na ja, könnte auch 'n Kroko sein. Hab den Unterschied nie begriffen.» Vor kurzem hatten die Days mit Steinbrucharbeiten im Blauen Lias der Küste begonnen und fanden in den Felsschichten in der Nähe von Lyme oft Versteinerungen. Was genau sie ausgruben, interessierte sie nicht, solange wir Geld damit verdienten. Es kamen oft Leute mit ihren Funden zu mir und wollten wissen, was es war. Meistens handelte es sich um kleine Ichie-Teile – Kieferknochen, ein paar Zähne oder einige zusammenhängende Wirbel.

Ich nahm meinen Hammer und meinen Korb. «Tray, sitz!», befahl ich und zeigte mit einem Fingerschnippen an die Stelle. Tray kam vom Wasser, wo er die Wellen gejagt hatte, herbeigerannt. Er rollte seinen schwarzweißen Körper zusammen und legte sein Kinn auf den Stein neben dem Ichie. Er war ein braver kleiner Hund, aber wenn sich jemand einem meiner Funde näherte, knurrte er.

Ich folgte Davy Day um die Kurve, hinter der Lyme lag. Die Sonne leuchtete auf die Häuser, die sich an den Hügeln hochzogen, und die See glitzerte silbern wie ein Spiegel. Die im Hafen festgemachten Boote lagen dort, wo die Ebbe sie auf dem Meeresboden abgesetzt hatte, als hätte jemand bunte Stöcke verstreut. Mir wurde ganz warm ums Herz, so sehr liebte ich diesen Anblick. «Mary Anning, du bist der berühmteste Mensch in dieser Stadt», sagte ich zu mir. Ich wusste genau, dass ich zu stolz war. Das war eine Sünde, und ich sollte besser in die Kirche gehen und um Vergebung dafür bitten, aber ich konnte nicht anders. Ich hatte es weit gebracht, seit Miss Elizabeth vor vielen Jahren, als ich noch jung, arm und dumm war, zum ersten Mal die Days für uns arbeiten ließ. Jetzt kamen die Leute, um mich zu sehen, und es wurde über meine Funde geschrieben. Wie soll einem das nicht zu Kopfe steigen? Selbst die Menschen in Lyme waren jetzt netter zu mir, und sei es nur, weil ich mehr Feriengäste anlockte und sie dadurch bessere Geschäfte machten.

Wenn mich aber etwas davon abhielt, die Nase zu hoch zu tragen, war das der kleine Stich im Herzen, den ich immer spürte. Elizabeth Philpot war nicht mehr in Lyme, und so hatte ich niemanden mehr, mit dem ich über meine Funde und das, was in der Stadt über mich geklatscht wurde, sprechen konnte.

«Hier ist's.» Davy Day zeigte auf seinen Bruder, der am Strand saß und ein Stück Schweinepastete in seiner großen Pranke hielt. In einer Holztrage neben ihm lag eine Ladung gebrochener Steine. Billy Day nickte mir mit vollem Mund zu.

Billy gegenüber fühlte ich mich immer ein bisschen befangen, weil er jetzt mit Fanny Miller verheiratet war. Er sagte zwar nie was, doch ich fragte mich oft, ob Fanny schlecht über mich redete. Da Steinbrucharbeiter nicht als gute Partien galten und wirklich nur von den Frauen erhört wurden, die keinen anderen mehr kriegen konnten, war ich zwar nicht gerade eifersüchtig auf sie, aber ihre Ehe erinnerte mich daran, dass ich zu den Verliererinnen gehörte, die niemals heiraten würden. Fanny bekam immer, was ich nur einmal mit Colonel Birch im Obstgarten erlebt hatte. Zwar hatte ich meinen Ruhm und Geld als Trost, aber das war schließlich nicht alles. Ich konnte Fanny nicht hassen, weil ich die Schuld daran trug, dass sie verkrüppelt war, aber ich konnte sie auch nicht mögen oder mich in ihrer Gegenwart wohl fühlen.

So ging es mir mit den meisten Menschen in Lyme. Ich gehörte nirgendwo dazu. Eine feine Dame wie die Philpots würde ich niemals werden. Nie würde mich irgendjemand Miss Mary nennen, ich würde einfach immer nur Mary Anning sein. Und trotzdem war ich auch nicht wie die anderen Menschen aus der Arbeiterklasse. Ich steckte irgendwo dazwischen, und so würde es immer bleiben. Das machte mich zwar frei, aber auch einsam.

Zum Glück gab es am Strand und in den Klippen genug, um mich von mir und meinem Schicksal abzulenken. Davy Day zeigte auf eine lange Felskante, und ich beugte mich vor. Ich erkannte eine sehr deutliche, ungefähr einen Meter lange Wirbelkette. Es war so offensichtlich, dass ich grinsen musste. Schon Hunderte von Malen hatte ich über diese Felsen geschaut und nichts gesehen. Es war immer wieder überraschend, was sich hier finden ließ. Wir waren von unzähligen Tierkörpern umgeben, die nur auf ein Paar aufmerksame Augen warteten, um entdeckt zu werden.

«Wir wollten gerade unsere Ladung nach Charmouth tragen, da ist Billy über die Kante gestolpert», erklärte Davy.

«Du bist drüber gestolpert, nicht ich», erwiderte Billy.

«Nein, du warst's, du Tölpel.»

«Nein, du …»

Ich ließ die Brüder streiten und betrachtete die Wirbel genauer. Ich wurde immer aufgeregter. Die Wirbel waren länger und dicker als die von einem Ichie. Ich verfolgte die Umrisse und suchte die Stelle, wo die Flossen sein mussten. Tatsächlich entdeckte ich dort genügend Hinweise auf lange Paddelknochen. «Es ist ein Plesiosaurier», verkündete ich. Die Days hörten zu streiten auf. «Eine Schildkröte», erklärte ich, denn das lange fremde Wort würden sie nie lernen.

Davy und Billy blickten erst einander an und dann mich. «Das ist die erste Riesenbestie, die wir finden», sagte Billy.

«So ist's», stimmte ich zu. Die Days hatten schon Riesenammoniten freigelegt, aber noch nie einen Ichie oder Plesi. «Jetzt seid ihr auch Fossilienjäger.»

Beide Days traten gleichzeitig einen Schritt zurück, wie wenn sie davon nichts wissen wollten. «O nein, wir sind Steinbrucharbeiter», sagte Billy. «Wir handeln mit Steinen, nicht mit Bestien.» Er nickte auf den Steinstapel, der nach Charmouth gebracht werden musste.

Ich konnte mein Glück kaum fassen. Möglicherweise lag dort unten ein vollständiges Fossil, und die Days wollten es nicht! «Dann nehme ich es euch ab und bezahle euch die Stunden, die ihr fürs Ausgraben braucht», schlug ich vor.

«Weiß nicht. Wir müssen die Steine liefern.»

«Dann eben später. Allein krieg ich den nicht raus, du hast doch gesehen, dass ich an einem Ich … an einem Krokodil arbeite.» Ich war mir nicht sicher, ob ich mir das nur einbildete, aber ausnahmsweise schienen die Days sich nicht völlig einig zu sein. Billy wirkte dem Plesi gegenüber noch ablehnender, er wollte nichts damit zu tun haben. Ich glaubte den Grund zu kennen. «Lässt du dir etwa von Fanny vorschreiben, was du tun sollst, Billy Day? Glaubt sie, eine Schildkröte oder ein Krokodil könnten sich umdrehen und dich beißen?»

Billy ließ den Kopf hängen, während Davy lachte. «Du bist

ihm auf die Schliche gekommen!» Er wandte sich an seinen Bruder. «Also, was ist? Graben wir den jetzt für Mary aus, oder willst du lieber bei deiner Frau sitzen und dir die Eier halten lassen?»

Billy knüllte seinen Mund zusammen wie ein Stück Papier. «Wie viel zahlst du uns?»

«Eine Guinee», antwortete ich ohne zu zögern. Ich kam mir großzügig vor und hoffte, diese Summe würde auch die meckernde Fanny zum Schweigen bringen.

«Aber erst müssen wir diese Ladung nach Charmouth bringen», meinte Davy. Das war seine Art, ja zu sagen.

Besonders bei gutem Wetter waren mittlerweile so viele Leute am Strand unterwegs und suchten Fossilien, dass ich Mam holen und bei dem Plesi sitzen lassen musste, damit niemand anderes Anspruch darauf erhob. Ich war selbst schuld daran, dass es hier im Sommer so voll war, denn ich hatte die Strände von Lyme berühmt gemacht. Nur im Winter, wenn der bitterkalte Wind und der Regen alle vertrieben, waren die Strände noch menschenleer. Dann konnte ich den ganzen Tag draußen unterwegs sein und keiner Menschenseele begegnen.

Die Days arbeiteten schnell und gruben den Plesi in zwei Tagen aus, ungefähr die gleiche Zeit, die ich für meinen Ichie brauchte. Da die beiden Ausgrabungsstellen nicht weit voneinander entfernt waren, konnte ich zwischen ihnen hin und her laufen und den Days Anweisungen geben. Es war kein schlechter Fund, auch wenn der Kopf fehlte. Anscheinend verloren Plesis leicht ihre Köpfe.

Wir hatten gerade beide Funde in der Werkstatt abgeladen, als Mam von ihrem Tisch draußen auf dem Platz rief: «Hier sind zwei Fremde für dich, Mary!»

«Um Gottes willen, jetzt wird es aber ganz schön eng hier unten», murmelte ich. Ich dankte den Days und schickte sie zu

Mam hoch, die sie auszahlen würde, dann bat ich die beiden Besucher herein. Was für ein Anblick sich denen geboten haben muss! Die Fossilien von zwei Riesentieren lagen in verschiedenen Steinplatten auf dem Boden ausgebreitet – sie nahmen sogar so viel Platz ein, dass die Männer gar nicht reinkommen konnten, sondern mit großen Augen in der Tür stehen blieben. Ich spürte einen kleinen Blitzschlag in mir, obwohl ich mir den anfangs nicht erklären konnte. Doch dann wusste ich, dass es sich nicht um gewöhnliche Besucher handelte.

«Bitte entschuldigen Sie das Durcheinander, meine Herren», sagte ich, «aber ich habe gerade zwei Tiere heimgebracht und hatte noch keine Gelegenheit, sie zu ordnen. Womit kann ich Ihnen dienen?»

Ich musste furchtbar aussehen. Mein Gesicht war vom Blauen Lias verschmiert und meine Augen waren sicherlich feuerrot von der Anstrengung, den Ichie auszugraben.

Der jüngere von den beiden Herren fand als Erster seine Fassung wieder. Er war nicht viel älter als ich und mit seinen tiefliegenden blauen Augen, der langen Nase und dem wohlgeformten Kinn recht gutaussehend. «Miss Anning, ich bin Charles Lyell», sagte er lächelnd. «Und dies hier ist Monsieur Constant Prévost aus Paris.»

«Aus Paris?», rief ich. Panik schwang in meiner Stimme.

Der Franzose schaute sich erst das Durcheinander aus Steinen auf dem Boden an und dann mich. «Enchanté, Mademoiselle», sagte er mit einer Verbeugung. Obwohl er mit seinen Locken, den langen Koteletten und den Lachfältchen um die Augen freundlich wirkte, war seine Stimme ernst.

Sicher war er ein Spion. Ein Spion von Monsieur Cuvier, der sehen wollte, was ich machte. Ich starrte auf den Boden und sah das Durcheinander mit seinen Augen. Dort unten lagen zwei verschiedene Fossilien nebeneinander – ein Ichie ohne Schwanz und ein Plesi ohne Kopf. Der Schwanz des Plesis hatte sich vom Becken gelöst und hätte ohne weiteres an den Ichie gelegt werden können, um ihn zu vervollständigen. Oder ich konnte den Kopf des Ichies nehmen, ein paar Wirbel aus dem Hals des Plesis entfernen und den Kopf dort festmachen. Wer sich mit diesen beiden Kreaturen auskannte, würde sich nicht hinters Licht führen lassen, aber dümmere Leute schon. So wie es hier aussah, konnte Monsieur Prévost leicht zu dem Schluss kommen, dass ich im Begriff war, diese beiden unvollständigen Riesentiere zusammenzufügen, um ein drittes, vollständiges schaffen.

Das alles brach so plötzlich über mich herein, dass ich mich am liebsten hingesetzt hätte, was ich mich aber vor den beiden Männern nicht traute.

«Ich soll Sie von Reverend Buckland und Reverend Conybeare grüßen», fuhr Charles Lyell fort. Er konnte ja nicht wissen, dass er mit der Erwähnung dieser beiden Namen nur Öl in die Flammen goss. «Ich habe bei Professor Buckland in Oxford studiert und ...»

«Mr Lyell, Sir, Monsieur Prévost», unterbrach ich ihn, «eins muss ich Ihnen gleich sagen: Ich bin eine ehrliche Frau. Was immer Baron Cuvier auch denken mag, ich würde niemals an einem Fossil herumpfuschen! Ich würde das sogar auf die Bibel schwören, meine Herren, jederzeit! Bloß haben wir keine Bibel im Haus. Wir hatten früher mal eine, mussten sie aber verkaufen. Aber wir können jetzt sofort zur Kirche gehen, und ich werde in Gegenwart von Reverend Gleed auf die Bibel schwören, wenn das irgendwie hilft. Wir können natürlich auch zu Sankt Michael gehen, wenn Ihnen das lieber ist. Der Vikar dort kennt mich zwar nicht so gut, aber sicher wird er eine Bibel zur Verfügung stellen.»

Charles Lyell versuchte meinen Redeschwall zu unterbrechen,

aber ich konnte nicht mehr aufhören. «Ich weiß, dass diese beiden Fossilien hier unvollständig sind, und ich schwöre Ihnen, dass ich sie so zusammensetze, wie sie sind, und keine Teile austausche. Der Schwanz eines Plesiosauriers könnte auch an einen Ichthyosaurier passen, aber ich würde das niemals tun. Und der Kopf eines Ichies ist natürlich viel zu groß, um auf den Hals eines Plesis zu passen, das würde gar nicht funktionieren.» Ich plapperte und plapperte. Besonders der Franzose wirkte verblüfft.

Und dann konnte ich einfach nicht mehr. Ich musste mich setzen, egal ob Herren anwesend waren oder nicht. Jetzt war ich endgültig ruiniert. Vor den beiden Fremden begann ich zu weinen.

Das brachte den Franzosen mehr aus der Fassung als alle Worte. Er begann auf Französisch loszureden, wobei er immer wieder von Mr Lyell unterbrochen wurde, der ein sehr langsames Französisch sprach. Ich selbst wollte nur noch rauslaufen und Mam sagen, dass sie den Days nur ein Pfund zahlen sollte, weil ich viel zu großzügig gewesen war und wir jetzt, wo ich keine Riesentiere mehr suchen und verkaufen konnte, jeden Schilling brauchen würden. Wir würden uns wieder mit lächerlichen Kuris begnügen müssen, mit den Ammos, Belis und Gryphies meiner Jugend. Und selbst von denen würden wir nicht so viele verkaufen, weil es mittlerweile viel mehr Fossilienjäger gab, die mit Kuris handelten. Wir würden wieder arm werden, Joe würde nie eine eigene Werkstatt bekommen, und Mam und ich würden ewig auf dem Cockmoile Square festsitzen und niemals einen besseren Laden weiter oben haben. Ich beweinte meine Zukunft, bis keine Tränen mehr kamen und die Männer still geworden waren.

Als sie sicher waren, dass ich mich ausgeheult hatte, zog Monsieur Prévost ein Taschentuch hervor. Er beugte sich über die Steinplatten, weil er nicht auf sie treten wollte, und hielt es mir hin. Es sah aus wie eine weiße Flagge über einem Kriegsfeld aus Steinen. Als ich zögerte, winkte er mir damit ermunternd zu und lächelte ein wenig, wovon seine Wangen tiefe Grübchen bekamen. Da nahm ich das Taschentuch und wischte mir die Augen mit dem weichsten und weißesten Stoff, den ich jemals in der Hand hatte. Es roch nach Tabak, so dass mich schauderte und ich lächeln musste, denn ich spürte den Blitz wieder, wenn auch nur schwach. Ich wollte ihm das Taschentuch zurückreichen, das jetzt mit Dreck aus dem Blauen Lias verschmiert war, aber er wollte es nicht nehmen und bedeutete mir, dass ich es behalten sollte. Da dachte ich, dass Monsieur Prévost vielleicht doch kein Spion war. Ich faltete das Taschentuch zusammen und steckte es mir unter die Haube, denn das war die einzige Stelle im ganzen Raum, wo es nicht schmutzig war.

«Miss Anning, bitte lassen Sie mich etwas sagen», begann Charles Lyell vorsichtig. Vielleicht fürchtete er, ich könnte wieder zu heulen beginnen. Doch ich weinte nicht mehr, damit war ich fertig. Mir fiel auf, dass er mich Miss Anning nannte und nicht Mary.

«Vielleicht sollte ich Ihnen erklären, warum wir hier sind. Monsieur Prévost war so freundlich, mir seine Gastfreundschaft zu gewähren, als ich letztes Jahr in Paris war. Er hat mich Baron Cuvier im Museum für Naturgeschichte vorgestellt und mich auf geologische Expeditionen in Frankreich begleitet. Als er mir schrieb, dass er nach England kommen wolle, habe ich ihm deshalb angeboten, ihn an die wichtigsten geologischen Orte im Süden des Landes zu führen. Wir waren in Oxford, Birmingham und Bristol, danach unten in Cornwall und haben uns jetzt über Exeter und Plymouth auf die Rückreise gemacht. Natürlich mussten wir unbedingt auch einen Abstecher nach Lyme Regis machen und Sie kennen lernen. Wir wollten die Strände sehen, an denen Sie Fossilien sammeln, und Ihre Werkstatt. Monsieur Prévost hat mir gerade sogar gesagt, wie beeindruckt er von allem ist, was er hier sieht. Er würde es Ihnen selbst sagen, aber er spricht leider kein Englisch.»

Während Mr Lyell redete, war der Franzose neben dem Ichthyosaurier in die Hocke gegangen und fuhr mit dem Finger seine Rippen entlang, die fast vollständig waren und so schön standen wie ein Eisengitter. Jetzt, wo er mit seinen Schenkeln so nah neben mir hockte, konnte ich nicht länger sitzen bleiben. Ich nahm mir eine Klinge, kniete mich neben den Kiefer des Ichies und begann die Schieferbrocken daran abzukratzen.

«Wir würden uns die Fossilien, die Sie gefunden haben, gerne genauer anschauen, wenn wir dürfen, Miss Anning», sagte Mr Lyell. «Und wir würden gern die Stellen am Strand sehen, von denen sie kommen – diese beiden Exemplare und der Plesiosaurier, den Sie im letzten Dezember gefunden haben. Ein wirklich bemerkenswerter Fund übrigens, mit einem außergewöhnlichen Hals und Kopf.»

Ich erstarrte. Dass er auf diesen umstrittenen Teil des Plesis zu sprechen kam, klang verdächtig. «Haben Sie ihn gesehen?»

«Natürlich. Ich war anwesend, als er in der Geschäftsstelle der Geologischen Gesellschaft eintraf. Haben Sie denn nichts von der ganzen Aufregung gehört?»

«Nein, nichts. Manchmal komme ich mir vor wie der Mann im Mond, weil ich so wenig von allem mitbekomme, was in der Welt der Wissenschaft passiert. Früher hatte ich jemanden, der mich auf dem Laufenden hielt, aber jetzt … Mr Lyell, kennen Sie Elizabeth Philpot?»

«Philpot? Nein, tut mir leid, den Namen habe ich noch nie gehört. Sollte ich sie kennen?»

«Nein, nein.» Doch ich dachte: Ja. Ja, Sie sollten sie kennen.

«Was wollten Sie gerade sagen … mit der ganzen Aufregung und so?»

«Der Plesiosaurier kam zu spät an», erklärte Mr Lyell. «Er traf erst zwei Wochen nach der Tagung der Gesellschaft, auf der Reverend Conybeare über ihn referierte, in London ein. Auf dieser Tagung hat sich Reverend Buckland übrigens sehr schmeichelhaft über Sie und Ihr Suchgeschick geäußert, Miss Anning.»

«Wirklich?»

«Ja, wirklich. Nun, und als dann der Plesiosaurier endlich eintraf, haben die Männer ihn nicht die Treppe hochbekommen, weil er zu breit war.»

«Ja, ich weiß, der Rahmen war fast zwei Meter breit, schließlich habe ich ihn selbst gebaut. Wir mussten ihn seitlich kippen, um ihn durch die Tür dort zu kriegen.»

«In London haben sie fast einen ganzen Tag lang versucht, ihn irgendwie in die Tagungsräume zu bekommen, doch schließlich mussten sie aufgeben und ihn in der Eingangshalle lassen, wo er bereits von vielen Mitgliedern der Gesellschaft besichtigt wurde.»

Ich sah dem Franzosen zu, der zwischen dem Ichie und dem Plesi durchkroch, um zur Vorderflosse des Plesis zu gelangen. «Hat *er* ihn gesehen?», fragte ich mit einer Kopfbewegung in seine Richtung.

«Nicht in London, aber als wir von Oxford nach Birmingham fuhren, haben wir unterwegs auf dem Anwesen Stowe House Halt gemacht, wo der Herzog von Buckingham ihn untergebracht hat.» Obwohl Mr Lyell so ein höflicher Gentleman war, zog er eine kleine Grimasse. «Es ist ein wunderbares Fossil, aber in der überquellenden Sammlung des Herzogs mit ihren vielen glitzernden Objekten geht er ein wenig unter.»

Ich hörte auf zu schaben, und meine Hand lag still auf dem

Kiefer des Ichies. Auch diese arme Kreatur würde also im Haus eines reichen Mannes landen, um zwischen all seinem Silber und Gold übersehen zu werden. Ich hätte schon wieder heulen können. «Dann wird er …» – ich nickte wieder zu Monsieur Prévost hin –, «… wird er Monsieur Cuvier erzählen, dass der Plesiosaurier keine Fälschung ist? Dass er wirklich einen kleinen Kopf und einen langen Hals hat und ich nicht einfach zwei Tiere zusammengelegt habe?»

Monsieur Prévost schaute vom Plesi zu mir hoch, und sein wacher Blick legte nahe, dass er vielleicht mehr Englisch verstand, als er sprach.

Mr Lyell lächelte mich an. «Dazu besteht kein Anlass, Miss Anning. Baron Cuvier ist bereits völlig von diesem Fund überzeugt, unabhängig davon, ob Monsieur Prévost ihn gesehen hat. Er hat eine ausführliche Korrespondenz über den Plesiosaurier geführt, und zwar gleich mit mehreren Ihrer Bewunderer: Reverend Buckland, Conybeare, Mr Johnson, Mr Cumberland …»

«Bewunderer würde ich sie nicht gerade nennen», murmelte ich. «Sie mögen mich nur, wenn sie etwas brauchen.»

«Diese Männer haben großen Respekt vor Ihnen, Miss Anning», widersprach mir Charles Lyell.

«Na schön.» Ich wollte nicht mit ihm darüber streiten, was diese Männer von mir hielten. Es gab genug Arbeit für mich, und ich begann wieder zu schaben.

Constant Prévost erhob sich, klopfte sich den Staub von den Knien und sprach mit Mr Lyell. «Monsieur Prévost wüsste gern, ob Sie bereits einen Käufer für diesen Plesiosaurier haben», übersetzte er. «Wenn nicht, würde er ihn gern für das Museum in Paris erwerben.»

Ich ließ meine Klinge fallen und setzte mich auf meine Fersen. «Für Cuvier? Monsieur Cuvier will einen von meinen Plesis?» Ich schaute so verblüfft, dass beide Männer zu lachen begannen.

Mam hatte mich in Windeseile wieder von der Wolke geholt, auf der ich schwebte. «Was zahlen die Franzosen denn für die Kuris?», fragte sie, sobald die Herren sich verabschiedet hatten, um im *Three Cups* zu essen. Sie hatte ihren Tisch draußen auf dem Platz kurz verlassen. «Sitzt ihnen das Geld ein wenig lockerer, oder sind sie noch knickeriger als die Engländer?»

«Ich weiß nicht, Mam, über Geld haben wir nicht geredet», log ich. Ich wollte eine günstigere Gelegenheit abwarten, um ihr zu gestehen, dass ich so von dem Franzosen angetan war, dass ich ihm den Plesiosaurier für nur zehn Pfund überlassen hatte. «Mir ist egal, wie viel er zahlt», fügte ich hinzu. «Hauptsache, ich weiß, dass Monsieur Cuvier meine Arbeit so sehr schätzt, dass er mehr davon sehen will. Das ist für mich Bezahlung genug.»

Mam lehnte in der Tür und sah mich hinterlistig an. «Du bezeichnest den Plesi also als deinen Fund?»

Ich runzelte die Stirn, erwiderte aber nichts.

«Die Days haben ihn doch entdeckt, oder?», fuhr sie unbarmherzig wie immer fort. «Sie haben ihn gefunden und ausgegraben, und du hast ihn ihnen abgekauft, so wie Mr Buckland oder Lord Henley oder Colonel Birch dir deine Funde abgekauft und als ihre eigenen bezeichnet haben. Du bist genau so eine Sammlerin geworden wie sie. Oder, besser, eine Händlerin, denn schließlich verkaufst du sie.»

«Das ist nicht fair, Mam. Ich habe mein ganzes Leben lang Fossilien gesucht. Und die meisten Sachen finde ich auch selbst. Ist es meine Schuld, dass die Days etwas gefunden haben und nichts damit anfangen konnten? Hätten sie das Fossil selbständig ausgegraben, gereinigt und verkauft, wäre es ihres gewesen. Aber sie wollten es nicht, deshalb sind sie zu mir gekommen. Ich habe die Sache in die Hand genommen und sie für ihre Arbeit bezahlt, dafür liegt der Plesi jetzt bei mir. Ich habe die Verantwortung übernommen, also gehört er auch mir.»

Mam fuhr sich mit der Zunge über die Zähne. «Du hast dich immer beschwert, dass du keine Anerkennung von den Männern bekommst, weil sie die Kuris als ihre eigenen Funde bezeichnen, sobald sie sie gekauft haben. Heißt das, du sagst dem Franzosen, er soll den Namen der Days zusammen mit deinem auf das Schild drucken, wenn sie das Ding in Paris ausstellen?»

«Nein, natürlich nicht. Außerdem werde ich sowieso nicht auf dem Schild genannt, das hat noch nie einer gemacht.» Ich sagte das, weil ich Mam vom Thema ablenken wollte, denn eigentlich hatte sie Recht.

«Vielleicht ist der Unterschied zwischen Finder und Sammler gar nicht so groß, wie du all die Jahre immer behauptet hast.»

«Mam! Warum machst du so ein Theater, wo ich gerade so gute Neuigkeiten bekommen haben? Kannst du mich nicht einfach in Ruhe lassen?»

Mam seufzte und rückte ihre Haube zurecht, um zurück zum Verkaufstisch zu gehen. «Eine Mutter will nur eins – dass ihre Kinder es gut haben und zufrieden sind. All die Jahre habe ich beobachtet, wie du dir ständig Sorgen machst, ob deine Arbeit auch richtig anerkannt wird. Dabei solltest du dir besser Gedanken machen, ob sie richtig bezahlt wird. Das ist es, was wirklich zählt! Kuris sind ein Geschäft!»

Obwohl ich wusste, dass sie es gut meinte, taten mir ihre Worte weh. Ja, natürlich musste ich Geld mit meiner Arbeit verdienen. Aber mittlerweile bedeuteten Fossilien mir mehr als nur Geld – sie waren mein Lebensinhalt geworden. Ich war ein Teil dieser Welt aus Stein. Manchmal stellte ich mir sogar meinen Körper nach dem Tod vor, wie er in Tausenden von Jahren selbst zu Stein wurde.

Doch Mam hatte schon Recht: Mir ging es jetzt nicht mehr nur ums Suchen und Finden, ich kaufte und verkaufte auch, und manchmal war nicht ganz klar, auf welcher Seite ich gerade stand. Vielleicht war das der wahre Preis meines Ruhmes.

Wie gerne wäre ich in diesem Moment die Silver Street hoch zum Morley Cottage gegangen. Ich hätte mich an den Esszimmertisch der Philpots gesetzt, auf dem Miss Elizabeths Fischfossilien ausgebreitet lagen, und mit ihr geredet. Nach nichts sehnte ich mich so sehr. Bessy würde eine Tasse Tee vor mich hinknallen und wegpoltern, und Miss Elizabeth und ich würden zusehen, wie sich das Licht über dem Golden Cap veränderte. Ich schaute das Aquarellbild an, dass Miss Elizabeth von dem Anblick gemalt hatte. Sie hatte es mir lange vor unserem Streit geschenkt: Im Vordergrund standen Bäume und Häuser, und im Hintergrund erstreckten sich die Hügel die Küste entlang. Alles lag in einem weichen Licht. Obwohl auf dem Bild keine Menschen zu sehen waren, hatte ich immer das Gefühl, dass ich irgendwo sein musste, wo man mich nicht sehen konnte, und am Strand nach Kuris suchte.

Die nächsten beiden Tage war ich mit Mr Lyell und Monsieur Prévost beschäftigt. Ich führte sie an den Strand, zeigte ihnen meine Fundstellen und brachte ihnen bei, wie man Kuris sucht. Sie fanden zwar ein paar Kleinigkeiten, aber den richtigen Blick hatte keiner von beiden. Selbst an diesen Tagen verließ mein Glück mich nicht, denn ich fand vor ihren Augen einen weiteren Ichthyosaurier. Wir standen gerade auf einer Felskante ganz in der Nähe der Stelle, wo ich den anderen Ichie gefunden hatte, als mir fast direkt unter dem Fuß des Franzosen ein langer Kiefer und Zähne auffielen. Mit meinem Hammer klopfte ich

Steinsplitter weg, um das Auge, die Wirbel und die Rippen freizulegen. Bis auf den zertrümmerten Schwanz, der aussah, als sei ein Wagenrad über ihn gefahren, war es ein schönes Exemplar. Ich gebe zu, dass es mir richtig Spaß machte, vor den Augen der beiden Herren meinen Hammer zu schwingen und die Kreatur zum Vorschein zu bringen. «Miss Anning, Sie sind wirklich eine Zauberin!», rief Mr Lyell. Auch Monsieur Prévost war beeindruckt, obwohl er das nicht auf Englisch ausdrücken konnte. Mir war das ganz recht, denn so konnte ich seine Bewunderung genießen, ohne mir ständig überlegen zu müssen, was seine schönen Worte wohl bedeuten mochten.

Weil die Männer mehr sehen wollten, musste ich die Days holen, damit sie den Ichie ausgruben. Unterdessen nahm ich die beiden mit zum Ammofriedhof am Monmouth Strand und führte sie dann weiter in die Pinhay Bay, wo wir Crinoiden suchten. Erst als sie wieder abgereist waren, um Weymouth und Portland zu besuchen, hatte ich endlich Zeit, mich mit dem Plesi zu beschäftigen. Ich musste ihn schnell reinigen, denn Monsieur Prévost wollte in zehn Tagen nach Frankreich zurückfahren. Um ihn fertig zu kriegen, würde ich Tag und Nacht arbeiten müssen, aber das war es mir wert. So war es eben mit meiner Arbeit: Monatelang passierte nichts, und nur das Wetter änderte sich, während ich tagaus, tagein am Strand suchte. Dann tauchten kurz hintereinander weg drei Riesenbestien und zwei Fremde auf, und plötzlich musste ich mir die Nächte um die Ohren schlagen, um mit der Präparation der Fossilien fertig zu werden.

Vielleicht lag es ja daran, dass ich die ganze Zeit in der Werkstatt war, um den Plesi fertig zu kriegen, denn ich hörte es erst, als es schon alle in Lyme wussten. Eines Morgens rief Mam mir von draußen am Verkaufstisch etwas zu. «Was, Mam?» Ich schimpfte leise vor mich hin und strich mir das Haar aus den Augen, wobei ich eine Lehmspur auf meiner Stirn hinterließ.

«Da ist Bessy», sagte Mam und zeigte mit dem Finger. Das Dienstmädchen der Philpots ging die Coombe Street entlang. Ich rannte hinter ihr her und holte sie ein, als sie gerade den Bäckerladen betreten wollte. «Bessy!», rief ich.

Bessy drehte sich um, brummte aber nur etwas, als sie mich sah. Ich musste ihren Arm packen, damit sie nicht einfach im Laden verschwand. Bessy rollte mit den Augen. «Was willst du?»

«Ihr seid zurück! Seit wann seid ihr … sind sie … ist Miss Elizabeth wieder gesund?»

«Hör mir zu, Mary Anning», sagte Bessy mir frech ins Gesicht. «Du lässt sie in Ruhe, verstanden? Du bist der letzte Mensch, den sie sehen wollen. Wehe, du wagst dich in die Silver Street!»

Bessy hatte mich noch nie gemocht, deshalb überraschte mich das, was sie sagte, nicht. Ob es stimmte, musste ich schon selbst herausfinden, deshalb versuchte ich, in ihrem Gesicht zu lesen. Sie wirkte nervös und wütend und schien sich unbehaglich zu fühlen. Außerdem wich sie jetzt meinem Blick aus und schaute stattdessen dauernd nach links und rechts, als hoffte sie, dass jemand kommen und sie vor mir retten würde.

«Ich tu dir schon nichts, Bessy.»

«Doch!», zischte sie. «Du sollst uns in Ruhe lassen. Du bist im Morley Cottage nicht willkommen. Beinahe hättest du Miss Elizabeth umgebracht! An einem Abend ging es ihr mit ihrer Lungenentzündung so schlecht, dass wir Angst hatten, sie zu verlieren. Wenn du nicht gewesen wärest, wäre sie niemals krank geworden. Seither ist sie nicht mehr wie sonst. Lass sie also einfach in Ruhe!» Bessy drückte sich an mir vorbei und verschwand im Bäckerladen.

Ich lief durch die Coombe Street zurück, doch als ich zum

Cockmoile Square kam, ging ich nicht zu Mam, die hinter ihrem Tisch stand. Stattdessen bog ich in die Bridge Street, überquerte beim Ballsaal und dem *Three Cups* den Platz und ging dann die Broad Street hoch. Wenn ich mich nicht sehen lassen sollte, wollte ich das schon von den Philpots persönlich hören.

Es war Markttag, und überall herrschte reges Treiben. Die Stände zogen sich die halbe Broad Street entlang, und es wimmelte nur so von Menschen. Ich musste mir einen Weg durch sie bahnen, und das war, wie wenn man bei auflaufender Flut durchs Wasser watet. Doch ich ging immer weiter, ich musste einfach.

Wegen des Menschengewimmels brauchte ich einen Moment, bis ich sie erkannte. Mit kleinen Schritten und wie immer mit sehr geradem Rücken kam sie den Hügel hinab. Da spürte ich, wie der Blitz mich durchfuhr. Ich blieb wie angewurzelt stehen. Die Marktmenge musste sich teilen und um mich herumgehen.

Elizabeth Philpot war zwar von Menschen umgeben, aber allein und ohne Begleitung ihrer Schwestern unterwegs. Sie sah dünner aus, fast klapperdürr. Das vertraute mauvefarbene Kleid hing an ihr herunter, und die Haube umrahmte ein ausgezehrtes Gesicht. Ihre Wangenknochen und besonders ihr Kinn stachen so spitz und scharf wie bei einem Ichie hervor. Doch sie ging schnell und schien genau zu wissen, wo sie hin wollte. Als sie näher kam, sah ich, dass ihre grauen Augen strahlten, wie wenn ein Licht in ihnen scheinen würde. Ich atmete aus, dabei hatte ich gar nicht bemerkt, dass ich die Luft angehalten hatte.

Und dann begann ich zu rennen. Ich schob die Leute aus dem Weg und hatte trotzdem das Gefühl, nicht vorwärtszukommen. Als ich bei ihr war, schlang ich die Arme um sie und begann vor der ganzen Stadt zu weinen. Vom Gemüsestand starrte mich Fanny Miller an, und Mam war mir nachgekommen, um zu sehen, wo ich hinwollte. Jetzt würden sie in der Stadt nicht mehr nur hinter meinem Rücken über mich reden, sondern ganz offen, aber das war mir egal.

Wir sagten nichts, wir hielten uns nur fest und weinten. Ja, wir weinten beide, obwohl Miss Elizabeth sonst nie weint. So oft ich in meinem Leben den Blitzschlag gespürt habe – als ich die Ichies und Plesis fand, als ich mit Colonel Birch im Obstgarten war und als ich Monsieur Prévost kennen lernte –, nie hat er ein größeres Glück angezeigt, als ich in diesem Moment spürte.

«Ich bin meinen Schwestern entwischt und wollte gerade zu dir kommen», sagte Miss Elizabeth, als wir uns endlich losließen. Sie trocknete sich die Augen. «Ich bin so froh, wieder zu Hause zu sein. Niemals hätte ich gedacht, dass ich Lyme so sehr vermissen würde.»

«Ich dachte, der Doktor hat gesagt, Sie dürfen nicht mehr am Meer leben, weil Ihre Lungen zu schwach sind.»

Als Antwort holte Miss Elizabeth tief Luft, hielt sie kurz an und ließ sie dann wieder heraus. «Was wissen die Londoner Ärzte schon von der Seeluft? Die Luft in London ist schmutzig. Hier geht es mir viel besser. Außerdem kann mich niemand von meinen Fischen fernhalten. Übrigens, vielen Dank für die Kiste mit Fischfossilien, die du für mich hingestellt hast. Sie sind entzückend. Komm, lass uns ans Meer gehen. Ich habe es noch gar nicht richtig gesehen, weil Margaret, Louise und Bessy mich nicht aus dem Haus lassen. Sie machen sich viel zu viel Sorgen.»

Sie begann weiter die Broad Street hinabzugehen, und ich folgte ihr zögernd. «Sie werden wütend auf mich sein, wenn ich Sie ans Meer gehen lasse», sagte ich. «Sie sind sowieso schon wütend, weil ich Sie krank gemacht habe.»

«Unsinn. Du hast mich doch nicht aufgefordert, einen ganzen Abend in einem zugigen Treppenhaus zu sitzen, oder?», schnaubte Miss Elizabeth. «Und auch nicht, mit dem Schiff nach London zu fahren. Für diese Dummheiten trage ich allein die Verantwortung.» So wie sie es sagte, tat ihr nichts von all dem Leid.

Dann erzählte sie mir von der Tagung der Geologischen Gesellschaft: Wie Mr Buckland und Reverend Conybeare beschlossen hatten, an Cuvier zu schreiben, und wie Mr Buckland vor allen versammelten Herren nette Dinge über mich gesagt hatte. Und ich erzählte ihr von Monsieur Prévost und dem Plesiosaurier, der in die Sammlung von Monsieur Cuvier im Pariser Museum kommen würde. Es war so wunderbar, wieder mit ihr zu reden, aber trotzdem war mir dabei die ganze Zeit etwas mulmig zumute, denn ich wusste, dass ich etwas Schwieriges zu sagen hatte. Ich musste sie um Entschuldigung bitten.

Als wir die Strandpromenade entlangspazierten, stellte ich mich vor sie, so dass sie nicht mehr weitergehen konnte. «Miss Elizabeth, all die Sachen, die ich gesagt habe, tun mir Leid», platzte es aus mir heraus. «Dass ich so stolz und eingebildet war und dass ich mich über Ihre Fische und Ihre Schwestern lustig gemacht habe. Ich war schrecklich gemein zu Ihnen, und das war falsch, wo Sie doch so viel für mich getan haben. Ich habe Sie all die Jahre vermisst. Und dann sind Sie auch noch wegen mir nach London gefahren und wären beinahe gestorben ...»

«Es reicht.» Elizabeth Philpot hob ihre Hand hoch. «Zunächst einmal sollst du mich Elizabeth nennen.»

«Ich ... gut. E... Elizabeth.» Ich fand es sehr komisch, nicht Miss zu sagen.

Miss Elizabeth setzte sich wieder in Bewegung. «Und du musst dich nicht wegen meiner Reise nach London entschuldigen. Das war nämlich meine eigene Entscheidung. Ich bin dir sogar dankbar. Die Reise nach London auf der *Unity* war eine der schönsten Erfahrungen meines Lebens. Sie hat mich zum Besseren verändert und ich bedauere sie nicht im Geringsten.»

Es *war* tatsächlich etwas anders an ihr, auch wenn ich nicht genau sagen konnte, was. Irgendwie wirkte sie bestimmter. Würde jemand sie zeichnen wollen, müsste er das mit klaren, festen Linien machen und nicht wie früher mit Schraffierungen und Schatten. Miss Elizabeth war wie ein Fossil, das man gereinigt und eingefasst hatte, damit alle genau sehen konnten, was es war.

«Und was unsere Meinungsverschiedenheit angeht – auch ich habe Dinge gesagt, die mir Leid tun», fuhr sie fort. «Ich war eifersüchtig auf dich, genau wie du damals gesagt hast, aber nicht nur wegen Colonel Birch, sondern auch auf dein Wissen über Fossilien und deine Fähigkeit, sie zu finden, zu erkennen und einzuordnen. Das werde ich niemals lernen.»

«Oh.» Ich schaute weg, denn es war schwer, ihren strahlenden, ehrlichen Blick zu erwidern. Gehend und redend waren wir bis ans untere Ende des Cobb gelangt. Die Wellen brachen sich über ihm, und die Gischt sprühte so hoch, dass die Möwen hinauf in den Himmel flüchteten.

«Ach weißt du, ich würde gern den Ammonitenfriedhof sehen», beschloss Miss Elizabeth. «Ich war schon so lange nicht mehr dort.»

«Sind Sie sicher, dass Sie so weit laufen können, Miss Elizabeth? Sie dürfen sich nach Ihrer Krankheit nicht überanstrengen.»

«Hör auf damit. Margaret und Bessy machen schon genug Aufhebens um mich. Louise Gott sei Dank nicht. Und nenn mich Elizabeth. Ich werde so lange darauf bestehen, bis du es gelernt hast.»

Und so gingen wir Arm in Arm zum Strand und redeten, bis es nichts mehr zu sagen gab. Unsere Augen hafteten die ganze Zeit am Boden, wo die Kuris nur darauf warteten, von uns gefunden zu werden.

X

Zusammen schweigen

Mary Anning und ich sind am Strand und suchen Fossilien, sie ihre Riesenbestien und ich meine Fische. Unsere Augen wandern über den Sand und die Klippen, während wir in unterschiedlichem Tempo die Küste entlanggehen. Mal läuft die eine vorne, mal die andere. Mary bleibt stehen, um eine Knolle aufzubrechen und nachzusehen, ob sich etwas in ihrem Inneren befindet. Ich wühle auf der Suche nach Neuem und Wunderbarem durch den Matsch. Wir reden wenig miteinander, denn das haben wir nicht nötig, wir können zusammen schweigen. Jede ist in ihrer eigenen Welt und weiß doch, dass sie sich nur umdrehen muss, um die andere zu sehen.

Postskriptum

Dem geduldigen Leser

In wissenschaftlichem Zusammenhang erschien der Name Mary Anning erstmals 1825. Georges Cuvier nannte ihn in der dritten Auflage seines Buchs *Discours sur les révolutions de la surface du globe* (*Diskurs über die Veränderungen der Erdoberfläche*) in einer Bildunterschrift unter der Zeichnung eines Plesiosaurier-Fossils. In Großbritannien las man ihren Namen erstmals im Jahr 1829 in einem Aufsatz über Koprolithen (Kotsteine), den William Buckland veröffentlichte. Zusammen mit Buckland hatte Mary entdeckt, dass Bezoare die versteinerten Exkremente von Ichthyosauriern und Plesiosauriern sind. Außerdem hatte sie mittlerweile den ersten vollständigen Pterodaktylus Englands (heute Ptero- oder Flugsaurier genannt) gefunden und ein Fischfossil der Gattung Squaloraja, einer Mischung zwischen Hai und Rochen.

Mary Anning hat nie geheiratet und lebte bis zu Mollys Tod im Jahr 1842 mit ihrer Mutter zusammen. Im Jahr 1826 zogen sie vom Cockmoile Square in ein Haus mit Ladenfenster in der Broad Street. Marys Hund Tray wurde 1833 bei einem Erdrutsch getötet, dem Mary nur knapp entkam. Mary starb 1847 im Alter von 47 Jahren an Brustkrebs. Sie ist auf dem Friedhof der Kirche Sankt Michael beerdigt, der sie später beitrat. Ihre Ichthyosaurier und Plesiosaurier sind im *Natural History Museum* in London ausgestellt und der kopflose Plesiosaurier, den ihr Cuvier abkaufte, in der paläontologischen Galerie des *Musée National d'Histoire Naturelle* in Paris.

1834 kam der Schweizer Wissenschaftler Louis Agassiz nach Lyme, um die Fischfossilien von Elizabeth Philpot zu sehen. In seinem Buch *Recherches sur les poisson fossils* (Studien über Fischfossilien) bedankte er sich sowohl bei Elizabeth als auch bei Mary Anning und benannte fossile Fische nach ihnen. Elizabeth überlebte Mary Anning und auch ihre Schwestern und starb 1857 im Alter von 78 Jahren. Ihr Neffe John erbte ihren Nachlass, 1880 stiftete dessen Ehefrau die Philpot-Fossiliensammlung dem *Oxford University Museum of Natural History*, wo es immer noch viele mit ihren faszinierenden fossilen Fischen gefüllte Schubladen zu sehen gibt. Elizabeths Großneffe Thomas gründete später in Lyme Regis das Philpot-Museum, das passenderweise in einem hübschen Haus genau an der Stelle des Cockmoile Square untergebracht ist, wo früher das Haus der Annings stand. Neben vielen Ausstellungsstücken zur Stadtgeschichte ist dort auch der Fossilienhammer zu sehen, den Marys Vater für seine Tochter machte.

Joseph Anning eröffnete im Jahr 1825 eine eigene Werkstatt als Möbelpolsterer. Er heiratete im Jahr 1829 und bekam drei Kinder, doch Mary Anning scheint sich mit seiner Ehefrau nicht verstanden zu haben. Es gelang Joseph, das von ihm angestrebte ehrbare Leben zu führen; er wurde Mitglied des Pfarrgemeinderats und Kirchenpfleger.

Colonel Thomas James Birch erbte 1824 den Titel seiner Familie und deren Anwesen in Yorkshire. Danach hieß er Thomas James Bosvile. Er starb 1829.

William Buckland fand tatsächlich eine Frau, die ihn heiraten wollte. Es war 1825 – sie saß ihm in einer Kutsche gegenüber und las in einem Buch von Cuvier. Er aß sich weiterhin durchs Tierreich und versuchte die Geologie mit seinen religiösen Überzeugungen zu vereinbaren. Später wurde er Dekan der Westminster School, aber gegen Ende seines Lebens erkrankte er psychisch und musste in einem Heim untergebracht werden.

Zwischen 1830 und 1833 veröffentlichte Charles Lyell sein Hauptwerk *The Principles of Geology*, das zum einflussreichsten Text der modernen Geologie wurde. Charles Darwin nahm es mit auf seine berühmte Reise auf der *Beagle*.

Jane Austen besuchte Lyme im September 1804, und es ist durchaus möglich, dass sie und Margaret Philpot gleichzeitig im Ballsaal waren. Überliefert ist, dass sie Richard Anning in seiner Werkstatt aufsuchte, um ein Angebot für die Reparatur eines kaputten Truhendeckels einzuholen. Einem Brief an ihre Schwester ist zu entnehmen, dass Anning zu viel verlangte und sie sich deshalb jemand anderes suchte.

Zwei bemerkenswerte Frauen ist ein Roman, aber viele seiner Figuren hat es wirklich gegeben. Ereignisse wie die Auktion von Colonel Birch und die Tagung der Geologischen Gesellschaft, auf der Conybeare über den Plesiosaurier referierte, haben tatsächlich stattgefunden. Wahr ist auch, dass Mary unter einen von ihr abgeschriebenen wissenschaftlichen Aufsatz den Satz schrieb: «Wenn ich mal einen Aufsatz schreibe, dann soll er nur ein einziges Vorwort haben.» Leider hat sie niemals einen eigenen wissenschaftlichen Aufsatz geschrieben.

Im einundzwanzigsten Jahrhundert haben wir eine andere Einstellung zur Zeit, und unsere Erwartungen an eine gute Geschichte unterscheiden sich sehr vom wirklichen Leben Mary Annings. Sie verbrachte Tag für Tag und Jahr für Jahr am Strand und tat immer nur das Gleiche. Ich wollte die Geduld des Lesers nicht überstrapazieren und habe deshalb die Ereignisse ihres Lebens genommen und zu einer Geschichte verdichtet. Sie erscheinen zwar in der richtigen Reihenfolge, entsprechen aber nicht immer exakt den historischen Daten und Zeiträumen. Außerdem habe ich natürlich viel erfunden. Es hat zum Beispiel viel Klatsch über Mary und Buckland und Mary und Birch gegeben, aber niemals Beweise. Hier beginnt das Terrain des Romanschriftstellers.

Ich möchte mich bei folgenden Personen bedanken: bei den Mitarbeitern der Bibliotheken in der Geologischen Gesellschaft und im Natural History Museum in London, bei den Mitarbeitern des Philpot-Museums in Lyme Regis, des Dorset Country Museum und des Dorset History Centre in Dorchester. Ich danke dem Dinosauriermuseum in Dorchester, wo ich erstmals von Mary Anning hörte; Philippe Taquet vom Musée National d'Histoire Naturelle in Paris; Paul Jeffery im Oxford University Museum of Natural History; Maureen Stollery für ihre Hilfe beim Familienstammbaum der Philpots; Alexandria Lawrence; Jonny Geller; Deborah Schneider; Susan Watt; Carole DeSanti und Jonathan Drori.

Ganz besonders aber will ich mich bei drei Personen bedanken: Hugh Torrens, der mehr über Mary Anning weiß als irgendjemand sonst, für seine Herzlichkeit und Freundschaft. Jo Draper, der Heiligen, die mir Einsicht in die Akten des Philpot-Museums gewährte, mich immer wieder mit allen möglichen Informationen über alles Mögliche versorgte und ihre Bildung und Belesenheit mit Leichtigkeit und großem Humor trägt. Und schließlich Paddy Howe, dem außergewöhnlichen Fossilienjäger und meinem geduldigen und intelligenten Lehrer. Er hat mir viele Fossilien gegeben und mich an den Strand zwischen Lyme und Charmouth geführt, wo ich noch mehr fand.

Literaturverzeichnis

Deborah Cadbury, *Dinosaurierjäger: Der Wettlauf um die Erforschung der prähistorischen Welt,* Reinbek, 2001; englische Ausgabe: *The Dinosaur Hunters: A True Story of Scientific Rivalry and the Discovery of the Prehistoric World* (2000); as *Terrible Lizard: The First Dinosaur Hunters and the Birth of a New Science*, 2001 (US)

William Conybeare and Henry De La Beche, Papers on the Ichthyosaur and Plesiosaur for the Geological Society, 1821, 1822, 1824, neu abgedruckt in *The Dinosaur Papers, 1676–1906*, edited by David B. Weishampel and Nadine M. White, 2004

Jo Draper, *Mary Anning's Town: Lyme Regis*, 2004

John Fowles, *A Short History of Lyme Regis*, 1991

Charles C. Gillispie, *Genesis and Geology: A Study in the Relations of Scientific Thought, Natural Theology, and Social Opinion in Great Britain, 1790–1850*, 1951

S.R. Howe, T. Sharpe and H.S. Torrens, *Ichthyosaurs: A History of Fossil «Sea-Dragons»*, Dept of Geology, National Museum of Wales, 1981

W.D. Lang, verschiedene Artikel über Mary Anning in *Proceedings of the Dorset Natural History and Archaeological Society*, 1936–1963

Christopher McGowan, *The Dragon Seekers: The Discovery of Dinosaurs During the Prelude to Darwin*, 2001

Judith Pascoe, Kapitel über Mary Anning in *The Hummingbird Cabinet: A Rare and Curious History of Romantic Collectors*, 2005

Patricia Pierce, *Jurassic Mary: Mary Anning and the Primeval Monsters*, 2006

George Roberts, *Roberts' History of Lyme Regis and Charmouth*, 1834

Martin J. S. Rudwick, *Bursting the Limits of Time: The Reconstruction of Geohistory in the Age of Revolution*, 2005; and *Worlds Before Adam: The Reconstruction of Geohistory in the Age of Reform*, 2008

Philippe Taquet, «Quand les Reptiles marins anglais traversaient la Manche: Mary Anning et Georges Cuvier, deux acteurs de la découverte et de l'étude des Ichthyosaures et des Plésiosaures», in *Annales de Paléontologie* 89 (2003): 37–64

Crispin Tickell, *Mary Anning of Lyme Regis*, 1996

Hugh Torrens, «Mary Anning (1799 – 1847) of Lyme, ‹the greatest fossilist the world ever knew›», in *British Journal for the History of Science* 28 (1995): 257–84